Lirio del Perú

Una Novela

DAVID C. EDMONDS

MARIA NIEVES EDMONDS

A PEACE CORPS WRITERS BOOK

LIRIO DEL PERÚ: UNA NOVELA

Un libro de Peace Corps Writers
Una impresión de Peace Corps Worldwide

Originalmente publicado en Inglés con el título Lily of Peru por Peace
Corps Writers en 2015.

Para más información, contacte a peacecorpsworldwide@gmail.com.

Peace Corps Writers y el Peace Corps Writers colofón son marcas
registradas del PeaceCorpsWorldwide.org.

LIRIO DEL PERÚ es una obra de ficción. Los nombres, personajes, lugares,
organizaciones, e incidentes o son productos de la imaginación del autor o
se usan de forma ficticia. Cualquier parecido con personas, vivas o
muertos, evento o escenarios, es puramente casual.

Diseño de la cubierta y el mapa por Elizabeth Indianos.

Inca Pachacuti en la cubierta está basado en una pintura del Siglo 18 por
Antonia de Herrera.

www.dedmonds.com

ISBN 13: 978-1-935925-73-6
ISBN: 1-935925-73-3

Library of Congress Control Number: 2016930079

Peace Corps Writers edición primera en Español, Enero 2016

*Quiero hacer contigo
lo que la primavera hace con los cerezos*

PABLO NERUDA,

Poema XIV de *Veinte Poemas de Amor
y Una Canción Desesperada*

Capítulo 1

Lima, Perú—El Gran Hotel Bolívar
1992

Hasta antes de que el general llamara, había estado paseando alrededor de mi habitación en el quinto piso, preguntándome que sería lo que estaba retrasando a Marisa.

En ocasiones anteriores, siempre me esperaba en el cuarto con las toallas sobre la cama y vestida con su bata de baño, tan ansiosa de ponernos al día como yo. Pero la situación política de Perú había cambiado; las fuerzas insurgentes se estaban dirigiendo hacia los suburbios. Diariamente se escuchaban reportes sobre secuestros, asesinatos y bombardeos, lo que hacía peligroso estar en las calles. Así que cuando sonó el teléfono, salí tan apresuradamente que casi me tropiezo con la mesita de café.

"¿Profesor Thorsen?" preguntó un hombre con una voz rasposa.

"Si, ¿con quién hablo?"

"Me llamo Real," contestó en quechua, "General Clemente Real, comandante de las fuerzas armadas de Ayacucho. ¿Le importaría a usted si subo a su habitación? Es urgente."

La incomodidad que sentí en un principio se convirtió en pánico. ¿Un general? ¿Le habría sucedido algo terrible a Marisa? "¿De qué se trata, General?"

"Se trata de la guerra, Profesor, de secretos. Se trata de usted."

"Debe usted haberme confundido con otra persona."

"De ninguna manera, caballero. No hay error ni confusión."

1

Me hundí en el sofá. ¿De qué diablos me estaba hablando? y además ¿por qué hablaba en quechua? Le contesté en español. "¿Podría ser un poco más específico?"

"Lo discutiremos cuando suba a su habitación. Solo me tomará unos minutos llegar."

Las luces se fueron desvaneciendo poco a poco, hasta que se apagaron y la habitación quedó a oscuras. En algún lado se escuchó que alguien dijo una grosería en voz alta y cuando regresé a tomar el auricular, me di cuenta que nos habían cortado la llamada o tal vez él había colgado.

Colgué el receptor otra vez y trate de hacer sentido a su llamada. Un asunto urgente me dijo—y en quechua. ¿Por qué un general peruano estaría tan interesado en mí? Y además ¿cómo sabía él que yo hablaba el lenguaje de los Andes? Seguramente no tenía nada que ver con Marisa. ¿O tal vez sí?

Abrí su correo electrónico para leerlo por centésima vez.

Mi querido Mark:

Lo he dejado, ya todo acabo, si todavía estas interesado y aún deseas lo que habíamos estado conversando la última vez, ya estoy lista. Ya no hay más excusas; o vuelo a Tampa la próxima semana o tal vez tú puedas venir y encontrarnos en el lugar de siempre; salgamos juntos y tal vez de camino a casa podamos pasar algunos días en Acapulco. Como siempre, puedes usar como pretexto la conferencia económica de San Marcos.

Estoy contando los días para verte otra vez. Con todo mi amor— Marisa.

PD. Por favor ten mucho cuidado, Perú se está cayendo en pedazos.

Nuestro lugar era éste, donde hicimos el amor por primera vez hacía diez años. Antes de que mi mundo se desplomara, antes de que tomáramos rumbos diferentes.

Pero ahora...ahora estábamos poniendo nuestro mundo en orden. Dejemos que el Sendero Luminoso se apodere de Perú. Todo lo que importaba en este momento era que ella pronto estaría en mis brazos y volaríamos juntos a casa.

Los minutos corrían y ni una noticia de Marisa ni del general tampoco; solo la neblina que se veía por la ventana y una ruidosa protesta en la plaza que hizo que se me revolviera el estómago. Jalé las cortinas para apreciar mejor la Plaza San Martín que se encontraba cinco pisos abajo. Desde mi piso la neblina se veía más densa y abajo más ligera.

Podía ver como los edificios enteros, los huelguistas e inclusive la estatua ecuestre de bronce del General San Martin, eran tragados por la neblina. Un hombre con una gorra de Lenin y una cinta roja amarrada a su brazo incitaba a la multitud con un cuerno de toro gritando todas las brutalidades políticas de la *Mano Dura* del Presidente Fujimori.

Su voz competía con el ruido del tráfico y el resonar de los radios. La multitud se animaba con carteles ondeando y cantos que continuaban por la plaza como una ola verde.

"¡Huelga! ¡Huelga! ¡Huelga!" Igual que la última vez que estuve aquí con Marisa.

Cerré mis ojos y me imagine a Marisa en éste mismo cuarto, con su cabello largo oscuro y sus ojos de un azul intenso resplandeciente. Se abrigaba junto a mí en la cama diciéndome que había cometido un gran error, que deseaba dejar a su esposo e irse a vivir conmigo a los Estados Unidos. ¿Habría cambiado de opinión? ¿La habría descubierto su esposo?

"¡Huelga! ¡Huelga! ¡Huelga!"

El teléfono sonó.

Por favor Dios que sea ella en la otra línea.

Toda mi ansiedad me la aguante, pero me decepcione al escuchar la voz de mi decano desde Tampa en la otra línea, gritándome en su acento Neoyorquino. "¿Qué diablos es esto, Mark? En caso de que no haya leído los periódicos, Perú está en medio de una guerra."

"Este es un asunto personal y no tiene porque gritar, le escucho perfectamente."

"Bueno, yo no le oigo ni un comino. ¿Ese asunto suyo tiene algo que ver con una mujer?"

"¿Quién le dijo eso?"

"Solo estoy repitiendo lo que Jenny me dijo. Que usted fue a comprar unos lentes Ray Ban para el sol y que se ha dejado crecer el bigote. Caramba Mark, a estas alturas ¿un bigote?"

"Mire, decano, estoy aquí para asistir a una conferencia, ¿entiende eso?"

"Por mí no hay ningún problema, pero ¿por qué no lleno un permiso de salida? ¿Y que se supone que le deba decir a la presidente? Ella ha estado detrás mío desde su nominación como decano de la universidad, quiere saber todo acerca de usted: sus calificaciones, su experiencia administrativa y principalmente cuando se va a presentar con ella."

"Solo dígale que estaré de regreso en unos días, a más tardar el lunes."

"Lo que está haciendo tiene que ser muy importante, pues ella no es de las que le gusta esperar."

Sentí que se me hacia un nudo en el estómago que me apretaba cada vez más.

"Escuche, decano yo..."

"El lunes," respondió. "A las nueve en punto en mi oficina."

Colgó como si hubiera tirado el teléfono. El ruido en la plaza se hacía más fuerte y estaba con el auricular en la mano cuando alguien tocó la puerta.

No era el toque suave de Marisa; más bien era un toque arrogante, como si estuviera la policía afuera, lista para derrumbar la puerta a patadas.

Capítulo 2

Cuando abrí la puerta, apareció un hombre de complexión robusta, cabello lacio y con facciones de guerrero Inca, su nariz aguileña le daba una apariencia amenazante. Si este era el general, su vestimenta de civil indicaba un gusto fino. Me saludó y su mano se sentía áspera como si fuera de cuero. "El elevador esta fuera de servicio," me dijo. "Tuvimos que tomar las escaleras."

"¿Tuvimos?"

Observé alrededor por si acaso había alguien más en el pasillo oscuro.

"Si, mi asistente es un poco lento."

De la oscuridad salió un hombre cargando una caja de cartón. El asistente era de tés más oscura y de estatura más baja que el general, de constitución más ligera y con cicatrices de acné en su cara. El general lo presentó como funcionario de alguna comisión muy importante del gobierno, no escuché bien su nombre, pero pude notar su corbata rosa, la colonia pesada que llevaba, y como eludía mi mirada.

El general entró a mi habitación sin ser invitado. Se sentó en una silla acojinada, trayendo consigo olor a cigarro. El otro hombre tomó un asiento en el sofá y sacó una libreta para anotar. Sus zapatos eran negros italianos brillantes y con esa clase de suela que lo hacía verse más alto.

"¿De qué se trata todo esto?" pregunté aun estando de pie.

El general encendió un cigarrillo y me indicó que tomara asiento, como si fuera su habitación. "¿Por qué no empezamos explicándome que está haciendo usted aquí en Perú?"

5

"No, General, porque mejor no empezamos con usted explicándome ¿qué está haciendo en mi habitación?"

Su cara se oscureció aún más, su asistente sacó un sobre de su chaqueta y lo puso encima de la mesita. Era un sobre oficial—grueso con un sello de cera rojo, como si fueran papeles de divorcio o de una hipoteca. Me incliné a tomarlo.

"Todavía no," respondió el general, sosteniéndolo en la mano, "dejemos eso para después." Abrió su portafolio y sacó un cartel delgado y lo abrió. "¿A qué hora se registró en el hotel?"

"Hace un par de horas. Acabo de llegar de un vuelo de Miami."

Le dio una mirada al cuarto. "Bonita habitación para una sola persona. ¿Está esperando a alguien más?"

"No, General."

Sus ojos se dirigieron hacia la carpeta que traía en su mano y sonrió—con una sonrisa poco amigable—la clase de sonrisa que uno esperaría de Drácula antes de morderte el cuello.

"Según este documento, usted ha vivido en Perú en dos ocasiones separadas. ¿No es así?"

"¿Esa carpeta habla de mí?"

"Primero como voluntario del Cuerpo de Paz en Sicuani, después como profesor becado en Ayacucho, lo cual explica por qué usted habla los dos idiomas, Quechua y Español."

"Si, pero..."

"También dice que visita nuestro país tres o cuatro veces al año. ¿Por qué nos visita tan seguido, Profesor? ¿Es por negocios o es esto algo personal?"

No me gustó su tono cuando dijo "personal" como si supiera todo acerca de Marisa. Pero ¿cómo sabría él? A menos que la carpeta tuviera una información que no quisiera divulgar.

"Mire, General, yo soy profesor de universidad y escribo artículos académicos. Algunos son acerca de Perú, pero la razón de mi estancia aquí es para asistir a la conferencia en la Universidad de San Marcos."

El asistente empezó a escribir en su libreta como si yo hubiera dicho algo que me incriminara. El sobre de la mesa lucía más y más amenazante. Apagó su cigarro y se sopló la nariz. "¿Cuándo fue la última vez que estuvo en Ayacucho?"

"Tres, tal vez cuatro años atrás. ¿Por qué?"

"¿Y ha oído usted hablar de un hombre que se dice llamar el presidente Gonzalo?"

"Por supuesto. Él es el cabecilla del grupo Sendero Luminoso."

"Exactamente, uno de los más peligrosos terroristas en Latinoamérica."

Señalando con su dedo las conexiones de la luz explico, "Es la razón por la que estamos aquí sentados en un cuarto oscuro y porque los elevadores no están funcionando. Siempre hay cortes de teléfonos, explotan líneas de luz, edificios y hasta personas. Durante la visita del Papa, cercaron la ciudad y amarraron perros muertos en los postes de la luz en el pleno centro de la ciudad de Lima. En pocas palabras mientras hablamos ellos ya están al acecho. Si no los detenemos ahora, pronto el hotel estará ondeando la bandera roja de la revolución."

El general fue interrumpido por un estruendo de demostraciones, se acercó a la ventana aun fumando su cigarrillo. Me uní a él lleno de frustración solo para ver una flotilla armada pasando al frente de las oficinas de Aero-Perú y la policía entrando por una calle estrecha. Atrás de ellos venia un camión donde estaba montado un cañón de agua, los espectadores se retiraron a un costado de las calles, pero los manifestantes se quedaron gritando insultos e improperios, moviendo sus puños en señal de inconformidad y ondeando sus carteles.

"Indios ilusos y estúpidos," exclamó el general. "Muchos ni siquiera hablan español, pero millones se han mudado a Lima— rogando, robando y cantando las frases del comunismo, haciendo que las personas decentes se muden a comunidades armadas. Es repugnante, todos los días escuchamos secuestros y a ciudadanos contratando guardaespaldas para su protección. La ciudad entera, prácticamente se la han dejado a los perros."

"Lo que ellos buscan es una mejor vida," le respondí.

"Si quisieran una mejor vida deberían regresar a sus pueblos y granjas, no venir a destruir a Lima. Esta ciudad solía ser bella, un pequeño Paris de las Américas, y mírela ahora."

Hasta cierto punto él tenía razón. Desde mi habitación aunque eran cinco pisos arriba y en medio de la neblina se podía alcanzar a ver los edificios amurallados, los automóviles estropeados y destruidos y a los mendigos y pordioseros pidiendo caridad por las calles.

"El mes pasado tuvimos suerte," continuó el general. "Interceptamos un tren de mulas, estaba lleno de pasta de coca. Venga, déjeme mostrarle algo."

Regresamos a nuestros asientos. El general sacó un periódico de su maletín y me lo entregó. El encabezado decía, TRAFICANTES DE DROGA ARRESTADOS EN LA SELVA.

"Les dimos una opción: o cooperaban o los mandábamos al paredón."

Una vez más sonrió, con una sonrisa rapaz, mostrándome una corona de oro en unos dientes amarillos. "Ellos nos guiaron hacia el escondite del presidente Gonzalo. Descubrimos la casa, y luego nos adentramos junto con el grupo de *Sinchis,* nuestras tropas de más prestigio..."

"¿Y?"

"Pues nada del presidente Gonzalo, se nos había escapado por un túnel, nos había engañado otra vez, pero encontramos algo más...lo cual nos condujo a usted."

Mi corazón latía cada vez más rápido, el ruido de la policía armada hacia vibrar las ventanas y las demostraciones sonaban como si estuvieran a punto de asaltar el hotel. El General Real se movió hacia atrás para alcanzar su maletín y sacó una hoja de papel.

"¿Escribe usted poesía, Profesor?"

"Soy aficionado a ella, ¿por qué?"

"Entonces debe estar familiarizado con este poema. Se llama El Lirio del Perú."

Lo miré sintiendo curiosidad y enojo, El Lirio del Perú era un perfume. El perfume que usaba Marisa, pero también era el título de una poesía erótica que le había compuesto a ella hacía años.

"¿Donde consiguió ese poema?"

Las luces se prendían y apagaban hasta que regresó la luz.

Se escuchó un zumbido y luego alegrías desbordantes que provenían del fondo del pasillo.

Y junto a mí, este hombre vulgar, con voz rasposa, recito las palabras de mi poema en un inglés fracturado, mofándose como si fuera una sucia quintilla jocosa.

En una noche nevada de Cuzco, más allá de lo alto de los pinos,
Llegó un fuego estruendoso a calentarme con velas y vino,
Marisa al fin a mi lado a solas en mi cuarto,
Suavemente susurrándome al oído,
Las cosas que voy hacer esta noche contigo.

Con el ímpetu de mi metro noventa de estatura, me levanté del asiento y le arranqué el poema de sus manos. "¿De dónde sacó esto?"

Su diente de oro tintineaba, trono sus dedos y su asistente se arrodilló y comenzó a sacar más archivos de su carpeta y con ellos un paquete con mis cartas a Marisa, mis poemas e incluso un pequeño libro de poemas de Pablo Neruda, *Veinte poemas de amor.*

"Todo esto provino de la recámara del presidente Gonzalo," dijo el general. "Aparentemente usted y el terrorista más buscado en este país han estado durmiendo con la misma mujer."

Capítulo 3

¿Marisa una terrorista? ¿Mi Marisa? Me sentí como si el general me hubiera dado un golpe en el estómago. Años atrás, cuando ella era todavía una estudiante de intercambio en San Marcos, lo más radical que podría haber hecho Marisa, hubiera sido leer el Mariátegui y salir con grupo de simpatizantes de Trotsky. Era lo más acostumbrado, lo más popular, inclusive para estudiantes americanos como ella. Pero de eso ya había pasado mucho tiempo.

"¿Dónde está ella?" le pregunté. Estaba seguro de que la tenían encadenada en algún calabozo.

"¿Acaso no lo sabe?"

"Ya le dije a usted, vine a asistir a una conferencia."

Él tomó un paquete de cartas viejas que Marisa había amarrado con un listón rojo. "Qué pena que la prensa de Lima no estuviera presente. Me imagino lo que dirían acerca de estas cartas tan sensuales," y abanicando su cara con sus manos añadió, "debe ser una tigresa."

Quería empujarlo contra la pared, pero supuse que era lo que él estaba buscando—una confrontación para darle una excusa y arrestarme. Así que me disculpe y fui al baño a echarme agua en la cara, de ninguna manera Marisa estaba vinculada con el Sendero Luminoso. No me podía imaginar a Marisa llenando de dinamita a desventuradas víctimas y haciéndolas explotar.

No, la mujer que solía presentarse frente a mí en un bikini negro y me besaba apasionadamente casi dejándome sin respiración, no mi Marisa, debía haber otra explicación.

Me sequé la cara con la toalla tratando de poner mis pensamientos en orden. De regreso a mi habitación, aún podía verla sentada en la cama con su cálido cuerpo junto al mío.

¿Dónde estás, Marisa?

"Oiga, Profesor, ¿se perdió usted?"

Tire la toalla sobre la cama y regresé a la sala donde el general se encontraba de pie con su espalda contra la ventana cruzado de brazos, dándome una mirada como si esperara una confesión. El hombrecito con cicatrices de acné se notaba avergonzado y sus ojos aún me seguían esquivando.

Me senté y traté de mantener mi voz calmada.

"¿De quién era la casa que apropiaron?"

"No sabemos. El nombre en los archivos era inventado."

"¿Cómo sabe que era la guarida de Gonzalo?"

"Tenemos fotos de él entrando ahí. El lugar estaba lleno de armamento, granadas de mano, Kalashnikovs, dinamita, propaganda de Sendero Luminoso y aparatos explosivos. También una lista de anotaciones de personas a quienes tenían planeado secuestrar o asesinar, incluyendo algunos miembros del congreso."

"Eso aún no prueba que ella formaba parte de Sendero Luminoso. ¿Tiene fotos de ella entrando y saliendo de la casa?"

"Por esa información, sabemos que ella estuvo allí."

"Tal vez se apropiaron de su casa."

El general viró sus ojos con dejo de incredulidad, yo también pensé que era una explicación bastante tonta.

"Soy realista," afirmó el general. "Cuando el río suena, es porque agua lleva." Se dirigió hacia la mesita de café, se inclinó y tomó otro paquete. "Este es más reciente, de los días en que usted ejercía como profesor en Ayacucho."

Sacando una foto, me preguntó, "¿No es usted el de la foto?"

Claramente era yo, trotando en las calles de Ayacucho, con sudadera, chaqueta y banda en la cabeza. "¿Quién tomo esa foto?" le pregunté.

"Debió haber sido su novia, la encontramos entre sus pertenencias."

Encendió otro cigarrillo y le dio una larga bocanada. "Voy a hacerle una proposición que no debe rehusar." Levantó un paquete de cartas y las sacudió. "Los contenidos de estas cartas están destinados a salir en los titulares de los periódicos. Ya se puede usted imaginar el efecto que esto causaría. Usted, un académico respetable que escribe cartas de amor y poesía erótica a la amante del hombre más buscado de Perú. ¿Qué repercusión tendría en su trabajo como profesor, o en su nominación como decano académico?"

"¿Cómo sabe usted acerca de mi nominación?"

"Tenemos nuestras fuentes."

"Escuche, General, estas cartas son viejas; las escribí hace mucho tiempo."

"No somos tontos, Profesor, sabemos que aún la sigue viendo y que los dos se encuentran en este hotel cada cierto mes. También sabemos que la vio en Ayacucho hace tres años. Como usted la pinta, si esa mujer es la mitad de cómo usted la describe, también me gustaría que fuera mía."

Levantó la mano como para cortar mi conversación. "Así que aquí está la oferta. ¿Ve la caja de cartón con toda su evidencia? La puedo hacer desaparecer en un abrir y cerrar de ojos."

Hizo tronar sus dedos.

"Sin publicidad, sin debate público acerca de su vínculo con Sendero Luminoso; ningún tipo de acusación de complicidad. Con respecto a su amiga, la mantendremos fuera de todo esto. Yo soy general, esto es de tanta importancia como ser un Papa en este país. Puedo arreglar que les consigan a ustedes dos un pasaje para que puedan salir seguros de este país."

"¿A cambio de qué?"

"A cambio de que me ayude a capturar a Gonzalo."

"No tengo la menor idea dónde encontrar a Gonzalo."

"Su amiguita lo sabe, todo lo que queremos de ella es una dirección."

En el silencio que siguió, deambule por el cuarto. Personas como Gonzalo deberían estar en la cárcel, no personas como Marisa. Pero sabía que ahí es donde ella terminaría sin importar lo que el general nos hubiera prometido.

"Mire, General, me gustaría ayudar, el problema es que no he visto a esa mujer en años." El hombrecito hizo una anotación en su libreta, el general se inclinó para apagar su cigarrillo.

"¿Dónde la conoció?"

Cruzo por mi mente la imagen de un salón de clases de la Universidad de San Marcos —una clase de periodismo— me habían invitado para que diera una lectura sobre el Cuerpo de Paz de los Estados Unidos. Marisa, sentada en primera fila con falda corta y botas, su oscura cabellera cayéndole sobre sus hombros, su piel color olivo y su nariz con una fina giba. Su español era tan bueno, que no me di cuenta que era una americana proveniente de Miami, y apuesto que ni siquiera el general se hubiera imaginado su procedencia.

"La conocí en un evento social," le respondí. "Tuvimos una aventura, pero de eso hace diez u once años. Probablemente no la reconocería si en este momento entrara por la habitación."

"Por favor, si yo no me hubiera aparecido, usted le hubiera puesto esta rosa en el pelo y ustedes dos estarían en la habitación jadeando como perros."

Mi mano se amarró en un puño. ¿Cómo se atrevía esta víbora a hablar de nosotros en esa forma tan íntima?

"Quiero que se marchen ahora," les dije. "¡Ahora! Ahí está la puerta."

Sacudió sus manos en señal de frustración. "Tenía la esperanza de hacer esto en forma más sencilla pero no me ha dejado ninguna alternativa. ¿No ha oído hablar de la Comisión Amado?"

"¿La qué?"

"Una comisión que investiga el terrorismo en Perú. Podemos hacerle aparecer a usted como primer testigo mañana por la mañana. Le harían las mismas preguntas que yo le he estado haciendo excepto que va a tener que responder bajo juramento."

Alcanzó su maletín y comenzó a recoger sus pertenecías.

"Mañana por la mañana estaré en San Marcos."

"No lo creo, Profesor." Recogió el misterioso sobre de la mesa, le echó una mirada y me lo tiró en las manos.

"¿Qué es esto?" le pregunté recorriendo mis dedos sobre el sello de cera.

El hombrecito se levantó, abotonando y alisando su traje. No debía medir más de un metro con cincuenta de alto, incluso con sus zapatos de suelas elevadas. Su voz era suave y medio afeminada. "¿Se llama usted Marcus Einar Thorsen-Aguilar?"

"Así es."

"Entonces es mi deber informarle que deberá presentarse ante la Comisión Amado mañana por la mañana a las nueve en punto. El sitio es el palacio presidencial que se encuentra en la Plaza de Armas. Se le va a tomar una declaración jurada como primer testigo. Si necesita traductor por favor llame al número que está en el documento y le será concedido. Asimismo, si necesita un medio de transporte, también le será provisto. ¿Está usted entendiendo perfectamente las instrucciones que le he presentado?"

Mire al general quien estaba metiendo los archivos dentro de la caja. Mostraba sus dientes. "Tiene usted una orden judicial de comparecencia Dr. Thorsen. Me imagino que sabe lo que eso significa."

Cerró su portafolio, el hombrecito recogió su caja y los dos se marcharon de la habitación.

Capítulo 4

Al cerrar la puerta, tire lejos la orden judicial de comparecencia. Al diablo con esto, ¿por qué no esperé a Marisa en Tampa o en Acapulco o en cualquier otro lugar donde nadie hubiera oído hablar del Sendero Luminoso, del presidente Gonzalo o de la Comisión Amado? Todo esto por el amor y la pasión de una mujer.

Suficiente, necesito ayuda de mi gobierno.

Tomé el teléfono y en minutos me comunique con la embajada de los Estados Unidos. La llamada fue transferida a un diplomático llamado Holbrooke Easton, que por su acento tan refinado, pude deducir que era un graduado de leyes de la universidad de Harvard .

"¿Cuál es su relación con esta mujer?" me preguntó.

"No tengo relación con esa mujer, no la he visto en años."

"Entonces no tiene nada que temer, ¿o sí?"

"¿Por qué no ignoro la orden de comparecencia?"

"No sería prudente, ellos le aprehenderían y le perseguirían hasta llevarle a la audiencia esposado. Mi sugerencia es que obedezca la orden, vaya a la audiencia y conteste las preguntas."

Le agradecí sus consejos y colgué el teléfono, soltando groserías e improperios tan fuertes que probablemente fueron escuchadas en la habitación contigua. Limpié el cenicero de los cigarrillos del general, me refresqué un poco, me puse la chaqueta y salí de la puerta. Quizás Marisa me está esperando bajo las escaleras. A ella le habían advertido sobre el general y mantuvo su distancia; a lo mejor podía estar sentada en el lobby del hotel vestida de turista.

Pero no estaba ahí como pensé. No tenía hambre pero decidí ir al bar y ordenar algo simple de comer. Una mesa de ingleses se reía e intercambiaban historias de sus encuentros cercanos con la violencia. En otras mesas había grupos de franceses y alemanes, pero de Marisa nada. Tampoco se veía ningún norteamericano. ¿Será que nos hemos engreído, engordado y enriquecido tanto y a tal grado que ya no tenemos ni el más ligero deseo de aventura?

Esperé un poco más deseando que alguien se acercara con algún mensaje, pero nadie lo hizo. Conversé con los meseros buscando alguna señal, pero ninguna llegó. Caminé por el vestíbulo, leí algunos panfletos de turismo e incluso le pregunté a la recepcionista si tenía algún mensaje para mí.

"No, señor, nada."

Esto no tenía ningún sentido. Marisa tenía que saber los problemas en que estaba metido. De otra manera hubiera aparecido como lo habíamos planeado, o por lo menos me hubiera llamado. Pero ¿por qué no mandar algún mensaje clandestino?

A lo mejor estaba sentada afuera esperándome en un carro estacionado. Empujé las puertas giratorias e instantáneamente fui asediado por hombres tratando de cambiar dólares: "Dólar, dólar, dólar, le cambio sus dólares."

Me subí el cuello de la camisa para cubrirme de la humedad y bajé por la calle respirando el escape de gases y los olores de comida que se vende en las calles, mirando con ansiedad entre las ventanas y los carros estacionados.

Nada excepto neblina, hombres cambiando dólares, pordioseros y ancianas vendiendo sus productos caseros sentadas con sus mantas sobre las banquetas. Pero de Marisa no había ninguna señal. ¿Dónde estaba? No es que yo fuera difícil de encontrar con mi aspecto de gringo.

El sonido de los tambores retumbó en la plaza. La gente salía desenfrenada de las tiendas. Los pordioseros en las calles me rodeaban y yo frenéticamente seguí caminando hacia la plaza.

La neblina y la multitud permanecían ahí, pero los gritos se habían convertido en sonidos prehistóricos de flautas y tambores y queñas peruanas. Una compañía de músicos con vestimenta nativa, marchaba solemnemente atravesando la plaza, mientras la muchedumbre les abría camino. Cuando llegaron a la estatua del

General San Martin, los tambores quedaron en absoluto silencio.

Subí las escaleras del hotel para tener una mejor vista. La multitud los esperaba con una dignidad india apabullante. Llegaron a mis oídos las notas de una antigua canción harawi, música que en los tiempos Inca habían representado tragedia. De pronto, un anciano vestido con un poncho y sombrero negro se puso al micrófono y procedió a cantar en quechua la canción de un amor desosegado. La canción, triste y profunda parecía salir del fondo de su alma.

> Aléjate, aléjate me sigues diciendo,
> Continúa, continúa así me dices,
> Conozco mi mala suerte y sé que debo irme,
> Pero esos ojos tuyos y ese cabello oscuro
> Han robado mi corazón...

El ritmo se acortó con las notas más altas. Una magnifica arpa andina se unió a las queñas y por último, al son de tambores un coro dio inicio, dando a la canción un dejo de desesperación. El último anhelo de un amor moribundo. Después un flautista se presentó tocando una obsesionante coda que me llego al corazón.

¿Dónde diablos estaba Marisa?

Capítulo 5

Eran casi las seis de la mañana, y había estado soñando con Marisa toda la noche, cuando un estrepitoso y diabólico ruido fuera de la ventana me arranco de mi estado de ensueño. En la calle, el claxon de los carros y el sonido de los radios eran muy fuertes, y el tráfico sonaba como si hubiera una carrera de camiones de forestación manejados por ángeles del infierno.

Me di cuenta entonces que el teléfono estaba sonando.

Me incliné para alcanzarlo, esperando como siempre escuchar la voz de Marisa.

"¿Qué diablos te está pasando, viejo amigo? He escuchado que estas metido en tremendo lio."

Me enderecé un poco. Había una sola persona con ese acento México-Tejano que me llamaba viejo amigo. Lannie Torres, agente de DEA al cual conocía desde mis tiempos con el Cuerpo de Paz . "Lannie, ¿qué estás haciendo en Perú?"

"Aún estoy con la embajada y escuche que necesitas un abogado."

"Escuchaste perfectamente."

"Me imagine que preferirías a un viejo amigo que a un presumido abogado miembro del cuerpo diplomático. ¿Qué te parece si nos vemos para desayunar en el hotel, en digamos unos treinta minutos?"

Durante las primeras horas de la mañana el comedor estaba atestado con todo tipo de europeos. El olor del tocino me hizo recordar que

18

no había comido nada desde el día anterior. Un hombre muy grueso me echó una mirada por encima del periódico que leía. Lannie no había llegado todavía. Encontré una mesa y Lannie hizo su aparición—en botas, una corbata turquesa y una chaqueta beige de cuero.

Había envejecido bastante desde la última vez que lo vi, pero aún conservaba su bigote, su afable sonrisa demostrando dientes blancos en un semblante moreno y atractivo.

Me dio un fuerte abrazo. "Te ves muy bien, viejo amigo. ¿Cómo esta Denise?"

"Por lo que veo no sabes que hace ya casi tres años que nos hemos divorciado."

"Qué barbaridad, lo siento mucho, espero que lo hayas tomado bien."

"Fue una decisión mutua, ni pleitos ni rencores de ningún tipo."

El mesero nos tomó la orden: pedimos un desayuno americano y nos trajo una jarra con café hirviendo. Después de una pequeña charla nos pusimos al corriente, le pregunte, "¿Te envió Holbrook Easton?"

"Diablos no. Vine por mi propia cuenta, el condenado casi se enloquece cuando vio tu nombre en la lista."

"¿Cómo? pregunté, ese es Marcus Thorsen. Ese tipo no puede estar aliado con los terroristas. Él es uno de los escandinavos más nobles y bien educados que he conocido, poeta además de ser explorador águila. No fuma ni dice groserías, solía cantar en el coro de la iglesia, el sería el último hombre que pensaría que—"

"Espera un minuto, Lannie; nunca estuve en un coro, tampoco soy poeta y se ha sabido que en más de una ocasión se me han salido una o dos groserías. Así que dime, ¿de qué se trata esa tal lista de la que me estás hablando?"

"Por favor, tú bien sabes cómo es la embajada. Cada vez que un americano llama se sabe que está en problemas. El nombre circula para ver si uno de esos hombres malvados son—traficantes de bebes, Indios radicales de California, traficantes de drogas, criminales que se han fugado, o inclusive algunos Marxistas que se unieron a la revolución." Tomó un sorbo de café. "¿O eso, lo que tu novia es, una de esas izquierdistas que se ha unido a los rebeldes?"

"No, Lannie, ella no es de ese tipo."

"¿Entonces qué diablos está pasando?"

Saqué de mi bolsillo el correo electrónico de Marisa y se lo entregué. Lo leyó y me lo entregó. "No soy tonto. ¿No es esa la bonita simpatizante de Trotsky que conociste en San Marcos?"

"Todo el mundo en San Marcos era simpatizante de Trotsky. Es como la universidad de Berkeley en Estados Unidos."

"Si, pero ella era americana. ¿No es así? ¿Cuándo fue la última vez que la viste?"

"Hace dos o tres meses."

"¿Y no sabías que estaba inmiscuida con Sendero Luminoso?"

"Por Dios, Lannie, ella no está inmiscuida con Sendero Luminoso."

"Le dijiste a Easton que estabas aquí para asistir a una conferencia."

"¿Que más podría decirle? El probablemente está cooperando con los peruanos."

"¿Por qué diablos no la esperaste mejor en Tampa? Ella te dio esa opción."

"Porque Perú se está viniendo para abajo, es peligroso y quería escoltarla. Tenía miedo que algo le pasara."

Él se encogió de hombros y dejo salir una exhalación, me miró como mira un doctor a su paciente antes de decirle que tiene una enfermedad mortal. "Mira, Mark, sé que es difícil por lo involucrado que estas con ella, pero míralo desde el punto de vista de las autoridades. Aquí tienes a una mujer con un historial, una radical simpatizante de Trotsky y sus cosas fueron extraídas de la casa del presidente Gonzalo. ¿Qué se puede pensar?"

"Demonios, Lannie, ella renunció a todas esa mierda izquierdista hace años. Y aún si no lo hubiera hecho, los simpatizantes de Trotsky no son violentos. Todo lo que hacen es beber vino, leer a Marx y romantizar acerca de la revolución."

El mesero regresó con el desayuno, Lannie le dio algunas mordidas a la tortilla de papa. "¿Alguna vez te preguntaste por qué las papas saben tan bien en Perú? Es porque las cosen en manteca de cerdo. Saben muy bien, pero no son buenas para la salud. Igual que salir con la mujer equivocada."

"¿Qué diablos se supone que signifique eso?"

"Tú sabes muy bien lo qué eso significa. De cualquier modo ¿qué demonios está haciendo ella en Perú?"

"Parientes."

"¡Diablos! yo tengo parientes en Durango y no me he mudado allí."

"Ella está casada, Lannie ¿entiendes? pero va a dejar a ese bastardo."

"¿Lo has conocido alguna vez?"

"Por supuesto que no."

"Tal vez sea Gonzalo. ¿No se te había ocurrido pensar en eso?"

"Eso es tan ridículo que ni siquiera te voy a responder."

"Lamento ser el que te tenga que decir esto viejo amigo, pero ella está más metida en este embrollo de lo que tú te imaginas. Más vale que te prepares." Comiendo de sus huevos y tomando su café frunció el entrecejo y dijo: "Oh Cristo, es Gordo."

"¿Quién es Gordo?"

"Un agente de PIP, con tremendo culo, está sentado en la parte de atrás del restaurante."

Mi indignación se elevó. PIP era el equivalente al FBI en Perú, la Policía de Investigaciones de Perú. PIP equivale a fisgón en inglés y eso es lo que son, unos fisgones. Moví la silla a un lado para darle un vistazo. Era el mismo hombre grueso que había visto cuando entré— barriga de cervecero, cabello grasoso peinado hacia atrás y con un traje que no le sentaba nada bien tratando de ocultar su cara debajo del periódico.

"¿Nos está viendo?" le pregunté a Lannie.

"Nos, me suena a manada, diablos, no. Te está viendo a ti." Recogió su portafolio del suelo. "Tengo que hacer algunas llamadas. ¿Por qué no terminas y me encuentras en frente en treinta minutos más?"

"Pero espera, yo pensé que me ibas a ayudar a preparar mi defensa."

"En el carro," respondió, y adelantándose se apresuró hacia la salida.

Retiré mi plato, se me había quitado por completo el apetito y pedí la cuenta. Mientras estaba firmando la cuenta, una mujer con pelo platinado me tocó los hombros.

"Disculpe," tenía un acento alemán. "¿No es usted el Profesor Thorsen?"

"¿Cómo sabe?"

Sacó de su bolso un periódico de Lima. Ahí estaba yo en primera plana, trotando por las calles de Ayacucho en sudadera y con banda en la cabeza. El encabezado decía: EL PROFESOR, EL TERRORISTA Y LA MISTERIOSA MUJER.

Mi cara se calentó hasta enrojecerse. Las personas en las otras mesas también estaban mirando al igual que Gordo. Me disculpé y me apresuré hacia al corredor del hotel donde estaba la tienda de regalos y me dirigí hacia el estante de periódicos. Ahí estaba yo, en la primera página de todos los periódicos de Perú.

Agarré una copia de La Republica, corrí cinco pisos arriba a mi habitación y me senté. Para entonces mi corazón latía estrepitosamente, pero no se desacelero sino hasta que leí el extracto de una de mis cartas de amor en la portada.

Mi querida Marisa: Como desearía poder oler tu perfume. Deslizar mis manos entre tus cabellos, mirarte intensamente en lo profundo de esos bellos ojos azules. Quiero besarte de la manera que nos besamos cuando te leía a Neruda. Quiero sentir el palpitar de tu corazón junto al mío. Quiero...

Las siguientes líneas habían sido borradas por algún astuto editor con buen sentido del humor; tiré el papel en la mesita de café y creo que si en ese momento se hubiera aparecido el General Real hubiera arrojado a ese hijo de puta por la ventana.

Capítulo 6

A las ocho en punto, y vestido con un traje oscuro, me deslicé por la puerta de adelante y me sumergí en medio de la neblina. Los residuos de gas lacrimógeno que se sentían en el aire me estaban quemando los ojos. Los peatones sostenían pañuelos cubriéndose las narices, un orador hablando por un altavoz enardecía a los protestantes sobre el número de desaparecidos –personas que habían sido arrestadas y luego desaparecidas. Mientras tanto una fila de policías hacia una redada con el fin de proteger a los hoteles y otros comercios alrededor de la plaza.

Lannie me hizo un ademán con la mano desde su camioneta; una Cherokee verde y me señaló que me subiera. "Por aquí, viejo amigo."

Tan pronto como me subí en el carro me sacudió el periódico.

"¿Puedes creer esta mierda? Al país se lo está llevando el diablo— bombardeos, asesinatos, raptos, violaciones— ¿y qué tienen en la portada? A ti." Se abanicó la cara. "Maldito gas lacrimógeno. Vamos a un lugar donde podamos hablar."

Encendió el vehículo, dio un giro alrededor de la plaza y luego dobló en Jirón de la Unión para tomar un atajo hacia el palacio.

"Esto debe estar causando tremendo revuelco en tu universidad."

Se me había olvidado por completo la universidad. Pero de repente me pude imaginar al decano de la universidad en la oficina del presidente ojeando una copia del St. Pete Times; ¿cómo pensaría contestarle al consejo de directivos de la universidad y al alumnado y mantener la reputación de la escuela? y a su vez ¿cómo podía el comité de selección de la universidad, ser tan estúpido como para mandarle a ella, como primera opción; un terrorista encubierto para ser elegido decano de la academia?

Lannie se estacionó en frente de una tienda que anunciaba oro Inca, multitudes de adolescentes se amotinaron en las calles la mayoría parecían recién llegados de los Andes. Niños pequeños, vendedores ambulantes y ancianas desplegando sus artículos para la venta en mantas puestas sobre las banquetas. Lannie encendió su cigarrillo.

"Todavía tenemos un par de minutos, podemos hablar aquí." Se volteó para darme la cara. "Dime algo, ¿esto entre tú y Marisa; te acostabas con ella aun estando casado con Denise?"

"No fue así como lo dices. Denise y yo habíamos estado emocionalmente divorciados desde hacía ya mucho tiempo."

Bajé la ventana para sacar el humo del cigarrillo pero la cerré en seguida; cuando en eso se acercó una mujer con unos niños en su falda, golpeó la ventana y puso la clásica cara de piedad que ponen todos los pordioseros en todo el mundo.

"Señor, por favor."

Abrí la ventana y le entregué unos centavos, pero esto atrajo más mendigos, niños pidiendo limosna, un hombre en muletas y una mujer empujando a un niño en silla de ruedas.

"Cristo, Mark, si sabias lo que iba a pasar, ¿por qué lo hiciste?" Encendió el carro y manejo dos cuadras hacia abajo estacionándose nuevamente. "Ahora mantén la bendita ventana cerrada."

"Está bien, pero apaga ese maldito cigarro."

"Que pasa con esas gallinas de Estados Unidos. Tú estarías fumando al igual que yo si tuvieras esta clase de trabajo."

"Ahora bien, volviendo a lo de Marisa. Dices que la has estado viendo por tres años, pero ella está casada, ¿cómo se las arreglan?"

"Su esposo es un hombre de negocios, viaja a Europa y a Estados Unidos."

"¿Y nunca le has preguntado a que se dedica?"

"Por supuesto, ella me dijo todo acerca de él. El punto es que no se llevan bien."

"Tal vez está envuelto en el narcotráfico. ¿No se te había ocurrido pensar en eso?"

Si se me había ocurrido, pero no estaba dispuesto a compartir lo que pensaba con un agente de la DEA. Se volteó para verme la cara.

"Mira, te voy a decir algo que quizá te haga enojar; pero tengo que decírtelo." Hizo una pausa justo en el momento en que un camión pasaba. "Esta novia tuya, Marisa, está casada con otro hombre pero te has estado acostando con ella por más de diez años, ¿cierto?"

"No lo llamaría solo acostándome."

"Como sea, el punto es que las mujeres que le son infieles a sus esposos, no son las más leales. Si ella le miente a su esposo te mentira a ti también, tenlo por seguro."

"Marisa no es así, la conozco hace más de diez años, confío en ella."

"Qué demonios Mark, ¿ estás escuchando lo que dices? Si es tan confiable, ¿por qué carajos no levanta el teléfono y te dice lo que está pasando?"

Respiré profundo y no dije nada. Lannie continúo. "¿Tú sabes lo que me parece extraño? Hace tiempo cuando pertenecías al Cuerpo de Paz, ustedes dos eran muy unidos, ¿por qué diablos no te casaste con ella entonces?"

"Es una larga historia—padres, distancia, demonios; la pura y vil fantasía."

"Si me cuentas mejor una de historia vaqueros, te la creo. ¿Qué fue lo que realmente sucedió?"

Me había hecho esa misma pregunta cientos de veces. La respuesta concreta era la madre de Marisa, pero había algo más. Estaba tratando de tener una respuesta adecuada para contestarle, cuando un convoy de personal armado de mensajeros hizo un ruido estrepitoso por las calles, cimbrando el piso y contaminando el aire con el repugnante olor del humo de escape. Un oficial en un jeep nos ordenó que tomáramos otra ruta, luego nos quedamos atorados en el tráfico y para cuando se aligeró, a Lannie se le había olvidado su pregunta y ya era hora de dirigirnos al palacio.

"Lo mejor en esta situación es tener mala memoria," dijo con su acento México-Tejano. "Procura no hablar de más."

Capítulo 7

Palacio Pizarro

Los antiguos edificios alrededor de la plaza se veían siniestros en medio de la neblina. Los soldados estaban en traje de batalla, parados alrededor de la fuente de la plaza o vigilando desde los balcones de madera adornada. Sacos de arena, ametralladoras, tanques y una larga trinchera abierta alineaba la cuadra entera. El palacio en sí, construido en el lugar que fuera el hogar de Francisco Pizarro, daba la impresión del castillo de Drácula.

"¿Nervioso?" preguntó Lannie.

"¿Tú, qué crees?"

"No te preocupes, estaré sentado a tu lado todo el tiempo. Si ellos te hacen alguna pregunta que no quieras contestar, solo voltea a verme para que te aconseje. Estarás bien." Acto seguido, palmeó mi rodilla.

Un policía militar nos hizo la señal de que paráramos y registró la Cherokee. Posteriormente nos dirigieron alrededor de una barda de concreto y pasamos a través de una reja; finalmente llegamos a un estacionamiento abarrotado donde nos estacionamos junto a un Jeep militar.

"Hay algo más, que es mejor que te diga," le dije a Lannie. "¿Has oído hablar de la congresista Pérez-Montero de Miami, verdad? ¿La que encabeza el comité de recepción de asuntos exteriores?"

"Si, ¿qué hay con ella?"

"Ella es la mamá de Marisa."

"No me digas, ¿estás bromeando?"

"No, Lannie."

Se inclinó hacia adelante, recostando su frente al volante. "¿Por qué diablos no me lo dijiste?"

El hombrecito que me presento la orden de comparecencia nos llamó la atención y le dio un golpecito a su reloj. Lannie apagó su cigarrillo, nos escurrimos con el hombrecito y en segundos lo seguimos hasta un corredor que olía a viejo y a moho.

Los guardias ceremoniales, en uniformes Napoleónicos y cascos de oro emplumados se irguieron de golpe; el hombrecito iba por delante apresuradamente, los tacones le sonaban en seco sobre los pisos de mármol y dejaba un olor a colonia perfumada. Mientras nos dirigía, pasamos por una pintura de Pizarro donde se mostraba sus tropas atropellando Incas hasta hacerlos polvo. Al poco rato, escuchamos algo que sonaba como el bullicio de una fiesta bien animada. Lannie y yo intercambiamos miradas de preocupación. En frente de nosotros, un guardia ceremonial abrió de par en par unas puertas doradas de madera y cuando entramos pensé que habíamos llegado al lugar equivocado.

"Mierda," murmuró Lannie.

Un mar de caras nos volteaban a ver, damas con elegantes vestidos con bufandas y broches, los hombres portando traje de sastre oscuro. El oro relucía mucho bajo las luces encendidas. Las nubes de humo de los cigarrillos se elevaban hacia el techo. Un equipo de noticias de TV también estaba ahí—con una mini cámara y una atractiva reportera diciendo en vivo a sus televidentes que los procesos estaban a punto de dar inicio. Se me acercó y me arremetió colocando el micrófono en mi cara.

"¿Que nos puede decir acerca de la identidad de su amor, su novia?"

"No tengo novia."

Una guardia ceremonial compuesta de cinco o seis soldados abrió el camino hacia una sección acordonada enfrente de una tarima. En la pared de atrás colgaba un óleo enorme del Capitán-General Pizarro. Uno de los guardias me indicó que me sentara en una silla de una mesa pequeña. Lannie jaló una silla para sentarse junto a mí.

"No, no," dijo nuestro anfitrión meneando el dedo indicando la negativa. "Usted no puede sentarse aquí."

"Pero soy su abogado."

"Lo siento, señor, el testigo se sienta solo." Él señaló a la sección donde se encontraban los espectadores. "Usted se sienta por ahí." Palabras de cólera le siguieron. Los guardias tomaron a Lannie por el brazo y lo sacaron, todo fue captado por las cámaras de TV.

"No te preocupes," me siseó.

Me aflojé la corbata y miré a mí alrededor. Los asientos se levantaban delante de mí en ambos lados, dando al lugar el efecto de un anfiteatro griego donde se presentaban las grandes tragedias. Cada asiento estaba ocupado por alguien con un periódico y cada ocupante tenía una mirada hostil. Hasta Pizarro se veía hostil, me veía desde la pared, espada en mano, armadura reluciente, banderas ondeando, listo para aplastarme con su caballo. Esto debió haber sido parecido a la inquisición—un hereje, un gritón mafioso, un acusador y un panel de jueces.

Por si fuera poco, el General Real hizo su entrada triunfal con ropa almidonada, de botas, uniforme y lentes oscuros, rodeado de asistentes, reporteros, cámaras de TV y sus labios enroscados a manera de burla. Las medallas en su pecho le daban la apariencia de un héroe de guerra muy bien condecorado. Los guardias ceremoniales le abrieron paso entre la multitud. El general se paró tan cerca que pude oír las respuestas a las preguntas de los reporteros.

"Si," dijo con voz rasposa. "El testigo pudo haberse ahorrado todo este bochorno."

"Si, ella se acostaba con los dos hombres al mismo tiempo. Nuestra pregunta ahora es ¿qué clase de mujer hace eso?"

Un sargento de armas subió a la tarima y me salvó de una mayor provocación gritando: "¡Oye! ¡Oye! Por orden ejecutiva del presidente de la Republica de Perú y de acuerdo a los protocolos establecidos por esta comisión, estas audiencias ahora van a dar lugar. Todos de pie."

Todos estaban parados, y por primera vez en años, anhelé un cigarrillo.

Tres comisionados pasaron en medio del destello de las cámaras, estaban sorprendidos y boquiabiertos; una agitación de batas negras, posturas y medallas oscilando en sus cuellos. Se sentaron abajo y echaron un vistazo alrededor en los espectadores, los reporteros y en los ayudantes con sus documentos jurídicos.

Después de la introducción le siguió una letanía de nombres compuestos y títulos, que si no fuera por ser el idioma español, me hubiera resultado muy ridículo y presuntuoso. El Comisionado Amado un hombre de apariencia distinguida con escasos cabellos fue presentado por su título profesional, Licenciado y después como Aurelio Amado Saavedra Monte y Valle. Sus credenciales eran igualmente imponentes—egresado de Harvard, novelista y receptor de varios premios lo cual le tomo a los lectores varios minutos para poder leer toda la lista. Finalmente, el Comisionado Amado se dirigió a mí. "¿Necesita un intérprete el testigo?"

Para entonces mi boca estaba tan seca como si hubiera masticado algodón. El sudor me escurría desde mis axilas hasta mis costillas.

"No," me las arreglé para contestar.

"Muy bien. Puedo ahora presentar—"

Lannie se puso de pie. "¿Señor Comisionado?"

Cada ojo y cámara se volcaron en Lannie. Con su traje suroeste con turquesa y botas se veía tan fuera de lugar como los comisionados se verían en una parrillada tejana. El Comisionado Amado lo miró por encima de sus anteojos.

"¿Quién es usted?"

Lannie se hizo notar, "Mi nombre es Emiliano Carranza Torres y Sánchez. Licenciado, abogado y doctor en jurisprudencia—a sus órdenes." Juntó sus botas. "Estoy con la directiva legal de la embajada de los Estados Unidos de América. Dr. Thorsen es mi cliente, a nombre de él me gustaría hacer una petición para posponer la comparecencia ante esta honorable comisión."

"¿En que se basa usted para hacer esa petición, señor Torres?"

"Me baso en que el no tuvo tiempo de prepararse."

"Esto es una audiencia, Señor Torres, no un juicio."

"Aun así nos gustaría que se pospusiera."

"¿Es usted peruano, Señor Torres?"

"No, Comisionado."

"Entonces por favor tome asiento. Su petición es denegada."

Lannie se encogió de hombros y se dejó caer en el asiento. El Comisionado Amado sentado a lo alto en una silla erecta y empujando sus lentes hacia atrás de su nariz, con su mazo de autoridad puso en orden el lugar: "Que el testigo haga su juramento para continuar con el interrogatorio."

Un secretario me extendió una copia de la Santa Biblia. Qué bueno que no estaba atado a un detector de mentiras cuando levante mi mano y prometí decir la verdad, solamente la verdad y nada más que la verdad, "Que Dios me guarde."

Capítulo 8

El Comisionado Amado me miró. "Por favor diga su nombre completo, edad y lugar de nacimiento."

Me incliné y hablé al micrófono. "Mi nombre es Marcus Einar Thorsen-Aguilar, edad treinta y tres años. Nací en los Estados Unidos de América, en el estado de Minnesota."

"¿Aguilar? Es un nombre Latino."

"Mi madre nació en México."

"¿Así que usted es medio Latino?"

"Y muy orgullo de serlo."

Él levantó una ceja como si hubiera dicho algo ofensivo. "¿Dónde reside actualmente?"

"Tampa, en el estado de la Florida."

Los preliminares continuaron—surgiendo preguntas acerca de mi profesión, lugar de empleo, modo de transportación—y no terminó hasta que un ayudante le murmuro algo a Amado. Entonces las cámaras y cada ojo en el lugar se voltearon a una mesa rodeada por una nube de humo de puro. El hombre sentado ahí era más bien pequeño y encorvado con un poco de cenizas en su chaqueta. Su traje estaba tan arrugado que más bien parecía un uniforme militar reciclado. Se puso de pie y se inclinó cortésmente, dio un golpecito al puro para tirar las cenizas, caminó hacia mi mesa y me sonrió mostrándome sus dientes manchados de tabaco.

"Profesor Thorsen, mi nombre es Raúl Felipe Bocanegra y Pozo, Inspector en Jefe de la División Interna de la Policía de Investigaciones de Perú, la agencia que todos conocemos como PIP."

Marchó de regreso a su mesa, revolvió su portafolio sacando una libreta y volvió a la tarima. "Honorables comisionados, mientras estaba sentado escuchando las introducciones, sentí el deseo de disculparme con el testigo, imagínense que pena tendrá con tanto retraso para encontrarse con su novia. Pero tenemos un ligero problema—señalando con su puro el portafolio—se llama evidencia. La evidencia mostrara que el testigo, este profesor tan culto, es un importante vinculo en la cadena de terror que ha traído tanto dolor a nuestra gente."

Lannie se puso de pie. "Señor Comisionado, por favor."

La cara del comisionado se puso roja. Señaló su mazo a Lannie. "Siéntese, señor Torres. No me haga repetírselo otra vez."

Lannie se dejó caer otra vez en su asiento. El comisionado volteó hacia Bocanegra. "Si tiene que hacer algún señalamiento hágalo de una vez, pero por favor sepa que este testigo no ha sido acusado de ningún crimen." El inspector apagó su puro y se desvió hablando de un discurso acerca de la guerra sucia que ya había reclamado treinta mil vidas. El habló sobre la redada en la guarida del Presidente Gonzalo y de las cartas y poesías que me habían traído a esta comisión. Se dirigió a mí.

"Para que quede asentado en nuestro expediente, ¿Dr. Thorsen, usted afirma nunca haber conocido al Presidente Gonzalo?"

Me incline hacia adelante y hable en el micrófono. "Nunca."

"¿Y qué tal su amiga?"

"No sabría decirle."

"Si claro está. Mi impresión era que usted vino a Perú para encontrarse con ella."

"Vine a asistir a una conferencia académica."

"¿Es usted el conferencista principal?"

"No, Inspector."

"¿Ah, entonces usted está representando un papel importante?"

"No, vine a atender la conferencia."

"¿Solo a atender? ¿En medio de la guerra? Que halagador para nosotros." Dejo de pasearse y con sus manos hacia atrás preguntó, "¿Sabe usted algo sobre los perros ahorcados?"

"Solo lo que he escuchado—que es para intimidar a las personas."

"Oh, es más que intimidación, es mucho más que eso." Encendió otro puro y sopló un perfecto círculo de humo que se elevó hasta el techo. El cuarto se puso tan silencioso que se podía oír el ruido de las cámaras de TV.

"La muerte de un perro es de gran impacto para el alma andina. Se decía que cuando un hombre moría, a su perro también se le mataba. En resumen, para no hacer la historia larga, la muerte de una persona siempre significaba la muerte de un perro. Pero con el tiempo, la gente comenzó a creer todo lo contrario. En otras palabras, la muerte de un perro pronostica la muerte de alguien más. El Sendero Luminoso se aprovecha de esta superstición. Ellos matan perros, los ahorcan en lugares conspicuos, antes de realizar un acto de violencia. Es una advertencia de lo que se nos espera. Esto es aún más serio que la quema de la cruz de su Ku Klux Klan."

"Ellos no son mi Ku Klux Klan."

El Comisionado Amado levantó su mazo "¿A qué punto quiere llegar con esta historia del perro, Inspector?"

"El punto es que Perú es un país violento. Y a lo que quiero llegar es hacerle entender al testigo la clase de gente con la que él se ha estado asociando."

El Comisionado Amado tomó su mazo. "Le voy a dar diez minutos. Pero le advierto, Inspector, si no puede presentar otra mejor historia que no sea de perros, entonces planeo despedir al testigo mandarlo a casa y anular la comparecencia. ¿Me entiende usted?"

"Le entiendo perfectamente." Miró su reloj y sonrió. Después hubo un largo periodo de silencio durante el cual deambulaba como fiscal de distrito dejando rastros de olores diabólicos y nubes de humo. Se paró en frente de mí y reflexionó por un momento.

"¿Donde aprendió quechua, Profesor? Como peruano, encuentro extraordinario que sepa el lenguaje de los Andes."

Me sonreí ante el halago. Pero sabía a dónde se dirigía con la pregunta. Que yo era culpable por asociación. "Lo aprendí cuando estaba en el Cuerpo de Paz en una pequeña aldea llamada Sicuani."

"¿Ha dado usted alguna vez una plática en quechua cuando era Profesor Fulbright en Ayacucho?"

"Si, lo hice."

"En la época de su asociación con el Presidente Gonzalo."

"Ya le dije que no conozco a ese tal Presidente Gonzalo."

"¿Era quechua el lenguaje requerido?"

"Español era el lenguaje de instrucción, pero muchos de los estudiantes indígenas—Runas—tienen como primer lenguaje el quechua, así que ofrecimos algunos cursos en esa lengua."

"¿De quién fue la idea?"

"Creo que era de un profesor de filosofía."

"¿Cuál era el nombre del profesor?"

Lannie se puso de pie. "Señor Comisionado, por favor. Necesito comunicarme con el testigo."

El Comisionado Amado se quitó los lentes de un tirón. "¿Cuál es la base de su petición, Señor Torres?"

"Aclarar un punto. El testigo está respondiendo a preguntas basadas en información incompleta."

Los comisionados se metieron en una discusión bastante acalorada. Los espectadores cuchicheaban entre ellos. Lannie y yo nos cruzábamos la mirada y el empezó a hacer muecas con la boca y palabras que no entendí; estaba tratando de interpretar lo que me decía, cuando el Comisionado Amado golpeó su mazo. "Señor Torres, le recuerdo una vez más que esto no es un juicio. Su petición es denegada."

El Inspector Bocanegra se ajustó sus anteojos con armazón de alambre, volvió a su portafolio y sacó un libro. "Este es el anuario de la Universidad de Huamanga en Ayacucho. Pertenece o pertenecía a usted, Dr. Thorsen. Fue recuperado también en la redada que se realizó en la guarida del Presidente Gonzalo." Lo ondeó y me lo entregó. "¿Lo reconoce?"

"Sí."

Lo abrió en una página señalada con un papelito amarillo. "Aquí tenemos fotografías de los profesores. Aquí hay una de usted." Se las mostró a los comisionados, después le dio vuelta a otra página y hurgoneó con su peludo dedo la foto de otro profesor.

"Bien, mire esto. ¿Pudiera ser el caso que este fuera el profesor de filosofía?"

Miré la foto y traté de ubicarlo. "Puede que sea él. No puedo estar seguro."

La levantó para mostrarla a las cámaras y me la entregó. "¿Podría por favor leer la inscripción?"

Tomé el libro y examiné la escritura borrosa. Entonces supe hacia donde iba con esto el inspector. Inclusive supe porque Lannie me sacudía la cabeza.

El Comisionado Amado me señaló con su mazo. "Por favor, léalo para nuestro expediente protocolario."

"Dice, 'Para mi amigo gringo, Marco, con un saludo personal muy afectuoso.'"

"¿Esta firmado?"

"Él lo firma como Abi."

Bocanegra tomó el libro abierto y se lo entregó al Comisionado Amado. Regresó a su portafolio, sacó un cartel y lo desenrollo.

"Esta es una fotografía más reciente del profesor. La clase de foto que ves en la oficina de correos y en otros edificios públicos. ¿Lo reconoce usted?"

Quería meterme debajo de la mesa. El hombre del cartel era más viejo y más ordinario que el del anuario. Se vislumbraba como una figura amenazante con las cejas fruncidas y un aire enojón. Su cara de buey y sus cejas peludas resaltaban. Su puño izquierdo—casi tan grande como su cabeza—estaba empuñado y con la otra mano, sujetaba un martillo rojo y una bandera con la oz del Sendero Luminoso.

"¿Y usted, no lo ha visto recientemente o hablado con él?"

"No inspector, ya le dije, difícilmente lo conocí."

"¿Podría, por favor, leer la parte de arriba del cartel en voz alta y decir lo que dice?"

Dejé que mis ojos cayeran en las palabras del encabezado de poster. SE BUSCA POR ASESINATO, TERRORISMO Y CRIMENES CONTRA EL ESTADO—ABIMAEL GUZMAN.

"Léalo en voz alta," Bocanegra repitió.

Lo leí, casi me atragantaba con las palabras.

"Más alto por favor."

Lo leí otra vez.

"¿Y qué dice al pie del póster?"

Dice: "También conocido como el Presidente Gonzalo."

Capítulo 9

Si el Presidente Gonzalo hubiera entrado con dinamita y una mecha encendida en la mano, no hubiera podido causar más conmoción en el lugar. Periodistas y reporteros salían enloquecidos, espectadores con cámaras corriendo de arriba abajo para tomarme fotos observando atónito el cartel del hombre que jure no haber conocido, al final, el lugar se convirtió en una casa de locos.

Amado desistió en su intento de restaurar el orden y declaró un receso de diez minutos. Él y los otros comisionados salieron del salón y Lannie se apresuró a mi lado. Un pequeño número de guardias mantenían alejados a los reporteros. Voltee a ver a Lannie y le dije.

"¿Cómo diablos se suponía que debía saber esto? La universidad es un sitio muy grande. Él estaba en un edificio diferente. Ni siquiera me acuerdo cuando me firmó el anuario."

"Tal vez falsificaron la firma."

"¿Y ahora qué hacemos?"

Él encendió un cigarrillo. "Solo hay una cosa por hacer: mencionar tu relación con Marisa."

"Su esposo la mataría."

"Por Dios. Su esposo ya lo ha de saber; a menos que él se encuentre en Alaska cazando osos polares. ¿Y por qué no me dijiste que eres medio mexicano?"

"¿Dónde crees que aprendí a hablar español? Lo aprendí de mi madre cuando era niño."

Pasaron diez o quince minutos. Los espectadores y reporteros regresaron a sus asientos. Lannie y yo tratamos de anticipar las preguntas que nos iban a hacer y establecer alguna estrategia, pero todo parecía inútil.

"¡De pie!"

Al instante todos se pusieron de pie. Los comisionados regresaron y tomaron sus asientos. Lannie se apresuró a tomar el suyo. Tan pronto el Inspector Bocanegra dejó de deambular por los viejos pisos de madera, la tensión en el aire era perceptible. Se paró frente a mí y apuntándome con su puro me preguntó: "¿Cuál es el nombre de su amante?"

Antes que pudiera contestarle, Bocanegra levantó una de mis viejas cartas de amor. "Según esta carta, su nombre es María Luisa Montero, abreviación de Marisa. Obviamente esto es una fabricación."

"Es el único nombre que conozco."

"¿Y aun así, le compone poesía erótica?"

Metió la mano en el bolsillo de su chaqueta y sacó de una carpeta una hoja de papel, tan pronto la desdoblaba lentamente la reconocí, era una de las copias ya amarillas por el tiempo de mi "Lirio del Perú."

Por favor no lo lea. Por favor.

Lo leyó de todas maneras. Las mujeres en el salón se sonreían. Lannie meneó la cabeza a manera de disgusto. Bocanegra retiró el poema y sacó un gran libro rojo de su portafolio y lo mostro a todos.

"Otro anuario—este es de la Universidad de San Marcos." Paso las hojas de las páginas para encontrar una foto de ella. "Dice aquí que era una estudiante de periodismo."

Miré la cara de Marisa de diecinueve años y me quedé absorto en sus profundos ojos azules, su cabello liso oscuro peinado hacia abajo y por supuesto su bella sonrisa. Había salido muy bien en esa foto.

"Escuche, Profesor Thorsen. Usted ya tiene suficientes problemas, así que le voy a ahorrar menos bochornos. Sabemos que ella era una estudiante de San Marcos, una simpatizante de Trotsky. Sabemos también que la conoció en los campos de la Universidad, conocemos el sitio predilecto de los dos—El Parrón—donde se reunían todos los radicales. Y sabemos que ella es de su país, de Miami."

Mi corazón se heló. Estaba esperando que dijera que además ella era la hija de la congresista Montero, pero no lo hizo, me supuse que no sabía.

"¿Por qué está usted protegiéndola?" Bocanegra me preguntó en voz baja. Caminó hacia mí y se inclinó. Caían cenizas en la mesa conforme hablaba, casi en susurro me preguntó. "¿Dónde está ella?"

"Honestamente no lo sé, Inspector."

"¿Reanudo sus relaciones con ella hace tres años, no es así? En Ayacucho."

No dije nada. Era más que obvio para el mundo entero que estaba derrotado.

Bocanegra se dirigió al estenógrafo. "Que quede claro en nuestro expediente legal que el testigo se rehúsa a contestar."

Tronando sus dedos, hizo un ademán con la mano y con ese gesto, hizo venir una mujer de cabello negro azabache. Sacó un proyector de diapositivas de un carrito cuyas llantas rechinaban. Otro hombre le ayudó a levantar una pantalla. Hubo un pequeño retraso mientras alguien iba en busca de un cable de extensión. Cuando todo estaba listo y bajaron las luces me puse mis anteojos. Lannie me miró y se encogió de hombros. Con un zumbido, el proyector cobró vida. Un rayo de luz penetró en la semioscuridad recogiendo lo que quedaba de las nubes de humo.

"Primera diapositiva," dijo Bocanegra.

En la pantalla se mostraba una casa de color blanco ostión con techo rojo y se veían las montañas de color gris al fondo. Las hortensias se presentaban tan reales que casi podía olerlas. El número de la entrada de la casa era 143. La voz de Bocanegra penetraba la oscuridad.

"¿Reconoce la casa?"

"Es donde vivía en Ayacucho."

"Siguiente diapositiva."

La siguiente imagen mostraba una rubia atractiva de una apariencia limpia y atlética parada a la entrada de la misma casa. Vestía con unos jeans y un pesado saco tejido.

"¿Y esta joven es?"

"Denise. Era mi esposa."

"Aja, ¿así que usted era casado?"

"Separado."

"¿Separado? Pero aquí esta ella con usted en la misma casa. Que separación tan extraña."

"Ella estaba de visita. Teníamos cosas por arreglar."

"Estoy seguro que sí, Profesor. Siempre es difícil explicar a la esposa la otra mujer."

La audiencia se río a carcajadas. Amado golpeó su mazo para restablecer el orden.

"Siguiente diapositiva."

De repente quería salir volando del edificio. Ahí estaba ella con el cuello levantado para cubrirse del aire de la montaña. Con el viento el cabello le envolvía su cara—caminando a través de una entrada de rejas verde con el número 143 a plena vista. ¿Pero quién habría tomado la foto? ¿Y por qué?

"¿Y quién pudiera ser esta?" quería saber el inspector.

No contesté y con todo y el cuarto a oscuras, podía ver la reacción de la audiencia: los hombres se codeaban unos a otros deseando que ellos fueran tan suertudos como yo. Las mujeres sacudían sus cabezas y murmuraban entre ellas. Probablemente diciendo que yo era un desgraciado.

Bocanegra también lo vio. "Así que aquí tenemos a este hombre, casado, teniendo por esposa a una hermosa rubia y además entreteniendo a una mujer asociada con el Presidente Gonzalo. ¿Qué dijo su esposa, a todo esto Dr. Thorsen, esa mujer a la que usted le prometió votos sagrados de matrimonio?"

Quería desamarrar mi corbata y apretarle el cuello a Bocanegra, ahorcándolo muy despacito hasta que se muriera. Ellos mostraron otras fotografías—Marisa saliendo de la casa, subiéndose a un Toyota y alejándose, las placas del carro eran claramente visibles.

"Verificamos las placas," dijo Bocanegra y añadió, "Y no sacamos nada, ni nombre ni registro. Los terroristas son así. Sus huellas son siempre muy sombrías."

Las luces se encendieron, alguien desconectó el proyector y rodando lo retiraron. Al encenderse las luces parpadeé un poco y traté de tomar compostura; preguntándome quien habría sido el que tomó esas fotografías. ¿No sería que el esposo de Marisa pudiera haber contratado a alguien para que la vigilara? En el silencio que siguió Bocanegra se metió en la tarima con los comisionados y entraron en una conversación a susurros.

Los minutos pasaron y la audiencia se calmó. El Comisionado Amado golpeó su mazo y me miró muy solemnemente, como si esto hubiera sido muy doloroso.

"Profesor Thorsen, es obvio que usted sabe más de lo que nos hace creer. Necesitamos saber dónde está esa mujer. Usted podría ayudarnos, sin embargo lejos de hacerlo, usted nos está desafiando."

Él dudó antes de decir las palabras como para que yo las comprendiera bien. "¿Y qué vamos a hacer? Solo nos deja dos opciones. La primera, podemos hacer que usted permanezca bajo la supervisión del Inspector Bocanegra por algunos días y que lo interrogue en privado. Y segundo, podemos darle otra oportunidad para que se presente otra vez ante nosotros y nos diga la verdad."

Miré a Lannie. El comisionado seguía hablando. "Con la recomendación del Inspector Bocanegra, voy a permitirle regresar a su hotel para que lo reconsidere. Pero mañana por la mañana a las diecinueve horas, lo quiero de regreso aquí para que nos dé una confesión completa. ¿Está claro?"

Pude haberme desmayado del alivio. "Si, Comisionado."

No había terminado de cerrar la sesión golpeando su mazo, cuando micrófonos y preguntas me llovieron por todos los ángulos. Para abrirnos paso, los guardias ceremoniales hacían a un lado a las personas para que pudiéramos salir libremente del salón y nos dirigiéramos a la salida por el corredor.

"Cristo Bendito." dijo Lannie. "Necesito un trago."

Afuera la humedad del aire era un cambio refrescante comparado con la opresión que se sentía en el palacio; ahí había una multitud reunida todavía. Como abogado que era, Lannie me tomó del brazo tratando de abrirme camino entre esa locura, diciendo, "Sin comentarios."

Estábamos a punto de entrar al Cherokee cuando un impulso me detuvo. Quizá fue el perfume de ella—Lirio del Perú—aunque realmente no lo olí, o tal vez la oí llamarme. Sin embargo, con el clamor a mí alrededor no era posible escuchar nada. A lo mejor fue esa corriente indescriptible que pasó entre nosotros—un destino en común, una fusión de almas. Lo que hubiera sido, me volteé a mi derecha ligeramente y la vi caminando entre los espectadores.

Marisa.

En un instante, sentí que el mundo se paró, el ruido se esfumó y mi respiración se detuvo por un momento. Seguramente estaba alucinando. Nadie podía ser más descarado. Pero esa chamarra de cuero color sangre de buey era inequívocamente la de ella. Su mismo cabello oscuro, la misma gracia al caminar abriéndose paso entre la muchedumbre. Se volteó hacia mí, me encontró la mirada y rápidamente se movió hacia un ángulo.

Lannie me tomó del brazo. "Vamos, viejo amigo. Aquí es un infierno."

Ahora ella estaba lejos de la multitud. Apresurándome a su paso nos dirigimos hacia una fila de taxis estacionados. Un taxista salió y nos sostuvo la puerta. Se detuvo, se volteó y me miró. Tacones, falda oscura, labios carnosos, la forma que ella se veía cuando se sentía en problemas.

"Amigo," dijo Lannie. "Estamos en el camino equivocado; nos estacionamos por allá."

Marisa se subió en el asiento de atrás y cerró la puerta. El taxista arrancó el motor y salió por la reja desapareciendo en la neblina.

Capítulo 10

Trote hacia el Cherokee de Lannie, desesperado por lograr alcanzarla. "Apresúrate," le dije, saltando dentro del auto y cerrando la puerta tras de mí.

"Vi a Marisa. Acaba de irse en ese taxi verde."

Lannie encendió el carro y se dirigió hacia la salida, pero otros carros también hicieron lo mismo amotinándose en el mismo lugar y no nos dejaban pasar, la única posibilidad de alcanzarla sería si ella nos estuviera esperando.

"¿Me puedes dar un cigarrillo?" Le pregunté.

"¿Qué demonios es esto? Vas a volver a fumar?"

Encendí uno de sus Marlboros, le di una larga bocanada y lo apagué.

Examinamos las calles laterales y los carros estacionados mirando entre las sombras. Dimos una segunda vuelta alrededor de la plaza, bajando despacio por cada calle y callejón. Pero todo lo que vimos fue soldados, tanques y la línea de espectadores que salían del palacio.

"Chingada garua," Lannie exclamo, usando el término peruano para la neblina. "No veo nada." Encendió las luces delanteras y limpió el parabrisas con su mano. "Debes haberte equivocado; si ella usa su sentido común, me atrevo a aventurar que está en los Estados Unidos."

"No, Lannie, era ella. La reconocería en cualquier lugar."

"Más te vale que estés equivocado. Bocanegra no estaba siendo generoso contigo, solo estaba tratando de ser creativo. Si te arrestara

42

solo conseguiría mala publicidad, pero al darte una apertura sabe que correrás tras ella. Así es como ellos operan. Probablemente tiene un pelotón de agentes asignadas a tu caso."

Se detuvo en una luz roja y encendió un cigarrillo. "Pero yo sé cómo ingeniármelas con esos bastardos. Tenemos aviones volando en la selva-barcos cargados de municiones, avionetas de irrigación, helicópteros-buscando a narcos, podrías vestirte como uno de mis hombres—casco, gafas protectoras, revestimientos—te hago volar sobre Pucallpa y te dejo con los misioneros."

"¿Misioneros?"

"¿Por qué no? Siempre están volando sobre Brasil en sus pequeños aviones de un solo motor."

El seguía hablando sobre aviones, cuando nos encontramos con el mismo convoy que nos había pasado anteriormente. Unos Jeeps cargados en la parte de arriba de ametralladoras, y camiones llenos de soldados tan jóvenes como niños de preparatoria. Uno de los tanques se estaciono a un lado de la calle, su cañón apuntando hacia la plaza San Martin. Un poco más allá de la plaza, un grupo de protestantes ondeaban unas pancartas gritando, *"Asesinos!"*

Lannie puso en reversa el Cherokee y bajó la intersección tomando luego una calle lateral.

"Ahora bien, este es el plan: Voy a ponerme en contacto con Easton y espero que él pueda envolver al embajador y entre todos llegar a una solución, sino seguimos con mi plan."

"¿Y qué hay de Marisa?"

"¿Alguna vez se ha lanzado ella de un avión usando un paracaídas?"

"¿Tenemos que lanzarnos de un paracaídas?"

"Oye, mi hermano de sangre, yo nunca te dije que iba a ser fácil."

Nuestra ruta nos llevó a La Colmena; la calle principal que daba a la Plaza San Martin y justo a un lado de la entrada del hotel. Lannie se estaciono en la curva.

"¡Ah caray, mira quien está allá!"

Debajo de un toldo estaba parado el agente fisgón Gordo—fumando un cigarrillo, con abrigo de trinchera y sombrero oscuro. Parecía un agente de la Gestapo de los que salen en las viejas películas de la segunda guerra mundial. Nos reconoció y enseguida apagó su cigarrillo, dándole un ligero codazo a un hombre de tipo medio asiático que estaba junto a él.

Lannie le dio un giro al carro en forma de U, tomo el otro lado de la calle y nos paramos a cinco cuadras de donde estaba Gordo y su compañero. El sacó su libreta, escribió algo, arrancó el papel y me lo entregó.

"Tu teléfono está comprometido. Tenemos que hablar en códigos. Aquí hay tres posibles lugares de encuentro. Si yo llamo y digo Número dos, eso significa que es el segundo lugar de la lista, ¿comprendes?"

"Comprendo."

"Si digo las mil novecientas horas, tu restas dos horas. Y una cosa más. No hagas algo tan estúpido como intentar encontrarte con ella. No eres Pancho Villa. ¿Comprendes?"

"Sí, Lannie. Comprendo."

Tan pronto se fue, me encaminé en la dirección opuesta de mi hotel, pasando entre vendedores con sus mantas en las banquetas, esquivando a los cambiadores de dinero que me perseguían con sus ofertas.

La Colmena estaba tan desordenada y desaseada como el resto de Lima. Qué diferencia a aquella calle tan elegante que con tanto cariño yo recordaba. Me agaché debajo de un andamio de madera en un lugar de construcción, alguien había echado aerosol pintando las contrachapadas con las palabras REDUCIDO A ESCOMBROS POR UNA BOMBA DEL SENDERO LUMINOSO.

Hubiera deseado pasar por el frente de El Parrón sin que me vinieran a la mente los viejos recuerdos. Pero el persistente sonido de una flauta me hizo detenerme y cuando el soplo de humo de cigarrillos flotó en la calle, yo volví a tener veintidós años y ser aquel muchacho idealista miembro del Cuerpo de Paz que discutía con mis amigos los complejos problemas mundiales.

El Parrón había sido nuestro sitio, uno de esos lugares ligeramente encendidos donde revolucionarios barbudos se sentaban alrededor para debatir temas como el materialismo dialectico y la teología de liberación y los muchachos traían a sus novias para tratar de seducirlas. Ahora podía imaginarme a Marisa en su suéter negro, sus labios húmedos e invitantes, y sobre la mesa mi copia de los poemas de amor de Neruda, un tarro de vino tinto caliente y cigarrillos en los ceniceros. Mis ojos se empañaron de lágrimas, me las sequé y apresure mi paso.

Llegue a la entrada del hotel Crillion cerca de la embajada de los Estados Unidos. El olor de café recién hecho llenaba el ambiente. Los huéspedes se habían reunido alrededor de la televisión y el comentarista estaba hablando sobre los perros ahorcados y otros bombardeos recientes.

Encontré un teléfono público e inserté un Nuevo Sol en la ranura de las monedas.

No me dio tono, que maldición, el sistema telefónico de Lima era tan anticuado como todo lo demás del Perú. Después de algunos intentos, me dieron el tono y marqué el teléfono de Marisa.

Una mujer respondió. "Lo siento, señor, pero este servicio ha sido desconectado."

Una dependienta en el mostrador me miró como si me reconociera. ¿Me reportará al agente fisgón?

Me imaginé un teléfono sonando en un lugar privado y oscuro y a un pequeño agente fisgón de la PIP con audífonos, conectados por toda la pared cables y tratando de interceptar esta línea.

Inserté otro sol en la ranura y marqué otro número. Esto trajo otro sonido fastidioso como de claxon seguido por una grabación. "El número que usted ha marcado no está en servicio, si necesita asistencia..."

Maldición, maldición y más maldición. Debía haber otra manera. Ella debía estar en algún lado tratando de mandarme un mensaje, ¿qué hubiera hecho ella en este caso?

Probablemente llamarme a la casa y dejarme un mensaje.

Por supuesto, que tonto de mí el no haber pensado en eso antes.

Metí otra moneda y conseguí a la operadora internacional. Atrás de mí una voz en la televisión estaba diciendo. "¿Conoce usted a esta mujer? La describían como una norte americana de ojos azules y cabello oscuro, de un metro sesenta y ocho centímetros de estatura, delgada y muy atractiva. El último domicilio conocido era Ayacucho. Si alguien tiene alguna información por favor llame..."

La operadora me pidió mi número de tarjeta para hacer llamadas. Seguí sus instrucciones y marqué mi clave, luego el número de mi casa y esperé a escuchar el mensaje de Marisa.

En lugar de eso, sólo se escuchó el sonido de línea ocupada.

¿Cómo podía ser? yo vivía solo.

Finalmente, me rendí y llamé a mi asistente administrativa en la universidad.

"Dios mío." dijo Jenny. "¿Estás bien? Hemos estado escuchando puras locuras."

"Estoy bien, pero escucha. ¿Hay algunos mensajes para mí?"

"Como dos docenas."

Me leyó la lista, pero no había ninguno de Marisa.

"Escucha Jenny, ¿podrías llamar a mi casa por otra línea?"

Me puso en espera y regresó en segundos. "Todo lo que consigo es línea ocupada."

Le agradecí y le colgué el teléfono antes que ella empezara a hacerme más preguntas; resistiendo la tentación de arrancar el cordón del teléfono. Este viaje ha sido un maldito desastre, en estos momentos me hubiera gustado seguir el consejo de Lannie, lanzarme del avión sobre la jungla, ¡pero sin paracaídas!

Capítulo 11

Cuando regresé a mi hotel, las demostraciones seguían en la plaza, las canciones de protestas tenían el mismo tono que me habían hecho tripas el corazón el día anterior. El mismo viejo con su voz desquebrajada y fatigada apoyado por flautas, tambores y queñas cantaba en quechua una canción de amor desesperado. La cual casi me saca las lágrimas.

> En la cima de la colina te esperé,
> Debajo de los arboles/en la primavera.
> Y más nunca tu cara volví a ver...

El pobre, se escuchaba tan miserable como yo me sentía. Probablemente alguna mujer de cabello oscuro, flor de los Andes lo dejó en el altar. Me marché de regreso al hotel, tomé el elevador a mi habitación y antes de que abriera la puerta escuché timbrar el teléfono.

"¿Que está pasando?" me gritó el decano. "CNN me llamó. Estoy recibiendo llamadas de Perú, algo acerca de que estas implicado en un asunto de drogas y manteniendo compañía con terroristas."

"Le explicaré todo cuando regrese."

"Esto va a necesitar más que una explicación, Marcus. El Presidente está como un volcán a punto de explotar, hay rumores acerca de unas cartas muy comprometedoras. Y tú escribiendo poesía erótica a una mujer casada."

"No estaba casada en ese entonces. Estábamos comprometidos."

"¿Quieres decir que hay verdad en esos alegatos?"

"Mire, no puedo hablar ahora. Regresaré en un par de días y ya le enteraré."

"No tengo un par de días. El comité de investigación se reúne esta tarde." Su voz tomó un tono de simpatía. "Siento ser el que te tenga que decir esto pero, están retirando su recomendación para decano—por lo de la integridad y toda esa mierda."

Tomé toda la fuerza de mi voluntad para no arrancar el teléfono de la pared y tirarlo por la ventana. Solo hacía unos días, mi preocupación mayor era si Marisa y yo deberíamos parar por Acapulco en camino a casa. Ahora todo se reducía a no estar con Marisa, nada de posibilidades de ser decano y ni manera de escapar de esta locura. El decano siguió habla que habla sin parar.

"También estoy desilusionado, todos estos—"

Colgué el auricular de sopetón.

Un fuerte sonido salió de la plaza, seguido por gritos y ruido de sirenas. Corrí hacia la ventana y bajé las persianas a tiempo de ver como el gas lacrimógeno se elevaba alrededor de la estatua del General San Martin. La policía con todo un equipo de redada avanzaban con dificultad en la multitud agitando sus cachiporras. Con un estruendoso ruido, un cañón se acercó prorrumpiendo y esparciendo largos chorros de agua, empapando a las personas, haciendo que cayeran a los pies y mandándolas patinando hacia los empedrados. Los músicos trataron de retraerse pero sus instrumentos los hacían caminar más lento. El viejo se tropezó y se cayó. Un policía le recogió su guitarra y se la rompió contra un poste de luz.

Algunos de los protestantes activistas se amarraron su pañuelo cubriéndose la boca tirando los botes de humo de regreso a la policía. Otros se defendían contraatacando, por un instante quería salir, agarrar una bandera y unirme a la carga. En ese momento de solo diez o quince minutos, el siglo veinte había vencido el dieciséis y no había quedado nada excepto el gas lacrimógeno que se filtraba a través de las ventanas.

El teléfono timbró. Era Lannie.

"Escucha, viejo amigo. Creo que encontramos una solución. ¿Qué te parece si nos vemos digamos número uno? Hagámoslo a las veintidós horas ¿Puedes perder a los chicos malos?"

Tomé mi chaqueta de cuero y salí. La neblina cubría la ciudad como una plaga medieval, creando un aura misteriosa alrededor del alumbrado público y las luces delanteras de los carros. Las llantas hacían un silbido sobre el pavimento mojado. Mis ojos y garganta estaban adoloridos por el residuo del gas lacrimógeno. Llamé a un taxi y le entregué un billete de diez dólares y le dije lo que quería hacer.

Atrás de mí, hombres con abrigos de trincheras se amontonaban en un Mercedes negro.

"¿No es usted ese gringo del que están hablando?" me preguntó el taxista.

"¿Tiene usted algún problema con ello?"

"No, yo también odio a esos bastardos."

Nos apresuramos hasta La Colmena, el taxista quejándose de todo lo mal que estaba Perú—un Presidente fascista, una moneda que no valía nada, además de impuestos para personas pobres como él. Rechinando, giró hacia la derecha, a un lado oscuro de la calle y lentamente bajo la velocidad para que yo pudiera saltar del carro.

"¡Viva Gonzalo!" gritó, y continuó su camino.

Troté hacia la entrada de una puerta y bien erguido me recargué contra la pared. El carro Mercedes dio vuelta alrededor de la esquina y siguió en el pavimento resbaloso, continuaba siguiendo al taxi; un visaje borroso de oscuros sombreros, cigarrillos iluminados y la luz trasera del carro también desapareció entre las tinieblas.

Unos minutos después, entré a El Parrón.

Capítulo 12

El sitio estaba tan lleno y ruidoso como antes y seguía oliendo a humo de cigarrillo, vino y comida muy condimentada. Una pequeña banda de estudiantes de universidad practicaban en una esquina. Tipos de cabellera larga conversaban con sus bebidas en la mano, hombres barbudos, mujeres vestidas de negro, algunos con aretes en las cejas y otros de cabellos pintados de color zarzamora. Algunos de ellos me veían como si me hubieran reconocido.

Lannie me hizo señas desde una esquina lejana, justo era la misma mesa donde Marisa y yo nos solíamos sentar. En sus pantalones de mezclilla, botas y un pulóver negro debajo de una chaqueta oscura parecía más un profesor de arte que un agente antidroga. Me indicó que me sentara en la misma silla donde alguna vez me senté con Marisa.

"¿No pudiste encontrar un sitio más apropiado?" Le pregunté. "Esta gente lee los periódicos."

"¿Y qué? Tú ahora eres su héroe. No te sorprendas si te piden tu autógrafo."

Una muchacha de cabellera oscura y bien formada nos tomó nuestra orden de pisco sour. Lannie le tocó su brazo. "¿Alguna vez alguien te dijo lo hermosa que eres?"

Ella se alejó con una sonrisa burlona. Lannie empujó su silla para acercarse a mí. "El embajador ha tenido una larga conversación con los comisionados. Están tratando de hacer una audiencia a puerta cerrada. Serían solo ellos, Holbrook Easton y nosotros dos. Sin periodistas, ni espectadores, ni público en general."

"¿Que se supone que les diga?"

"Por eso nos estamos reuniendo. Tú dime y yo decidiré."

Los piscos llegaron. Mientras Lannie seguía coqueteando con la mesera. Di una mirada alrededor y me fije en los carteles del Che Guevara, Mariátegui y Trotsky. Las nubes de humo de los cigarrillos se subían al techo. En la mesa contigua, un hombre barbudo le leía poesía a una mujer que llevaba puesto un sweater negro. Ellos podían haber sido nosotros, pensé; Marisa metida en cada palabra que yo le leía, mirándome a los ojos, sus pies se entrelazaban con los míos. Lannie me dio un golpe en el brazo. "Le gusto."

"¿A quién le gustas?"

"A nuestra mesera. ¿De quién diablos crees que te estoy hablando?" Tomó un sorbo de pisco y se limpió la espuma del bigote. "Está bien, viejo amigo, dime ahora todo lo de Ayacucho. ¿No fue el sitio donde ustedes se unieron la segunda vez?"

Dejé que mi mente regresara tres años atrás a una pequeña capilla-campanas de iglesia, traje de esmoquin, flores, las mujeres de sombrero y muchas sonrisas. "Era la boda de uno de mis estudiantes."

"¿Se presentó ella a la misma boda?"

"No exactamente. Era también el día de Inti Raymi, tú sabes, el festival del sol, solsticio de invierno, Runas en las calles con sus trajes folklóricos, bailando, silbando los cuernos y emborrachándose. El ruido interfería con la boda, pero aun así continuaba y cuando salimos, la vi enfrente de la calle."

"¿Vestida como una Runa?"

"No, Lannie, era como si ella me estuviera esperando; y lo raro fue que yo sabía que ella estaría ahí"

"No me vas a decir que los dos tenían esa clase de conexión metafísica—estrellas, planetas, la luna y toda esa mierda de la nueva era."

"¿Quieres oír esto o no?"

"Claro que lo quiero escuchar. Así que tú sales y ella está ahí, pero tú lo sabías de antemano."

"Todo lo que sé es que lo presentí. Atravesé el gentío como un loco llamando su nombre, saltando pasos para dar una mirada. Era como la visión de Elvis, visto por un segundo, perdido en el siguiente."

"¿Como lo que sucedió hoy en el palacio?"

"Algo parecido, pero más intenso. Piénsalo bien. Después de todos estos años preguntándome qué había sucedido con ella, de no saber ni una palabra; de repente se me presenta en un remoto lugar como Ayacucho."

Lannie levantó su vaso y trató de imitar la voz nasal de Bogart. "De todos los sitios de bebidas del mundo, ella entra en el mío. Pero siempre tendremos a Paris."

"¿Cuantos piscos te has tomado?"

"Lo siento, es que tenía que decirlo. Continúa. Te estoy escuchando."

"En otra ocasión la vi en un carro de pasaje. Y luego en una noche de nevada"—mi garganta se me hizo un nudo, pero aun así logré decirlo—"se presentó al frente de mi puerta."

"Diablos ¿Y qué pasó con Denise?"

"No estaba ahí. Estábamos considerando el divorcio y ella había ido a visitar a su mamá."

Tomé otro largo sorbo y dejé que la escena cobrara vida en mi mente: Marisa parada afuera en el frío, rodeada por la nieve, con guantes, galocha, gorro de esquiar y temblando de arriba abajo. Y yo, sosteniendo un libro en la mano, sorprendido y sin palabras que decir.

"¿Me vas a decir o no?" me preguntó Lannie.

Con el ruido alrededor, humo de cigarrillo en el aire y una pareja besándose en la mesa contigua me atragante. Lannie se dio cuenta de lo que estaba pasando y llamó a la mesera.

"Dos más," dijo señalando los vasos que estaban todavía llenos a la mitad.

Se levantó. "Espera, sostén tus pensamientos, tengo que ir al baño."

Abrió paso entre la multitud, dejándome solo con mi pisco sour y mis recuerdos de Marisa. Me sequé las lágrimas y observé todo a mí alrededor. Una mujer en una mesa cercana me dio una mirada como si me reconociera y me señaló indicándoselo a su novio. Él me miró y alzó su mano con el pulgar hacia arriba como en señal de aprobación. El hombre barbudo y su novia sentados en la mesa contigua se besaban y estaban abrazados cuando la mesera regresó con nuestra bebidas; me preguntó si yo era el profesor gringo que regresó a encontrar a su novia.

"Eso es tan romántico," dijo ella, "Espero que la encuentre."

Ella quería seguir charlando, pero alguien la llamó. Lannie regreso y acercó su silla, se sentó y observo a la pareja que se estaba besando. "Cristo Bendito, deberían conseguirse una habitación." Terminó con su vaso de pisco. "Bueno, así que Marisa se apareció a tu puerta y tú la metiste en tu casa y luego ¿qué paso?"

"Hablamos por horas."

"¿Eso es todo, solo hablaron?"

"No, Lannie, también lloramos mucho. Fue un momento muy emotivo."

"¿Que te dijo acerca de su esposo?"

"Ya te lo dije. No se llevaban bien. Él es un hombre de negocios y viaja mucho."

"Tú me puedes dar una mejor respuesta. Él debe ser parte del problema."

"Mi conjetura es que él es todo el problema."

"Así que dime."

No quería decirle a un agente de la DEA (Antidrogas) lo que Marisa me había dicho en confidencia—que ella sospechaba que estaba en negocios turbios, tal vez inmiscuido en el tráfico de drogas y ella le tenía miedo y temía que las autoridades fueran tras de ella también—Así que le dije a Lannie, "Esto es solo entre nosotros dos ¿verdad?"

"Correcto."

"El principal punto es su relación con otras mujeres."

"¿Qué diablos? Lo que quiero saber es acerca de—"

"No solo eso, pero él está metido en intercambio de parejas."

"Que inmundicia de ser humano, ¿Qué demonios de hombre quiere ver a su mujer acostándose con otro hombre?"

"Nunca llegó a eso. Ella se rehusó a participar."

A unas cuantas mesas de nosotros se generó una conmoción; un hombre ebrio estaba peleando con su novia porque había estado con otro hombre. Los que se estaban besando en la mesa contigua se levantaron y se fueron. Lannie y yo esperamos a que los vigilantes pusieran orden y entonces él me dijo, "Lo que quiero saber es acerca del tipo de negocios que tiene."

"Todo lo que sé, es que esta en la importación y exportación de provisiones para arte."

Lannie giró sus ojos. "¿Cuándo fue la última vez que hablaste con su mamá?"

"No nos hablamos. No estamos en buenos términos."

"¿Por qué?"

"Porque Marisa quedo embarazada de mí."

Se atoró con el pisco. "Qué barbaridad, ¿dejaste a la hija de la congresista Montero embarazada?"

"Ella no era congresista en ese entonces. Yo estaba en el Cuerpo de Paz. De todas formas ya teníamos planeado casarnos, en Miami. Pero cuando su mamá se enteró de su embarazo y que yo era el padre; un voluntario de cabellos largos del Cuerpo de Paz, sin fortuna, con sangre Mexicana, y según ella, sin ambición, envió a Marisa sabe Dios a dónde."

"Mi mamá era así también. Se puso furiosa cuando supo que mi primera esposa no era Católica."

"¿No habías dicho que era porque la habías conocido en un club nocturno donde las mujeres bailaban desnudas?"

"Bueno, eso también." Levantó la copa como para hacer un brindis. "Por las madres que se preocupan por sus hijas."

Me inundó la tristeza otra vez cuando me acordé de los tiempos pasados y de la imposibilidad de nuestro amor. El sentirme inútil, la inmovilidad de no haber podido hacer nada me lleno de soberbia. Lannie se acercó y me tocó el brazo. "¿Y qué le paso al bebe?"

"Un aborto natural."

"Maldición, Marco. Eso es tan triste que me dan ganas de llorar. Yo me acosté con una chica una vez. Una porrista de la preparatoria. La cosita más linda. Diablos como sabia de sexo. Pensé que me iba a exigir que me casara con ella, pero..."

"¿Pero qué?"

"Culpó al futbolista, el estúpido hijo de puta se casó con ella."

Las luces bajaron y la banda empezó a tocar. Una joven con cabellera larga y oscura y un vestido mini tomó el micrófono. "Esta noche," dijo en una voz melancólica; "tenemos a un invitado muy especial, un viejo amigo de este establecimiento quien vino a nuestro problemático país por el amor de una mujer."

Todas las sillas rechinaron cuando cada uno se volteo hacia mi dirección.

"Esta canción es para usted, Maestro. Que tenga el poder de luchar contra las fuerzas que están en contra suya y encuentre su amor."

La multitud se animó y aplaudió. Y luego ella cantó una canción acerca de una mujer cuyo corazón era como el de un camaleón, siempre cambiando colores y cada uno en el restaurant se unió al canto.

Oye, camaleón,
Cambia de colores, en tu corazón...

Los esfuerzos por continuar nuestra conversación fueron fútiles por el ruido. Los comensales se acercaban a mí a darme una palmada en la espalda y a estrecharme la mano para desearme lo mejor. El humo del cigarrillo era tan pesado que alguien abrió la puerta para dejar entrar aire fresco. Comimos emparedados y ya estábamos en nuestro tercer pisco cuando un guardia privado con un rifle entró, vio alrededor y se apresuró hacia nuestra mesa.

Se inclinó y dijo: "Fisgones a la vista—PIP."

Capítulo 13

Lannie apagó su cigarrillo. "Cristo, ni siquiera le alcance a pedir su número telefónico."

"¿El número telefónico de quién?"

"¿De quién diablos crees? De la cosita bonita que nos atendió."

Abrí paso entre la gente y seguí a Lannie afuera en la penumbra. Tres agentes fisgones de la PIP estaban recargados sobre un carro mercedes de color negro el cual estaba estacionado detrás de su Jeep Cherokee. Ahí estaba Gordo también, con su abrigo de trinchera, sombrero negro y su carota gorda y boca inmensa.

"Oye, gringo, nos tomamos turnos con tu putita. Realmente muy buena. Dice que tu picho esta como tu cerebro. Muy pequeño. A ella le gustan los hombres de verdad."

"Ignóralos," dijo Lannie. "No les des ninguna excusa para arrestarte."

Ya estaba a punto de subir al Cherokee cuando me di cuenta que el parabrisas estaba roto, parecía una telaraña, como si lo hubieran golpeado con una llave para llantas.

"Mierda," Lannie exclamó, y se acercó a los agentes. Le siguieron palabras de enojo. El guardia de seguridad salió a la puerta con su rifle de asalto en la mano. La gente en la acera se escabulló perdiéndose en la noche. Tomé a Lannie por el brazo y medio lo arrastre para evitar una pelea que estoy seguro él iba a perder.

Detrás de nosotros, los agentes del PIP revoloteaban sus manos como pollos.

Ya estaba entrando la media noche cuando nos paramos frente al hotel. Lannie continuaba mentando madres y refunfuñando por lo acontecido. A pesar de la neblina, el gas lacrimógeno y el toque de queda, la plaza había cobrado vida nuevamente; radios a todo volumen, vendedores en la calle, pordioseros, novios besándose en la oscuridad y un kiosco donde se presentaba un hombre con su chango tocando un acordeón.

"Directo a tu habitación," me dijo Lannie. "Te llamaré a primeras horas de la mañana."

Me dirigí hacia la entrada abriéndome camino entre una flota de carros Cadillac antiguos, cuando una niña Runa de vestimenta andina se me apareció entre las sombras.

"Jesús es el Señor," me dijo en quechua y me mostró un volante religioso. "Léalo."

Lo tiré en el bote de basura de la entrada del hotel. El recepcionista me indicó que me acercara y me entregó varios mensajes. Corrí los cuatro pisos hacia mi habitación y me recosté en el sofá para leerlos. Maldición era todo de los reporteros. Porque no puede haber por lo menos un mensaje de Marisa, no que fuera ella descuidada ni mucho menos para dejarme un mensaje que fuera rastreado fácilmente. Ella era la clase de mujer que podía tirar una piedrita por la ventana a la media noche, o enviarme un mensaje con un pordiosero indígena.

Pero, por supuesto, la niña Runa en que estaba yo pensando.

Me apresuré al elevador y lo tomé justo cuando iba de bajada. Con las carreras pasé de largo a Gordo. El panfleto estaba todavía donde lo había tirado. Lo recogí y lo limpié de cenizas de cigarrillos.

"¿Qué es eso?" me preguntó Gordo quien ya estaba a mi lado. Me escabullí alrededor de él y subí apresuradamente las escaleras a mi habitación.

La figura de Jesús en el panfleto me miraba con todas sus espinas, la sangre y su halo. En la parte de atrás había preguntas y respuestas sobre el infierno eterno y adentro, una literatura sobre los demonios del alcoholismo. Pero entre las líneas, en tinta roja, alguien garabateo un mensaje:

Maestro. Hijo del Rayo. Yo sé dónde ella esta.
Carlos, en la ala Política. Lurigancho.

¿Qué diablos? Lurigancho era la prisión federal en las afueras de Lima. Carlos debió haber sido un antiguo estudiante. Todos me llamaban Maestro y me hacían bromas sobre el significado de mi apellido—hijo del dios del Rayo. Rompí el papel en pedacitos y lo tiré en el inodoro.

En mi tercer día en Perú, el atroz ruido afuera de mi ventana me despertó otra vez. Pensar en regresar al palacio presidencial me hizo querer saltar por la ventana. Tenía hambre, pero no podía tolerar encararme a la multitud en el comedor así que ordené desayuno y un periódico a mi habitación. Me di una ducha muy rápida y prendí el televisor para escuchar las noticias matutinas.

Una mujer con cara ajada y un cabello despeinado, reportaba la masacre de la noche anterior—tres bancos de lima y un borde de Agua del Estado explotó hasta hacerse añicos—ocho personas murieron, diez perros amarados a los postes de luz en un parque y dos policías muertos a balazos. La imagen termino con un cartel de Sendero Luminoso, inscritos con las palabras, APRENDAN A SUFRIR. APRENDAN A LLORAR. APRENDAN A MORIR.

El teléfono sonó. *Por favor Dios mío que sea Marisa.*

"No va a ser posible," Lannie dijo con su acento Tejano-Mexicano. "Lo siento."

"¿De qué estás hablando?"

"El acuerdo con los comisionados. Se negaron al pacto."

"¿Quieres decir que tengo que regresar a la audiencia?"

"No hoy. La pospusieron. Tienes todo el día para ti. A mí también me conviene. Tengo que reparar mi parabrisas y después voy a presentar una queja contra esos bastardos."

Le agradecí todo lo que estaba haciendo por mí y colgué el teléfono. Un día entero para mí, solo en esta ciudad de neblinas y pavimento mojado, otro día en la búsqueda de Marisa, esperando un mensaje de ella. Todo esto parecía una pesadilla.

Alguien tocó la puerta.

Era el desayuno traído a mi habitación junto con una copia de un periódico. El joven que me lo trajo lo dejo en la mesa, miro alrededor y me indicó que me moviera hacia el pasillo.

"Carlos necesita hablar con usted," él me dijo en voz baja.

"¿Quién diablos es Carlos?"

"Él me dijo que pensaras sobre una boda, un cura y las campanas de una iglesia."

Él se retiró, pero sus palabras me resonaban en la cabeza—una boda, un cura y campanas de iglesia. ¿Por qué no podían los Runas hablar con más claridad?

Terminé mis huevos con jamón y mi jugo de papaya. Después leí con curiosidad sobre mi comparecencia en la audiencia. Habían dos páginas de transcritos, artículos y fotos, una de las cuales me mostraba con la cara perpleja mirando el cartel de busca del Presidente Gonzalo.

Las fotos de Marisa ahí estaban también junto con la siguiente advertencia: Si sabe de esta mujer, por favor reporte su paradero a la policía local. No se le acerque, ella puede ser peligrosa y puede estar armada.

¿Marisa, armada y peligrosa? Absurdo. Lo único peligroso que pude haber visto en ella era cuando le leía a Neruda y para entonces, debería haber una cama cerca.

El teléfono sonó otra vez.

"Malas noticias," dijo el decano en un apenado tono. "Saliste en el Saint Pete Times y en la Tribuna de Tampa. Tengo ambos periódicos en frente de mí," sacudiéndolos para que hubiera más credibilidad. "Tu foto está en la portada. Eso no es nada bueno, Mark. La presidenta está al borde de un ataque de nervios. Dice ella que la junta de directivos van a reconvenir y revaluar tu consideración como profesor."

"¿Estás diciendo que pueden despedirme?"

"Peor que eso, alguien se metió a tu casa y la dejaron echa un desastre. Pintaron un martillo con una hoz en la pared y garabatos como si fueran escritos en una lengua indígena."

Continuó diciendo algo sobre los teléfonos que fueron arrancados de las paredes, platos rotos, espejos despedazados y todas mis obras de arte tiradas en una pila, además alguien había orinado sobre ellas. Lo escuché, pero todo lo que pude hacer fue sentarme desesperanzado, meneando mi cabeza preguntándome como pude haber llegado a todo esto.

"Mark, ¿estás aún ahí?"

"Dijiste algo sobre palabras indígenas."

"Yo te las puedo deletrear."

Tomó varios minutos. El lenguaje era quechua, y reconocí las palabras como una variación de un viejo poema de un peruano llamado José María Arguedas.

Ch'isi tutalla musqoychallaypi...Anoche en mis sueños.
Yawar qochapi nadallachkasqani...En un lago de sangre te vi nadando.
Hawan kallipis allqulla allwachkan...Afuera en la calle un perro estaba aullando.
Kurria, wiracocha, qhawaykamunki...Corre extranjero, mira y aléjate.

Se me enfrió la sangre. "¿Cómo sabría la policía de buscar en mi casa?"

"Esa es la parte más extraña. La viejita que vive al lado tuyo, con sus mini perritos poodle, ¿recuerdas?"

"¿La Señora Wexler?"

"Ella misma, la pobre señora dejo salir a sus perros anoche y no han regresado. Esta mañana los encontró en frente de la entrada de su casa colgados de ganchos de flores."

Capítulo 14

Deseaba poncharle la cara al General Real. Debió haber sido él, el muy bastardo; haciendo parecer como si el Sendero Luminoso me marcara como su próxima víctima.

Peor aún, sin teléfono en mi casa para escuchar el mensaje de Marisa.

Demonios, debe haber alguien con el que pueda hablar, alguien que me pueda ayudar a contactarme con ella. Entonces se me ocurrió: La mamá de Marisa. La última vez que hablé con ella había sido años atrás. Ella me había amenazado con una orden de restricción, eso todavía me dolía; lo que necesitaba entonces era un abrazo, alguien con quien hablar. En vez de eso, ella me llamó un perdedor, un atracador ¿Aceptaría siquiera mi llamada?

Me cambié a mis pantalones de mezclilla, tomé mi chaqueta de cuero y me dirigí hacia abajo por las escaleras. No había ningunos ojos sospechosos mirándome en el lobby del hotel, así que me deslicé hacia afuera de la puerta, me apresuré por las calles hasta el viejo Hotel Azúcar y me metí en una cabina de teléfonos.

Minutos más tarde, tenía a la congresista Pérez-Montero en el teléfono.

"Gracias a Dios que llamaste," contestó con su voz ronca proveniente de una mujer que fumaba mucho. "He estado muriéndome de la preocupación. La embajada llamó...un tal señor llamado Holbrook Easton. Quería saber el paradero de ella, su estado civil, su relación contigo. No sabía que decirle."

Se soltó llorando. Esa mujer tan vengativa, quien destruyó

61

nuestra oportunidad de ser felices hace años me dijo entre sollozos; "Mira Mark. Ninguna de esas cosas que dicen de ella son ciertas."

"¿Sabes dónde puedo encontrarla?"

Me dio números, nombres y direcciones, pero esa información ya la tenía. Finalmente le hice la pregunta que tanto temía. "¿Que me puede usted decir acerca de su esposo?"

"Un hombre malo, que ha abusado de ella y le ha mentido. Hace algunos meses unos hombres vinieron a mi oficina—agentes de la DEA a hacerme preguntas acerca de él. Ahora ya te puedes imaginar lo que eso significa."

"¿Dijiste DEA?"

"Agencia anti-drogas—de nuestra embajada en Perú."

Me pude haber dado contra la pared. Con razón Lannie seguía insistiendo en preguntarme acerca de su esposo. Que actor tan bueno. "¿De casualidad su nombre no era Lannie Torres?"

No me contestó, le pregunté otra vez y fue ahí donde supe que había perdido la conexión.

Intenté una vez más, pero no me dieron línea, así que me regresé al hotel. Maldito Lannie. Que ruin y mentiroso. Un grupo de mujeres haciendo escándalo se encontraban ahora marchando alrededor de la estatua del General San Martin a manera lenta y ritualista—ancianas indígenas con caras tristes y pancartas de las fotos de sus seres queridos, en una de ellas se leía, MI HIJA DESAPARECIÓ EN LA ESTACION DE POLICIA DE LIMA.

Un sentimiento de malestar me inundo. Eso puede pasarle a Marisa si la agarran.

Alguien me tocó el brazo. Giré alrededor y me encontré con la cara de la misma jovencita que me entregó el volante la noche anterior. Ella no podía pasar de los quince años.

"Ve a ver a Carlos," me dijo en quechua. "En Lurigancho. Él te va a ayudar."

La jalé a un atrio en la entrada de una tienda cercana. "¿Quién es Carlos?"

"Él era un estudiante suyo...En Ayacucho."

"¿Cómo sabes tú eso?"

"Porque yo soy su hermana. Me dijo que era más seguro para usted pretender ser un reportero de periódico. Ellos quieren a alguien que relate su historia. Ellos quieren—"

De donde salió Gordo. No lo vi. Agarró a la niña, la empujó contra una vitrina de platos de vidrio, torciéndola y tratando de ponerle las esposas.

La niña gritaba y yo traté de separarlos pero Gordo la sostuvo.

"Hágase a un lado, gringo. La niña es una conocida agitadora. Me la voy a llevar."

"No sea idiota. Ella es tan solo una niña."

Toda su furia se dirigió hacia mí. Amenazándome, diciéndome groserías. Tratando de sostener a la delgadita y temerosa niña al mismo tiempo. En ese proceso le quite las esposas de su mano tratando de liberar a la niña cuando un viejo en muletas se nos abalanzó gritándonos como si fuéramos unos pervertidos sexuales.

Otros peatones nos rodearon gritando insultos e improperios, pidiendo dejáramos en paz a la niña. La respiración de Gordo era espaciada como para poder tomar aire. Tomó su radio telefónico con la mano que tenía libre y pidió refuerzos. La niña se soltó corriendo calle abajo.

Yo también troté. Atrás de mí, Gordo amenazaba con su pistola a los buenos samaritanos.

Al llegar a la esquina, mi corazón latía rápidamente. Tiré las esposas en un bote de basura y llamé a un taxi. "¿A dónde?" me preguntó el taxista.

"Lurigancho."

Capítulo 15

San Juan de Lurigancho

Lo pude ver desde mucho antes de llegar ahí. Un desolado complejo de cemento que se asomaba entre las tinieblas, tan sórdido y descolorido como el desierto arrasado por el aire, viéndose más como una fortaleza salida de una vieja película sobre la Legión Extranjera Francesa. Conforme nos acercábamos más, se sentía en el aire el olor a tufo.

"El lugar es peligroso," dijo el taxista. "¿Está seguro que quiere hacer esto?"

"Es para mí periódico. Me pidieron hacer una historia sobre los prisioneros políticos."

"Espero que le proporcionen seguro de vida."

Me dejó a las puertas de la entrada, dijo "Que tenga buena suerte," y salió, dejándome en medio de ese olor asqueroso con un saco de papas y cebollas, unos cuantos paquetes de cigarrillos y una copia del libro, los *Siete Ensayos de la Realidad Peruana* por Mariátegui; todo lo que el taxista me dijo que necesitaba para entrar.

Las horas de visita empezaban a las dos y todavía no lo eran, me uní a una colección de mujeres de ojos tristes y niños que estaban esperando debajo de un cobertizo, todos ellos con bultos de comida y ropa, la mayoría vestidos con vestimenta andina, rebozos, sombreros negros y faldas largas hasta el tobillo.

En los tiempos cuando estaba con el Cuerpo de Paz, me hubiera sentido en casa con un grupo como este; pero ahora, me sentía fuera de lugar, como si fuera un personaje en una película de Batman. Así que no me sorprendió cuando un guardia salió del edificio con su cachiporra y me indico que me acercara.

"¿Que está usted haciendo aquí?"

"Soy periodista. Estoy aquí para visitar a los prisioneros del ala política."

"¿No tienen ustedes algo mejor que reportar?"

"Solo cumplo con mi trabajo."

Me miró de arriba abajo y golpeó su cachiporra con palma abierta. "Por aquí."

Pasamos por una puerta que decía "Procesamiento" y unos minutos después, me encontraba otra vez explicando mi asunto a un oficial de los guardias.

"¿Se ha dado cuenta lo violento que pueden ser esos prisioneros?" me preguntó advirtiéndome.

"Por eso están en prisión, ¿no es así?"

"Bueno pues, que disfrute su visita."

Durante la siguiente hora, me registraron, me marcaron el brazo con un número, me confiscaron mis cigarrillos y me metieron en un departamento cercado con unas rejas de hierro con otros visitantes. Para entonces, el número se había expandido por centenas. Era una manada de humanos acorralados con apenas un poquito de espacio donde respirar. Por un lado se escuchaba el tarará en español y por otro lado los sonidos guturales de los andes.

Una mujer cerca de mi cargaba un periódico que envolvía un bulto de comida, la sangre se escurría y su humor era tan desagradable como el del aire. De ella aprendí que el Presidente Fujimori era un villano y que la oposición Apristas no eran nada mejor. Perú se lo habían tirado a los perros. A su hijo lo habían puesto en la cárcel por la única razón de ser un pobre Indio y ella tenía su hígado enfermo.

En este momento, el oficial con el que había hablado anteriormente se apareció en una pared encima de nosotros. Puso un cuerno de alta voz en su boca e hizo sus anuncios en ambas lenguas español y quechua.

"Una vez adentro, deben proceder al bloque que usted está visitando. Los prisioneros se supone que deban permanecer en sus celdas durante horas de visita, pero no podemos reforzar las reglas." Hizo una pausa mirándome hacia abajo, desde mi ubicación podía ver su mueca. "No podemos garantizarle su seguridad y si no logran salir, tampoco podemos ir en su búsqueda."

¿*Qué*? Quería gritar. Había imaginado un guardia armado escoltándome hacia el ala política, una ventana de vidrio separándome de los prisioneros, un teléfono para comunicarme con Carlos.

Las rejas se abrieron de par en par. "¡Pasen! ¡Pasen!" gritaron los guardias.

Las voces del otro lado repitieron el mismo canto. "¡Pasen! ¡Pasen!"

Luego se unieron otros. El canto rodó a través del suelo de la prisión como ladridos de perros en la noche. La muchedumbre se empujó hacia adelante y fui barrido dentro de la prisión como cualquier otro visitante.

Capítulo 16

La peste de afuera había sido terrible; adentro, el hedor del aire era tan funesto que la mayoría de los visitantes se cubrían sus bocas y narices con los chales que traían. Me puse sobre los hombros mi saco de papas y cebollas; seguí a los otros a un pasillo bien desgastado por entre las filas de un edificio muy austero, que estaba enumerado por un lado, con números pares y por el otro, con números impares.

Los prisioneros se inclinaban contra las ventanas rotas para mirar por los lados, llamando por nombres groseros y haciendo gestos obscenos a las muchachas. De repente alguno se metía rápidamente en el grupo para abrazar algún ser querido.

Nos pusimos en ángulo alrededor de varios edificios; atravesamos una barda de alambrado con púas y caminando pasamos una montaña de basura hedionda que servía como estación de alimento para aves y buitres.

Ahora los prisioneros se asomaban entre los edificios—hombres con bandas en la cabeza, barbas salvajes y ojos parchados, pareciendo más bien una banda de piratas pillos.

La línea de visitantes fue menguando en cada edificio que pasábamos. Pedí direcciones de la ubicación del ala política.

"Por ahí," dijo una mujer en la fila.

"No, es allá atrás," dijo otra.

Un mendigo andrajoso extendía sus manos. Más allá de él, un hombre hablaba solo y conforme pasamos por el llamado bloque de maricones; hombres vestidos de mujer nos sacaban la lengua y mostraban sus penes haciendo sonidos de besos con sus bocas.

De momento, me encontré solo, parado en un pasillo sucio entre dos edificios de concreto que pudieron haber sido inspirados por Kafka; los buitres volando en círculos arriba de mi como esperando a que me muriera, una bruma grisácea me envolvía atrapándome en los olores de mi propia estupidez.

Tal vez no existía ninguna ala política. Quizá fui la víctima de alguna elaborada artimaña para que me metiera en esa prisión. En cualquier segundo, una puerta de acero abriría sus puertas para dejar salir a una jauría de lobos rabiosos.

Continúe andando hasta que me topé con un hombre de una sola pierna sentado en un bloque de concreto. "¿Que estás buscando?" me preguntó en quechua.

"El ala política."

Levantó su muleta señalando a un edificio que ya había pasado.

"¿Que eso que está ahí?"

Le agradecí y troté hacia el edificio que me había señalado. Fui instantáneamente custodiado por un grupo de hombres insanos y harapientos de todas las edades, la mayoría oscuros con rasgos andinos.

Para entonces sentí que mis piernas se doblaban del miedo, casi no podía mantenerme de pie. Mi boca estaba seca y sudaba por las axilas. De nada sirvió que el líder del grupo, un hombre poderosamente construido con banda en la cabeza y cabello largo grasoso tomara mi saco de papas y cebollas, las oliera como perro y después colocara su mano libre sobre mi chaqueta.

"Bonita chaqueta. Quítesela."

Bajó el saco y me indicó con las manos la chaqueta. Sus amigos en grupo se acercaron esperando ver mi reacción. Yo estaba consciente de mi posición en esta situación y sabía muy bien que los busca pleitos se deben afrentar. Así que me hinché de un falso valor.

"¿Quieres esta chaqueta? Vas a tener que quitármela."

Sus ojos se ancharon. "¿Qué es esto—un gringo que habla la lengua de la gente?"

"Un gringo que viene por Carlos. Consíguemelo pues, no tengo todo el día."

Volteó a ver a sus amigos. "¿Dónde está Carlos?"

"En la biblioteca," contestó uno de ellos.

Me llevaron a un edificio de un solo piso que parecía una barraca militar—literas en vez de camas en ambos lados. Baúles y gabinetes de metal, todo muy limpio y ordenado. Las miradas de los muchachos guapos del Mariátegui me sonreían desde los carteles en la pared del Partido Comunista Peruano. La visión de las mujeres visitantes sentadas en camas con sus seres amados me hizo sentir más relajado y de una puerta de atrás parcialmente cerrada, se escuchaban los gemidos y ruidos inequívocos de encuentros más íntimos.

Más allá de los cuarteles para dormir, llegamos a la biblioteca donde los prisioneros se sentaban alrededor de las mesas a leer periódicos y libros. El aire olía a cigarrillos. Todos levantaron la vista. Un buitre se paró en el techo corrugado de arriba golpeando y resonando.

Saqué el libro que había traído, *Los Siete Ensayos* de Mariátegui, y se lo entregué a un hombrecillo muy frágil, quien parecía ser el bibliotecario. Le dio una hojeada al libro, encontró el párrafo que estaba buscando y lo leyó en voz alta: "Todas las cosas decentes de la sociedad peruana provienen de experiencias pasadas en común con los Indios; de la misma forma todas las cosas que están podridas fueron traídas por los europeos."

Haciendo gestos de enojo, todos estuvieron de acuerdo. El bibliotecario sacó un cigarro de su cajetilla y me lo ofreció; y aunque tenía muchos años sin fumar, de todas formas lo tomé. Lo encendí y le di una larga bocanada.

De pronto se abrió una puerta trasera y apareció un hombre flaco con cicatrices de acné y en ropas ajadas. Sus tenis blancos ya estaban muy raídos, sucios y sin amarrar bien; con las agujetas rotas y sin calcetines.

Se veía confuso, como si estuviera preocupado que alguien lo hubiera llamado para castigarlo; pero cuando me vio su cara se ilumino. Balbuceó en quechua la versión de "Dios mío," se apresuró a abrazarme como si fuera yo su madre. "Oh Maestro, gracias por venir. Yo sabía que usted iba a venir."

Miré fijamente su cara oscura andina, poniendo particular atención en la cicatriz, su cabellera grasosa larga hasta los hombros, la prominente manzana de Adán y la banda en su cabeza. Luis: ese era su nombre; un viejo estudiante de Ayacucho. Era su boda a la que asistí—colas, corbatas una esposa resplandeciente vestida de blanco. Muchas risas, en general gente feliz y contenta. Que distinto a las caras derrotadas que ahora me rodeaban. Ahora me acordaba de él; un abierto Marxista combativo y obstinado, crítico de todas las cosas del capitalismo y notorio por hacer trampas en los exámenes. Con razón estaba en la prisión.

"¿No me reconoce?" me preguntó.

"Por supuesto. Eres Luis."

"Carlos," me contestó en tono fuerte. "Fui Luis en otra vida." Sacó un cerillo de sus pantaloncillos, encendió la mitad de un cigarrillo y con sus manos aplaudió como para buscar la atención de los allí presentes. "Camaradas, escuchen. ¿Ustedes saben quién es este caballero? El es el Camarada Marco, el hombre de las cartas y la poesía que fueron encontradas en la casa del Presidente Gonzalo. El es un buen amigo del Presidente Gonzalo."

Hubo una vacilación antes del reconocimiento, después risas, aplausos y porras. Los prisioneros políticos se me acercaron a darme una palmeada en la espalda; otros me estrecharon la mano y me desearon buena suerte. Y así de buenas a primeras, me encontraba yo entre amigos.

Camarada Marco en la Prisión de Lurigancho.

Capítulo 17

Luis, alias Carlos, usando un periódico enrollado, me mostró el sitio como un guía de museo, señalándome todos los eslóganes políticos que estaban puestos en la pared y las artesanías que los hombres estaban haciendo. Fumaba una colilla de cigarro tras otra hasta ver que sus nudillos se oscurecieron. De una litera, tomo una copia de la *Revolución Traicionada* de Trotsky y la agitó mostrándosela a todos.

"Somos miles—maestros y estudiantes, campesinos y mineros, profesionales y habitantes de los barrios más bajos—todos unidos por la injusticia. Tenemos que acabar con el viejo sistema y construir un nuevo Perú."

Los prisioneros me susurraban sus propias aflicciones, inclusive el aire alrededor tomo un sabor de injusticia. ¿Cómo puede ser el Presidente de los Estados Unidos tan estúpido, como para apoyar a un presidente tan corrupto como Fujimori? ¿Cómo es que el mundo no podía ver al Sendero Luminoso como los luchadores por la paz que eran?

"Mira esto," dijo Carlos, jalándome hacia una pared donde colgaba una foto muy grande del Presidente Gonzalo. Alrededor de la foto estaban impresos en papel de gasa rojo y en marcos dorados, docenas de manifiestos parecidos a los de Mao. Me incline para leerlos, pero Carlos y sus amigos empezaron a recitarlos gritando como si acabaran de bajar del Monte Sinaí.

"La Revolución está a punto de ocurrir."

"Te doy un antorcha de dinamita. Tírala."

Carlos me tomó por mi manga y me dirigió hacia una puerta corrediza agrietada que daba a las afueras, parándose a la sombra de una pared. Un guardia nos observaba desde una torre de vigilancia. Carlos bajó su tono de voz en tono conspiratorio; su manzana de Adán subía y bajaba. "Tú amiga está en grave peligro."

"Por eso tengo que encontrarla."

"No, Maestro, usted está pensando sobre el peligro del gobierno. Yo estoy hablando acerca de su esposo. Él es un español, un hombre de negocios. Ella le robó dinero, mucho dinero."

"¿Como tú sabes esto, Carlos?"

"¿Ves al Indio aquel, el de cabello largo? Su nombre es Tucno."

Le seguí la mirada hasta que distinguí al hombre que me había amenazado con quitarme la chaqueta. "¿Qué hay con él?"

"Él es un Ungacachano—un Unga. Son de una tribu de la selva, más mezquinos que las culebras. Él trabajaba para su esposo...antes de que fuera capturado. Su trabajo era matarla y a ti también."

Tucno nos miraba como si quisiera romperme la cabeza, así que me coloqué en un sitio donde podía observarlo. "Dime, Carlos ¿dónde está ella?"

"Si tú me ayudas, puedo ayudarte. Estoy en una situación desesperada, mi familia es pobre y sólo tengo una frazada, poca comida y casi nada de ropa que ponerme."

Me imaginé que iba a llegar a esto, metí las manos en mis calcetines y saqué un billete de cien dólares, más de lo que un trabajador peruano podía ganar en un mes. Tomó el billete y se lo metió en su bolsillo.

"Gracias, Maestro, gracias. Oraré por usted y encenderé velas por ustedes dos."

"¿Dónde está ella?"

"En la plaza de Ayacucho," me dijo, susurrándome la dirección.

"¿Cómo sabes esa dirección?"

Se acercó a mí, desdobló el periódico de su mano y me señaló la fotografía que Bocanegra había mostrado en la audiencia. "¿Quién crees que tomó esa foto?" Apagó su cigarrillo y encendió otro.

"Te espiábamos desde Ayacucho cuando eras profesor. Tú hablabas quechua. ¿A cuántos gringos se les conoce que hablen nuestra lengua? Nunca antes se había escuchado de eso. Estábamos en guerra con la policía. Mataban todos los días a los camaradas, los estudiantes desaparecían, estábamos en completa paranoia."

Un preso salió con su novia. Carlos esperó un momento y continuó. "Te mantuvimos bajo vigilancia por meses—miramos tus antecedentes, escribimos reportes, averiguamos a cada una de la gente que te visitaba. Por eso tenemos las fotos de ella."

Una campana tintineó. Los presos se escurrieron por la parte de atrás del edificio, como niños de escuela cuando eran llamados a clase. Carlos exclamó, "Coño," y con sus dedos apagó lo que le quedaba del cigarro.

No me imaginaba lo que venía, pero lo seguí de todas formas hasta el interior de la biblioteca, tratando de mantener mi distancia de Tucno. Se quitaron los sombreros, apagaron los cigarrillos y aclararon el cuarto alineando las sillas y mesas contra la pared, dejándolo tan solemne como un funeral Luterano rodeado con personas de luto.

Se generó un silencio en el que se podía escuchar hasta el pisoteo de los buitres en el techo. Luego un viejo indígena, con cara tostada por el sol, se puso al frente. El hombre tenía cabellos largos y canosos que le llegaban hasta la espalda. Sus brazos todos enclenques estaban tatuados y tenía un medallón del dios sol alrededor de su cuello.

"Hace muchos años," entono con una voz rasposa, "Nuestros ancestros incas, divisaron el sistema perfecto. Sin desempleo, sin injusticia, ni pobreza. Construimos magnificas ciudades, caminos y canales de irrigación. Conquistamos naciones y esparcimos nuestra cultura y lenguaje. Abrazamos a nuestros adversarios en la conquista." Hizo una pausa. "Pero entonces, ¿Qué fue lo que sucedió?"

"Pachacuti," todos contestaron al unísono.

"Exactamente, los españoles nos voltearon nuestro mundo de pies a cabeza. Robaron nuestra salud, nuestro oro, nuestras mujeres. Para después esclavizar a nuestros ancestros. Tus ancestros. Pero el día de la reconsideración está frente a nosotros, el día en el que Pachacuti signifique un mundo recto otra vez." Señaló el estandarte donde estaban escritas las palabras, TUPAC AMARU ES EL CONDOR EN EL CIELO.

Sonrió con su sonrisa sin dientes. "No olvidemos nunca nuestra inspiración—Inca Tupac Amaru. El luchó por la libertad en contra de los españoles. Su causa es nuestra causa. Ahora, él es el símbolo de nuestro movimiento. De nuestra lucha por Pachacuti."

Levanto su mano empuñada. "¡Pachacuti!"

Otros le siguieron con el grito—"¡Pachacuti! ¡Pachacuti!"—y todos se convirtieron en un coro de fuerza, marchando y golpeando con los pies, cantando, entonando y bailando como si fuera una fiesta de guerra de salvajes.

El cuarto vibró. Las ventanas cimbraron, los libros se cayeron de sus estantes.

"Nuestro sendero es luminoso. Sigamos al Sendero Luminoso, ¡Sigamos a Pachacuti!"

"¡Pachacuti! ¡Pachacuti!"

El viejo los dirigió hacia los cuarteles de los dormitorios, otros metidos atrás de él, aplaudiendo, las mujeres visitantes saltaron hasta hacer una línea. Los seguí hasta la puerta de enfrente y alrededor de la parte de atrás debajo de la pared donde estaban parados los guardias. Fluían como una masa ondulante de revolucionarios.

"La aurora se levanta. Las paredes se derrumban. La Victoria casi está aquí."

"¡Pachacuti! ¡Pachacuti!"

Un silbato sonó por la puerta de entrada, señalando el fin de las horas de visita. Saludé a Carlos y me apresuré a salir tan rápido como mis piernas pudieran cargarme sin tener que correr; me adelante hacia la salida con otros visitantes, dando gracias a Dios que podía salir con vida de esta casa de locos.

Atrás de mí, sus cantos sonaban como si una locomotora estuviera alejándose.

"Pachacuti-Pachacuti-Pachacuti."

Capítulo 18

No había taxis, así que tomé un camión todo destartalado que pasaba por barrios escuálidos con paredes de estoco llenos de frases revolucionarias. Los perros tomaban agua de las zanjas y niños sin calzoncillos corrían alrededor de las banquetas sucias, otros estaban jugando soccer en las calles desparramadas de basura.

Una peste diabólica y los cadáveres de perros muertos, le añadió un toque extra de tenebrosidad.

La vista mejoró cuando entramos a Lima, pero no ayudó en nada regresar a mi hotel y encontrar evidencia de otra revuelta entre manifestantes y policías—carteles tirados por todas partes, charcos provocados por los cañones de agua y la sensación de quemazón en las narices por el residuo de gas lacrimógeno.

Por fin logre entrar al vestíbulo del hotel. Que día tan podrido y miserable. Iba a llevar mi ropa a la tintorería, darme una ducha, llamar a Lannie y tener un encuentro fuerte con él; cuando el recepcionista del mostrador me indicó que me acercara. "Los agente de la PIP lo están buscando." arrugando su nariz como si pudiera olerme. "Están en su habitación."

Tomé los mensajes y me di cuenta que eran todos de reporteros, los tiré a la basura y tomé el elevador a mi cuarto. La puerta se abrió y las luces se encendieron, inclusive las del pasillo estaban prendidas; pude ver el cuarto hecho un desastre, las persianas abiertas, mis objetos personales y mi ropa tirada por todos lados.

Entre a la habitación. Gordo parado al pie de mi cama, con un cigarrillo colgándole de la boca y metido registrando mi maleta. "¿Qué diablos está haciendo usted aquí?" le reclamé.

Alguien me tomó por atrás.

"Sostenlo," le dijo Gordo; y vino hacia mí con un zapato que había sacado de mi maleta.

Hasta que me golpeo, nunca me hubiera imaginado que un zapato pudiera ser tan letal. El cuarto se me puso todo en blanco. Sentí un zumbido en la cabeza y se me doblaron las rodillas.

Gordo se echó hacia atrás para tomar otra bocanada. El hombre atrás de mí me seguía sosteniendo, agarrándome fuertemente. Tratando de hacer palanca me eche hacia atrás, levanté ambas piernas y deliberadamente le di una fuerte patada en el estómago a Gordo.

El gritó doblándose del dolor. En un momento de fortaleza, le di una voltereta sobre mi espalda al hombre que me sostenía. Con toda mi ira les pegué a los dos hombres con mi portafolio abierto—una vez, dos veces—y todavía les estaba pegando, cuando el Inspector Bocanegra irrumpió en la habitación.

"Basta," gritó. "Es suficiente ¿Que está pasando?"

Trate de incorporarme en el sofá, respirando fuertemente y tomé el teléfono.

Bocanegra me señaló con el dedo.

"Cuelgue el teléfono."

Gordo estaba todavía en sus rodillas, refunfuñando y diciendo groserías. Pero el otro agente, el hombrecito nervudo y flaquito de rasgos asiáticos, sacó su pistola y me apuntó con ella.

"Ya escuchó al inspector."

Colgué el teléfono.

Bocanegra le dio una mirada al agente. "Salga de aquí Chino y llévese a Gordo con usted. Váyanse los dos."

El Chino, puso la pistola en su funda y se limpió la sangre que le salía de su labio. Gordo trató de incorporarse tambaleándose hacia la puerta y agarrándose del estómago. Dio la vuelta y mostrándome su dedo gordo me dijo, "Chingado gringo, vas a pagar por esto."

Al salir, Bocanegra les cerró la puerta de un jalón y encendió su puro. Me dirigí al baño, con el dedo me toqué la cara donde Gordo me había golpeado con el zapato. Mi ojo estaba hinchado y tenía la visión borrosa. Me eché agua en la cara, pero al momento de secarme con la toalla me di cuenta de las colillas de cigarrillos en el inodoro.

Los muy bastardos también habían orinado sin jalar.

Bocanegra se asomó por la puerta. "¿Está usted bien?"

"No, no estoy bien." Me toqué la cara. "Miré lo que sus hombres me hicieron."

"Tiene usted suerte de que no los haya dejado que lo arrestaran."

"¿Bajo qué cargo?"

"Por interferir con un agente esta mañana y robarle sus esposas."

"Yo no le robé nada. Además la pobre muchacha era solo una niña."

"En este país niños han tirado bombas y han matado policías. ¿Dónde estuvo hoy?"

"No le voy a decir nada hasta que yo hablé con mi embajada."

"Está bien, puedo esperar hasta la audiencia de mañana." Se levantó y vio el tiradero alrededor de la habitación. "Que tenga un buen descanso esta noche, Profesor. De ahora en adelante esta usted confinado a este hotel."

"¿Por qué razón?"

"Por su propia protección." Caminando hacia la puerta se volteo y me dijo. "Una cosa más. La próxima vez que vaya a Lurigancho, puede que no sea como visitante."

Al salir Bocanegra, le puse cerrojo a la puerta, deje que mi corazón se calmara un minuto y traté de llamar a Lannie.

No obtuve respuesta, que maldición. Probablemente salió con la mesera bonita de El Parrón.

Arreglé la habitación, me quité mis ropas apestosas, me di una ducha y me metí en la cama pasando otra noche miserable. Mi mente zumbaba con todos mis problemas. Y justo cuando me había quedado dormido, el teléfono sonó.

"¿Qué diablos estabas pensando?" Lannie me dijo. "¿Por qué fuiste a Lurigancho?"

"¿Como sabes tú que fui a Lurigancho?"

"El mundo entero lo sabe. Holbrook Easton lo sabe, el embajador lo sabe y está hecho un loco. Prende tu televisor. Toma un poco de café y vístete. Encuéntrame enfrente a las nueve de la mañana. Nos está lloviendo mierda por todos lados."

Giré mis piernas hacia la orilla de la cama y me forcé a reconocer la realidad de otro día en Perú. Me dolía el cuerpo. Apenas podía ver por mi ojo izquierdo y no quería ni verme en el espejo. Pedí mi desayuno en la habitación y prendí el televisor justo en el momento de ver las imágenes de Lurigancho en la pantalla—grises y desoladas paredes, escenas de caos y cuerpos cubiertos con bolsas de plástico naranja en medio de las relampagueantes luces de las ambulancias.

"Cristo," dije entre dientes.

La mujer mal peinada, estaba diciendo algo sobre un escape de la prisión.

El escape ocurrió anoche alrededor de las diez.

Subí el volumen y escuché con más atención. "Dos guardias y cuatro presos murieron. Todos los presos provenían del ala política. Fuentes nos dicen que alguien pagó a uno de los guardias muertos con dinero proveído por un visitante. Un billete de cien dólares fue encontrado en su cuerpo."

Las fotografías de los que lograron escapar aparecieron en pantalla. Eran—Tucno y Carlos.

Capítulo 19

Palacio Pizarro

Cuando me subí al Cherokee de Lannie para ir al palacio, esperaba encontrarlo lleno de cólera conmigo, en lugar de eso me palmeo la rodilla.

"Buen trabajo, amigo. Esto puede obrar a tu favor."

"¿De qué rayos estás hablando?"

"Mira, ellos han estado diciendo todo este tiempo que tú sabes el paradero de Marisa. ¿Correcto? Esto prueba que no tienes ni puta idea de donde está, que tú sólo eres un profesor enamorado y nostálgico por una mujer que te ha estado mintiendo todo este tiempo. De otra forma ¿por qué irías a un sitio de mierda como Lurigancho?"

"¿Y qué hay del billete de cien dólares? Mis huellas dactilares están por todos lados."

"Te agarró una pandilla y te robó tu dinero, ¿Quién te puede contradecir?"

"Los presos, Lannie. Ellos saben lo que pasó."

"Ellos son terroristas. ¿Quién diablos les va a creer?"

Cuando llegamos al palacio estaba tan convencido de su lógica que no lo quise confrontar con la información recibida de la Congresista Montero.

"Piensa como víctima," me decía mientras manejaba dentro del territorio. "Muestra algunas lágrimas si es preciso. Muestra tu cara toda apaleada. Los presos te lo hicieron. Y por Dios santo quítate esos chingados lentes Rayaban."

El área y el lote de estacionamiento estaban más fortificados que durante nuestra primera visita, con más trincheras, tanques y soldados. Bajo las tinieblas parecía un campo de guerra de la Segunda Guerra Mundial.

El hombrecito con cicatriz de acné en la cara que me dio la orden de comparecencia, nos escoltó hacia el interior.

Otra vez, el palacio estaba repleto y los reporteros estaban esperando con cámaras y preguntas. Una vez más los ignoré. Un funcionario me dijo que yo no sería el primer testigo. El sargento en armas me dirigió hacia una sección reservada para testigos. Me senté y con la mirada hice un recorrido del pasillo tratando de localizar a Marisa.

No estaba ahí, o si estaba no la pude ver.

El hombrecito se sentó junto a mí. Me di cuenta la manera como se sentó. Las piernas juntitas y apretadas, leyendo la página editorial del periódico local. Levantó el periódico a la altura de su boca como para escudar sus palabras.

"Tengo un mensaje de su amiga de los ojos azules," dijo en una voz medio afeminada.

"¿Qué mensaje?"

"No me mire. Este sitio tiene cámaras. Pueden leer los labios."

Me volteé y continuó. "Ella dice que debería usted salir hoy del país, mientras pueda."

Pretendí tocarme el bigote. "Necesito hablar con ella."

"Sera un poco después, cuando usted este a salvo."

"No, necesito hablar con ella ahora. Está en grave peligro."

"Por favor, caballero. ¿Usted cree que ella no lo sabe?"

"¿Cómo se si usted no me está engañando?"

"Me dijo que le preguntara por Norman. No tengo ni idea lo que eso significa."

Me sonreí. En la lengua de mi padre—Noruego—Norman significa hombre del norte. Era también un nombre que él utilizaba para referirse a otros escandinavos cuyos nombres desconocía. Cuando se lo dije a Marisa, ella lo utilizaba para identificar una parte de mi anatomía.

"Dígale que Norman está bien."

Se inclinó más de cerca. "Exactamente a las once y media algo importante va a suceder. Cuando esto suceda, debe irse inmediatamente a su hotel, cambiarse a ropa de viaje y esperar su mensaje."

Vi mi reloj. "¿Que va a pasar a las once y media?"

"Usted lo sabrá cuando eso suceda."

"A todo esto ¿quién es usted?"

"Me llaman Apu Cóndor."

Con esas palabras se levantó tranquilamente y se fue.

Más gente llegaba. Los encargados del orden empezaban arreglar el sitio colocando sillas plegables. El humo de los cigarrillos ondeaba como una ola y por primera vez desde que llegué a Perú, vislumbré un resplandor de esperanza. Apu era una palabra en quechua para referirse a los espíritus que vivían en las montañas, pero también se refería a una persona de poder, un líder espiritual.

El General Real marchó a través de la entrada, con la arrogancia del poderoso, vestido de civil, con corbata negra y lentes de aviador rodeado de jóvenes en uniforme.

Los comisionados llenaron al lugar y tomaron sus asientos en el estrado. Todos se pusieron de pie. El golpe de mazo inició la audiencia. La hora era las 10:47 de la mañana.

Un teniente joven de la armada; delgado y apuesto, con un uniforme de color olivo pardusco, se acercó hacia la mesa de los testigos. Sus pantalones estaban perfectamente metidos en sus botas de combate. Su nombre era Bravos. El gorro rojo en su cabeza lo identificaba como un Sinchi, una palabra que en quechua significa guerrero. Su pelotón fue el que interceptó el tren de mula de Ungacachano en la selva.

Me incliné hacia adelante y escuché a Bocanegra; porque aquí fue donde empezó todo—en medio de la selva húmeda.

"Díganos que averiguó," dijo el Comisionado Amado desde su asiento en el estrado.

"Dinero, Comisionado. Más de cien mil dólares, estadounidenses. Me dijeron que era dinero de la droga, pagado al Sendero Luminoso para tener pasaje seguro en áreas donde ellos tienen control."

"¿Que más encontraron en el tren mula?"

"Pasta de coca, huacos, armamentos y municiones."

Un funcionario muy grueso en peso, sostenía una de las bombas en lo alto. Un mayor de la armada, lo describía como una imitación China de un mortero Soviético. Continuó con la descripción, comparando y evaluando el mortero, diciendo cómo artículos similares se podrían ver en el museo militar.

El Comisionado Amado levantó la mano. "Basta. Todos hemos ido al museo."

Todos se rieron. Los procesos continuaron. El Teniente Bravos y otros Sinchis jalaron el botín capturado y lo mostraron. Extendieron todo el armamento, dinero, bolsas de pasta de coca e inclusive algunos artefactos pre-Colombinos hechos de oro y plata que lo llamaban huacos.

Miré la pasta de coca. ¿No pudiera ser esto la conexión con el esposo de Marisa?

¿Sabría ella de todo esto?

Finalmente era mi turno. La hora era 11:19 a.m.

El Comisionado Amado me miró hacia abajo donde me encontraba. "¿Qué le pasó a su cara?"

Antes de que pudiera contestarle, El Inspector Bocanegra saltó de su mesa. "Un desafortunado incidente. El y mis hombres tuvieron un mal entendido."

Lannie se encogió de hombros y yo hice lo mismo. Había valido madre su consejo.

El Comisionado Amado levantó una libreta de notas e hizo unos garabatos y cuando hablo, su voz tenía un tono agudo. "Inspector Bocanegra, quiero recordarle otra vez que el Profesor Thorsen es un invitado de esta comisión y espero que se le trate como tal ¿Entiende usted?"

"Si, Comisionado."

"Muy bien, continuemos con los interrogatorios."

El Inspector Bocanegra encendió su puro, abrió el maldito portafolio otra vez y metió la mano. Para ese entonces no me hubiera sorprendido que hubiera sacado una serpiente de cascabel. Pero era el billete de cien dólares, el cual levantó para que todos lo vieran.

"Lurigancho," dijo como si fuera un grito de batalla. "Esto fue lo que le costó al Profesor Thorsen que sus amigos se escaparan."

Miré mi reloj, eran las 11:26. a.m.

Caminó hacia mi mesa. Mostrando sus dientes manchados de tabaco. "Profesor Thorsen, ¿No sería tan gentil de decirle a estos comisionados en donde estuvo usted ayer?"

"Usted sabe perfectamente donde estuve."

"Por supuesto que lo sé. El mundo entero lo sabe, pero queremos escucharlo en boca de usted."

El esperó, pero yo estaba con la determinación de hacerlo que me sacara las palabras a tirabuzones.

"Responda a la pregunta," dijo el Comisionado Amado.

"Fui a la prisión de Lurigancho."

"¿Por qué fue a la prisión de Lurigancho?" Me preguntó Bocanegra.

"Para habar con los presos acerca..."

"¿Acerca de qué?"

"Acerca de Marisa. Me dijeron que tenían información acerca de su paradero."

"¿Lo sabían?"

"No sabían nada. Me engañaron para que fuera."

"Pero de todas formas les pago, ¿No, no es así?"

"Me rodearon y me robaron mi dinero. Cien dólares."

"No se le ocurrió pensar que en una prisión llena de desesperados; ¿No es exactamente un lugar para llevar dinero?"

"Ahora si me doy cuenta."

Tomo otra bocanada. "¿Cuál es el nombre de los presos con quienes hablo en Lurigancho?"

Vi la hora otra vez. 11:31. Tal vez mi reloj estaba adelantado. Tal vez el hombrecito había estado mintiendo. O tal vez estaba operando en el concepto del tiempo Peruano.

"Le hice una pregunta, Profesor."

Me penetraba con su mirada esperando una respuesta, cuando una explosión sacudió el palacio. Las luces bajaron, los candelabros tintinearon. Una segunda explosión nos dejó en completa oscuridad. Los vidrios se hicieron añicos. Las campanas de alarma sonaron. La gente con respiración entre cortada se gritaban unos a otros. Palabras como "bomba," "terremoto," y "Sendero Luminoso" volaban alrededor del cuarto como pedazos de explosivos. Dentro de toda esa locura se escuchaban los canticos que provenían de la sección de los espectadores.

"¡Viva Gonzalo! ¡Viva la revolución!"

Con los encendedores prendidos se podía ver solo un poco. Alguien abrió las puertas de emergencia. Entró luz, humo y un fuerte olor a fósforo. Un grupo de soldados se lanzaron súbitamente por las puertas seguidos por un tanque de la armada. El Teniente Bravos y sus Sinchis se apresuraron a salir corriendo sacando sus pistolas.

Volteé a ver el estrado y vi a los comisionados salir casi volando a una antecámara, era una agitación de batas, miedo y confusión. Los espectadores ahora estaban congestionando las salidas, gritando y corriendo como si el palacio estuviera a punto de explotar.

Lannie me tomó del brazo. "Vamos, viejo amigo, esto es un infierno."

Capítulo 20

El estacionamiento estaba igualmente caótico—soldados tratando de encontrar su camino por aquí y por allá, automóviles quemándose, la gente gritando, diciendo groserías y mentando madres. De atrás nos gritaban que nos quitáramos del camino. Las bocinas sonaban, se escuchaba el ruido de las sirenas y uno de los tanques de la armada pasó por encima de un pequeño Fiat aplastándolo con todo y el conductor.

"Hijo de su madre," exclamó Lannie. "¿Viste eso?"

Nos apresuramos al Cherokee, antes que este también corriera con la misma suerte, entramos de un salto y seguimos a los otros carros alrededor del perímetro de la salida. Inclusive ahí tuvimos que esperar entre un grupo de motoristas dando bocinazos y carros tratando de meterse en la línea. Me senté ahí, inhalando el olor a llantas quemadas, sorprendido ante tanta violencia y tratando de borrar de mi mente la imagen del Fiat aplastado.

"Vamos, Vamos," Lannie murmuró. "Muévanse."

Encendió un cigarrillo tomó una larga bocanada y miró por el retrovisor. "¡Mierda!"

Volteó dando un tremendo giro, cuando observamos el masivo armazón de Gordo que estaba en el asiento pasajero de un auto Mercedes negro. "Agárrate bien," me dijo Lannie y dio en reversa, chocando contra el carro Mercedes, haciendo trisas el vidrio y repitiendo la acción.

Gordo abrió la puerta y se bajó del auto caminando hacia nosotros. En ese momento llegó nuestro turno de salida. Lannie riéndose como un maniático dio un vuelco rechinando las llantas y esparciendo la gravilla a Gordo y al Mercedes; corriendo a alta velocidad alrededor de la plaza y a través de una intersección con el Mercedes detrás de nosotros tocando bocina. En las calles la gente corría aterrorizada para alejarse del Palacio.

"Ahora bien," dijo Lannie. "Esto es lo que vamos a hacer. Te dejo en el hotel. ¿Bien? Entras por el frente e inmediatamente sales por atrás. Olvídate de tu maleta y encuéntrame en el Hotel Azúcar en diez minutos. Tengo un avión que sale a las cuatro."

"¿Un avión a dónde?"

"Tingo María. Está en las cuestas orientales."

"Voy a necesitar más de diez minutos. Marisa me envió un mensaje. Me va a llamar."

"¿Estás loco? Las oportunidades solo tocan a la puerta una vez. Ella puede llamarte en Tampa."

"Si, tal vez pueda, pero quiero hablar con ella hoy y averiguar qué es lo que está pasando."

Movió la cabeza diciendo entre dientes algo acerca de ser cobarde o gallina y todavía estaba rezongando, cuando nos deslizamos al frente del hotel. Manifestantes se veían parados por donde quiera con sus pancartas y sus ojos fijos en el palacio. Un helicóptero de caza estaba sobrevolando la plaza.

El Mercedes con sus luces delanteras y parrilla destrozada se detuvo detrás de nosotros.

Salté del vehículo y aflojándome la corbata, corrí hacia las puertas giratorias del hotel.

Gordo atrás de mí con su pesado cuerpo tratando difícilmente de salir del carro.

"Una hora," Lannie me gritó rechinando las llantas y alejándose rápidamente, dejando a Gordo en la calle.

El lobby estaba hecho un torbellino también, todos agrupados frente al televisor. La mujer de cabello mal arreglado estaba leyendo una declaración—"El Movimiento Revolucionario Tupac Amaru, un grupo pro Castrista, está adjudicándose ser el responsable por el ataque. Para más información de esta historia vamos a..."

Subí a paso rápido las escaleras a mi habitación, me di una ducha para quitarme el olor a hule quemado y me puse unos kakis limpios;

me estaba poniendo la camisa, cuando alguien tocó fuertemente a la puerta.

Por favor, Dios mío, que no sea Gordo.

Era el mismo joven que me había traído el mensaje de Carlos el día anterior. El me hizo un gesto como para que lo acompañara al pasillo. "Teléfono," el me siseo. "Por el pasillo."

En calcetines y con mi camisa todavía colgando, lo seguí hasta un cuarto vacante. Ahí, levantó el teléfono y habló por la bocina del auricular.

"Ya listo," me dijo, y me entrego el auricular.

"Mark," dijo la voz de Marisa. "¿Me puedes oír?"

Me hundí en un lado de la cama y se me fue la respiración. Ella estaba viva entonces todavía había esperanza. Me la podía imaginar en una cabina oscura de un teléfono público, viendo sobre sus hombros, con su cuello pardo usando gafas oscuras.

"¿Dónde estás?" le pregunté.

"No importa. Tienes que salir de ahí, ahora. Y quiero decir ahora. Tienes diez minutos o tal vez menos." Hizo una pausa para tomar aire. "¿No tienes algún sitio donde ir?"

"Eso creo."

"Entonces ve, sal del país y vete a casa. Te llamaré en unos días."

"¿Por qué no vienes conmigo?"

"No puedo, no ahora. Te lo explicaré después. Y una cosa más; te amo. No lo olvides."

Yo le dije que también la quería, colgué y marqué el número de Lannie. Nada sucedió. Me lleva la chingada. ¿Es que no funciona nada en este país? Miré el reloj y marqué otra vez.

Una mujer contestó, "Lo siento, señor, pero él está con el embajador."

"Por favor pásemelo de todas maneras, dígale que es urgente y que necesito hablar con él."

"Lo siento, señor, pero no lo puedo interrumpir."

"Escuche, solo dígale que Mark lo llamó. Estaré en el lugar acordado."

Colgué abruptamente el auricular. Me apresure de regreso a mi habitación y me puse mis zapatos. Metí en mis bolsillos, billetera, pasaporte, boletos, un cuchillo de armada suizo y un cepillo de dientes.

El joven señalando mis kakis me preguntó. "¿No va a llevar esos puestos, verdad?"

"¿Por qué no?"

"Porque se ven muy extranjeros, muy gringo."

Él estaba en lo correcto. Solo los americanos usaban kakis o bermudas en países extranjeros. Así que con el joven viéndome, el reloj marcando rápidamente y un helicóptero resonando afuera, me quite los kakis y me puse unos pantalones color gris carbón. Me puse nuevamente mis zapatos, metí el cinturón entre las asas del pantalón, transferí mi billetera, pasaporte, cuchillo y tomé mi chaqueta de cuero.

"No, no," dijo el joven. "Tampoco la chaqueta. Ellos lo reconocerían."

Aventé la chaqueta sobre la cama y jalé un impermeable oscuro.

"No se preocupe por su equipaje," dijo el joven. "Él lo encontrara a usted."

"¿No tiene este lugar cámaras de seguridad? Ellos verán que tú me ayudaste."

"Todas están apagadas. No tenemos un pelo de tontos."

El teléfono sonó. Miré un segundo y lo levanté.

"¿Gran hombre?" dijo Marisa.

"¿Gran quien?"

"Tú sabes, el hombre con el gran—"

"Oh, sí, ya recuerdo."

"Estábamos hablando del escenario de un juicio final, Mark. Plan C. Nuestro último recurso si todo lo demás falla. Vete a la entrada de los empleados. Suena la campana tres veces. Pero solo como último recurso. Ahora vete."

Colgué el teléfono y seguí al joven hasta el pasillo. Me encaminó hacia un elevador de carga que no había notado antes, presione el botón con la S que indicaba sótano. Conforme el elevador rechinaba y zumbaba mientras descendía, él dijo, "Fue el reloj."

"¿Que reloj? ¿De qué estás hablando?"

"Tu reloj de pulso, la manera como lo mirabas insistentemente durante la audiencia. Lo están mostrando en la televisión, diciendo que es prueba que sabias de antemano sobre el ataque."

El elevador se detuvo y la puerta se abrió. El olor a vapor salía de la lavandería. "Por ahí." Indicando hacia la izquierda. "No te preocupes del hombre de la puerta, él está de nuestro lado."

Le entregué un billete de veinte dólares, le agradecí la asistencia y me apresure al corredor debajo de las pipas en un ducto de trabajo, pasando el cuarto de lavandería, un estante de tarjetas de un reloj de ponchar y una oficina de vidrio pequeña. Un hombre en cuclillas tenía la radio puesta en las noticas, pero cuando me vio se puso de pie.

"Por aquí," me dijo y me dirigió hacia unas escaleras y una puerta marcada. Salida a Jirón Ocoña. Abrió la puerta y sacó la cabeza, dejando entrar el aire húmedo y frío y los clamores de los manifestantes.

"Las calles están selladas," me dijo. "Debe doblar a la izquierda y dirigirse a La Colmena para encontrar un taxi."

Me indicó que me saliera. "Tenga cuidado caballero. Que Dios lo acompañe."

Le agradecí y caí en medio de un grupo de turistas Alemanes. No veía a ningún agente de la PIP ni soldados tampoco, solo la neblina, el olor a gases de escape, un cambiador de monedas extranjeras y una viejita con su manta en la banqueta.

Los alemanes parecían estar confundidos con mi presencia, pero de todas formas me quede con ellos, deseando no ser tan alto para pasar como uno de ellos. Y justo cuando estábamos dando la vuelta a un carrito de un vendedor; vi a Gordo.

Capítulo 21

Su estómago y sombrero oscuro sobresalía por la puerta de entrada. Me moví justo al lado de los alemanes, alejándome de él, pero eso atrajo a un cambiador de monedas quien sostenía un monto de papel moneda, el cual giraba al aire tratando de atraer el interés de todos.

"Dólar, dólar, dólar. Le cambio sus dólares."

Lo hice a un lado y seguí poniendo un pie delante del otro, con suma paciencia, resistiendo el impulso de salir corriendo. La mujer junto a mí se me acercó y me habló en alemán, probablemente preguntándome ¿Quién diablos era yo? Me encogí de hombros y le di una mirada estúpida como de no-comprendo y justo me di cuenta que ella era la misma dama de cabello plateado quien me había mostrado el periódico en el comedor.

Dio la vuelta y les habló a los otros en alemán. Ellos asentaron en reconocimiento y para entonces ya estábamos a las puertas donde Gordo estaba parado.

"Tú," en un rugido exclamo. "¡Alto!"

Los alemanes se pararon y me eché a correr. Los peatones abrieron el camino en ambos lados. Los niños saltaron de sus mantas para ver lo que pasaba y por un momento yo me sentía como su tuviera veinte años; corriendo hacia el gol en mí equipo de futbol americano. Qué demonios, de ninguna manera ese gordo baboso me iba a agarrar.

La intersección con Jirón Camaná estaba justo delante de mí. Todo lo que tenía que hacer era dar una izquierda, correr otra cuadra a La Colmena y tomar un taxi. Luego, llegar al Hotel Azúcar encontrarme con Lannie, tomar el avión a Tingo María e irme a casa. Salir del infierno de Perú y esperar a Marisa en Tampa.

Y pudo haber sucedido eso excepto por Chino, que de repente se apareció frente a mí.

Su cara estaba con vendas de nuestra última pelea. Su brazo izquierdo estaba agarrado por una venda atada al cuello, pero se la quitó y asumió la posición de artes marciales.

"¡Hijo de puta!" gritó y se me abalanzó como un personaje de película asiática haciendo movimientos tajantes con su mano derecha.

Tras de él venían más agentes de la PIP; jóvenes con sus pistolas en la mano.

Me escabullí y regresé hacia donde estaban los alemanes.

La mujer de cabellos plateados golpeándose las piernas gritaba. "¡Corre, gringo, corre!"

Otros siguieron sus gritos de apoyo. "¡Corre, gringo, corre!"

Corrí hacia la muchedumbre de manifestantes, esquivando carros de vendedores y postes de luz; estaba tan concentrado en llegar, que no vi a Gordo. Hasta que lo vi en frente de mí, empujándome hacia una motocicleta de policía que estaba estacionada.

"¡Amante de puta, cerdo Senderista!"

Su cachiporra me esquivó la cabeza y se desvió de mi hombro, pero aun así me dio como un toque eléctrico a mi brazo. Esta era la segunda vez que Gordo había lanzado el primer golpe, pero me propuse que no iba a haber una tercera. Lo tomé del brazo y se lo torcí hacia atrás, llevándolo hacia un poste de luz.

Los alemanes así como algunos peruanos me animaban echándome porras. Corrí hacia la plaza como si los toros de Pamplona me pisaran los talones, lanzando mis piernas tan altamente que parecía que me golpeaban el pecho.

Ya casi llegaba cuando una mujer policía en motocicleta salió de una puerta de enfrente—con casco, botas y pantalones de montar—estaba tratando de alcanzar su pistola cuando le caí encima aplastándola.

Detrás de mí se oyó el disparo de un fusil. Una vitrina de cristal se hizo añicos, un ladro que cayó de una pared me lastimó la mejilla. El ruido de la plaza era tan fuerte que casi nadie lo noto.

Los manifestantes eran un mar de ira gritando, ahora salían de la plaza en oleadas encaminándose por Jirón de la Unión hacia el Palacio. Me sumergí entre ellos y abrí paso entre pancartas, estandartes, agachando mi cabeza, moviéndome hacia delante y rezando.

Alguien me entregó un pequeño estandarte que decía ¡HUELGA! Lo puse sobre mi cara y seguí caminando. Dos cuadras adelante, todo exhausto y jadeando tomé Jirón Cusco y corrí otra cuadra para conseguir un taxi.

"¿Hacia dónde?" preguntó el taxista.

"A cualquier lugar, solo salga de aquí."

El taxi como todo en Lima era—viejo y decrepito. Echamos saliva por ocho o diez cuadras hasta que la transmisión empezó a fastidiar la caja de velocidades. El taxista refunfuñando, se fijó como salía humo debajo del tablero lo cual hacia irritar mis ojos y apestaba el carro.

Finalmente, le pagué su tarifa y tomé un segundo taxi al Hotel Azúcar.

Un grupo estaba reunido alrededor del vestíbulo mirando la televisión. Lannie no estaba ahí. Me apresuré a la cabina de teléfonos, metí un sol en la ranura y esperé el tono de marcar.

Nada.

Presioné el asa y lo solté. Nada todavía. Lo hice una y otra vez. Mente madres. Y si no hubiera sido por toda esa gente del lobby que ahora me veían y señalaban, hubiera destruido la cabina de teléfonos. Deje el auricular colgando y me perdí dentro de la neblina.

Hora del Plan C. Gran Hombre.

Capítulo 22

Después de haber tomado dos taxis, terminé en el sitio previsto por Marisa como último recurso un parque enmaderado a cuatro o cinco cuadras. No había tráfico, caía la niebla, el ruido de las sirenas se escuchaba a la distancia y la única persona alrededor, era un viejo borracho recostado en una banca cubierto con un plástico.

Me levanté el cuello y estaba a punto de salir de golpe, cuando vi una cabina telefónica.

Sí, ¿por qué no? Tal vez aún pudiera tomar el avión. Me dije a mí mismo.

Conseguí el tono de marcar y le pregunté a la mujer que contestó, que me pusiera en contacto con Lannie.

"¿Quién lo llama?"

"Marcus Thorsen. Sr. Torres está esperando mi llamada."

El teléfono hizo un ruido y Holbrook Easton estaba en la línea.

En mi mente torturada, me imaginaba un sótano oscuro con tableros electrónicos y jóvenes con uniformes de cuadrilla tratando de averiguar mi ubicación.

"¿Te has dado cuenta lo que has hecho?" Me preguntó Easton, con su manera muy refinada de hablar. "Ese hombre que golpeaste era un agente especial de operaciones de la PIP."

"Todo lo que hice fue defenderme."

"No, Profesor, usted se resistió al arresto. Por usted, más le vale que él no se muera."

"¿Y por qué debe morir?"

"Porque está en condiciones críticas—concusiones, parálisis y falla cardiaca."

93

Una estocada de nausea me cerró el pecho. El odio que sentía por Gordo se disolvió en el chapaleteo de la neblina. Holbrook Easton seguía hablando, pero no podía oírle porque el borrachín ahora estaba jalándome la manga rogando que le diera dinero. Me lo sacudí a tiempo de escuchar a Easton decir: "Te quedan dos opciones o te entregas a nosotros o te sales de este país infernal. Y yo te recomendaría lo último."

"Lannie dijo algo acerca de un avión para Tingo María."

"El avión partió, Profesor, ya es demasiado tarde. Y con respecto a Mr. Torres, por favor ya no lo llame otra vez."

Colgué el auricular. ¿Cómo pudo haber pasado todo esto? Hacia menos de una semana era un respetado profesor de universidad y candidato a ser el decano, todo vestido de traje y corbata, haciendo nada menos estresante que conducir seminarios para estudiantes egresados.

Ahora era un fugitivo. Inclusive, empezando a pensar como un criminal.

"Al carajo," murmure y me aleje corriendo.

Un poco después, derrotado y al borde de lágrimas, me detuve debajo de las ramas extendidas de un eucalipto gigante que atravesaba la calle del museo de Larco Herrera. El Plan C, era el último recurso, el hogar del hombre colector de cientos de piezas de cerámica erótica Mochica.

Un grupo de británicos parlanchines salieron y se subieron al autobús de turistas. Cuando se alejaron, me deslicé a través de una reja de hierro y seguí un camino enmaderado hasta la entrada de los empleados, toqué el timbre de la puerta tres veces.

Nadie contesto. Timbré tres veces más y de adentro se escuchó una voz de mujer que hablando en inglés decía: "Oh Dios mío, Oh Dios mío," como solamente los Americanos pueden decir.

La puerta se abrió rechinando y ahí parada frente a mí una joven que se parecía un poco a Marisa, inclusive de la misma edad, con una larga cabellera oscura y ojos cafés.

"Oh Dios mío," dijo otra vez. "Tienes sangre en tu cara. ¿Estás herido?"

"No lo creo."

Sacó la cabeza, miró alrededor y me entregó un juego de llaves.

"Volvo verde en el estacionamiento. Métete en el asiento de atrás y recuéstate. Apresúrate. Te traeré una toalla."

"¿No tienes nombre?"

"Sonia. Ahora vete, apúrate antes que alguien te vea."

En pocos minutos estábamos manejando a alta velocidad por el Paseo de la Republica como si fuera un carro de carreras, la radio tocando música de salsa a todo volumen, Sonia contaminando el aire con su cigarrillo y yo en el asiento de atrás recostado con una toalla.

"¿Dónde está Marisa?" le grité por encima del barullo.

"Por favor, Mark, estoy tratando de concentrarme."

"Nos van a hacer parar por manejar tan rápido."

"¿De veras, no me digas? Mark, en esta ciudad no paran por que vayas a alta velocidad."

Hicimos una serie de vueltas rechinando el carro, entramos a la colonia del Barranco y nos metimos en la entrada de un edificio de ladrillo llamado Chateau Beige, un complejo de apartamentos de lujo con barras de ornato anti-robo, luces de seguridad y una buganvilia que crecía en la pared.

Un hombre en uniforme se lanzó hacia la reja de metal y la empujó para abrirla. Nos estacionamos en la parte de atrás, entramos a través de una puerta trasera con códigos y nos apresuramos escaleras arriba hacia un opulento apartamento en un tercer piso.

Sonia cerró la puerta con aldaba, bajo las persianas, tiro las llaves sobre la mesa y se soltó en lágrimas. "¡Este maldito país!, maldita guerra. Debiste haberte quedado en los Estados Unidos."

Capítulo 23

Chateau Beige

Ella me dejó parado en la sala y se dirigió al otro cuarto. Regresando con toallas y una bata. "El baño está al fondo del pasillo. Puedes asearte ahí."

"¿Vamos a encontrarnos aquí con Marisa?"

"¿Estás loco? Ella es una fugitiva, al igual que tú. Están revisando todos los carros. Si ella se le ocurre venir a este lugar, la podrían seguir y ustedes dos terminarían como Bonnie y Clyde."

"¿Dónde está ella?"

Levantó la mano. "Por favor no más preguntas."

"¿Tú eres su prima, no es así? Me acuerdo que ella me hablaba de ti."

"Basta, Mark. Yo no existo. Soy un sueño, una ilusión. Ahora, vete y quítate esa ropa mojada que traes y límpiate la sangre que tienes en la cara."

Por tercera vez en ese día me di una ducha, y examiné mi cara toda lastimada.

Salí a encontrarme con Sonia, ella estaba esperándome en el sofá con dos botellas de Cerveza Cristal bien frías. Hasta ese entonces no me había fijado que se vestía igual que Marisa—pantalones oscuros y camisa blanca sin mangas con dos o tres botones abiertos al frente. También tenía pintadas sus uñas con un barniz rojo además de traer un bronceado muy bonito; difícil de obtener en Lima, pues rara vez se veía el sol.

Señaló en la parte de atrás un televisor prendido y le bajó el volumen. "Están diciendo que atacaste a un agente de la PIP y por poco lo matas."

Tomé un largo trago de cerveza y luego le expliqué lo que paso a Sonia. Ella me escuchó y en poco rato nos encontramos hablando de los agentes PIP, de la embajada norteamericana y de cómo este país se lo estaba llevando el diablo; con tantos asesinatos, un gobierno brutal, dos grupos de insurgentes y ciudadanos inocentes siendo secuestrados. Además de cómo los medios de información me estaban haciendo aparecer como si yo fuera un terrorista.

"Es una venganza sangrienta," dijo Sonia "una guerrita sucia con extremistas en ambos lados."

"¿Cómo encajas tú en esta mezcla?"

"Yo no encajo. Como la mayoría de la gente de Perú, estoy metida en medio de todo esto. Pero hubiera tenido una perspectiva diferente, si hubiera nacido pobre e indígena, venida de algún pueblito de las montañas."

Conversamos hasta que oscureció. A pesar de contarle mis penas, Sonia se rehusó a decirme algo de ella o de Marisa. No fue sino hasta que sacó una libretita de su saco—lo cual pensé que eran cigarrillos—que me di cuenta que no había encendido ninguno desde que llegamos al departamento.

"¿Qué paso con tus cigarrillos?" le pregunté.

"No fumo."

"Estabas fumando en el carro."

"Solo cuando estoy nerviosa. Estoy mejor ahora."

Luego, consultó su libreta de direcciones, levantó el teléfono y marcó un número, habló con alguien acerca de unos pasaportes, escuchó por un momento y me volteo a ver.

"¿Qué idiomas hablas además de Inglés y Español?"

"Quechua."

"Eso no nos ayuda. ¿Qué otro idioma?"

"Mi padre era Noruego, me defiendo con ese idioma."

"Pensé que los Noruegos tenían pelo rubio y ojos azules."

"Algunos como yo tenemos pelo castaño y ojos cafés. Además, mi madre era de México."

"¿México? No me digas. Así que tienes sangre indígena."

Rodé mis ojos. Sonia preguntó a la persona del otro lado de la línea acerca de un pasaporte Noruego. De su expresión deduje que la respuesta era no.

"¿Y qué tal Danés o Sueco?" le dije. "Los idiomas son parecidos."

Pasó esta información, esperó un momento y me dijo en voz baja "Danés, serás un periodista Danés." Escuchó unos momentos más y después colgó. "Tendrás que quitarte ese bigote. Simplemente ese no eres tú."

Metió mi ropa mojada en la lavadora, la dejo correr y me mostró alrededor del apartamento, señalándome los muebles de madera rosa, una vitrina repleta de artefactos precolombinos y un estante de vinos de Argentina y Chile.

"¿Cuánto tiempo has estado viviendo aquí?" le pregunté.

"Yo no vivo aquí. Este no es mi sitio."

"¿Pues, de quién es este lugar?"

"Es mejor que no lo sepas. Y si por si acaso te estabas preguntando, tampoco trabajo en el museo."

"¿Entonces qué estás haciendo ahí?"

"Visitando a un amigo."

Me llevó hacia la habitación y me señaló una pintura de una muchacha casi en su pubertad con rasgos Runa oscuros, tirada en un sofá con solo botas de combate, gorro negro, bufanda roja con una hoz y un martillo, parecía la versión de la maja desnuda de Goya de Sendero Luminoso.

Un AK-47 descansaba atravesando su estómago. Una granada de mano estaba en el tope de una canasta de frutas y todo alrededor era el resultado de su trabajo—la parte de atrás toda demolida, con humo y soldados muertos.

"Su nombre es Carla," me dijo Sonia. "Parte de una serie llamada *Las Niñas de Pachacuti*."

Me acerqué a la pintura para verla mejor y vi lo que parecía cuatro o cinco cargamentos de semen en su barbilla, pecho, abdomen y entre piernas. "¿Es eso lo que creo que es?"

"Es una metáfora."

"¿Cómo para qué?"

"Los indígenas que han sido aplastados por la elite en el poder."

"¿Quién es el artista?"

"Francisco de la Vega."

El nombre me sonaba familiar y estaba tratando de ubicarlo cuando en eso ella dijo. "Pensarás que le importan las niñas pobres como Carla. Pero no, les daba algunos soles para que le modelaran y las forzaba a que les hicieran sus servicios a sus amigos. Se dice que al verlo lo encontraba excitante."

Las luces bajaron y se apagaron dejándonos en la oscuridad. El sonido de la lavadora se paró. Sonia dijo. "Perú," hablaba como si fuera una enfermedad más que un País. Y se fue en busca de una linterna. Me senté en la cama debajo de la pintura y en ese momento de oscuridad me acordé lo que me dijo Lannie acerca del esposo de Marisa cuando estábamos en el Parrón.

¿Qué clase de hombre le gusta ver que su mujer se acueste con otro hombre?

Sonia se apareció en la puerta con una vela en la mano, su cara se iluminó, la vela tenía un olor a cocos. "Maldito complejo," dijo a regañadientes. "Se supone que tengan un generador, pero está como todo en este país—jodido."

Encendió otras velas y una lámpara de gas diciéndome que considerara esta como mi casa, se puso una chaqueta y se encaminó a la puerta. "Si alguien llama a la puerta, no contestes."

"¿A dónde vas?"

"¿Podrías dejar de hacerme preguntas? y tampoco salgas o contestes el teléfono. Y por favor no hagas llamadas a tus amigos de la embajada. Ellos pueden localizarte en minutos."

Abrió la puerta. "Y una cosa más, pedí que nos trajeran comida china, el portero la entrega. Toca el timbre y la deja en la puerta. Es muy discreto."

Cerró la puerta y bajando apresuradamente las escaleras, se fue en su Volvo, dejándome solo mirando por la ventana y preguntándome ¿De quién será este lugar y por qué el portero tiene que ser tan discreto y quién demonios es Sonia?

Tomé una lámpara y como un agente fisgón de la PIP empecé a indagar el lugar.

Capítulo 24

Los libros en los estantes eran principalmente de novelistas Latinoamericanos bien conocidos: Isabel Allende, Gabriel García Márquez, Mario Vargas Llosa. Había también casetes de música. Tangos, flamenco, jazz, pero ninguna foto familiar, cuentas o recibos. Nada de interés en los cajones de la cocina, ni en la despensa, o en los armarios. Ninguna pista sobre quién podría ser el dueño del lugar.

Tal vez era una casa segura, una guarida del Presidente Gonzalo y sus amigos viajeros.

"¿Pero no debería haber rifles y granadas? ¿O un panfleto revolucionario?"

La única señal de que estaba ocupado era el maletín de Sonia en la recamara principal. Pero estaba cerrado con llave. Ni tampoco gafetes. Le di una mirada al baño y vi un estuche de cosméticos, cepillos de pelo y pasta dental. En el closet había pantalones de mezclilla de diseñadores, un poncho rojo, un suéter de alpaca y blusas.

Me paré enfrente de la mesita de noche y jalé el primer cajón de arriba.

Condones Trojan, una pequeña botella de K-Y y un vibrador rosa.

Cristo, ¿era este el lugar de reunión de amor de Sonia y su amante y yo había interferido?

Por eso estaba tan alterada. Con razón el portero era tan discreto.

De repente, las luces se encendieron sin ninguna señal. Y por un instante pensé que Sonia me había cachado espiando en su habitación como un pervertido sexual.

Poco después, la comida llegó—chow mein de res.

Comí en silencio y miré las noticias de la tarde acerca del bombardeo del palacio. El Presidente Fujimori había ordenado más tropas que entraran a la ciudad e impusieran toque de queda de las 10 p.m. a las 5 a.m. Los medios habían conseguido un video alemán y me vi acercándome a una viejita en la acera, pegando la cabeza de Gordo contra un poste de luz y aplastando a la mujer policía. Lo mostraban una y otra vez en cámara lenta y preguntaban por mi paradero. Inclusive salía un número en la pantalla al cual llamar.

¿Por qué? me preguntaba a mí mismo; en una situación de crisis como la que atravesaba el país, los medios me daban tanta importancia?

El chow mein de res no me sentó bien. Y esa noche en cama bajo el ventilador de techo, soñé que Chino el agente de PIP me servía el chow mein con hongos envenenados. Marisa y Sonia posaban para ser pintadas en botas de combate, bufandas rojas y gorros negros, abiertas como águilas en el sofá mientras Francisco de la Vega y sus amigos se tomaban turnos.

Lo peor de todo es que Marisa parecía estarlo disfrutando.

Me sentí febril. El sonido del ventilador sonaba como lo que ellas estuvieran haciendo.

Se apoderó de mí el coraje y el dolor. Me fui por el AK-47 y estaba disparando el lugar, destruyéndolo todo a pedazos cuando Sonia me despertó y me di cuenta que era de día.

"¿Estás bien?" me preguntó.

Me senté y mi corazón empezó a latir rápidamente; me talle los ojos para despertarme. Sonia en un negligé de seda negro parecía una modelo de Victoria's Secret, se sentó en la cama y me tallo el cuello. "Pobre Mark, has tenido una mala noche. Te prepararé el desayuno."

Me di una ducha otra vez, pero me tomó mucho tiempo quitarme esa sensación tan desagradable y me sentí peor cuando vi en el espejo la marca que me dejó la suela de zapato en la cara. Lo único bueno de la mañana era el desayunar con Sonia quien estaba de mejor humor que el día anterior. Aún estaba vestida con su negligé de encaje.

A pesar de Sonia mi desesperación se agudizo cuando me senté enfrente del televisor y vi al Inspector Bocanegra fumando su cigarro y diciendo que sus hombres me rastrearían hasta los confines de la tierra. Chino estaba ahí también, hablando en un acantonado español. Presumiendo que él personalmente se iba a encargar de que yo respondiera por mis crímenes. Le siguió la mujer policía con su brazo agarrado por una venda al cuello. Y su jefe diciendo lo valiente que había sido ella al tratar de detener a un fugitivo tan peligroso como yo.

¿Peligroso yo? un profesor de universidad y de nada menos que de economía.

La imagen final en la televisión, mostró a Gordo en el hospital con un tanque de oxígeno y junto a él, la cara de una mujer pequeña y triste. "No sientas pena por él," me dijo Sonia. "Te hubiera matado de un solo golpe."

Sonia salió otra vez esa tarde y mientras estaba fuera, descaradamente seguí esculcando en el cajón de su mesa de noche. Estaba todo ahí. Seguramente no lo dejo por equivocación.

"¿Estaba ahí para provocarme? ¿Cómo su negligé?"

Necesitaba algo para sacarme los problemas de la cabeza—y de Sonia también—así que encontré en el cajón de la cocina, un libro de notas donde apuntar. Me senté en la mesa y empecé a componer un verso.

Todo lo que quería era una noche juntos/una explicación,
Y un vuelo para los dos a casa.

¿Si, por qué no escribir todo lo que me había sucedido? Ponerlo todo en papel mientras lo tenía aún fresco en mi mente. Escribirlo para mis abogados, jueces, la embajada y mi universidad. Y a Marisa también. Empecé por el general. Le siguió las audiencias y mi viaje a Lurigancho.

Estaba llegando al pleito con Gordo cuando Sonia regreso con periódicos y sándwiches, además de curitas para mis cortadas, unos pantalones para hacer ejercicio, una sudadera y una caja de chocolates. Después se dio una ducha, andando por el departamento solamente con la toalla puesta, toda dulzura y sonrisas. ¿Dios mío, no tenía idea ella de cómo son los hombres?

¿O sería yo el que no tenía idea de cómo son las mujeres?

James Bond le hubiera quitado la toalla y la hubiera arrastrado a la habitación. Pero yo no era Bond, ni iba a caer en esa trampa. Diablos no. Años atrás, en mi último año en la Universidad de Minnesota, tuve una aventura con una jovencita muy bonita llamada Ingrid y en un momento de debilidad, también me acosté dos o tres veces con su compañera de dormitorio. Yo pensé que podía estar con ambas hasta que Ingrid lo descubrió y las cosas se pusieron muy feas.

Así que aprendí una buena lección: las mujeres besan y cuentan.

A la mañana siguiente, el ruido del teléfono me despertó. Me lance fuera de la cama y aún medio dormido encontré a Sonia en su negligé negro hablando en inglés con alguien.

"Suena como un buen plan," dijo por el auricular. Después colgó y me miro.

"Salimos el jueves para tomar el tren a Huancayo."

Mi corazón me dio un vuelco al pensar que iba a dejar la seguridad de este lugar y adentrarme a lo desconocido. "¿vamos a encontrarnos con Marisa en Huancayo?" le pregunté.

"¿Lo sabremos cuando lleguemos allá, no es así?"

Me aclaró mi pelo oscuro y tomo fotos para el pasaporte falso. Ensayamos nuestro plan. Me trajo ropas estilo holandés—blazers, abrigo y pantalones grises—e inclusive libros y periódicos en holandés. Y un pequeño maletín.

Continúo caminando en vestidos provocativos que me torturaban. Y en nuestra última noche juntos, con nuestros belices empacados, puso música de tango, destapo una botella de cabernet, se sentó en el sofá junto a mí en una vestimenta de noche color lila que apenas le llegaba a los muslos—y empezó a ponerse loción en sus brazos y piernas.

"Te voy a extrañar," me dijo.

"Yo también te voy a extrañar Sonia. Has sido maravillosa—"

Se inclinó y me dio un beso.

No un beso largo y romántico pero tampoco inocente. Lo suficiente para quitarme la respiración. Luego se quedó sentada, el tango seguía tocando, sus labios humedecidos e invitantes y me miraba a los ojos como esperando una respuesta.

El tango terminó y cruzo por su cara una mirada de tristeza. Sus ojos se humedecieron. Se paró, apagó la casetera, fue a su habitación y diciéndome buenas noches, se despidió. Cerró la puerta dejándome sólo en el sofá, todavía pensando en ese cuerpo delicioso de labios suaves e invitantes y en el contenido del cajón en su mesita de noche.

¿Qué hubiera hecho si me hubiera besado otra vez?

¿O me hubiera invitado a su habitación?

Al siguiente día, un jueves, con nerviosa anticipación tomamos taxis separados hacia la estación de tren Los Desamparados. Registramos nuestros belices y nos pusimos en fila junto con otros pasajeros para la salida del tren de 7:20 A.M. a Huancayo.

Capítulo 25

Ferrocarril Central Andino

Estar al aire, libre sentir el aire frio y húmedo en mi cuello, ver a los turistas Europeos que no parecían ni remotamente preocupados, escuchar las pláticas en distintos lenguajes y hasta el olor de los gases de humo me hicieron sentir optimista acerca de nuestra aventura.

Hasta el momento en que Sonia encendió un cigarrillo y comenzó a andar nerviosamente como si fuera asaltar un banco. Al ver la expresión de los ojos asustados en la cara de Sonia, me di cuenta que estaba tan aterrorizada como yo. Lo cual me hacía preguntarme ¿por qué se vestiría con un poncho rojo y una gorrita tejida? Yo quería que pasáramos tan desapercibidos como la luz de un poste público en plena luz del día y tan gris como el cielo de Perú. De todas formas, así se paró, con su poncho rojo como diciendo: *Oigan todos ustedes, mírenme aquí estoy.*

Saqué un paquete de cigarrillos Gauloises que me había dado, y encendí uno como todos en la fila en que estábamos, me pare más cerca de ella y repetí las líneas que habíamos ensayado, pretendiendo hacer conversación con un extraño. "Por favor disculpar," lo dije en el mejor acento danés /inglés que pude, "¿Pero de casualidad habla usted ah inglés?"

"Me defiendo," dijo falseando el acento.

"¿Está siempre tan ah nublado aquí en Lima?"

"Solo en esta época del año. ¿De dónde es usted?"

Estaba a punto de decir Dinamarca cuando un carro negro Mercedes llego y rechinando las gomas se detuvo. De ahí salieron tres hombres en sombreros oscuros y trajes de trinchera.

La cara de Sonia se puso tan pálida que pensé que se iba a desmayar. Probablemente yo me veía tan aterrado como ella. Los hombres de PIP pasaron rápidamente y empezaron a revisar desde atrás. Sonia respiró profundamente y encendió otro cigarrillo. Un británico de mejillas rojas y en traje de safari que estaba frente a nosotros, me volteo a ver.

"No tiene nada de qué preocuparse," dijo. "Hacen esto en todas las estaciones."

Muy fácil para él decirlo. Probablemente él era otro de esos turistas en busca de aventuras. Pero yo estaba vencido. Nada me iba a salvar ahora. Ni el cigarrillo, ni el pasaporte Danés, ni mis falsos lentes de contacto azules, ni mi decolorado pelo rubio o el blazer Danés con botones de bronce. Ni siquiera el impermeable sobre mis hombros al estilo europeo. A pesar de mi terror, seguí coqueteando con Sonia y aunque torpe y esforzado, era obvio para cualquiera que estuviera poniendo atención.

"¿A dónde ah se dirige?" pregunté como un robot, haciendo esfuerzos para sonrisa.

"Yo voy a Huancayo. ¿Y usted?"

"Al mismo lugar. ¿Qué coincidencia verdad?"

Sin saber que era más que obvio que estábamos abordando los dos el mismo tren para Huancayo. Los agentes de la PIP estaban casi con nosotros ahora. Sentí que al palpitar el corazón me daba vuelcos y el sudor me recorría hasta las costillas.

Lo sentí en la voz atirantada de Sonia y lo vi en los ojos de otros pasajeros. La única esperanza ahora era correr, romper la fila, saltar al rio y empezar a nadar.

Cuando nos pasaron de largo, sentí un gran alivio. Sonia cerró los ojos y exhalo un profundo suspiro. Sonó el silbato. La fila se cerró y la sangre me regreso al cuerpo. Nos subimos a un carro del tren que decía Tren de Sierra y tomamos nuestros asientos. Sin registros, sin agentes de PIP, sin policías, solo el carro del tren lleno de turistas. ¿Qué pasa con esta gente? No saben que la mitad del Perú estaba controlada por el Sendero Luminoso? ¿O que el gobierno es tan brutal como los terroristas? ¿Les importa en algo?

El tren arrancó y salió de la estación siguiendo la franja de la corriente color cocoa del río Rimac. Por la ventana pude observar a una mujer cerca de la orilla del río con un palo muy largo en su mano, mirando el agua como si esperar a ver flotando algún pariente suyo.

El tren tomó velocidad haciendo ruido en los rieles y alejándonos de la torturada ciudad de Lima, pasando pequeños pueblecillos, aldeas, y chozas hechas de bambú y de paja. Enfrente del pasillo, un británico le explicaba a su mujer que la causa de la neblina era debido a un fenómeno de la costa de vientos calientes interactuando con las aguas frías del océano.

El camino se hacía más brillante. Las borrosas orillas de los objetos lejanos se hacían cada vez más claras, tomaban formas más definidas. Y de repente el tren rompió la perpetua neblina y vimos salir la luz del sol. Los pasajeros aplaudían y se animaban entre ellos. Me puse mis gafas Rayaban para ver mejor. El río Rimac estaba más claro y todo lo que estaba a nuestro alrededor era desierto.

Volteé a ver a Sonia y le pregunté, "Ya que estamos fuera de Lima, puedes decirme nuestros planes? ¿A dónde vamos cuando nos reunamos con Marisa?"

Me dio una mirada como de cállate la boca y sacó de su bolso el libro de Isabel Allende y empezó a leerlo, yo saque mi periódico Danés, *Kobenhaven Dagbladet* y traté de leerlo, pero me encontré escuchando al británico decirle a su esposa que nuestra primera parada seria Chosica.

"Es un lugar de recreo, amor, es donde los ricos de Lima van a escaparse de las tinieblas."

Le estaba diciendo que no iba a ver tiempo suficiente para ir de compras cuando llegamos a la estación. Un grupo de gentes locales rodearon el tren—mujeres con sus largos cabellos en colas de caballo y sus canastas llenas de plátanos, niños descalzos vendiendo chicles y naranjas. Pordioseros con caras parchadas por el sol, todos roídos y sucios golpeando las ventanas.

Algunos de los pasajeros tomaron sus pertenencias y se encaminaron hacia la puerta. Sonia se paró a estirarse. "Ahora regreso," dijo encaminándose al pasillo.

Otros subieron a bordo: personas de complexión más clara en

nuestro carro, personas nativas con piel más oscura con sus bolsas, cajas y pollos, atrás en los carros designados como las "cabinas de los Indios." Afuera del tren, un cartel indicaba que estábamos a 860 metros sobre el nivel del mar. Por la ventana podía ver mansiones Victorianas protegidas del sol por palmeras y árboles de eucalipto, elegantes hoteles con balcones y tiendas anunciando joyería Inca.

El tren se destrabó y comenzó a moverse. Me paré y miré alrededor. ¿Dónde estaba Sonia?

De pronto la vi que venía por el pasillo—poncho rojo, cabello oscuro, gorro tejido y pantalones oscuros. Recogí mi periódico Danés y escondí mi cara detrás de él.

El británico se inclinó y me tocó el brazo, "¿Qué periódico está leyendo?"

Le dije que era danés. Él me dijo que Los Jardines de Tivoli estaba en su lista de lugares por visitar; estaba hablando sobre los lugares que había recorrido con su esposa, cuando Sonia se deslizo frente a mí para sentarse en el asiento de la ventanilla, dejando ráfagas del olor de Lirio del Perú. ¿El Lirio del Perú? ¿Por qué estaba usando el perfume de Marisa?

El tren entró por un túnel dejándonos en completa oscuridad. El sonido del tren se hizo más fuerte, Sonia se recostó en mis hombros y me tomo de la mano y en la oscuridad del túnel e inclusive antes de salir a la luz, me di cuenta que la mujer junto a mí no era Sonia.

Capítulo 26

Trate de hablar o saludarla o hacer algún otro comentario pero lo único que pude hacer fue mirarla, sus ojos azules eran ahora cafés. Su nariz a diferencia de la de Sonia, solo tenía un pequeño esbozo de una jibá. Su bronceado era más profundo y ella era dos o tres pulgadas más alta que Sonia, pero por toda su vestimenta y apariencia, nadie hubiera notado el cambio.

El silbato sonó. Entramos a otro túnel. Marisa se acercó a mis brazos y sollozó contra mi pecho. Yo también hice lo mismo. Dos meses de ausencia y una ola de misterios culminaron en un deshago de lágrimas. Nos tomó unos minutos ganar nuestra compostura y regresar al momento actual. Mientras tanto, los alemanes atrás de nosotros estaban riéndose y charlando como si no hubiera pasado nada. El británico en su chaqueta de safari estaba dándole una plática a su esposa acerca de los árboles de eucalipto que se levantaban a los lados de los rieles del tren y afuera de la ventana el mundo entero parecía ser más brillante.

"Gracias por creer en mí," Marisa me susurró.

"En ningún momento dudé de ti. ¿Tu esposo es el problema, verdad?"

Me puso su dedo en mi boca y lo subió hacia el lado de mi cara donde el moretón se notaba aunque estaba parcialmente tapado por el maquillaje. "Esta noche," me dijo en voz baja.

El tren subió más alto, maniobrando en zigzag para subir a una pendiente, puentes y lugares donde los guerreros incas con sus armaduras de piel y hondas, se encontraron con los cañones y caballos de Pizarro. Marisa y yo nos sentamos como extraños en un tren...excepto cuando entramos al túnel.

Y había muchos túneles, cada uno más apasionado que el anterior.

Después del tercero, cuarto o quinto túnel, cuando estaba arreglando el periódico en mi regazo para esconder mi penoso bulto, Marisa se me acerco un poco más.

"¿Qué crees que traje conmigo?"

Metió su mano en el bolso y saco una copia del poema de Neruda *Veinte poemas de Amor.*

"¿Por qué no me lo lees?"

Le dio vuelta a la página marcada por un papel. "Esta línea." Le di una mirada y vi el verso que años atrás le había leído por primera vez en El Parrón—*Quiero hacer contigo lo que la primavera hace con los cerezos*—después del cual nos registramos en el Gran Hotel Bolívar e hicimos el amor toda la noche.

"¿Quieres que te lo lea aquí?"

Se humedeció los labios. "Nadie estaba poniendo atención."

"¿Si te lo leo aquí, prometes comportarte?"

"¿Quieres que me comporte?"

Se me paro la respiración. Una de las cosas que más me gustaba de Marisa era que, ni flores, ni vino, ni música y ni siquiera regalos dé gran valor le hacían efecto romántico como la poesía. Y mejor vale que haya una recamara cerca. O un túnel oscuro.

"Estoy esperando," me dijo, bajando la voz y metiendo su mano debajo del periódico sobre mi regazo.

Parecía que estábamos volando en las nubes, sobre valles y caminos muy debajo de nosotros pues cada vuelta del tren, nos traía panoramas más frescos con arroyos corriendo a través de bosques de eucaliptos, montañas cubiertas por terrazas Incas y pastores cuidando su manada de llamas y alpacas.

El británico le platicaba a su esposa sobre Henry Meiggs, el ingeniero americano que construyo los rieles con mano de obra china, cuando sentí el desbalance del *soroche*. Empezó como un mareo y dolor de cabeza, seguido por nausea y malestar en general.

Conocía muy bien ese malestar, siempre me sucedía cuando estaba a tres mil metros de altura; y ya estábamos cerca de los cuatro mil y continuábamos ascendiendo.

"Me está molestando a mí también," dijo Marisa en voz baja.

La conversación alrededor de nosotros cesó. A pesar del frio empecé a perspirar. Los británicos se veían lívidos. Todos débiles y pálidos. Inclusive Marisa se echó hacia atrás cerrando los ojos. En la Estación Ticlio, a 4758 metros sobre el nivel del mar, un hombre en bata blanca obviamente preocupado por el estado de los pasajeros, se apresuró por el pasillo con un tanque de oxígeno ofreciéndole ayuda a la gente.

Minutos después, en el Túnel Galera, pasamos una señal que decía, "La estación de pasajeros más alta del mundo."

Marisa me toco el brazo. "Pronto te vas a sentir mejor, de aquí en adelante todo es bajada."

Ya eran casi las cinco cuando llegamos a Jauja, un pueblo viejo donde Pizarro inicialmente había establecido la capital. La conversación continúo. Las personas empezaron a moverse. Aún estaba con dolor de cabeza, mareado y con nauseas por la elevación, pero logré levantarme del asiento hacia la puerta. Marisa se unió a mí y estábamos inhalando el aire congelado de la montaña cuando note un camión verde de la armada—seguido por los golpes secos de pies corriendo.

Marisa me agarro del brazo. "Sinchis."

Regresamos rápidamente a nuestros asientos y escasamente nos habíamos acomodado, cuando un oficial con un sujetador de papeles se encaramo abordo. A mí alrededor vi caras de miedo, haciendo gestos nerviosos. Lance una mirada hacia atrás como un conejo atrapado, buscando un asiento vacío, pensando que sería mejor que estuviéramos separados, pero los soldados ya estaban llenando la puerta de atrás, hombres con rifles de ataque, pantalones metidos en las botas de combate y algunos usando mascaras negras de esquiar, lo cual los hacía ver aún más amenazantes.

Demonios ¿por qué no pensé en separarnos antes? Debió haber sido la falta de oxígeno. Un pasajero en el asiento de enfrente abrió la ventana como si quisiera saltar, pero un Sinchi junto al tren levantó el rifle. Afuera, una patrulla arrastraba a un joven a lo largo del tren, probablemente del carro de Indios. Le salía sangre por la nariz y la barbilla. Estaba llorando y atrás de él una mujer chiquita en pantalones cortos y camiseta ajustada juntaba sus manos suplicando.

Marisa se puso los lentes. "Saca un libro y comienza a leer."

Hice lo que dijo. Las palabras en las páginas estaban borrosas, mi cabeza pulsaba aceleradamente y cuando levante la mirada otra vez, el oficial con el ajustador de papeles pasaba por el pasillo viéndonos las caras. Tras de él, venían más soldados con máscaras de esquiar. El oficial me resultó familiar, pero no lo pude ubicar hasta que se colocó dos filas delante.

El Teniente Bravos de la audiencia.

Marisa exhaló un suspiro exasperado. Yo esbocé una grosería. Bravos seguramente desenmascara nuestro engaño, tan seguro como cuando encontró el racimo de conchas de mortero con los plátanos.

Ahí estaba parado frente a mí.

Primero me vio a mí y luego a Marisa, como si fuéramos sacados de las fotos del cartel "Se busca." Se volteó y les habló en quechua a los Sinchis que estaban tras de él "¿Qué creen?"

"Se ven de la misma edad," dijo uno con mangas de rallas y voz apagada.

Mi corazón latió más rápido. Sentía la boca seca. Bravos habló con Marisa, ahora en español. "¿Con perdón, señorita, viaja con este caballero?"

"Viajo sola. No conozco a este caballero."

Bravos me toco el hombro. "Y usted, caballero. ¿Qué negocios tiene en este país?"

"No creo que él hable Español," les respondió Marisa.

Bravos cambió a un fracturado inglés y le repitió su pregunta. Le respondí con mi acento danés. "Soy un periodista de un periódico— de Dinamarca."

"¿Un reportero que no habla español?"

"Tengo un traductor. El ah esta encontrarme en Huancayo."

"Por favor, póngase de pie."

Me puse de pie y pare mis piernas en el pasillo, esperando que ellas pudieran sostenerme.

"La misma estatura." Bravos les dijo a los otros soldados y todos asentaron.

El Sinchi con la manga de rallas y máscara para esquiar se paró más de cerca.

Estaban de acuerdo que el pelo rubio no se veía natural, y que no tenía sentido mandar un periodista a Perú que no hablara Español y que la mujer encajaba con la descripción.

Bravos regresó a mí. "Pasaporte, por favor."

Lo saqué de mi chaqueta, tratando que no se viera que estaba temblando. Bravos tomó el pasaporte y comparó la fotografía con mi cara. Luego se volteó a hablar con el Sinchi detrás de él y le habló en quechua. "Esas dos señoras de enfrente—segunda fila. ¿De dónde son?"

"Dinamarca," respondió el hombre de rayas.

"Llámalas. Vamos a ver si este caballero es quien dice que es."

Capítulo 27

Mi dolor de cabeza se empeoró. El noruego que yo hablaba era *gammel* Norsk—Noruego antiguo—difícil de entender inclusive en ciudades modernas como Oslo. Los daneses verdaderos sabrían inmediatamente que yo era un impostor y probablemente aplaudirían cuando Bravo me sacara del tren.

En ese momento, los Sinchis regresaban al pasillo con dos mujeres que bien podrían ser madre e hija; las dos con lentes gruesos y mejillas rosadas, una de ellas tan entrada en años como para recordar la ocupación Nazi de su país. Sus ojos y de la manera como sostenían sus bolsas me dieron la impresión que estaban tan asustadas como yo e igual de mareadas por la elevación.

La anciana se ajustaba su aparato para el oído protestándole a la hija, en voz alta.

"JEG IKKE OPFATTE HVAD DE ONSKER."

Lo cual seguramente quería decir. "No entiendo lo que quieren."

"Por favor, Madre, no tan alto. Todo va a estar bien."

Bravos tocó su gorro y les habló en inglés. "Por favor, usted perdone, pero, este, eh caballero dice que es Danés. ¿Sería tan amable de eh...como se dice, verificar?"

Le di la vuelta y extendí mis manos a las damas, orando para que me comprendieran.

"*God aftermiddag*," le dije. "*De forteller meg at du er Dansk.*"

"*Ja, ja,*" contesto la más joven. "Nosotros somos Daneses." Me extendió su mano. "Soy Anne Lise, y ella es mi madre, Mette. Somos de Skagen."

114

"Hans," le dije. "Hans Prebin Hoelvik. Mucho gusto. Es un placer conocer a otros Daneses."

Su sonrisa se tornó en una mirada escéptica; pero antes de que pudieran preguntar, les dije en gammel Norsk que era un periodista con el *Kobenhavn Dagbladet* y había tomado algunos días para visitar Huancayo y la coincidencia que era conocer a otros Daneses en Perú.

La más vieja, Mette la empujó más cerca y le dijo en secreto algo al oído. "*¿HVOR DU SAGDE DU FRA?*" De dónde dijo que era usted?

Bravos me tocó el brazo. "¿Qué dijo?"

"Dijo que era una sorpresa muy agradable encontrar a otro Danés en Perú."

La boca de Anne Lisa se abrió como para contradecirme pero rápidamente les dije: "Por favor necesito su ayuda, si no convenzo a estos policías que soy Danés, me van arrestar."

Se golpeó la frente. "*Ah, min Gud*. ¿Usted es el profesor americano, verdad?"

Mi corazón latió más rápido; en danés la palabra profesor americano, era casi lo mismo que en inglés—*Amerikansk profesor*. Esperaba que Bravos en cualquier momento me saltara con sus esposas listas para atarme las muñecas. Cuando no lo hizo, me dirigí a Anne Lise.

"No sé lo que han oído, pero lo que están diciendo no es verdad."

Mette, que estaba agarrada de las mangas de Anne Lise, preguntó: "*¿HVDA SAGDE HAN?*" ¿Qué ha dicho?

Bravos había escuchado suficiente. Me entregó el pasaporte bruscamente y volteó su atención a los británicos. Mette regresó al pasillo agitando la cabeza, pero la de Anne Lise vaciló.

"Debería pulir más ese acento danés, Profesor."

Ya era de noche cuando con un fuerte rechinido, el tren llegó a Huancayo. Hasta entonces Marisa no me había dado la mala noticia de que sus contactos—o lo que fuera—habían arreglado para que nos quedáramos en hoteles diferentes.

"A mí tampoco me gusta la idea," me dijo en voz baja, "Pero es lo mejor."

"¿Cuánto tiempo nos vamos a quedar ahí?"

"Nos van a dejar saber."

"¿Quiénes son ellos?"

"No te gustaría saber quiénes son."

Por la ventana, se oía el ruido usual de los maleteros, taxistas, pordioseros y matronas con sus colas en sombreros de cuenco y vestimenta brillante. Estaban ahí también los Sinchis—gorros rojos, oficiales con lentes oscuros, enlistando a sus hombres, escondiendo las caras debajo de las máscaras de esquiar y un jeep con una ametralladora montada en la parte de arriba. Por el altoparlante se escuchaban las advertencias en francés, alemán, español, e inglés diciendo que Huancayo estaba a casi 3400 metros sobre el nivel del mar.

"Puede experimentar mareo y respiración cortada, si se enferma, deberá buscar atención médica de inmediato."

Me las arreglé para bajar de la plataforma sin tambalearme. El aire estaba tan frio y húmedo como mi sentir respecto a quedarnos en hoteles separados. Los maleteros y pordioseros se nos acercaron por todos lados y en el vagón de los Indios, los Sinchis apartaban a los pasajeros para cuestionarlos.

Esperamos nuestro equipaje. Los europeos que parecían estar en un grupo de tour salieron a un camión que los estaba esperando. Marisa contrató a un portero que le llevó el equipaje a la línea de espera de taxis. Me subí el cuello para cubrirme del frio, agarré mi portafolio y tomé un taxi.

El sonido repentino del teléfono me trajo nuevamente al mundo de los vivos. Eran casi las 10 p.m. Lo último que recordaba era haber caído en la cama rechinante de un hotel ya deteriorado y con partes destruidas, era tan deprimente como el resto de Perú. Me di la vuelta en la cama para tomar el auricular.

"Me siento sola," me dijo Marisa. "¿No quieres venir?"

"¿Cómo puedo pasar por el mostrador?"

"No necesitas pasar por ahí. Monitorean todas las entradas y salidas, pero ya averigüé como hacerlo."

"Dime."

"No por el teléfono, pueden estar escuchando."

Probablemente estaba en lo correcto, pero las posibilidades que ellos hablaran inglés en este hotel tan destartalado, era una en un millón. "Entonces, ¿cuál es el plan?" le pregunté.

"Encuéntrame en el comedor. De ahí veremos qué hacer."

Disolví un Alka-Seltzer en agua de botella y me lo tomé, me aseé, me puse mi blazer con botones de bronce, jalé un abrigo y crucé la calle a su hotel pasando alrededor de un personal armado con tanques, jeeps y un grupo de soldados que se dispusieron alrededor de los barriles de fuego para calentarse. No me gustaba la idea de mostrar mi cara de fugitivo en público, pero ya habían pasado cuatro largos meses desde la última vez que había pasado la noche con Marisa. Cuatro meses era mucho tiempo. Otro minuto más sería demasiado.

Capítulo 28

Hotel Turismo Huancayo

Los soldados de la guardia de entrada me saludaron como si fuera otro turista. Nadie me paró en el lobby tampoco. Nadie ni siquiera levantó la mirada de ningún periódico, nadie parecía un agente PIP, solo algunos huéspedes de rasgos europeos charlando con sus bebidas. Así que me apresuré por el lobby como cualquier otro huésped y me encamine hacia el comedor.

Marisa, vestida de negro, me hizo señas desde una mesa cerca de una hoguera, hice lo mismo y me introduje al bar, ordené pisco sour y observé muy detenidamente los alrededores.

A diferencia de mi hotel, que tenía el encanto de un hogar abandonado, este parecía más bien un albergue de esquiadores: con vigas de madera en el techo y el placentero olor de la comida; todos los huéspedes sentados alrededor del fuego de leña con suéteres de colores vivos, meseros en smoking, músicos en trajes autóctonos tocando en el escenario—y el imperceptible resplandor de la escalera detrás de la mesa de Marisa. Perfecto. Todo lo que teníamos que hacer era esperar el momento preciso y llegar a la puerta.

Me quedé con el mozo, me tomé mi pisco sour y me dirigí hacia la mesa de Marisa, pasando al británico con su esposa y otras mesas de alemanes y franceses.

Una vela encendida iluminaba su mesa, A media luz, pensé que nunca la había visto tan hermosa y apetecible. Tenía amarrada su larga cabellera, poniendo a la vista un par de aretes de oro del Dios

Sol que brillaban en la luz. El declive de su cuello era como marfil.

"¿La puedo acompañar?" le dije en mi ficticio acento danés, lo bastante alto para que los británicos lo pudieran oír.

"Por favor," me dijo indicándome que me sentara.

Me quité mi abrigo y lo deje en una silla. "¿Esa es la escalera?" le susurré.

Ella asintió. "Ni guardias tampoco. Como en los viejos tiempos, cuando tú me escabullías a tu habitación. En los tiempos que no nos importaba que nos cacharan."

"¿Cuánto tiempo nos quedaremos sentados aquí?"

"El tiempo suficiente para comer."

"¿Vamos a comer aquí—en público?"

"¿Por qué no? además ya ordené."

"¿Ordenaste para los dos?"

"Para ambos, Mark, y deja de estar viendo a nuestro alrededor. Das la impresión de ser un fugitivo."

"Soy un fugitivo."

"Yo también tengo miedo, pero debemos mantener la calma. Actúa como si fuéramos una pareja de casados."

"Los casados no se hablan entre ellos."

"Claro que sí. Mira a los británicos. No han parado de hablar desde que salimos de Lima."

Quería hacerle miles de preguntas—como el porqué habían aparecido sus cosas en la guarida del Presidente Gonzalo—y tenía las palabras en la boca cuando llego la comida, después se fue la luz dejando el cuarto en total oscuridad seguido de quejidos e irónicos aplausos.

Alguien dijo, "Perú" como si eso lo explicara todo, pero sabíamos que era cierto.

Una procesión de sirvientes nos rodearon con lámparas y velas. El ambiente se hizo más suave, y la conversación tomó un tono de silencio. La banda empezó a tocar un tradicional número andino pesado de flautas y tambores, así que comimos. La música tocó y las parejas bailaban a nuestro alrededor; cuando estábamos en el tiramisú, Marisa me empezó a tallar la pierna debajo de la mesa. "¿Te acuerdas de la noche en Cuzco? ¿La nieve, los cubos de hielo?"

Dios, esos cubos de hielo.

Bajó la voz, diciendo, "Escribiste un poema acerca de eso, ¿no es así?"

Antes de que pudiera contestarle, se mojó sus labios y me hizo un gesto travieso, que siempre era el preludio para una velada interesante, y comenzó a susurrar las siguientes líneas.

Fuego y hielo en Cuzco, ambos nos hicieron bien.
Miles de preguntas aún, que nunca diré.
De placer son mis secretos y las noches del cielo también.
Con música, vino, luces artificiales y el Lirio del Perú a mis pies...

Alrededor de nosotros el ruido se desvanecía. Marisa me miraba a los ojos como si yo fuera el único hombre en el mundo, sus pechos se levantaban y caían. La luz de las velas le daba un brillo a su cabellera.

"¿Sabes qué?" me dijo, dándole vueltas al hielo en su vaso de agua. "Creo que es hora de subir." Ya se había encargado de la cuenta.

De todas formas, le dejé un billete de diez dólares de propina y ya nos estábamos levantando, cuando la banda comenzó a tocar "El Cóndor Pasa." Flautas, queñas y tambores cobraron vida. Las mesas se vaciaron cuando las parejas se pararon a la pista de baile.

"Esa es nuestra canción," dijo Marisa. "No podemos irnos sin bailarla."

Me tomó de la mano y me jaló a través del cuarto, pasando con gracia alrededor de los franceses, alemanes e ingleses, capturando miradas de admiración de hombres y algunas miradas de envidia de mujeres. Cuando llegamos a la pista se metió en mis brazos, traté de sostenerla a la altura de mi brazo, pero a Marisa que le encantaba vacilarme viendo como fácilmente me excitaba, me jaló aún más de cerca.

"¿Sabes que voy a hacer cuando lleguemos a la habitación?" me secreteó.

"No quiero oírlo."

"Voy a ordenar una cubeta de cubos de hielo."

"Si no te comportas, no voy a llegar a la habitación."

"Lo podemos hacer en el elevador."

"Los elevadores no funcionan cuando se va la luz."

"Dios mío, estoy mojada."

"¿Quieres bailar o quieres que vayamos a la habitación?"

El violinista tocó una nota triste.

Marisa se quedo tiesa. Me dio una vuelta y ahí en la puerta de la entrada del comedor con poquita luz artificial, estaba parado el Teniente Bravos con tres o cuatro de sus Sinchis.

En un instante sin pensar bailé hacia la mesa que habíamos dejado y levante nuestras cosas. Los británicos de vernos a nosotros dirigieron sus miradas hacia los soldados como si supieran que es lo que íbamos hacer. Lo mismo hicieron los franceses. De todas maneras, guie a Marisa a la puerta detrás de nuestra mesa y jalé la manija.

Estaba cerrada con llave.

Capítulo 29

Maldije. Sacudí la manija, pero no se destrabo. Para ese entonces ya habíamos atraído más la atención. Los daneses se nos quedaban viendo. Nuestro mesero se apresuro hacia nosotros.

"Señor, va a tener que usar el lobby para subir."

Saqué mi billetera. "Mire, joven, no estamos exactamente, usted sabe, casados. Al menos no uno con el otro; y si subimos por el lobby, no nos van a dejar…"

"No necesita explicarse," dijo y sacó un aro con llaves de su bolsillo, era enorme, con una docena o más de llaves que se parecían. Metió una de las llaves en la ranura.

"Ups, esta no es."

Probó otra, y otra, pero ninguna parecía funcionar.

Marisa y yo nos metimos más en las sombras lejos del cuarto, más allá de los bailantes. Bravos y los Sinchis estaban señalando hacia la parte de atrás y entonces se dirigieron hacia nosotros. "Dios mío," dijo Marisa, "Nos van a ver."

"Aja," dijo el mesero. Y la puerta se abrió.

Marisa se escabulló entre la más lejana oscuridad. Le seguí, pero no sin antes darle un billete de veinte dólares al mesero.

Tomé de la mano a Marisa y la jalé para subirla por las escaleras.

"Espera, quiero saber que traman."

"No, Marisa, sube."

Se me zafó de la mano y regresó a espiar por el comedor.

"Solo están aquí para comer." Cerró la puerta recargándose contra ella, riéndose como una niña que acaba de hacer una

122

travesura. Yo también me reí. Risas que se convirtieron en besos, la maravillosa fusión húmeda de pasiones que llega en momentos de peligro. Ahí estábamos contra la pared acariciándonos como adolescentes. Justo ahí al pie de las escaleras, en la oscuridad. Con solo una puerta entre nosotros y una mesa llena de Sinchis.

"Lo haremos aquí," me dijo bajito entre besos.

"¿Estás loca? Nos pueden agarrar."

Me alcanzó el cierre.

"No, Marisa. No deberíamos—"

"Shhh."

Se oían voces que provenían de más arriba. Alguien bajaba con una linterna hablando alemán. Nos separamos y nos enderezamos contra la pared trasera.

Bajaron, solo se veían simples sombras en la oscuridad y el arco de la puerta iluminada por la linterna.

La empujaron para abrirla—no había problema para abrirla desde adentro—y entraron al comedor, dejando entrar el sonido de la música y alegría, además del olor a cigarrillos y comida, dándonos un rápida ojeada de mesa del Teniente Bravos y sus Sinchis riendo y tomando.

La puerta se cerró. Ya Marisa había tomado más consciencia de las cosas y la subí por las escaleras en la oscuridad, sintiendo que la sangre me regresaba a la cabeza.

Nos paramos en el segundo piso para tomar aliento en ese aire tan escaso.

Nos besamos y acariciamos otra vez en el corredor del tercer piso. En total oscuridad.

Y cuando llegamos a la habitación se me había olvidado todo sobre Bravos y los soldados.

Su habitación tenía una sensual y maravillosa esencia del Lirio del Perú.

Una vela con una llama bajita estaba en su mesa de noche. Abajo en las calles se escuchaba el lamento de las flautas y el toque de los tambores originales. Me quité los zapatos y la observé como se quitaba los aretes. Lo hizo lentamente como una nudista profesional, despojándose de cada prenda de ropa, moviendo su cabeza, sonriendo y arrugando su nariz.

Se quitó después su reloj de pulso y luego las sandalias.

"Ya regreso," me dijo en voz baja y se metió al baño. Mientras tanto, me quite mis lentes de contacto azules; estaba quitándome la camisa cuando ella apareció con su pelo suelto, sin lentes de contactos mostrando sus bellos ojos azules.

Sin más que una toalla. "¿Me deseas?"

"Desesperadamente."

Vino a mis brazos y me beso con la misma intensidad que había mostrado en las escaleras, y como la primera noche en Lima cuando le leí Neruda o cuando nos unimos por última vez en el Gran Hotel Bolívar. La toalla se cayó al suelo. Murmuró algo acerca de cómo me había extrañado y luego terminamos en la cama.

"Tócame," me rogó. "Dime que me vas hacer."

Le dije, una y otra vez, con palabras graficas lo que a ella le gustaba y le hice otras cosas que la volvían loca y lo que habíamos fantaseado por meses. La cama rechinó, se sacudió. ¿A quién le iba importar que escucharan los de la habitación contigua? ¿O en la próxima villa?

De eso se trata la vida.

Por momentos, manoseos sin pensar dio lugar a tiernos espasmos ocasionales. Me di cuenta de cosas que no había notado antes. Como la pegajosa humedad, los sonidos de la gente afuera y el tráfico. Se escuchaba calles abajo otra desgarradora canción andina expresada en quechua.

Iglesia punkuchallapi—A las puertas de la iglesia,
Suyakuykiman karqa—parado esperándote estaba.
Munaspa mana munaspa—Aunque tú no me amabas.
Casaraykiman karqa—contigo de todas maneras me casaba.

Escuchamos y le traduje las palabras colectando la lirica de la música folk peruana para incluirlos en mi libro de poemas—si algún día llegara a publicarse. Se tomó la cara apoyándose en los codos; podía percibir a través la luz de la vela: sus labios, su tez pálida y su cabello alborotado.

"¿Mark?"

"¿Qué?"

"¿Lo podemos hacer otra vez?"

Cuando terminamos la segunda ronda—o tal vez la tercera—los músicos afuera habían terminado de cantar sus canciones y me supuse que era hora de obtener algunas respuestas del porque sus cosas habían terminado en el escondite del Presidente Gonzalo.

Así que me levanté de la cama, me recargué contra la cabecera y le pregunte.

"Mark, por favor, es tarde. ¿Podemos hablar de esto mañana?"

"¿Era tu esposo, no es así?"

"Ex-esposo, ahora vamos a dormirnos. Tengo mucho sueño."

"¿Qué relación tiene con los terroristas?"

Voces muy fuertes provenían de afuera de la habitación; voces de ira como de una disputa domestica. Me levanté de la cama, me envolví en una sabana, golpee la puerta y le hice una rajadura. En el pasillo, una mujer decía: "No tienes derecho a entrar a mi habitación. Ningún derecho."

Espié justo en el momento de ver luces de linternas y un par de botas desaparecer hacia una puerta—botas de combate. "¡Sinchis!" dije. "Están registrando las habitaciones."

Marisa toda envuelta empezó a recoger mis cosas. "Apresúrate. Te tienes que ir."

De un jalón, metí mis pantalones y zapatos en mi chaqueta. En mis bolsillos, metí los calcetines, la camisa y los shorts. Jalé mi impermeable de la puerta, me arreglé el pelo y me puse los lentes.

"Tus lentes de contacto, Mark. Póntelos. Se supone que tienes los ojos azules."

De algún modo me los puse y regresé a la puerta empujándola para ver por la ranura. Otras puertas se abrieron y las personas salieron con velas y lámparas para ver qué pasaba, con sus miradas entre sorprendidas y con miedo.

Al no ver soldados, salí por el corredor y me escabullí entre la oscuridad: sin zapatos, sin calzoncillos, sin camisa y sin obtener respuesta de Marisa.

Capítulo 30

El estruendoso ruido de un camión me sacó de un perturbador sueño. Con el rojizo resplandor de la aurora que se filtraba a través de las cortinas, recordé donde estaba y las circunstancias de la noche anterior; me levanté rápidamente de la cama y me estaba poniendo los calzoncillos cuando escuché un movimiento en el pasillo. Luego alguien tocó a la puerta.

"¿Mark, estás ahí?"

Estaba vestida en pantalones de mezclilla, suéter y una chaqueta de piel. Su cabello estaba mojado y liso como si acabara de lavárselo y traía en las manos dos tazones de café.

"Convencí al recepcionista," dijo. "También pedí que nos subieran el desayuno a la habitación."

Me dio mi taza de café, mientras dejaba rastros de olor a jabón en el cuarto del hotel.

"¿Que pasó anoche?"

"Verificaron mi pasaporte, me hicieron algunas preguntas y se fueron. Un gran susto pero nada serio."

Metió su mano en los pantalones y sacó mi corbata. "La próxima vez que te escabullas del cuarto de una mujer, Don Juan, asegúrate de llevar contigo toda la evidencia."

Me di una ducha de agua fría en un baño frio y sin luces tratando de rasurarme con agua helada, cuando el mesero con el desayuno a la habitación llamó a la puerta. Nos sentamos a comer en una mesa cerca de una ventana donde se podían ver los soldados en la plaza— jóvenes conscriptos con mantas sobre sus hombros, cachuchas jaladas hacia abajo hasta cubrir sus oídos, calentándose alrededor de los barriles de fuego, golpeando sus pies para vencer el frio. Marisa se terminó su jugo de papaya y miró su reloj.

"Es mejor que nos vistamos. No tenemos mucho tiempo."

"¿A dónde vamos?"

"Ayacucho. Vamos a tomar un camión. Las rutas son muy hondas como para manejar por carro."

Me quejé al pensar en otro viaje de alta elevación. El camino a Ayacucho raramente baja de los trece mil pies. Lo peor es que era el centro de la guerra entre Sendero Luminoso y las fuerzas del gobierno, una ciudad bajo toque de queda, el lugar donde el General Real tenía su cuartel.

"No te pongas tan preocupado," dijo Marisa. "Nunca se imaginarían que fuéramos allá."

"¿Dónde están tus cosas—tu maletín?"

"Ya está todo arreglado."

Me terminé de vestir y estaba a punto de bajar las escaleras para pagar la cuenta cuando Marisa me entregó el periódico que vino con el desayuno. El título anunciado, MUERE DETECTIVE EN HOSPITAL. LA BUSQUEDA SE INTESIFICA POR EL FUGITIVO.

¿Gordo muerto?

Me alejé hacia la ventana de atrás. La luz del sol de la mañana arrojaba un resplandor cálido sobre los picos cubiertos de nieve, pero el estremecimiento dentro de mí era tan frío como un invierno noruego. "Nunca he matado a nadie antes," murmuré.

"Tú no lo mataste, Mark. El te atacó. Fue en defensa propia."

Ella tenía razón, pero convencer de esto a PIP. Decirle al pequeño ayudante de Gordo o en su defecto a Bocanegra sería otra historia. Si tuvieran la oportunidad me cazarían como a un perro rabioso.

"Mejor vámonos," dijo ella. "Esos choferes de camión no esperan."

Tomamos un taxi hacia un almacén en las afueras del pueblo. Hasta ese momento, Marisa no me había dicho que ella iba a ir en un camión y yo la seguiría en otro diferente.

"Es mejor así. Los periódicos dicen que viajaríamos juntos."

"¿Y qué hay de los puntos de intercepción?"

"Eres un periodista danés. ¿Recuerdas?" Se inclinó hacia mí y me sobó la espalda. "Olvídate de Gordo. Si fuera por él, estarías pudriéndote en un calabozo."

Me entregó una llave de apartamento y me dio instrucciones de donde ir al llegar a Ayacucho; estaba diciéndole que estaba bien, cuando un carro mercedes todo destartalado de diez llantas con cubierta de lona se paro. Marisa se subió y con lo mismo se alejó, junto con el ruido de engranajes rechinando y sacando humo.

Mi camión no llegó sino hasta cuarenta minutos más tarde.

"Ayacucho," el chofer me anunció como si fuera un chofer de camión. "Súbase."

Capítulo 31

Carretera del Sol

Viajamos toda la mañana, el camino se doblaba y torcía como un destapa corchos, ascendía cada vez con mayor elevación. La lluvia se convirtió en granizo, después se tornó en nieve; de nieve se volvió granizo y otra vez regresamos a la lluvia. El chofer, un hombre corpulento con un bigote muy tupido, nunca se dio por aludido que yo no hablaba español y continuaba hablando.

"No sé usted," dijo viéndome de reojo, "pero yo pienso que el Presidente Gonzalo podría dirigir mejor el país que esos estafadores japoneses de Lima. ¿Qué piensa usted?"

Lo mire y me encogí de hombros.

Muchas horas después—empolvado, con ganas de vomitar, con escalofríos a pesar de la calefacción y sufriendo de un terrible dolor de cabeza por falta de oxigeno—Le di una mirada a las luces de Ayacucho que iluminaban la noche como si hubiera miles de campamentos con fogatas encendidas.

Pasamos el punto de revisión de la armada y un mural en la pared donde habían pintado con aerosol las palabras. VIVA LA LUCHA ARMADA. Eludimos piedras grandes que estaban en medio del camino y finalmente llegamos a la vieja Plaza de Armas, en el momento en que las campanas de la catedral repicaban las dos de la mañana.

Cuando estaba becado, la plaza había sido el lugar donde los poetas se reunían a leer sonetos debajo de las columnatas, mientras jóvenes y viejitas vendían flores a la sombra.

Ahora era un gigante campamento de la armada: con tanques, soldados, trincheras, bolsas de arena y tiendas de campaña. Por un momento, la escena y sus olores me recordaron a Goya— hogueras brillantes debajo de los árboles, iluminando las caras y los brazos de los soldados, hasta la llanta de un Jeep resplandecía—el destello del fuego sobre los rifles amontonados y luego el oscurecimiento de la noche que cerraba el paisaje.

"Es una ciudad ocupada," dijo tristemente el chofer. "Todo el tiempo se desaparecen personas."

En una esquina, dobló a la izquierda y rechinando el vehículo se detuvo en frente de un edificio que quedaba frente a la plaza; con un portal flanqueado por columnatas blancas. "Tenga cuidado," dijo, poniéndome su áspera mano sobre mi brazo. "La semana pasada le dispararon a doce disidentes de derecha aquí en la plaza."

En caso de que no le hubiera entendido bien el mensaje, se enroscó la mano simulando una pistola de mentiras y la disparó tres veces a mi pecho. "Boom, boom, boom. Muerto."

Le agradecí en inglés y le di unos cuantos dólares; me bajé con mi maleta y volteé a ver el acceso de la puerta verde junto a la florería, de la que me había hablado Marisa.

Era la misma dirección que Carlos me había dado en Lurigancho.

El ruido de una escopeta me envió directo a las sombras. Un grupo de soldados enmascarados se estaban riendo a carcajadas enfrente de la calle.

"Oiga, compañero, vamos a tomarnos una copa. No le vamos a disparar."

A tientas trate de abrir la puerta con la llave, me metí rápidamente y le eché cerrojo. No me sentía seguro. La ciudad era como una pesadilla futurística de ciencia ficción. Todo era caos, perfecto para una película hollywoodense. La única luz que llegaba provenía de las ranuras de las puertas de los apartamentos. No había elevador, así que me dispuse a subir los tramos oscuros de las escaleras. Con una maleta tan pesada que pareciera contener el cuerpo de Gordo.

¿Por qué tuvo que escoger como lugar de reunión Ayacucho; a 9000 pies sobre el nivel del mar? ¿Por qué tenía que ser en el quinto piso y no en el segundo o en el primero?

Puse mis temblorosos pies uno frente al otro para subir el siguiente tramo de escaleras y luego el otro. Arriba de mi tocaban suavemente la Sonata de Chopin como si los prisioneros todavía no hubieran tomado el lugar. Al fin estaba en el quinto piso. Marisa me había dicho arriba de las escaleras en el lado izquierdo. Aguardé por un momento para tomar aliento, no quería que me viera jadeante y tosiendo como un viejo.

La puerta se abrió. Luces y música llenaron el pasillo. Y ahí con una bata color vino, una toalla en la cabeza, viéndose y oliendo como si recién saliera de la ducha, estaba parada Marisa.

Capítulo 32

Ayacucho

En la mañana siguiente al despertar, encontré junto a mí respirando suavemente en su sueño a Marisa; me permití un momento de dicha. Difícilmente, en los últimos diez años no pasaba un día, en el que yo no me despertara deseando un momento como este. Ahora ella estaba en cama junto a mí, cálida, suave, desnuda y deliciosamente acogedora. De ninguna manera me iba a ir sin ella de este país.

La besé en los hombros y aspiré su aroma deleitándome de la esencia de su perfume. Ella no se despertó, así que me deslicé de la cálida cama, me puse una bata y atientas me desplacé en el lugar hasta que encontré la cafetera y encendí la calefacción de keroseno.

La noche anterior había estado tan exhausto que no le preste atención al departamento, pero ahora con el aroma de café en el aire, Marisa dormida en la recámara y yo descansado y a salvo, pude observar similitudes al lugar que había compartido con Sonia. El mismo tipo de muebles de madera rosa. Las mismas vasijas grabadas y artefactos precolombinos. La misma clase de libros en los estantes y la misma clase de pinturas de Francisco de la Vega.

La que más me gustó fue una pintura de una mujer semi-desnuda llamada Carmen que colgaba sobre el sofá de la sala. Era superior a las otras en el color y en la maestría de los detalles. Nada de semen o soldados muertos, solo una hermosa joven Runa con lágrimas en los ojos agarrando un ramo de rosas marchitas.

Marisa me llamo desde la recámara. "¿Mark?"

Se había sentado en la cama recostada en la almohada cuando llegué con el café, su cara pálida, ojos hinchados, círculos oscuros y su cabello todo despeinado. Para mí, así se veía más seductora que Carmen en la pintura de Francisco de la Vega. Sentí la onda de excitación que siempre había sido parte de nuestra unión.

Tomó un sorbo de café, lo dejó en la mesita de noche y extendió sus brazos.

Cuando al fin, exhaustos pero felices retornamos al mundo, el café ya estaba frío, el reloj de la catedral estaba repicando las doce y podíamos oír el ruido de los negociantes cerrando las puertas de las tiendas para tomar el descanso del mediodía.

Me senté y le señalé otra pintura de Francisco de la Vega en la pared frente a la cama. En la pintura se veía un grupo de oficiales de la armada muy corpulentos sentados en la mesa de un restaurante, mientras niños en harapos observaban desde una ventana abierta.

"¿Cómo es que se sale con la suya?" le pregunté. "Perú no es exactamente un país con libertad de expresión."

"Tal vez porque es un icono cultural para los oprimidos—como Rivera para los Mexicanos."

"¿Es por eso que te gusta?"

"No me gusta él. Este no es mi apartamento."

"¿De quién es?"

Se volteó a verme. "Mira, Mark, sé que debería explicarte pero no puedo. No ahora."

"¿Por qué no? Puedo mantener secretos como cualquier otra persona."

"No si te llevan al Castillo de Drácula."

"¿Que diablos es el Castillo de Drácula?"

"Ahí es donde nos llevarían si fuéramos capturados. Los vecinos dicen que se pueden escuchar gritos en la noche. Nos daríamos por vencidos y en cualquier momento, soltaríamos nuestros secretos. Y no se trata solo de nosotros, otras vidas también están en juego."

Se deslizó de la cama y se metió al baño. Preparé café, unos huevos con cebolla y pimiento verde que saqué del refrigerador y pan tostado con queso; encontré una música andina en una estación de radio y estaba esperándola en la mesa cuando salió en su bata.

"Hay algo que debo decirte," le dije.

"¿Qué?"

"Es acerca de los prisioneros en Lurigancho."

Mientras comíamos, le conté todos los detalles de mi visita, el miedo que tenía y como me encontré con un ex estudiante llamado Luis, alias Carlos. "Pero que había otro preso—Tucno. Con cicatriz y el pelo todo grasoso. Usaba banda en la cabeza como un Indio Apache. Dijeron que trabajaba para tu ex-esposo."

Retiró el plato. "¿Qué hay con él?"

"Él se escapó, el mismo día que yo estaba ahí. ¿Lo conoces?"

"¿Qué hay con él?"

"Dicen que es un asesino de contrato y que tú estabas en la lista de los próximos a morir."

"¿Quiénes son ellos? ¿Quién te lo dijo?"

"Carlos, el preso que fui a visitar. Dice que le robaste dinero a tu esposo."

"Eso es absurdo, yo no le robé su dinero. Todo lo que hice fue…"

Se levantó y se dirigió a la puerta del balcón, miró hacia afuera y regresó al comedor. "Mira, desearía poder explicarte todo, pero no puedo, no hasta que estemos fuera del país y nos sintamos seguros. Confía en mí, por favor."

"Hay algo más que es mejor que te diga."

"¿Hay algo más?"

"Carlos dice que conoce este lugar y la dirección. Él dice que te siguió aquí…hace tres o cuatro años atrás. Él es el que tomó esas fotos que mostraron en la audiencia. Él también se escapó. Pero lo peor es que él es de aquí, de Ayacucho y aquí tiene a su familia."

Su cara se puso roja. "Hijo desgraciado." Salió a mirar por las puertas del balcón.

"Cálmate," le dije. "Él no nos va a reportar."

"¿No entiendes nada, Mark? Hay una recompensa por nosotros. Conseguiría que uno de los miembros de su familia nos entregue. Y si él no lo hiciera, en el momento que lo capturaran, lo llevarían a la casa de Drácula y hablaría de todas formas. Nos entregaría a cambio de su vida."

Regresó a la mesa con la cara llena de angustia y preocupación.

"Necesito hacer unas llamadas. Supongo que tenemos un día, máximo dos, antes de que entren derrumbando la puerta a patadas."

Capítulo 33

Marisa salió a hacer una llamada y regresó de inmediato; me dijo que sus contactos estaban poniendo un plan para sacarnos por la mañana. No le dieron detalles, solo que nuestra siguiente parada iba a ser Cuzco. Además que la gente de su mundo desconocido, estaban tan infelices como ella sabiendo que nuestro sitio de refugio había sido comprometido.

Dormimos muy poco esa noche por si oíamos ruidos de botas en las escaleras. El sonido de las sirenas, el rugir de los motores de camión y los gritos de los soldados me hacían asomarme constantemente por la ventana. Una balacera de rifles y escopetas nos despertó y Marisa, destrozada de los nervios se soltó a llorar.

"No hay fin a esto," dijo sollozando. "No importa que tan bien hagamos nuestro plan, al final algo va a salir mal."

Al amanecer, se bajó de la cama y recogió su bata del piso. Hizo una llamada y me dio una mirada como diciéndome "No hagas preguntas," y se encaminó al baño. Escuché el ruido del agua corriendo y mientras se daba una ducha, hice café, pan tostado y huevos cocidos.

Salió envuelta en su bata. "¿Sabes dónde está el cementerio?"

"Sé exactamente donde está."

"Ese va a ser nuestro lugar de encuentro—por si acaso."

"¿En caso de que?"

"Plan C, en el peor de los casos. Ya sabes lo que tienes que hacer."

Se comió un huevo cocido, tomó algo de café y se dirigió a la sala. Sacó una bolsa con dinero de un cajón del escritorio. "Dos mil dólares, todos en billetes de cien dólares. Si no regreso para el anochecer, toma este dinero y salte por la ventana. Por allá en el cajón hay una cuerda."

"¿Una cuerda para qué?"

"Son cinco pisos Mark, ¿no te has dado cuenta?; en caso de incendio, en este sitio no hay salida de emergencias. No creo que quieras saltar."

"¿Pero por qué te vas? Pensé que nos iban a recoger enfrente."

"Ese es el plan, pero primero tengo que salir yo."

Marisa dejó el dinero, se secó el pelo, se vistió con sus pantalones de mezclilla, el poncho rojo y se puso sus lentes de contacto color café. Sacó un birrete negro de un gancho y me dio una lista de instrucciones: cierra la puerta con llave, saca la cuerda, vístete y estate listo.

"Me tomará por lo menos una hora. Si el teléfono suena, levántalo pero no digas ni una palabra. Puede ser que sea yo. La tomé entre mis brazos. Prométeme que vas a estar bien."

"Te lo prometo, Mark."

Trató de sonreír, me dio un ligero beso y se fue, pero sus palabras finales, "Te prometo," flotaban en el aire como los coros de uno de esos tonos trágicos Andinos.

La seguí observando desde las puertas del balcón, vi como cruzaba la calle y le compraba flores a una viejita cerca de una galería techada. Volteó a verme como si supiera que yo la estaba mirando y siguió en camino hacia el centro de la plaza pasando alrededor de soldados, de un vendedor de globos y de un tanque. Al llegar al monumento del General Antonio Sucre, levantó sus flores como un saludo final desapareciendo detrás del monumento; nunca me había sentido tan indefenso como en ese momento.

Debería ser yo el que nos sacara de este embrollo, no ella. Me di una ducha rápida, me vestí, arregle mi bolso de hombros e hice lo que había hecho en los otros departamentos—buscar, empezando por los gabinetes colocados debajo de los estantes de libros.

Estaban llenos de novelas, paquetes de revistas de la izquierda y panfletos de sanación, de magia, y de medicina folklórica andina. Pero ningún artículo como para poder identificar quien era el dueño. Tampoco había nada de interés en las gavetas de la cocina.

Pero en el escritorio, en el mismo cajón donde estaba el dinero, encontré un Glock cargado. Maldición, ¿por qué no pudo haber sido un revolver simple? Una semiautomática era tan extraña para mí como una pistola de rayos laser. La examiné cuidadosamente, le quité el clip y empujé el seguro hacia atrás para sacar el cartucho, luego la volví a cargar y la dejé sobre el escritorio.

Mi investigación se empezó a poner interesante cuando descubrí una colección de videos. Encontré casetes pornográficos de homosexuales. También las revistas mostraban el estilo de vida homosexual; además de haber condones y lubricantes en la mesa de noche con su respectiva literatura para mantener un sexo seguro.

¿Sexo seguro? Quien fuera que fuese el dueño de este lugar, probablemente era un enemigo del estado, un hombre a quien debiera capturársele con rifle en mano como a un perro; y el muy descarado practicando...sexo seguro.

Finalmente le di un vistazo al armario del dormitorio. Ahí, junto a la ropa de Marisa colgaba una colección de trajes sastre y camisas de una calidad muy fina. Por la medida, pude determinar que el dueño era delgado y no más alto de cinco pies y tres pulgadas. Había también corbatas de seda y una zapatera con toda clase de elevados tacones que solo un hombre de estatura baja podía usar.

Y ahí fue donde se me vino a la mente. Esas ropas, este apartamento—y el de Lima—casi estaba seguro que pertenecían a la misma persona, el hombrecito de Lima, el que se hacía llamar Apu Cóndor.

Capítulo 34

El siguiente par de horas pasaron con una lentitud paralizante. Me hice un emparedado de queso que no pude ni comer. Empecé a leer un libro que no pude continuar. Inclusive encendí el televisor y vi una telenovela Mejicana, pero el programa fue interrumpido por un reporte de una balacera en uno de los barrios afuera de la ciudad.

"Perú," suspiré y estaba husmeando alrededor buscando otro libro, cuando alguien tocó la puerta; me quede helado y con mi mente en completo pánico, me imagine el cuerpo de Sinchis equivalente a los SWAT americanos atrás de la puerta.

Tocaban la puerta cada vez con más fuerza, era como si me dieran una patada en el estómago.

Maldición. Necesito salir de aquí.

Me arrastré hasta la cocina, tomé la soga y estaba debatiendo entre salir o no por la ventana cuando el teléfono sonó. ¿Y ahora qué? Si levantaba el teléfono, la persona o personas en la puerta se darían cuenta de la interrupción del teléfono.

¿Y qué tal si era Marisa? ¿Qué si estuviera tratando de advertirme algo?

Sonó y sonó—tomando en mi mente un tono agudo, como si fuera una alarma.

Levanté el teléfono cuidadosamente como si fuera una botella de nitroglicerina.

"Hola," dijo una voz de hombre. "¿Hay alguien ahí?"

Colgué. ¿Quién diablos seria ese?

Se escucharon pisadas bajando las escaleras. Me apresuré al

balcón para espiar, pude ver justo a tiempo a un hombre cruzando la calle que se veía como un fugitivo.

Sería Carlos/ Luis. Maldito de todas formas. ¿Qué querría? ¿Más dinero?

El teléfono sonó otra vez y lo levanté.

"Sé que estás ahí," dijo el hombre. "Háblame."

Colgué.

Las llamadas continuaron, los ruidos se hacían más agudos, el que llamaba era muy insistente, pero finalmente dejé de contestar y empecé a deambular por el apartamento. En mi imaginación el que llamaba desde una cabina telefónica era un hombre de sombrero y abrigo negro, alguien que se parecía a Chino.

¿Sería una prueba para ver si aún yo estaba aquí? Bueno, a estas alturas ya lo deberían saber, así que ¿por qué seguir llamando?

Ring-ring, Ring-ring.

Me hundí en el sofá y cerré mis ojos. El reloj de la catedral repicó las tres. Las tiendas empezaron a abrirse y el ruido del metal de las puertas de seguridad hacía eco por todas las calles. El teléfono infernal no dejaba de sonar.

Tomé el teléfono. "Profesor Thorsen," dijo una voz. "Sé que usted está ahí. Hábleme."

Me quede viendo la bocina. Esto no era parte del escenario que había practicado con Marisa.

"Escuche," dijo la voz. "Tengo un mensaje de su amiga. Ha habido un terrible accidente. Ella está en el hospital y pide verlo a usted."

Se me salió el corazón. "¿Cual hospital?"

"Nuestra Señora de la Piedad. Está atravesando la calle. La puede ver desde su ventana."

Tambaleándome, llegué hasta las puertas del balcón e hice a un lado las cortinas. En la distancia se veían las colinas blancas de Ayacucho y la cruz blanca de Nuestra Señora de la Piedad brillando bajo la luz del atardecer.

"La hirieron en la balacera en Santa Victoria," dijo la voz.

Colgué, tomé el dinero, la pistola y me preguntaba si debiera salir por la puerta de enfrente o la ventana de atrás cuando la claridad de mis pensamientos regresó.

¿Por qué el hombre no me dijo acerca de Marisa la primera vez que él llamo?

¿Por qué la misma Marisa no llamó?

¿Y por qué no le pidió Marisa que usara nuestro código Norman?

No. Marisa no le hubiera dado mi nombre, este era un complot, un intento para verificar que yo estaba en el apartamento, para hacer que saliera y me dispararan. Y caí en la trampa.

Que estúpido de mí.

Capítulo 35

El plan C me vino a la cabeza, y ya estaba en la cocina agarrando mis cosas, cuando de algún lado en la plaza se oía el ruido de un martillo perforador. Era muy estruendoso para mí y no me dejaba pensar con claridad; pero mientras estaba parado con la soga en mi mano, le encontré un ritmo al ruido que se retraía y aumentaba como los sonidos de un tambor.

Me vino un mensaje: Trampa, trampa, debes advertirle a Marisa. Trampa, trampa, trampa.

Por supuesto. ¿En que estaba pensando? Tenía que advertirle. Pero ¿cómo?

Se escucharon tiros en el aire.

Llamar a los bomberos.

Iniciar un incendio.

Un fuego. Sí, por qué, no? No uno grande que pudiera quemar todo el edificio. Todo lo que necesitaba era humo. Marisa lo vería y sabría que algo había salido mal.

Me apresuré a la cocina, saqué el tambo de metal de basura que estaba debajo del mostrador y lo llené con papel de toalla, revistas, videos, periódicos y toallas húmedas. Luego, rocié el contenido con queroseno que tomé del calentador, lo arrastré con todo el horrible olor a las puertas del balcón, pensando encenderlas en el mismo balcón. Cuando el martillo perforador dejó de hacer ruido, tal pareciera que trabajadores me hubieran dado una oportunidad para que lo tomara con calma, que lo pensara mejor, porque me estaba moviendo muy deprisa.

142

Una vez que iniciara el fuego, tendría que salir rápidamente sacando primero las cosas por la ventana. Así que metí más cosas en el bolso, tomé la pistola y el dinero; estaba en la ventana listo para descender a la plazuela cuando un movimiento capturó mi atención. Sinchis. Los bastardos ya estaban en la plazuela, podía ver desde lejos sus birretes rojos.

El terror me inundó. ¿Y ahora qué? No podía bajar las escaleras, no podía salir por la ventana. Tampoco podía esconderme con otro vecino. Buscarían en cada apartamento. El martillo perforador comenzó a trabajar, esta vez en lugar de darme nuevas posibilidades, parecía como un equipo de destrucción. Desmantelando mi mundo, destruyendo mi sueño de una vida con Marisa. Bien podía ser en ese momento Carmen la de la pintura, llorando y sosteniendo un ramo de flores marchitas.

El teléfono sonó otra vez.

"Todo termino," dijo la voz rasposa del General Real. "No hay escape, usted está rodeado."

Me hundí en el sofá. "¿Qué es lo que quiere, General?"

"Una charla, Profesor, nada más que una amigable plática."

Hizo una pausa y les gritó a sus hombres dándoles órdenes. "¿Podría alguien salir y parar ese ruido infernal?"

Cuando regresó, el martillo perforador aún estaba golpeando ruidosamente y él seguía gritando. "Se acuerda del trato que le ofrecí en Lima. Sigue abierto todavía. Todo lo que quiero es una dirección. Todo lo que tiene que hacer es salir con su novia con las manos en el aire."

Tomé un momento para absorber lo que eso significaba. El creía que Marisa estaba en el apartamento.

Colgué el teléfono.

Mi boca estaba seca. Estaba sudando. La gravedad parecía estar atirantándose en mi garganta. En mi desesperación mire al techo, observe los candelabros colgando, los espirales y los adornos que algún artesano puso para darle un acabado ornamental. Me fijé en la pintura descarapelada y con manchas de agua.

¿Manchas de agua? ¿No estábamos en el último piso? Si era así, ciertamente debería haber un ático. Y si pudiera subirme al ático, definitivamente pudiera llegar al techo. Me metí en el armario para buscar algún acceso. Nada, miré en el baño y tampoco encontré nada, ni siquiera en la cocina. Por Dios tengo que encontrar una apertura. El ruido de un motor cobró vida. Seguido por gritos y rudos comandos militares.

Me apresuré al balcón para dar una mirada. Un tanque estaba moviéndose pasando la catedral, chocando y rechinando sus neumáticos. Su cañón se movía de lado a lado y de arriba abajo. Atrás de ellos venían los Sinchis en doble fila con los rifles listos. Los oficiales trotando en ambos lados.

El Teniente Bravos estaba ahí también alejando a los civiles, señalando las rutas por dónde debían dirigirse. Saludó a alguien y fue ahí donde una bala atravesó la puerta del balcón explotando la hoja de vidrio haciéndola trizas y llenando de vidrios el cuarto.

Me agaché, estaba seguro de que me habían golpeado y de que este iba a ser el lugar donde exhalara mi último aliento, junto a un bote de basura en una sala desconocida. Pero cuando no me morí, ni sentí dolor, ni vi sangre, miré a mi alrededor y solo encontré vidrios rotos sobre mi ropa y un hueco perfecto en el bote de basura.

"¡Bastardos!" grité tan fuerte como pude. "Fallaron."

Más balas entraban a la habitación haciendo trizas los vidrios, la televisión, las reliquias precolombinas y la vinatería sobre los estantes. Los soldados en la parte de atrás se unieron a la riña, disparando a la ventana de la cocina y haciendo huecos en el techo.

Pedazos cayeron al piso. El sitio se llenó de polvo. Trozos de vidrio y otros escombros zumbaban de las paredes y lo peor fue que hicieron volar la pintura de Carmen, cayendo de la pared al piso y partiéndole una esquina de su marco.

Gente estúpida, Carmen era una obra maestra.

En ese momento de pensamiento ilógico, gateé hacia la pintura y la deslicé entre los vidrios rotos hacia la recámara. Me la imaginé a cien años de este momento, colgada en el Prado junto a un Goya y a un guía mostrando los huecos hechos por las balas; hablando sobre un pobre gringo que había sido baleado a muerte tratando de rescatar a Carmen.

Los disparos cesaron. Me apresuré al baño y me metí en el lavabo. Habían volado porciones de yeso del techo y había huecos de bala por todos lados. Introduje la mano en uno de esos huecos y saqué pedazos de yeso y heces de ratas. También se habían llevado consigo parte de la insolación y el polvo acumulado de trescientos años. Una vez abierto el hueco que era lo suficientemente grande, me pude arrastrar hasta la cocina; cogí mi bolsa y la soga.

En mi furia, tropecé con la calefacción de queroseno y caí encima de los vidrios.

Al verme la sangre en las manos me enfurecí más. Bastardos. Van a subir en cualquier momento. Los tenía que detener. Empujé el sofá contra la puerta. No, eso no los iba a detener. Desatornillé la tapa del calentador y cubrí de keroseno el sofá, puse también el bote de basura encima y le prendí fuego.

Ahora podían añadir incendiario a mi lista de crímenes.

Una garrafa de gas lacrimógeno se estrelló contra la puerta y se infiltró en el piso. Mientras tanto, se oían las pisadas de los soldados que venían subiendo las escaleras.

En forma de protesta disparé tres o cuatro balas a la puerta, agarré mis cosas y corrí entre el sofocante humo hacia el baño para subirme al ático.

Capítulo 36

El polvo me envolvía en círculos tan espesos como la neblina de Lima, la luz penetraba la baldosa de los techos reventados, pero estaba tan feliz de haber salido de ese infierno que saltaba de viga en viga como un ladrón de tejado, subiendo sobre pipas y cables, agachándome debajo de andamios de apoyo y consolándome con pensar que Marisa estaba viva y bien, hasta que me topé con una pared de ladrillos.

Una puerta conectaba con el otro lado, pero era una de esas puertas pesadas de tiempos coloniales con protuberantes bisagras de hierro—y estaba cerrada. La golpeé y traté de abrirla pateando, pero cuando me di cuenta que eso no daba resultado, hice un rápido inventario de mis opciones. Podría hacer un hueco y caer en el apartamiento de abajo o podría subirme al techo.

Me decidí por el techo, arrastrándome entre las vigas hasta llegar a las baldosas de encima. Empujé algunas y saqué la cabeza. No se veían Sinchis; solo el cielo, el techo y las chimeneas.

Tiré el bolso, la soga y logré salir a la luz del día y respirar aire fresco.

Un disparo seco y sonoro hizo tambalear el edificio, probablemente los soldados haciendo derribar la puerta del apartamento. Casi podía visualizar la puerta tirada como tablilla, el humo en el apartamento y todo el equipo SWAT apresurándose con rifles de ataque y máscaras para cubrirse del gas lacrimógeno. Aproximadamente en veinte segundos estarían ya en el baño y en otros segundos más en el ático. Agarré mis cosas y comencé a correr a toda velocidad.

Las baldosas se desmoronaban debajo de mis pies. Los pájaros salían volando de la chimenea con gritos chillantes en señal de protesta. Con el aire tan escaso de la montaña, mis pulmones ardían como si le hubieran pegado fuego y aunque no podía ver la plaza, podía escuchar los disparos, los sonidos de las bocinas y las latas de gas lacrimógeno estallando como juegos pirotécnicos.

Al fin, tratando de recuperar el aliento y sudando en lugar de tener frío; logré alcanzar el aguilón al extremo final del edificio. Abajo en la calle se veía la gente y vehículos amotinados, probablemente tratando de ver lo que estaba sucediendo. No había escapatoria por esa parte.

Amarré la soga a una pipa de ventilación, me subí a una repisa y pude darle una vista rápida a la parte trasera del patio. No se veían soldados, solo árboles de jacarandas, cuatro o cinco mesas con sillas y una fuente de agua. Lo mejor era que los edificios tenían balcones. Tiré la soga sobre el borde del balcón, tomé una profunda respiración y me bajé poco a poco hasta llegar al balcón del segundo piso.

Estando ahí hice una pausa y le di otra mirada; estaba a punto de descender cuando vi a dos mujeres saliendo con sus escobas y comenzaron a barrer.

Maldición. ¿Y ahora qué? Ya probablemente los Sinchis estaban en el techo.

La puerta de vidrio de uno de los balcones estaba parcialmente abierta. Por qué no? Lo pensé y entré súbitamente, listo para confrontar con el Glock a cualquiera que se me presentara.

"Hola," dije en voz alta. "¿Hay alguien en casa?"

No hubo respuesta. Cerré las puertas corredizas tras de mí con una aldaba. Vi alrededor—una cama sin hacer, maletas, equipo de cámara y ropas en el piso. Por supuesto, este era el Hotel Andino, el lugar favorito de los extranjeros. Denise y yo nos quedamos aquí hacia años, cuando estábamos en busca de una casa. Revisé el baño. Tampoco había nadie ahí, pero la imagen que vi en el espejo estaba cubierta por polvo. Yo no podía salir a la calle viéndome así, como si me hubiera caído un saco de harina encima; así que metí la cabeza debajo de la llave de agua, me sequé con la toalla y revisé la ropa que estaba sobre la cama.

Encontré un sombrero de lluvia, un poncho de color rojizo herrumbrado, la clase de ponchos que usaba Clint Eastwood en sus películas del Oeste y me lo puse. Entonces salí al pasillo con mucho cuidado. Nadie a la vista, tampoco en las escaleras o en el vestíbulo. Sólo una televisión ruidosa dando información sobre el drama que se estaba viviendo en la plaza.

Me bajé un poco más el sombrero, salí por las puertas giratorias de enfrente y me perdí en medio de la locura que yo mismo había creado.

Las ramas de los árboles estaban cubiertas de niños. Algunos se habían subido al techo de los carros. Habían viejos en muletas, mujeres en sus atuendos nativos con sus bebes amarrados a la espalda, niños escolares con mochilas, extranjeros con cámaras y estudiantes gritando, "¡Viva Gonzalo!"

Los balcones estaban tan llenos como las calles. La gente observaba desde los techos y las ventanas.

Alrededor de la esquina, un camión de bomberos se detuvo rechinando las llantas, haciéndonos sentir aún más apretados de lo que estábamos. Atrás de mi venia un cañón de agua y un camión de la armada con soldados en trajes antimotines.

Al fin logré salir de la banqueta hacia la calle, lo cual era mejor para disimular mi altura. Nadie me volteaba a ver. Era otro papanatas más.

"¡Mire!" gritó un hombre junto a mí.

Seguí su señalamiento hasta el apartamento que había evacuado, donde salían círculos de nubes de humo negro. Los bomberos ahora en trajes amarillos luchaban por tirar el sofá quemado por el balcón. Lo giraron a un lado y cuando cayó en la calle se desintegró en una nube de humo con destellos de fuego. La multitud estalló en aclamaciones y aplausos. El hombre a mi lado capturó la escena en película y cuando finalmente me liberé, me alejé lo más rápido posible del lugar para buscar un taxi. No pude resistir el sentirme un poco orgulloso de lo que había logrado.

El General Real iba a estar furioso.

Capítulo 37

Cementerio Recoleta

Como lo había prometido, Marisa estaba esperándome en frente del cementerio, sentada en una banca de piedra y parecía como si acabara de enterrar a su mejor amigo. En sus manos traía un ramo grande de flores mixtas. Se notaba que había estado llorando, al principio no me reconoció en mi poncho y mi sombrero de orejeras.

"Oh Dios mío, Oh Dios mío." Se me abalanzó a mis brazos. "Pensé que te habían atrapado."

"Todo está bien," le dije sosteniéndola y limpiándole las lágrimas.

Le expliqué lo que sucedió. Me jaló hacia unas enormes puertas de hierro y me adentró al cementerio, pasamos un camino de baldosa con hibiscos a los lados y olimos un delicioso olor a gardenias. Por todas partes veíamos visitantes con caras tristes, algunos dejando coronas, otros orando en silencio sobre la tumba de algún ser querido.

Marisa dejó sus flores sobre la tumba de alguien llamada Edith Lagos y volteándome a ver me dijo. "El apartamento era seguro," dijo limpiándose la cara. "Lo hemos usado por años. Debe haber sido ese pájaro enjaulado amigo tuyo de Lurigancho."

Se detuvo frente a una tumba de granito adornada con ángeles y santos de estatura real. Rodaron lágrimas de sus ojos. Trató de hablar, pero no le salían las palabras.

"Está bien," le dije otra vez. "Ahora estamos juntos y eso es lo que importa."

149

"No, Mark. Eso es lo que te estoy tratando de decir. No podemos estar juntos."

"¿Pero por qué? Tenemos dinero. Podemos encontrar un lugar."

Una procesión de gente enlutada bajaron por el camino, viejos, mujeres, niños con batas blancas llevando flores, un sacerdote de ojos tristes, una banda con bocinas ruidosas y tambores apagados. Marisa me llevó a una banca de concreto debajo de las ramas extendidas de un flamboyán y me sentó. Cuando la procesión termino, puso la mano sobre la mía.

"Me vas a odiar."

"¿Pero por qué?"

Se levantó, caminó lentamente alrededor de la banca, se limpió la cara y regresó trayendo consigo el olor dulce de las gardenias.

"Tengo que regresar con mi esposo."

Me tomó un momento para digerir lo que me estaba diciendo, pudo muy bien darme una estocada en el corazón y hubiera sido lo mismo. Todo lo que me salió fue una palabra.

"¿Por qué?"

Entre lágrimas y sollozos se metió en mis brazos y soltó unas palabras como lo siento mucho y que no podía ser ayudada, que no quería lastimarme y que era igual de doloroso para ella.

Finalmente recuperé mi voz. "¿Estás diciendo que se acabó todo entre nosotros?"

"Nada puede acabarse entre nosotros."

"¿Entonces por qué estás haciendo esto? ¿Qué está pasando? ¿Qué es lo que no me quieres decir?"

"Por favor, Mark, ya hemos hablado de esto. Te pueden capturar y llevar a la Casa de Drácula. O yo puedo ser capturada y torturada. Es mejor no compartir secretos, todavía no, hasta que salgamos del país." Me apretó la mano más fuerte. "Por favor, he arreglado la transportación para ti. Regresa a tu casa. Yo estaré en contacto contigo, ya te explicare. Más adelante entenderás."

"¿Cuándo sucederá eso?"

"No lo sé."

"Solo dime esto. ¿Es porque lo amas que vas a regresar con él?"

"Tú eres el único amor de mi vida. Ya deberías saber eso."

En la oscuridad, las sombras se hicieron aún más profundas.

Marisa sollozaba cada vez con más intensidad, la sostuve no queriéndola dejar ir y no lo hice hasta que la bocina de un auto en la calle sonó—tres veces.

"¿A dónde me llevan?"

"A Cuzco, estarás más seguro ahí."

El tiempo era corto. Pequeñas frases contenían toda una vida y la contestación a mis preguntas sobre los secretos de Marisa quedaban por descubrirse en el camino adelante. Resumimos nuestra lenta caminata a lo largo del pasillo de los muertos, pegados uno al otro como si fuera el último baile que hiciéramos juntos.

"Acuérdate lo que te dije acerca de planear," dijo Marisa. "No importa donde estés, o lo que estés haciendo, siempre ten un plan de escape."

"Abancay," me susurró. "Es el pueblo más grande entre aquí y Cuzco. Tengo un amigo ahí. Es el Plan C."

Me dijo como encontrar el lugar y me hizo repetirle las direcciones a ella.

Por último llegamos a una pared de piedra y una salida; mas allá me esperaba una camioneta Ford color blanco que para mí daba la impresión de ser una carroza fúnebre. Un hombre con una gorra de béisbol estaba sentado frente al volante, listo para llevar mi cuerpo sin vida. Las puertas corredizas se abrieron. Junto a él estaba una joven de tez oscura con pantalones de mezclilla apretados y un suéter color tierra.

"Ella es Ana," dijo Marisa. "Te vas a ir con ella."

Ana asentó y me habló con un fuerte acento quechua. "Vamos. Tenemos que irnos."

Marisa se metió la mano en un bolsillo y sacó una muñeca de trapo, la clase de objetos que provenían de las antiguas tumbas Incas. "Una bruja protectora," me dijo. "Te mantendrá a salvo."

Vino a mis brazos otra vez y nos abrazamos con esa desesperación surgida del saber que tal vez no nos volveríamos a ver nunca. Después se alejó.

"Siempre ten un Plan C," me dijo corriendo por la calle hacia abajo.

"Que triste," dijo Ana. "Ustedes dos deben estar muy enamorados."

Capítulo 38

Me subí a la segunda fila de asientos y me senté ahí como un zombi. ¿Cómo pudo haber sucedido esto? ¿Cómo Marisa podía dejarme y regresar a esa piltrafa de marido? ¿Después de todos esos años de hacer el amor y asegurarme que yo era el único amor de su vida? ¿Después de haber perdido mi trabajo por ella y mi reputación, además de matar a un hombre y convertirme en un fugitivo a la deriva?

El chofer encendió el motor y dio vuelta en U hacia el pasillo de baldosas donde habíamos estado. En la esquina, pensé que habíamos dado una vuelta izquierda hacia Cuzco. En lugar de eso, él regreso hacia la universidad.

"¿A dónde vamos?" le pregunté medio nublado por las lágrimas.

"Vamos a recoger a otra persona."

Nuestra ruta nos llevó hacia la misma calle donde alguna vez viví con Denise; la misma calle donde yo trotaba cuando estaba de visita siendo profesor Fulbright. Mientras, dábamos saltos en el vehículo por la superficie tan desigual, pasando por debajo de los árboles grandes de eucalipto; yo me sentí pequeño y débil, aún peor cuando pasamos por la casa número 143 con sus bellas hortensias y memorias angustiosas. Había fallado en mi matrimonio, había fallado en mi carrera y ahora estaba fallando con Marisa.

Debería estar furioso diciendo groserías y golpeando con mis puños pero en vez de eso, lo que sentía era un dolor profundo. Oh, Dios, cómo dolía.

Cuando levanté la mirada, estábamos pasando por la universidad con su techo de baldosa rojo y otra vez me vino a mi mente una ráfaga de recuerdos, pero antes de completarlos, le dimos vuelta a una esquina y paramos en El Baccará; un restaurant donde una vez almorcé con el Profesor Abimael Guzmán.

Ana encendió un cigarrillo, salió del carro y siguió a tres o cuatro estudiantes a través de las puertas giratorias. Más estudiantes entraban y salían. El olor de comida muy condimentada impregnaba el aire. Desde adentro se oía la melodía de un sombrío harawi y tras las puertas vi a un grupo de muchachas universitarias, vestidas en pantalones de mezclilla, con suéteres y ponchos moviéndose rítmicamente con la música, como solía hacerlo Marisa.

Ana regresó con otra joven y un hombre mayor. El chofer los saludó con deferencia, fue alrededor del van y abrió la puerta lateral. Mientras subían al asiento de atrás, el hombre me palmeo el hombro.

"Bueno, hola mi querido amigo gringo."

Volteé y me le quede mirando a su tez oscura, su cabello blanco, la nariz aguileña y sus lentes de alambre. "¿Lo conozco?"

Tosió, aclaró su voz y me habló nuevamente, esta vez en la voz afeminada que por primera vez escuché en mi cuarto cuando estaba en Lima. "Me llaman Apu Cóndor."

Lo miré con incredulidad. ¿Sería este el mismo hombre afeminado que me había dado la orden de comparecencia? ¿El que estaba junto a mí en la audiencia? Hizo una moción con su mano en forma circular y sus ojos se ampliaron como si él fuera un espiritista tratando de ver a través de una bola de cristal.

"A excepción del poder, todo lo demás es una ilusión. Tal vez sea yo el maricón que usted alguna vez creyó que era. Tal vez sea el asistente del General Real. O quizá verdaderamente soy...El Cóndor de los Cielos."

O tal vez eres un lunático, pensé yo. Pero antes de que pudiera decir algo, puso su mano sobre mi hombro. "¿Que le pasó en el apartamento? ¿Cómo logró escapar?"

Le di la misma explicación que le di a Marisa y el sacó la misma conclusión.

"Tenemos un soplón entre nosotros," dijo con su cara distorsionada de ira. "Un topo, un traidor. ¿Cómo más podría saber el General Real del apartamento?"

Me volteó a ver como sugiriendo que pudiera ser yo el topo. Quedamos en silencio. Solo se podía escuchar el ruido de los platos en el restaurante. Se inclinó más cerca de mí, podía oler café en su aliento.

"Dígame, gringo, ¿cree usted en nuestra causa?"

"Lo único que sé es que estoy bien metido en ella."

"Eso no fue lo que le pregunté. ¿Entiende los motivos de nuestra rebelión?"

"Entiendo su dolor."

"Entonces usted es simpatizante de nuestra causa. ¿No es así?"

"Su pelea no es mi pelea."

"Escuche, gringo. Perú no es Suiza. O estás con nosotros o estás en contra de nosotros."

"Exactamente," dijo la mujer junto a mí. "En este van no hay lugar para neutrales."

Ana continúo dándome lecturas sobre la perversa sociedad peruana, las masas explotadas, las instituciones burguesas, la brutalidad del gobierno de Fujimori. Ira sin control salía de su boca junto a las agitadas bocanadas de cigarros. Siglos de opresión flotaban a través de la camioneta como fantasmas, gritando con sed de venganza y no cesó de hablar hasta que Cóndor le hizo una seña por la ventana.

"Mira, ahí viene."

Un joven con una chaqueta de capucha venia corriendo apresuradamente desde la banqueta, volteándose como si esperara ser capturado o matado en cualquier segundo. Noté el cabello grasoso y la manzana de Adán que le subía y le bajaba, pero no fue sino hasta que él se sentó en el asiento de atrás que pude confirmar.

Luis, alias Carlos, el fugado de Lurigancho.

Capítulo 39

Autopista del Sol

Cóndor dio las instrucciones de salida y pronto la camioneta empezó otra vez a saltar sobre un camino lleno de hoyos que alguna vez fue la autopista Inca, pasando camiones y camionetas de la armada y dejando atrás los techos rojizos de Ayacucho. Al terminar el pavimento nos sumergimos en el infierno de otro camino de tierra.

Me recline atrás y traté de forzarme a aceptar la realidad. Cuando estaba en el apartamento con Marisa, yo había sido un inocente, una víctima de un injusto sistema. Pero aquí en este camino maldito de los Andes en una camioneta lleno de psicópatas, yo era tan solo otro terrorista asustado.

Me volteé a hablar con Luis quien estaba ahora sentado junto a mí, "¿Te puedo llamar Carlos o Luis?"

"En Lurigancho era Carlos. Ahora soy Luis."

"¿Por qué el cambio de nombres?"

"Porque no usamos nuestros nombres reales."

"¿Pero no es Luis su nombre verdadero?"

"No, Maestro, Luis es un nombre español. Mi nombre verdadero es un nombre bello quechua que le diré pronto, una vez que las paredes de la injusticia se destruyan por completo."

No te hagas muchas ilusiones, quería decirle, pero en vez de eso me recosté y miré pasar villa tras villa todas con ventanas cerradas y paredes de lodo sin definición. Además de Runas en sus atuendos autóctonos y en ocasiones una que otra iglesia. Al pasar por un cementerio, saque la muñeca de trapo que me dio Marisa y me quede mirándola observando sus inmensos ojos. El hecho de que Marisa me la había dado la hacía aún más preciada.

Luis alcanzó a tocarla. "Dicen que los espíritus de los muertos viven dentro de esas cosas."

"¿Quién te dijo eso?"

"Todo el mundo lo sabe. Pregúntale a cualquiera. También puedes sentir los espíritus."

Todo lo que yo sentía en mi mundo era el misterio de Marisa, así que la guardé y le hablé a Luis acerca de tiempos felices en la universidad cuando él había sido mi estudiante. Pero cuando mencioné la boda que había atendido y le pregunté por su esposa, su expresión se transformó en odio.

"Ella quiere el divorcio," dijo casi escupiendo las palabras. "Imagínese eso. Aquí siendo yo una inocente víctima de la purga de Fujimori ¿Y qué hace ella?—¡se va con un policía!"

Ana se volteó diciendo. "Ojalá y los mates a los dos."

"No he tenido la oportunidad. Todavía no." Continuó diciendo que él ya había matado a tres policías y a un Sinchi; y que matar a otro no significaba nada para él. Se notaba la locura en su semblante. En sus ojos oscuros se leía el deseo de venganza. Él se iba a vengar de esa perra e inclusive del policía y los hombres que lo habían enviado a la prisión.

Voy a dar con ellos, Maestro, ya verá. Me las van a pagar y muy caro.

Cuando Luis terminó con su historia, Ana habló de la de ella. Español dio lugar a quechua y en una voz agitada de emoción, dijo que cuando ella vivía en su pequeña villa, llegaron los rebeldes de Sendero Luminoso demandando comida.

Compartimos nuestra comida con ellos. ¿Qué más podíamos hacer? Días más tarde, los soldados llegaron a acusar a mi padre de proveer ayuda al enemigo y le dispararon. Luego, violaron a mi hermana, a mí y a todas las mujeres, inclusive a mi madre. Luego, mataron a todos nuestros animales y quemaron mi pueblo hasta hacerlo cenizas.

Hubo un silencio después. Se podía oír el fango golpeando la parte de abajo de la camioneta. El chofer dijo una historia similar. Lo mismo la mujer en el asiento tras de mí. El aire contaminado se teñía más de odio y cada historia nueva era más dramática que la anterior. Dirigían todas sus historias hacia mí como si yo no les creyera, diciendo que yo podía leer de todas las atrocidades en los periódicos y en estudios independientes como *América Observa*; y no podían entender como los gobiernos extranjeros los identificaban a ellos como terroristas en lugar de culpar al gobierno de Lima.

Se me revolvió el estómago. Con razón esta gente estaba furiosa y mentalmente desequilibrada. Y lo mismo me podía suceder a mí. Con solo dos semanas en Perú, ya había matado a un hombre y podía terminar en Lurigancho con todos los otros lunáticos. En otro año podría estar como Luis con sus ojos de loco y con esa manzana de Adán subiendo y bajando planeando como vengarme de Marisa.

Al oscurecer, nos paramos a comer en una de esas pequeñas villas hechas de ladrillos de lodo, donde los cerdos andaban sueltos por las calles y los ancianos se tambaleaban hablando solos.

Mis camaradas devoraron la clase de sopa que mis compañeros voluntarios del Cuerpo de Paz llamaban OVNI—objetos voladores no identificados. No tenía apetito así que no comí nada. Después de la comida seguimos por la carretera otra vez. Dando vueltas y subiendo por intricadas rutas, las luces delanteras relevaban un camino solitario desconocido.

Cóndor me dio un golpecito en la espalda. "¿Qué hay de usted, gringo? ¿Cuál es su historia?"

"No tengo ninguna historia."

"Claro que si la tiene. Entonces dígame ¿por qué la PIP y la armada están tras de usted?"

"Exactamente," dijo la mujer sentada al lado mío. "Tú te diste a la fuga al igual que el resto de nosotros."

"Miren, maté a un agente de la PIP, pero mi historia no es nada comparada con la de ustedes."

"Ajá," dijo el chofer. "¿Cómo es que no puedes tener una historia seria, si mataste a un agente de la PIP?"

"Eso fue en defensa propia. Además, yo no lo mate, el murió de un ataque fulminante."

Eso trajo consigo carcajadas, tanto que sentí mi cara poniéndose caliente. Cuando se calmaron, Cóndor me palmeó la espalda y dijo que era otra victoria para su gente.

Luis racionalizaba el matar como si fuera una regla de oro. "Aquellos a quienes intentan hacernos maldad, hacerles maldad primero."

Ana alcanzó su botella de Inca Kola y la levanto para que la viera. "Por usted, gringo, doy un brindis. Que mate usted más de esos bastardos antes de que lo maten a usted."

Esta no era la clase de brindis por la que yo hubiera querido brindar. Me sentí incomodo con ese pensar, cuando de pronto rodeamos una colina y se deslumbraron una serie de luces parpadeantes. Entonces salió de la oscuridad, como un monstruo amenazante de una pesadilla, un punto de registro de la armada.

Capítulo 40

Sacaron pistolas y rifles de asalto. Tomé mi Glock y una cámara de cartuchos de la forma en que la había visto hacerse en las películas. Cóndor nos dijo que no disparáramos hasta que el diera la señal y en un momento de pánico, me imagine al decano en Tampa, sentado en su oficina con su tasa de café viendo la foto de mi cuerpo cubierto de balas en página del frente en el *Saint Pete Times*, diciendo, "Pobre Mark, ¿Quién hubiera pensado que estaba tan trastornado?"

Un guardia con casco y linterna nos hizo que nos fuéramos a un lote de gravilla. Otros soldados se pararon en la parte de atrás bajo las sombras.

"Apague el motor," nos ordenó el guardia. Tomó un portapapeles de una caja de madera, anotó nuestro número de placa y se acercó a la ventana del chofer. "¿A dónde se dirige?"

"Cuzco," contestó el chofer. "Mi esposa tiene cáncer. La llevo a ver a un especialista."

"Cuzco tiene muchos especialistas."

"El nuestro es el mejor."

Alumbró con su luz adentro del van pasándolo sobre los seis de nosotros.

"¿Cuántos hay en la camioneta?"

"Solo dos: mi esposa y yo."

Hizo una anotación, luego entregó el portapapeles por la ventana. "Firme, por favor."

El chofer firmó, puso un fajo de dinero debajo del portapapeles y se lo entregó.

"Que tengan buen viaje," dijo el guardia y nuevamente estábamos en camino.

Dejé salir una exhalación muy corta. "¿Qué fue eso?"

Cóndor se echó a reír. "Bienvenido al mundo de hablar en código gringo, si él coopera, él puede ganarse la mitad de su ingreso mensual, si no coopera se muere, es así de simple."

Por la noche, paramos en las ruinas de un viejo *tampu* Inca—una estación de relevo para los corredores del imperio Inca—de eso a ahora, solo quedaban tres paredes y una pila de piedras rotas. El aire estaba frío y seco. La Vía Láctea se alargaba en el horizonte. La Cruz del Sur nunca se había visto tan brillante y mientras me sentaba en los mampuestos con mis compañeros de viaje, yo temblaba. Mi respiración se nublaba en el aire, deseaba haber traído ropa más abrigadora pues el frio era amenazante.

Pensé en como la esperanza rápidamente se convierte en desesperación.

¿Por qué no me quedé en Florida?

El chofer sacó bolsas para dormir y las repartió. Cóndor prendió un fuego. Todos nos sentamos alrededor y ahí estaban, las caras todas iluminadas, los cigarros consumiéndose y por un momento pensé que iban a relatar nuevamente sus horrendas historias. En vez de eso, Cóndor dio una pequeña charla sobre las estaciones de relevo de los Incas, diciendo que eran como un correo de mensajería rápida, excepto que estos eran corredores humanos. Nos dijo que los guerreros Incas habían peleado contra Pizarro en este mismo sitio y que el lugar estaba embrujado.

"Se te presentan en sueños," dijo, bajando su voz en un susurro.

El silencio se hizo más grande. Las llamas empezaron a destellar, Cóndor continuó diciendo que los Incas poseían un poder especial que les permitía construir lugares místicos como las fortalezas de Sacsahuaman y Machu Picchu; y que todas las ruinas incas estaban poseídas con magia.

"Tiene razón," se escuchó la voz de una joven a la cual no le sabia el nombre. "Hay unas ruinas cerca de mi pueblo. En la noche se pueden ver extrañas luces...y se oyen gritos."

Para entonces, los ojos de Ana estaban grandes y llenos de miedo. "No me quiero quedar aquí," dijo. Su voz se quebraba. "Vamos a otro lugar a pasar la noche."

"No, no, está bien," dijo Cóndor. "No te molestarán si tiras una piedra contra la pared."

Ana encontró una piedrita de la mampostería. La golpeó haciendo un fuerte sonido.

Los otros hicieron lo mismo, cada uno tratando de tirarlo más fuerte que el anterior. También yo tiré una piedra tanto de frustración como para alejar los espíritus de mis sueños. Cuando fue el turno de Cóndor, tomó una piedra del tamaño de una manzana, la tiró...y desapareció.

"¿Cómo lo hiciste?" preguntó Ana.

"Mi amigo Inca del otro lado. La agarró."

Todo mundo volteo alrededor como si de verdad hubiera habido un guerrero Inca parado ahí.

Cóndor tiró otra piedra que desapareció y la que le siguió también. Sus historias de magia Inca continuaron—hablando de luces en el cielo, los poderes especiales de los Incas, los antiguos dioses—y cuando me metí en mi apestosa bolsa de dormir y le subí el cierre, estaba hablando de extraterrestres.

El viento silbaba a través de las ruinas, se escuchaban voces, pasos, el tono de una flauta y una mujer llorando. Y luego Gordo el agente de la PIP me despertó.

El mismo Gordo que había matado.

Su cara se había puesto verde por la putrefacción, en sus manos estaban las esposas que le había quitado.

"Ya todo acabo," me dijo con sarcasmo. "Ahora tienes que acompañarme."

"Pero yo tiré una piedra contra la pared. Se suponía que iba a protegerme."

"Yo agarré la piedra." Y la levantó para que la viera.

"¿A dónde me llevas?"

"A Abancay, ¿no era ese tu Plan C? Te están esperando."

"¿Quién me está esperando?"

"Francisco de la Vega. Él te va a pintar mientras observas a tu putita cogerse a todos sus amigos. Luego te va a cortar la garganta y también eso lo va a pintar."

El trató de ponerme las esposas y en esa clase de lógica que solo tiene sentido en los sueños, las esposas se convirtieron en un loro verde y el loro habló.

"Vamos, gringo, ya es hora de irnos."

Me despabilé, mi corazón latía rápidamente, ya era de día. Aún estaba metido en mi bolsa de dormir y el chofer estaba parado sobre mí.

"Vamos, gringo, ya es hora de irnos."

Tomamos un café que Cóndor nos preparó; mordisqueamos pan y queso y no comentamos nada acerca de nuestros sueños. Pronto nos encontramos otra vez en la camioneta, brincando y dando vueltas en el camino.

El polvo mezclado con humo de cigarro, se metió por la parte de atrás de la camioneta. Me dolía el estómago. Tenía el sueño aun dándome vueltas en la cabeza como el sabor rancio que deja una mala comida. Y fue entonces cuando vi la señal del camino hacia Abancay, solo treinta y cuatro kilómetros adelante, el Plan C de Marisa.

Antes de ese sueño, me había imaginado una casa segura con un jardín de flores en un pequeño pueblo del que nadie nunca hubiera oído hablar. Un lugar de descanso mientras pasaba la tormenta. Ahora me imaginaba un estudio de Arte con caballetes, lienzos, pintura y diabólicos hombrecitos de barba y bata.

Cóndor se inclinó sobre el asiento. "Baja la velocidad" le dijo al chofer. "Está justo delante de nosotros."

El chofer bajó la velocidad. Pasamos una larga pila de pedrejones y nos orillamos a la izquierda en una vía estrecha; dejando Abancay atrás, con todos sus misterios disueltos en el polvo.

"Creí que íbamos a Cuzco," les dije.

"Cuzco es como Roma," contestó Cóndor. "Eterno. El podrá esperarnos."

El tramo nos llevó hacia las nubes. El clima se hacía más cálido, las plantas se veían más verdes. Una zanja que empezó como un desagüe de un riachuelo se convirtió en arrollo y luego en río.

"Ya casi llegamos," dijo Cóndor.

Me entró un sentimiento de inquietud. ¿Qué demonios había aquí, en un camino de tierra en medio de un bosque y a muchas millas lejos de la carretera principal? Las muchachas sacaron su estuche de maquillaje y empezaron a ponerse lápiz labial y cepillarse el cabello como si fueran a tener una cita romántica. Dimos vueltas alrededor de un levantamiento de pedrejones cubiertos de almizcle, nos dirigimos hacia una densa fila de árboles y nos detuvimos.

Los perros salieron ladrando; un hombre delgado, de semblante oscuro y con binoculares en la mano salió entre los pedrejones, gritando como un policía de tráfico furioso, haciendo movimientos con su brazo para indicarnos que nos estacionáramos en cierto lugar.

"Ten cuidado con ese," dijo Cóndor. "Él acaba de escaparse de Lurigancho."

"Mierda," Luis murmuro junto a mí. "Es Tucno."

Capítulo 41

Campamento Pachacuti

Entre los arbustos salió un grupo de muchachos tan jóvenes que parecían adolescentes, con pantalones de mezclilla y ponchos color tierra, las muchachas muchas de ellas juntas de brazo en brazo y algunas cargando rifles de asalto. Recibimos instrucciones y de pronto yo me convertí en el centro de atención; era muy extraño para ellos ver a un hombre alto, de tez clara; un gringo en un mar de niños andinos de tez oscura.

Hasta un perro vino a olerme.

Tucno pateó al perro y se me acercó, podía olerlo desde la distancia, estaba inclusive más sucio y se veía más furioso que la última vez que lo vi; con su mala dentadura, cicatrices en la cara, una banda alrededor de su pelo largo y grasoso y en su cinturón de cartuchos tenía envainado un cuchillo.

"¿Por qué está este gringo aquí?"

"Él viene conmigo," dijo Cóndor.

Tucno escupió en el piso y se retiró furtivamente.

Cerrillos encendidos, cigarrillos prendidos por todas partes. Llegaron más camionetas y camiones recolectores, con más voluntarios y más perros. Cuando estaba en Lima, me había imaginado a los terroristas todos rapados y con vista diabólica como la de Tucno. Pero aquí lo único que se veía eran niños flaquitos con pantalones de mezclillas sucios y cachuchas de béisbol, bebiendo Inca Kolas con popote, comiendo barras de chocolate, fumando

164

cigarrillos y observando a los nuevos integrantes como si estuvieran paseando en un centro comercial.

Muy pocas niñas eran bonitas y me preguntaba si alguna de ellas había posado para Francisco de la Vega o si entre la multitud se encontraba Carmen o Carla.

Tucno dio un silbatazo y los formó en una fila en orden de diez. A los muchachos con hombros encorvados se les pidió que se pusieran derechos. Niñas tan jóvenes que todavía tenían acné en la cara eran empujadas de una fila a otra. Un hombre fornido muy parecido al Presidente Gonzalo dio un paso hacia adelante y dio un discurso de bienvenida.

Me le quede viendo. ¿Podría ser él, el líder del grupo?

"Me llaman Ingeniero," dijo en español, su voz cortaba el aire. "Bienvenido al Campamento Pachacuti. ¿Cuántos de ustedes han leído a Mao?"

Unas cuantas manos se levantaron.

"Esto es lo que enseña Mao, nunca deben pavonear ni identificarse usted como guerrillero. Deben mezclarse en la población como pez en el agua, otro pez en el mar. Bajo ninguna circunstancia se emborrachen o consuman drogas ni den la impresión de ser más que nadie. ¿Entienden?"

"Si," todos respondieron a coro.

"Nunca deben usar su nombre verdadero, ni hagan preguntas sobre los otros. Es mejor para todos que ustedes no sepan nada, ni vean nada, ni escuchen nada. ¿Entienden esto?"

"Si, Camarada Ingeniero."

"Más fuerte. Quiero que las montañas retumben con su entusiasmo y el enemigo tiemble."

Los gritos y las disertaciones continuaron. Los líderes del equipo fueron presentados, posteriormente Tucno, Cóndor y el Ingeniero marcharon cada fila a una estación de entrenamiento.

Después, alguien me tocó el hombro. "¿Camarada Marco?"

Volteé y vi a una mujer en sus treinta, vestida con botas y uniforme militar. En un lado de su cachucha tenía una flor silvestre color rosa. Era morena y delgada, con un diente cubierto en oro y de nariz aguileña, bonita con facciones Runas.

"Soy Fabiola," dijo, y me entregó un rifle de asalto—un AK-47

"¿Para qué es esto?"

"Para matar Sinchis."

"¿Van a venir Sinchis?"

"Como usted comprenderá, ellos nunca anuncian sus planes."

Con una voz femenina, me explicó cómo sacar el polvorín y regresar la manivela de una cámara para hacer cambio de balas. Por su actitud, pronunciación y gramática, claramente me di cuenta que era diferente del resto—como Cóndor—y me pregunte cual pudiera ser el motivo para que una mujer como ella se uniere a este grupo; entre tanto la vi colgando una botella de Inca Kola de la rama de un arbusto y me pidió que le disparara.

"Adelante," dijo. "Necesita practicar, por si acaso. Yo tomaré mis notas."

Apunté, jalé el gatillo y destruí la botella con todo y el arbusto.

"No, no, gringo, no puede ser tan ligero con el gatillo. Presione lenta y gentilmente, como si tocara a una mujer y le estuviera haciendo el amor. Un disparo corto será más que suficiente."

Colgó otra botella en otro arbusto.

"¿De veras tengo que hacer esto? No necesito un experto en armamento para mostrarme como disparar."

Se quitó su cachucha y peino su cabello encrespado hacia atrás. "No soy una experta en armas. Soy una periodista, la representante de relaciones públicas de nuestro movimiento."

"¿Por qué necesita el Sendero Luminoso una representante de relaciones públicas?"

"¿No ha visto como la TV de Lima está controlada? ¿Los periódicos? Todos nos describen como unos salvajes, como comunistas de las montañas y terroristas de los pueblos. Alguien tiene que decir la verdad."

No era el momento precisamente para decirle que de hecho los rebeldes eran unos comunistas de las montañas y terroristas de los pueblos. Así que la escuché despotricar del sistema político y pretendí ser simpatizante, después le pregunté si su nombre real era Fabiola.

"Ya escuchó al Ingeniero. No se supone que hablemos de nosotros."

"Pero no es justo. Tú sabes todo acerca de mí."

"¿Cómo no saberlo? Su cara está en todos los periódicos y en la TV"

"¿Eras maestra de escuela? ¿O profesora de la universidad?"

"Ya deje de preguntar, gringo. Soy un fantasma. No existo."

Me encogí de hombros. Ella trató de sonreír, echo hacia atrás un mechón de pelo a la manera que lo hacen las mujeres y me mostró los alrededores del campamento como si estuviéramos en una película de James Bond. Por un lado, había un instructor que estaba enseñando combate mano a mano. Por otro lado, una mujer estaba hablando de los explosivos y otra a su vez, dando una charla sobre lo que significaba ser pobre y de tez oscura.

"Miramos a nuestro alrededor y lo que vemos son las grandes ruinas de nuestros ancestros," dijo ella. "Leemos Garcilaso y Mariátegui y aprendemos que nuestro sistema era infinitamente superior al que nos trajeron los Europeos y aun así, los cretinos de Lima nos ven de menos como Indios, o peor, como perros rabiosos."

Fabiola levantó su puño y gritó, "Pachacuti."

"Pachacuti," todos contestaron.

Un equipo vecino continuó con el grito. Se extendió hacia el siguiente equipo y el siguiente y cuando regresamos a la colina donde Cóndor estaba esperando, el suelo parecía estremecerse.

Cóndor puso su mano sobre mi hombro. "¿Qué piensa de todo esto, Camarada Marco?"

"Pienso que son devotos a la causa."

"¿Qué piensa usted? ¿Cuál es su sentir?"

"Entiendo que estos jóvenes están desilusionados con el sistema."

Fabiola sacó de un tirón una libreta de su bolsillo y comenzó a escribir mis palabras como si yo hubiera dicho algo profundo. Murmurando para sí, "El Camarada Marco es claramente un simpatizante de nuestra causa. Su observación es que—"

"No, no," le dije. "Eso no es lo que yo dije. Ya estoy envuelto en suficientes problemas."

Me volteó a ver. "¿Qué es exactamente lo que le gustaría que yo escriba?"

"No quiero que escriba nada de mí. Nunca estuve aquí."

Cerró su libreta y se retiró de mala gana; mientras desparecía en el follaje, Cóndor movía su dedo. "No causes ira a un periodista con libreta de notas y pluma en la mano."

Los grupos se rotaban, las horas pasaban y cuando ya no pude aguantar más, me senté en la tierra contra un árbol. Un perrito maltes con ojos tristes se acurruco a mi lado y volteándose me mostro sus tetas lactantes y algunas pulgas. Le acaricié el estómago.

"¿Dónde están tus cachorros?" le pregunté. "Estás tan tristes como yo."

Me vio con sus ojos grandotes como diciéndome que también se habían perdido; y fue entonces cuando escuché la voz de Tucno hablándole al Ingeniero. Aunque no podía escuchar todas sus palabras, pude oír lo suficiente como para enterarme que estaban discutiendo un ataque a un puesto de la armada.

"¿Qué hay del gringu?" preguntó Tucno usando la palabra quechua para gringo.

"¿Por qué no hacerlo parte del plan? Podemos usarlo de propaganda. Voy a decirle a Fabiola que le tome una foto—posando con un birrete negro."

Me enderecé aún sentado. De ninguna manera iba a ser la Patty Hearst del Sendero Luminoso. Mejor sería nadar en el río y llegar a la casa segura en Abancay. ¿Por qué no? Podía hacerlo ahora mientras estaban hablando de sus sueños ilusorios.

Me puse sobre los hombros el AK-47 que me habían dado y caminé a través de la maleza hacia el río, pasando debajo de sauces y eucaliptos; el maltes de ojos tristes me venía siguiendo. Los pájaros revoloteaban en los arbustos. El sonido del río se hizo más fuerte hasta no poder oír los ruidos de las escopetas o las órdenes de los instructores.

El rifle de asalto lo sentía cada vez más pesado. Mi ira aumentaba con cada tropezón, cada picadura de mosquito y en cada maraña de enredaderas. ¿Cómo se atrevían estos lunáticos a hacerme parte de su plan? A mí, a un profesor de Universidad, cuyo único deseo era tomar a Marisa, llevármela a casa y vivir una vida tranquila y en paz.

Bueno, por Dios, ya era hora que tomara control sobre mi propio destino.

Al diablo con Tucno, Cóndor y el Ingeniero.

Me deslicé por un terraplén musgoso, luché contra otro nudo de maleza—y al ver el río, emití un sonido de desencanto.

Lo que empezó como un goteo en las montañas ahora caía como las cataratas del Niágara, un torrente furioso de aguas minerales verdes que ningún entusiasta de aguas blancas haría intento en meterse.

Estaba atrapado. No había escape, por lo menos no por el río.

Capítulo 42

Me hundí en unos pedrejones mojados y traté de tomar compostura. En Florida, este lugar hubiera sido una atracción turística para los del norte con guías en uniforme, mostrando los musgos colgantes, las florecitas azules que crecían en las cortezas de los árboles, las bromelias con púas y la neblina causada por el agua revuelta. Pero aquí no era nada más que un río maldito junto a un bosque maldito, que en este momento era el hogar de los terroristas y de un loro verde y grande que volaba tras la rama de un árbol junto a mí.

¿Un loro? ¿Qué diablos hacía un loro aquí?

Se sentó a mi lado sin miedo alguno, como si fuera una mascota de familia, como si yo lo hubiera llamado con mi ira. Pero ni siquiera se movió cuando apareció Fabiola empujándose entre los arbustos, mirando por todos lados y con una cámara colgando al cuello.

"Gringo," gritó por encima del ruido del río.

"Gringo," repitió el loro y voló.

Me levanté de un salto. ¿Habría hablado ese maldito loro o fue mi imaginación?

¿Un loro de la selva?

Fabiola me indicó que me alejara del ruido, así que me amarré mi AK-47 y la seguí atrás de la pendiente, por un nudo de bosques y enredaderas hasta que llegamos a un lugar donde pudimos hablar.

Hasta entonces, no había notado que se había arreglado con un poco de lápiz labial, aretes, un listón rojo al cuello y barniz en las uñas. Inclusive se había puesto un poco de perfume que olía a madreselva.

"Se supone que debo tomarte una foto," dijo con cierta duda en su voz.

"No quiero que me tomes fotos."

"No se trata de lo que tú quieres, sino lo que ellos quieren. Vas a necesitar un birrete y una camiseta militar."

"¿Para qué?"

"Para mejorar tu imagen. Darte ese misticismo del Che Guevara."

"Debes estar bromeando."

"No me gusta esto tampoco, pero tenemos que seguir las órdenes."

"¿Me van a llamar también Che Marco?"

Viró sus ojos en forma de hastío. "Por favor, camarada, solo estoy cumpliendo con mi trabajo."

"¿Tú eres de Ayacucho, no es cierto? He escuchado antes ese acento. Te apuesto a que fuiste a la escuela en la misma universidad donde yo enseñaba. ¿Estoy en lo correcto?"

Se volteó y se alejó apresuradamente. Yo regresé al campamento en el instante en que Tucno marchaba de un lado al otro frente a los guerreros como sargento de marina, pateando polvo con sus pies.

Para entonces, todos tenían nuevas cachuchas y camisetas de la armada; algunos tenían pañuelos para cubrirse la boca y las narices como bandidos de las películas del oeste y los más delgados parecían niños pavoneándose en la ropa de sus padres.

Tucno dijo que los Sinchis atacarían en cualquier momento. En ese caso, tendríamos que separarnos en grupos de tres, los cuales el asignó como rojo, negro y azul. Sus asistentes trajeron canastas de bandas para la cabeza correspondientes a los tres colores y los repartió. Las banderillas estaban demarcadas. Tucno dijo que deberíamos estar practicando, corriendo hasta el cerro tras de él.

Me señaló con su dedo. "Tú, *gringu*, por aquí, en el grupo de los rojos."

Alguien me entregó una banda la cual a regañadientes amarré para unirme al Grupo Rojo. Unos minutos más tarde, con el Cóndor mirando y Fabiola de lado a lado con su libreta de anotaciones y una cámara en la mano; Tucno miró a su reloj, levantó la banderilla y la dejó caer para indicar el inicio de la carrera.

"¡Al ataque! ¡Vayan! ¡Vayan! ¡Vayan!"

Dió un silbatazo. Todos salieron desbocados y yo conforme subí la colina con mis camaradas terroristas, entre tropiezos, saltos, diciendo groserías y revueltos en una sofocante nube de polvo, entendí por qué la armada estaba conformada de jóvenes en lugar de profesores de treinta y tres años como yo.

Lo hicimos una y otra vez. Arriba la maldita colina, hasta que sentía que me iba a desmayar. Ponerme a la cubierta, afianzar, llenar y apuntar. Cuando bajaba me limpiaba un poco el polvo, tomaba agua y al ataque otra vez. ¿Que estaba pensando Marisa cuando me envió con estos lunáticos? Seguramente no lo sabía, o tal vez sí; eso era lo que más me mortificaba.

Por fin el sol se metió, trayendo a la vista las primeras estrellas, sonidos no muy familiares y cuando llegó la hora de la cena, hubiera podido llorar de gratitud. Aparecieron los refrigeradores portátiles y chicha de maíz. Se encendió el fuego. Las carnes, pimientos y cebollas se metieron en brochetas y todo el campamento tenía un olor a cedro quemado y a comida apetitosa.

Sin embargo, después de lo sucedido con Marisa no tenía nada de hambre, pero hice un esfuerzo en comer un huevo cocido, queso de cabra y una brocheta de res.

Todo lo que se hablaba era de victoria. El sentimiento del público estaba cambiando de rumbo a su favor. El gobierno estaba al borde del colapso total. El Sendero Luminoso pronto estaría marchando a la Colmena, como cuando Castro entró en la Habana, ondeando su bandera del martillo y la oz.

"Le pondremos otro nombre al palacio," gritó una adolescente. "Lo llamaremos el Palacio Gonzalo."

"No," dijo alguien más. "Será el Palacio Libre."

Las discusiones continuaron, la lógica se evaporó en el humo y pronto sonaba como la escena de campamento de la película *Blazing Saddles*. El perrito de los ojos tristes babeando se vino a sentar junto a mí. Le di algunos trozos y me recosté contra un árbol tratando de imaginar a Marisa sentada con nosotros debajo de los árboles mordisqueando un hueso de pollo, bebiendo chicha de una jarra de frutas, sosteniendo un rifle de asalto y hablando de cómo armar una bomba. Pero la imagen no encajaba. Marisa era sólo rosas y luz de velas; vino y enlace francés y el crujir de seda en una noche cálida de verano.

Sentí como un cuchillo dándome una estocada en el corazón.

Sonó un silbato seguido por una orden de extinguir el fuego. Todos se quejaron, protestaron, y eso trajo a Tucno.

"¿Qué les pasa a ustedes? ¿No se dan cuenta que los Sinchis nos pueden identificar desde sus aviones? ¿O que, les gustaría de postre un napalm?"

Extinguieron el fuego enseguida. La temperatura bajó súbitamente. Fui a la camioneta en búsqueda de mi sombrero y el poncho. Regresé a tiempo para escuchar a un flautista tocando la música de los pastores al reunir a sus ovejas, una melodía épica que se remontaba al tiempo de los Incas.

Las notas finales quedaban en el aire como el olor de la madera quemada y cuando regresé a mi lugar, no vi ninguna diferencia entre estos jóvenes rebeldes y soldados en otros lugares—asustados, solos, exhaustos, inseguros, pensando solo en sus hogares y seres queridos.

El perrito de ojos tristes se acurrucó junto a mí con su estómago ahora hinchado. Fabiola se sentó a mi lado y me tocó el brazo trayendo consigo el dulce olor de madreselva. A la luz de la luna creciente pude ver la cachucha de fatiga y su pelo salvaje saliendo de la capa.

Me entregó un birrete. "Seguimos buscando una camiseta lo suficientemente grande para ti."

"¿Qué hay de malo con mi sombrero y mi poncho?"

"No se ve muy militar que digamos. También necesitas un cinturón de municiones."

"¿No les puedes decir que soy solo un comisario del partido?"

No tenía ni idea lo que era un comisario, pero sonaba importante. Fabiola debió haber pensado lo mismo, porque se quedó silenciosa; me sentí mal por hacerla pasar un mal rato.

"Mira," le dije "Sé que sólo cumples con tu trabajo, pero yo ya estoy metido en bastantes problemas."

"De todas maneras tengo que tomarte una foto."

"¿Tengo opción en esto?"

"Lo puedes discutir con Tucno. ¿No son tú y el Presidente Gonzalo buenos amigos?"

"¿Quién te dijo eso?"

"Es conocimiento general. Todos hablan de eso."

Denotaba admiración en su voz. El silencio aumentó y podíamos oír el ruido de los pájaros nocturnos. No pude verlos con detenimiento pero si los pude sentir, estaba buscando una respuesta cuando Luis salió de las sombras apuntándose su pecho.

"Fui yo el que los presenté."

La mentira se notaba a leguas como un Rolex falso, pero no me importaba. Ya no era más el gringu, ahora era el Camarada Marco, un discípulo cercano al mesías y pude haberme seguido embelleciendo la mentira, pero el silbato sonó seguido por la voz atemorizante de Tucno.

"¡Al suelo!"

Quejándome y todo entumecido del frío, tomé mi rifle y me tiré al suelo como el soldado que era, mi cabeza sobresalía sobre las de los atemorizados niños alrededor mío.

"Escuchen, camaradas. ¿Han ustedes jurado alianza a la causa?"

"Si, Camarada Tucno."

"¿Cuál es el castigo por desertar?"

"Muerte, Camarada Tucno."

Eso no era lo que quería escuchar pero ya que no había hecho el juramento, asumí que eso no me correspondía. ¿O sí? ¿Qué hubiera pasado si cruzaba el río y me hubieran agarrado?

Alguien encendió un cerillo junto a mí—una joven se colocó un cigarro en la boca para prenderlo.

Tucno hizo revisión de filas como un perro de ataque.

"¿Eres tonta o que te pasa? ¿No sabes que pueden ver un cigarrillo encendido desde un kilómetro de distancia?"

Le tiró el cigarro de la boca de una manotada y le seguía gritando hasta que la pobre niña se soltó en un mar de lágrimas. Quería pegarle a ese feo con cara de res, pero no era ni prudente ni práctico en el campamento que estaba bajo su comando, así que enderecé mi collar y olvidé su estupidez.

Se me revolvió el estómago, tenía mucho frío así que rompí las filas y me apresuré a la camioneta en busca de una cobija, recosté el rifle de asalto sobre la defensa del carro y abrí la puerta del vehículo.

Las luces interiores se prendieron.

"Oh mierda. ¿Quién se hubiera imaginado que en esta ratonera las luces de la camioneta funcionarían? Cerré la puerta y trate de salir rápidamente, pero ya era demasiado tarde. Ahí estaba parado Tucno como si hubiera resbalado de un árbol todo erguido, su aliento salía blanco de lo frío. Me empujó contra la camioneta."

"¿No me escuchaste, *gringu*? ¿Tienes problema para oír?"

En la oscuridad su cara se veía satánica y su olor, era el de un hombre que no había tomado un baño o no se había cepillado los dientes en mucho tiempo. Presionó su dedo contra mi pecho. "Puede que tenga amigos en altos rangos, pero yo estoy a cargo de este campamento. ¿Comprende?"

"Si, Camarada Tucno."

"Si necesita algo nada más pídamelo, aunque quiera ir solo a orinar. ¿Está claro, gringu?"

Una vez más me hurgoneó el pecho con su dedo. "Le hice una pregunta."

Le quité su dedo de encima de mí. "Quíteme sus chingados dedos de encima."

No pude ver su expresión en la oscuridad, solo su bulto bajo la sombra, no sé lo que habría ocurrido si no hubiera sido por el sonido de alerta proveniente de la colina.

"¡Faros! Vienen rápido."

Capítulo 43

Tocaron los silbatos. Tucno se alejó precipitadamente. Hombres y mujeres salieron desesperados entre la selva con sus armas. Yo me dirigí hacia la colina con mi rifle de asalto y me coloque en mi posición pre-asignada.

"¡Cierra y carga!" Tucno gritó.

De todos lados salía el ruido de los metales que chocaban unos con otros.

"No disparen a menos que yo dé la orden. ¿Entienden?"

"¡Si, Camarada Tucno!"

Tres pares de faros venían bajando a alta velocidad por la montaña, dando vueltas por todos lados, algunos desaparecían entre el follaje, los perros ladraban, las ordenes indicaban que mantuviéramos alto al fuego.

Toqué mi brujita de trapo en mi bolsillo y me pregunté a mi mismo como pude haber llegado a todo esto. ¿Por qué un respetado profesor de universidad, poeta aficionado y designado para ser decano, podía caer en esta cueva de zorros con un grupo de terroristas adolescentes en Perú? Sosteniendo una brujita de trapo como protección.

Y la respuesta era muy simple—Marisa.

Fabiola gateó hacia donde yo me encontraba, trayendo consigo su olor placentero, un olor femenino.

"Nunca le he disparado a nadie," me dijo con la voz cortada. "Nunca he estado en una batalla."

Puse mi brazo alrededor de ella. "Está bien Fabiola, estamos

176

fuera de peligro en este cerro. Si atacan, podemos siempre escaparnos al bosque detrás de nosotros. Quédate conmigo."

La junte a mí, lo cual nos hacía sentir más seguros tanto a ella como a mí. "Escucha, Fabiola, no deberías estar aquí, no con tus talentos. Deberías regresar a la universidad."

"¿Y tú? ¿Por qué estás aquí?"

"Por circunstancias, no por elección."

Estaban ya sobre nosotros—camionetas y camiones en lugar de tanques de la armada. Fabiola se relajó. Los vehículos tomaron una vuelta alrededor de la colina y se pararon, apagando las luces. Una bocina tocó tres veces.

La voz gruesa de Tucno rompió el silencio. "Descanso."

Las órdenes fueron repetidas a los grupos rojo, azul y negro; y pronto estábamos saliendo de nuestros escondites tratando de ver en medio de la oscuridad. Fabiola estaba a mi lado como una niña. Tucno nos ordenó que esperáramos en nuestras posiciones, entonces él, Cóndor y el Ingeniero bajaron de la colina. Escuché voces en los vehículos, el chillido de un CB y ahí estaba otra vez Tucno.

"*Gringu*. Ven aquí y rápido. Alguien quiere verte."

Medio corrí y me tropecé al bajar la colina en la oscuridad, preguntándome quien querría verme, con esperanzas de que fuera Marisa, pero sabiendo que no podía ser. Tras de mí Fabiola, como buena periodista sentía que esta podría ser una buena historia.

Conforme nos acercamos a la camioneta alguien me agarró del brazo. Estaba muy oscuro como para identificar la cara, pero reconocí la voz de Cóndor.

"Un momento, gringo. Solo quieren verte a ti."

"¿Quién quiere verme?"

"¿No has aprendido nada hasta ahora? No se hacen preguntas, no se ve nada ni se oye nada."

Me condujo hasta el lado del primer vehículo, cerca de la ventana trasera del lado del pasajero. Con la luna pálida, el vehículo se parecía más bien al Cherokee que tenía Lannie, excepto que este era negro. El motor estaba encendido y sacaba gases contaminado el aire. Intenté ver quien estaba adentro, pero estaba muy oscuro.

Entonces una luz se encendió al lado mío—Tucno con una

linterna me alumbraba. Precisamente él, el que no quería luces encendidas.

"Date una vuelta," ordenó con su manera tan desagradable de hablar.

Obedecí, parpadeando por la luz.

"Dé la cara a la ventana."

"¿Cuál ventana?"

Me agarró del brazo y me empujó algunas pulgadas del espejo retrovisor; me quedé parado como un esclavo con vendas en los ojos listo para ser vendido en una subasta.

"Sonríe," me ordenó Tucno.

"Sonríe tú," le devolví la orden, sabía que él no se atrevería a ponerse en mi contra en frente de quien fuera que estuviese en ese Cherokee. La escena era tan rara, que me recordaba una película de horror que una vez vi en la cual un automóvil cobraba vida por sí mismo—un automóvil negro y malvado sin chofer, con un gruñido bajo y gutural proveniente del motor, una entidad sin cara acechando a su víctima antes de matarlo.

Tucno apagó su luz. Cóndor me ordenó que diera un paso atrás y entabló una conversación con alguien dentro del vehículo. El motor hizo su ruido de arranque, dio una vuelta en forma de U y se alejó. Los otros vehículos le siguieron, dejando en el aire una nube blanca.

"Tome sus cosas," dijo Cóndor. "Usted se va y es mejor que se lleve también una bolsa para dormir."

Capítulo 44

Sabía muy bien que era mejor no hacer preguntas, así que me dirigí a nuestra camioneta una segunda vez y la encendí a pesar de las advertencias de Tucno; tomé mis cosas y me apresuré hasta donde estaba Cóndor. La noticia de mi salida se esparció y bien parecía que la mitad del campamento me quería despedir. Nos dimos las manos, me dieron palmadas en la espalda y buenos deseos, hasta entonces no me había dado cuenta que era tan popular.

Fabiola me dio un beso en ambas mejillas que estaban sin rasurar.

"Te vamos a extrañar," me dijo.

La tome del brazo y estaba tratando de pensar en una respuesta apropiada cuando Tucno se apareció junto a mí. "Déjeme decirle algo," gruñendo y metiéndose frente a mi cara con su apestoso aliento. "Usted no ha visto este lugar. Nunca ha estado aquí. ¿Entiende?"

"Sí, *Camarada Tucno*."

"Si alguna vez leo en los periódicos o en un libro o si lo veo en la televisión, marque mis palabras, lo buscaré con este cuchillo." Golpeó su mano contra la vaina del cuchillo.

Iba abrir mi boca para decirle que mejor trajera una armada, pero lo pensé mejor. Luis tomó mi maleta y Cóndor me indico que lo siguiera. Me colgué el AK-47 en mi hombro y salí del campamento, pasando por debajo de ramas colgando con el perrito de ojos tristes a mis pies. Le agradecí al río por ser tan peligroso como para no haberlo cruzado. Le agradecí a quien fuera que estuviera en el

Cherokee negro, a la brujita de trapo en mi bolsillo y a Dios porque Tucno no me atacó con su maldito cuchillo.

Al principio el tramo seguía al río, pero en un momento se separó. Soplaba un viento frío y penetrante de la montaña. El camino se hizo más inclinado, recorrimos por lo menos media hora o tal vez más; mis piernas se hacían cada vez más débiles y fue cuando Cóndor dijo, "Puedo olerlo."

Yo también lo podía oler, una mezcla de excremento de corral, revolcadero de cerdo y humo de fogata.

Llegamos a una choza de piso de tierra, hecha con piedras de adobe como las que sirven de hogar a los Runas. El único indicio de ocupación era una luz tenue que sobresalía por las ventanas cerradas. Atrás se podía ver por la iluminación de la luna de cuarto menguante una serie de árboles donde me supuse escondían los vehículos. Salió un guardia envuelto en tantas mantas que bien parecía ser un buey escondido. Cóndor le habló en quechua, después puso su mano sobre mi hombro y bajó su voz.

"¿Te acuerdas lo que te dije ayer en la camioneta?"

"Me dijiste muchas cosas."

"Si, pero una cosa que quería que recordaras— excepto que el poder, todo es una ilusión."

Que ilusión, pensé, parado debajo de las estrellas en este tramo olvidado por Dios con un rifle de ataque sobre mi hombro, mi respiración haciéndose humo con el aire de la noche y una casa llena de terroristas tras de mí.

Pero antes que pudiera hacer el comentario, Cóndor se echó a reír, me dio una palmada en los hombros, y se desapareció en la noche. Luis me entregó mi maleta, se despidió de mi con un apretón de mano blando y siguió trotando hacia donde Cóndor se había ido, dejándome solo con el buey y mi ilusión.

"Deje sus rifles afuera," dijo en quechua, el supuesto buey con una voz muy áspera.

Le entregué mi rifle de asalto y el Glock; pero de todas maneras me registró, sacó mi cuchillo de armada suizo y lo iluminó con una pequeña pluma de luz.

"No somos las aerolíneas," me dijo y me lo entregó.

Guardé mi cuchillo y lo seguí hasta la choza, nuestras pisadas hacían ruido en la gravilla. La puerta de enfrente estaba cerrada, pero los rayos de luz se filtraban por las ranuras. Desde adentro se escuchaban risas, el olor a comida y el ruido de una conversación. El hombre se hundió en una silla debajo de una pequeña saliente, ajustando las mantas sobre sí.

"Están comiendo," murmuró. "Tendrás que esperar."

Por mi estaba perfecto. Mi estómago estaba hecho un remolino. Me sentía nauseabundo. Desenrollé mi bolsa de dormir y me cubrí los hombros. Los animales resoplaban por el granero. Un meteoro destelló en el cielo. El sonido de un ave nocturna parecía vaticinarnos problemas y el olor de la comida grasosa estaba haciendo a mi estómago lo que las palabras de Cóndor le habían hecho a mi cabeza. Traté de controlar mi nausea, pero los huevos cocidos querían salir, así que corrí hacia la oscuridad.

Todo salió, una purga de mala comida y malas escenas me habían dejado el estómago retorcido y maldiciendo mi suerte. Maldita Marisa. ¿Qué diablos estaba pensando?

Me quedé arrodillado hasta que me sentí mejor, luego me enderecé, me limpié con agua de una bomba manual y casi en cuclillas regresé a la cabaña a tiempo de ver cuatro o cinco guardias pasando alrededor sus binoculares.

"Es mejor que reportemos esto a Paco," dijo uno de ellos.

"¿Reportar qué?" le pregunté.

"La luz. ¿No la viste?"

No la vi, pero me subí arriba de unos pedrejones para tener una mejor vista. No había luces ni aviones que pudiera ver, solo una montaña con nieve en la punta, la luna en cuarto menguante, la Cruz del sur y una masa de estrellas flameantes alejándose en el espacio.

La puerta de enfrente se abrió, una mujer poniéndose un poncho sobre la cabeza salió, trayendo consigo el olor a fuego de madera y perfume. Ella era diferente a las otras mujeres que había visto; de más edad, de té más blanca y mejor vestida que las demás. Me dio una mirada rápida y se apresuró hacia la oscuridad. También salieron dos hombres y entraron en una discusión con los guardias acerca de la luz.

Desde adentro salió una brusca voz diciendo, "Dígale que entre."

Entré en la choza y cerré la puerta. Lámparas colgaban de las vigas. Un fuego cálido iluminaba la hoguera, las paredes estaban decoradas con la misma clase de impresiones de Jesús y María que había visto en otras chozas de campesinos, todos con nubes circulares, halos y luces celestiales. En una mesa de madera rustica había botellas de vinos, platos, servilletas usadas y un montón de huesos de costilla.

El hombre que estaba sentado ahí con uniforme militar sonriéndose—¿podía ser él realmente, el hombre más buscado en Perú, o era solo el Ingeniero? En la luz tenue, no podía estar seguro. En los tres o cuatro años desde que lo había visto en la universidad había ganado peso. La semana pasada había quedado consternado al verlo y ahora estaba más perplejo que nunca.

Se me acercó para saludarme dándome una mano muy gruesa. "Dios mío," dijo una voz muy familiar. "¿Que te han hecho? Te ves muy mal."

Le estreché la mano de la misma manera y le dije: "Que gusto verlo a usted también, Profesor."

Capítulo 45

El Presidente Gonzalo—si es que era el realmente—me indicó que me sentara en una silla, me sirvió un vaso de vino tinto. "Hay un rumor que dicen que estoy muerto. ¿Le parezco muerto a usted?"

Le miré su rostro rollizo, fijándome en sus cejas tupidas, el pelo con canas peinado hacia atrás y su ceño fruncido que era tan prominente como el día que lo conocí hace tres o cuatro años atrás. "Se ve usted mejor que yo."

Mi perro se ve mejor que usted Marco, pero ese no es el punto. El punto es que los rumores tienen su manera de quitar la vitalidad y la fuerza a un movimiento. Es parte de una campaña de desinformación del gobierno. Por eso estoy aquí—para mostrar mi cara, probar que estoy vivo. Habrá fotógrafos y me gustaría incluirlo también junto a mí con su rifle de asalto.

Suprimí mi gemido "¿Es esto necesario? Ya tengo suficientes problemas."

Se tiró una carcajada. "¿Problemas? Usted mató a un agente de la PIP, hizo ver al General Real como un estúpido. Si lo agarran, también le dispararán de todos modos." Se inclinó en su silla. "Además no es todos los días que tengo la oportunidad de ser fotografiado con Romeo."

"¿Qué se supone que significa eso?"

Alcanzó algo debajo de la mesa, sacó un periódico de Ayacucho, señalando el encabezado que decía: ROMEO SE ESCAPA OTRA VEZ, y me lo entregó. La página principal era una típica exageración latina dedicada a la conmoción que había causado en Ayacucho. Inclusive salía la fotografía del General Real entre la multitud, parado en la acera con las manos en sus caderas y su cara iracunda viendo el sofá humeante; deseando que mi cuerpo calcinado fuera el que estuviera humeando.

"Ahí no," dijo. "Es lo que está adentro." Lo abrió y lo sacudió muy bien. "Publicaron extractos de tu poesía—inclusive una crítica hecha por un profesor de arte, una de esas mariposas de la universidad. Es una buena crítica. Aquí, te la voy a leer."

Se puso unos lentes gruesos y lo leyó en voz alta.

"El *Lirio del Perú* es un baile de amor, una canción, un llanto en la oscuridad, la desesperación de retomar el amor de la esencia de la muerte. Inclusive evoca las mismas pasiones de Shakespeare en su novela *Romeo y Julieta*. Romeo volando a la ciudad de Verona porque él ha matado por amor. Romeo visitando al farmacéutico para obtener su veneno viral, excepto que en el caso del profesor, él visita el altar de los revolucionarios. El veneno con otro nombre es igual de mortal."

Bajó el periódico y señaló las ventanas destrozadas como un actor haciendo Shakespeare en el Parque. "¿Por qué lado la luz sale a través de las ventanas? Es en el este y Julieta es el sol.'"

Sus ojos resplandecían. "Dios mío, Profesor, ¿Shakespeare? ¿Romeo? Y a mí me llaman la cuarta espada del Marxismo, pero a usted Marco, usted es...Romeo."

No, pensé en mis adentros; soy un pobre miserable, el hombre que Julieta abandonó.

Se paró, puso otra leña en el fuego y las pateó un par de veces para que encendiera más rápido. "Algo que aprendí hace mucho," dijo calentando sus manos en el fuego, "Puedes medir al hombre por sus sueños. Tú quieres a Julieta y yo quiero Perú."

Se volteo, recogió su vaso de vino y lo golpeó contra el mío. "Por Julieta y Perú."

"Por Julieta y Perú," le contesté, casi atragantándome con las palabras.

Arrastró una silla y se sentó junto a mí. "Mañana, después de la sesión de fotos, yo tomaré mi camino y tú tomarás el tuyo. Te voy a enviar con Paco. Te ayudará a escaparte."

"¿Por qué me está ayudando?"

"¿No es obvio? Tú eres Romeo, su mística se agranda día a día. La prensa está romantizándole. Inclusive gente que no son simpatizantes nuestros, están de su parte. Secretamente por supuesto. Pero si terminas mal, reflejará pobremente de parte de nosotros. Por otro lado si sales del país con vida, será una gran victoria. Nosotros, los del Sendero Luminoso hemos hecho una cosa noble, salvamos a Romeo y tú mi querido amigo gringo serás un héroe."

Me quedé mirando al hombre cuya cara estaba en carteles como uno de los hombres más buscados de Perú. ¿No entendería él cómo sería yo crucificado en los Estados Unidos, designado como comunista, traidor, rojillo, un criminal?

"Oye, no te veas tan deprimido," me dijo. "Siempre puedes conseguir un trabajo en Berkeley." Se río. Tomamos y platicamos sobre mutuos conocidos y nos palmeamos la espalda como si fuéramos viejos amigos y cuando nos sentíamos melosos por los efectos del vino, le dije.

"Escuche, camarada, hay una pregunta que quiero hacerle."

"Pregúntala, Marco."

Me levanté y caminé hacia la hoguera. "Bueno, es acerca de Marisa. Dicen que encontraron cosas suyas en su casa. ¿Cómo sucedió esto?"

"¿No te lo dijo?"

"No hemos tenido mucho tiempo juntos para—"

Alguien súbitamente tocó a la puerta. Gonzalo—si es que era el realmente—se levantó y salió a hablar con alguien, regresó y tomó su maleta.

"Negocios. Tengo que irme." Me estrechó la mano y salió por la puerta.

Me quedé sentado ahí, sin saber lo que me esperaba después; estaba pensando en salir cuando el Ingeniero entró, bien podía pasar por el Presidente Gonzalo. La única diferencia era la ropa que llevaba.

"¿Están relacionados?" le pregunté.

Se tomó una copa de vino grande. "Siempre es bueno tener un doble, ¿no cree usted? Muchos hombres famosos lo han tenido, como Stalin, Churchill, todos esos tiranos árabes. Además para usted, puede que yo sea el verdadero Presidente Gonzalo."

Me le quedé viendo fijamente a su rostro rollizo. "Tal vez ninguno de los dos son el Presidente Gonzalo. Tal vez los dos son impostores. O tal vez los dos son la misma persona, como Clark Kent y Super Man."

Se echó una carcajada. Yo también me reí, traté de alcanzar mi vino cuando el Ingeniero me sostuvo la mano. "Escuche, ¿Qué es eso?"

De afuera se escuchó como una riña, después un golpe como si un cuerpo hubiera caído contra la puerta. El perro ladraba. Luego alguien caminaba alrededor de la cabaña, alguien con mucha prisa.

El Ingeniero tomó un rifle de asalto y estaba andando alrededor del cuarto cuando la puerta delantera se abrió de golpe, entraron dos hombres que yo había visto más temprano.

"Sinchis," gritó uno de ellos. "Se llevaron a Flaco."

Las luces se apagaron. Paco tiró una cubeta de agua sobre el fuego que al extinguirse hizo chispas y se evaporó. El Ingeniero abrió las persianas traseras para que saliera el humo.

"¿Raúl, estás ahí? Héctor, contéstame."

Nadie respondió. No había sonido ni siquiera de los animales en el granero.

El Ingeniero caminando por la choza murmuraba y maldecía. "Maldito Paco, ¿no me dijiste que éste era un lugar seguro? Dijiste que teníamos una salida segura. ¿Qué está pasando?"

No se Ingeniero, teníamos cinco hombres atrás, alguien debió habernos traicionado. Sentí que me miraban como si yo fuera el culpable.

"Yo no fui," dije como un niño. "No sé ni donde estamos."

El Ingeniero se asomó por la ventana, me deslice junto a él y solo pude ver en la oscuridad las estrellas y la sombra de un bosque en la parte de atrás.

"¿Qué tan lejos está el bosque, Paco?"

"Treinta, tal vez cuarenta metros."

"Tú ve primero, dijo el Ingeniero. Yo te voy a cubrir. Cuando lleguemos allá, nos cubrirás tú."

Paco sacó su rifle de asalto y se paró en la puerta trasera. El Ingeniero y el otro hombre esperaron, uno en la ventana y el otro en la puerta. Yo no tenía nada que hacer; así que saqué mi brujita de trapo y la tomé como si fuera mi consuelo, mi amuleto de seguridad.

"¿Listos? El Ingeniero murmuró."
"Listos."
"¡A la carga!"

Capítulo 46

Paco abrió la puerta de un jalón, pero bien pudo haber encendido el interruptor. "¡Carajo!" dijo, y se sumergió en la habitación. "Ya nos jodieron."

Cerramos la puerta y las persianas con una rapidez desenfrenada. El Ingeniero furioso y colerizado estaba culpando otra vez a Paco, diciéndole que si salía vivo de esta le iba a costar muy caro. Paco le gritó a su vez diciendo que no era su culpa y seguían incriminándose unos a otros hasta que un hombre los separó.

"Ya paren ustedes dos. ¿No hay alguna forma de mandarle una señal a Tucno?"

"Granadas," dijo el Ingeniero. "Hagamos ruido."

Con los tres rodeándome y el golpeteo de las granadas junto a los rifles que estaban preparando, necesitaba algo más que una brujita de trapo para sacarme de la mente el peligro en que estábamos. Me alegré cuando el Ingeniero me ordenó que abriera las ventanas cuando diera sus órdenes. La neutralidad ya no era una opción y en ese momento de pánico me di cuenta que cualquier cosa que yo hiciera para ayudarlos me convertiría en un cómplice. Por lo menos en la corte de Estados Unidos.

No que yo iba a vivir para encontrarme en la corte Norteamericana.

"Listo," dijo el Ingeniero.

De afuera se escuchó un retumbo, como el sonido de una llanta en la gravilla, resaltando ocasionalmente por el sonido alto y agudo del rechinido de una preparación de armas. Los cuatro nos asomamos a ver lo que ocurría.

"Camiones," gritó Paco. "Nos están rodeando. Por eso es que no los oíamos. Están bajando de la colina."

Los motores cobraron vida, gemían las transmisiones, rechinaban las cajas de cambios y pronto estaban maniobrando alrededor de la pequeña choza y chocando entre las rocas. Uno de ellos hizo un alto en frente, cuando la solapa de tela se abrió.

Salían los Sinchis en traje de batalla, con sus cuernos de chivo, botas, birretes y máscaras de esquí.

"¡Ahora!" gritó el Ingeniero.

Abrí las persianas de golpe. Los cascos resonaban a mi alrededor. Las granadas salían por la ventana. Explosiones hacían cimbrar la choza e iluminaban la noche. Entonces se escuchó una explosión más fuerte, como si un camión de municiones hubiera explotado, haciendo sacudir el suelo con escombros y aporreando de golpe la cabaña.

Me tiré al piso deseando que me tragara la tierra, pero mis compañeros guerreros como héroes de una mala película de acción, seguían cargando y disparando. El humo y el olor tan crudo llenaban el cuarto. Mis ojos estaban muy irritados. Se podía ver entre luz y sombras que algo afuera se estaba quemando.

Y por si esto todavía no fuera la puerta del infierno, los Sinchis empezaron a responder los disparos. Las persianas volaron de las bisagras, la puerta delantera se destruyó. Los rastreadores se enterraban ellos mismos en la pared. Como enjambre de abejas iracundas, añicos y otros escombros zumbaban a nuestro alrededor.

Cuanto tiempo duro todo esto, no tuve ni idea, pero en algún punto se calmó y se fue; como un tornado que pasó dejándome en las sombras de la oscuridad. Levanté mi cabeza y miré alrededor pensando que yo era el único sobreviviente, cuando la voz del Ingeniero se oyó cerca de la hoguera.

"¿Paco, estás vivo?"

Por la luz del fuego que provenía de la puerta destrozada, se veía escasamente que había movimiento alrededor mío. Nos sacudimos el polvo, asegurándonos unos a otros que estábamos bien, le dimos gracias a las paredes gruesas y nos sentamos respirando el olor tan asqueroso de la batalla.

"Démosle otra carga," dijo uno de los hombres cuyo nombre no conocía.

"No," respondió el Ingeniero. "No los provoquemos. Tucno debe llegar en cualquier momento."

Esperamos, cubriéndonos unos a otros como víctimas en el hundimiento de un barco, esperando la ayuda que quizá nunca iba a llegar. Me imaginé que una granada nos aniquilaría o el esplendor de una pistola de flamas; pero lo único que se oía era el lamento de Sinchis heridos, el crujido de un detonador de un camión quemándose y el zumbido de un motor.

"Maldición," dijo Paco, "¿Es esto lo que creo que es?"

Un aeroplano sobrevoló muy bajo sobre nuestras cabezas, haciendo estremecer lo que quedaba de las puertas y persianas destruidas. Luego llegó otro seguido por una explosión enorme en el bosque.

El piso se cimbró, una bola masiva de fuego iluminó el cielo succionándome el aire de mis pulmones y en un momento de terror pensé que las paredes se nos iban a caer encima.

"Hijo de la gran puta," dijo el Ingeniero, "Están tirando Napalm."

Hasta ese momento pensé que había esperanza para nosotros, que Tucno y el Grupo Rojo podrían salir como estruendos de la noche, pero ni siquiera Tucno se iba a exponer al Napalm.

Los Sinchis se llamaban unos a otros preguntándose si estaban bien. Los camiones empezaron a moverse. De un alto parlante salió una voz.

"¡Atención, atención! ¡Están rodeados! ¡No tienen escapatoria! Tiren sus armas. Tiene dos minutos. Si no se rinden les mandaremos una bomba con Napalm."

Repitió la advertencia en quechua y esta vez reconocí su voz.

Teniente Bravos.

¿Qué le pasaba con este hombre? No había manera de escapársele. Él era como un asqueroso muñeco en una caja de resortes. Siempre saliendo cuando menos se lo espera uno.

Paco estaba ahora sobre su estómago gateando hasta donde estaba el Ingeniero. "Nos van a echar Napalm," gimiendo, con una voz bastante asustada. "Los bastardos nos van a tirar Napalm."

"No, Paco, están fanfarreando para asustarnos, nos quieren vivos."

"¡Atención, atención! ¡Tienen un minuto!"

Los segundos pasaban rápidamente. Me recosté contra la pared y apreté mi brujita de trapo. Esta no era mi guerra, yo no estaba dirigido por una ideología imperativa que me llevaba a matar o a luchar por un cambio en el gobierno. Todo lo que quería era a Marisa y volar de regreso a los Estados Unidos. Pero como quiera que sea, afuera me estaba esperando el Teniente Bravos con una sonrisa maniática en su cara. A él no le importaba ni el Ingeniero o Paco. No, él me quería a mí—Romeo. Él era uno de esos Latinos que prefería a leer a Cervantes y no a Shakespeare. Él odiaba la historia de Romeo y Julieta. Me odiaba a mí. Él no podía esperar el momento de dar la orden de tirar una bomba y convertirme en carbón.

"¡Atención, atención, tienen treinta segundos de vida! ¡Treinta segundos!"

Podía escuchar los aviones, los pilotos haciendo sus vueltas para llegar a matar; todos los motores romeando y mandándose mensajes desde el camión quemado. Paco dejó salir un quejido y el Ingeniero se deslizo hacia mí.

"¿Qué hay de usted, camarada? También está metido en esto. ¿Qué dice?"

No hay tiempo que perder. "Si nos rendimos, tenemos por lo menos una oportunidad."

El Ingeniero tiró por la ventana su Rifle de asalto.

"Señale a los aviones. Vamos a salir."

Capítulo 47

Salimos por la puerta, cuatro hombres vencidos con las manos sobre la cabeza, el Ingeniero encabezando el camino. El parecido buey tirado en el porche en un mar de sangre. El aire que antes había sido tan limpio ahora humeaba a llantas quemadas, diesel y carne calcinada. El fuego se disipaba. Todo hacía un sonido chirriante y detonante.

Busqué entre la oscuridad al Teniente Bravos, pero los únicos soldados que vi o estaban heridos o muertos, algunos camiones quemados y otros tirados en el suelo como el escombro después de un huracán, ropas todavía humeantes.

Luces se encendían a nuestra izquierda, destellos mareantes de arcos de luz sobre el suelo haciendo figuras de sombra tras de ellos se nos acercaban, las sombras tras de nosotros empezaron a tomar formas humanas y ahí estaba el Teniente Bravos; con sombrero de piel y abrigo pareciendo más ruso que peruano.

Se paró junto al Ingeniero. "Miren que tenemos aquí," dijo, alumbrando con una luz a nosotros tres. "Sigue al gringo y agarrarás al pez gordo."

Habían camiones saliendo de la oscuridad yendo de un lado al otro hasta que nos pusieron en el cruce de un resplandor de faros. Chispas se elevaban al cielo. Las siluetas de los soldados se veían correr de aquí para allá y se oía el resonar de sus botas. Alguien gritó pidiendo una camilla. Otros soldados atendían a los heridos y mientras estábamos ahí parados, de la oscuridad salió marchando una patrulla con tres prisioneros más, entre ellos la mujer que anteriormente había visto salir de la cabaña.

"Isabel," murmuró Paco junto a mí.

Isabel y los dos hombres con ella parados a la luz se veían tan derrotados como nosotros. Bravos nos puso en una fila dando la cara a las luces y nos registró. Tomó mi pasaporte falso y el dinero. Luego un sargento Sinchi se puso delante de nosotros e hizo un conteo.

"Siete," dijo. "Eso hace siete prisioneros y cuatro enemigos muertos."

"¿Cuantas bajas de nuestro lado?"

"Ocho muertos y diez heridos."

"Entonces tenemos que empatar, ¿o no?"

Tenía una muy buena idea de lo que eso significaba y miré a mi alrededor para buscar un lugar donde huir. Pero había muchos Sinchis, estábamos a campo abierto y sin mucha oscuridad. ¿Qué pensaría Marisa cuando escuchara que solo me habían disparado para saldar una cuenta?

Otro soldado, aparentemente el fotógrafo oficial, se puso delante de nosotros con una cámara y empezó a tomar fotos de cerca. Cuando caminó hacia mí me dijo.

"Sonría, gringo."

Junto a mi Paco me dijo, "Dile que se vaya al carajo."

El fotógrafo se río, tomó su libreta e hizo una anotación como si el comentario fuera muy profundo, repitiendo las palabras, "Dile que se vaya al carajo."

Después nos alinearon en ocho para una foto de grupo—yo en el centro y el Ingeniero a mi lado. Alguien dijo que parecíamos el equipo perdedor de un juego de futbol.

Bravos le ordenó al fotógrafo que lo pusiera en la foto, él sosteniendo un rifle parado, como el gran cazador con su gran trofeo.

"Que gran foto para los periódicos de Lima," dijo. "Romeo, El Presidente Gonzalo y yo."

Los soldados intercambiaban miradas. Aparentemente no les habían mencionado quiénes éramos nosotros y la revelación que ellos habían capturado a un hombre que ellos pensaban era Gonzalo llegó como un choque a sus rangos. Algunos se hicieron hacia atrás como no queriendo ser parte de esto. Otros se empujaban más cerca y mi creencia era, que exceptuando la llamada del oficial conscripto, esos muchachos de los Andes bien podían estar peleando bajo la bandera del Sendero Luminoso.

Bravos ordenó a sus soldados que se retiraran. Caminó alineándose a nuestra fila, viéndonos a las caras, con miradas de soslayo sacando su aliento. La insignia en su sombrero de piel relucía en las luces. Se detuvo frente a Isabel, hizo su pelo hacia atrás y le habló en quechua.

"*¿Ima sutiki?*"

Ella lo miró consternada.

Le preguntó una vez más, esta vez en español. "¿Cómo te llamas?"

"Isabel," respondió con una vocecita.

"Tienes ojos azules, Isabel. ¿Eres la mujer del gringo?"

"No, señor, hoy es la primera vez que lo veo."

Bravos la agarró por el brazo y la arrastró hacia donde yo estaba.

"¿Es ella su pequeña putita?"

"No, Teniente. No la conozco."

Me dio un puñetazo en el estómago que me hizo caer de rodillas. Me dolió, Dios, sí que dolía. Luego me pateó con su bota y estando tirado tratando de tomar aire, arrastró a Isabel a la fila y la paró en frente de uno de los prisioneros, un joven quien era probablemente un guarda espaldas.

Bravos señaló a Isabel. "¿No es ella? ¿No es la puta de ojos azules del gringo?"

"No, Teniente, ellos no se conocen."

"Estás mintiendo, Indio de mierda." Tomó a ese pobre muchacho por el pelo, lo empujó a un lugar donde un Sinchi había muerto unos momentos antes y se volteó hacia el sargento.

"¡Dispárenle!"

Traté de ponerme en pie. "No, él está diciendo la verdad."

Isabel también trató de razonar con Bravos, pero había sido dada la orden y solo un mandato divino iba a cambiar su destino.

El sargento seleccionó a cinco verdugos.

"¡Preparen!"

El hombre condenado a muerte se puso de rodillas, se persignó y comenzó a rezar. Atrás de él, los soldados se retiraron fuera de la línea de fuego. El sargento levantó su brazo.

"¡Apunten!"

Los verdugos apuntaron. "Esto era una farsa," me dije, tiene que ser una farsa.

"¡Fuego!"

Un golpe iracundo envió al pobre compañero con sus extremidades abiertas hacia atrás.

Mis piernas se me doblaron. El mundo entero parecía desvanecerse delante de mí. Isabel se cayó de rodillas. Entonces Bravos seguía marchando enfrente de nosotros otra vez, en su cara había un gesto determinante.

"Ya son cinco. ¿Quién quiere ser el siguiente?" se paró enfrente de Paco. "Tú."

Paco se resistió, tratando de escabullirse de los sorprendidos conscriptos y por un momento pensé que lo iba a lograr, que su desafío lo iba a liberar, pero dos o tres de los Sinchis lo agarraron y lo arrastraron detrás de un camión luchando con él en el suelo.

Los mordió, los insultó, los pateó. "Los veré en el infierno," le gritó a Bravos. "Usted y el General Real se pueden ir a la chingada. Al carajo con el Presidente Fujimori y todos ustedes que apoyan su régimen fascista en Lima."

Bravos marchó hacia él con su pistola y le dio dos tiros en el pecho.

"Seis," dijo calmadamente como si hubiera matado a una víbora. "¿Quién es el siguiente?"

En el silencio que siguió, podía escucharse el sonido del viento. Los camiones hacían un ruido como si se estuvieran quemando. La luna todavía se veía baja en el cielo y finalmente la verdad universal vino a mí. La muerte de un ser humano no significaba nada en el gran esquema de las cosas. El sol saldrá mañana. Los árboles seguirán siendo verdes. A la tierra y al cielo no le importaba. Solo a los humanos nos importaba.

Bravos tomó otra caminata, esta vez más lenta en frente de nuestra disminuida fila. Sus pisadas hacían ruido en la gravilla suelta. Se detuvo en frente de Isabel y jalándola la puso de pie. Ella parecía debilitarse bajo su mirada pero luego le palmeó los hombros.

"No te preocupes, amorcito. Tenemos otros planes para ti."

Se paró frente al Ingeniero, quien pensó que era Gonzalo. "Ni tú tampoco. Tú vas a Lima para el juicio del siglo, luego te mataremos."

Se dirigió a mí. "Tú, Romeo, empieza a rezar tus oraciones."

Mi respiración parecía salir de mí sin control. Mis piernas se me doblaban del susto; me hubiera derrumbado ahí mismo, si los soldados no hubieran estado para sostenerme. Me pusieron en el sitio donde el primer hombre murió. El fotógrafo vino a ajustar y colocar su cámara. Había un flash blanco y cuando me regresó la visión, vi a Bravos hablar con los verdugos.

El sargento indicó que sus hombres se pusieran en posición.

"¡Preparen!"

Cerré mis ojos.

"¡Apunten!"

Ridículamente la imagen de Marisa me vino a la cabeza. Marisa leyendo acerca de mi muerte en un periódico. Un encabezado que leía: "ROMEO ES EL NUMERO SIETE."

"¡Fuego!"

Una descarga de disparos se oyó iluminando el suelo con relampagueos y yo caí junto al cuerpo del hombre que le habían disparado antes que a mí.

Capítulo 48

Pensé que había tenido una muerte piadosa: sin alboroto, sin dolor intenso, sin desesperación, sin paliza, sin sacar sangre de la boca. ¿Por qué no estaba flotando en el aire observando mi cuerpo? ¿Dónde estaban mis padres? ¿Dónde estaba Jesús? ¿Por qué aún podía oír el viento y la risa de los soldados? Me di vuelta y me cubrí los ojos de la luz resplandeciente. Bravos estaba aún ahí dejando su aliento en el aire y se estaba riendo. ¡El muy bastardo se estaba riendo! ¿Qué podía encontrar él de gracioso en una falsa ejecución?

Se dobló de la risa y meneó su dedo en mi cara. "No crea que se va a salir tan fácilmente de esta. Usted se va a la casa de Drácula. Ahí deseara que le hubiera disparado a muerte."

Quería decirle unas groserías, pero ninguna palabra salió de mi boca. Traté de pararme, pero solo alcancé a ponerme de rodillas. Estaba sollozando y temblando y todavía pensé que me habían disparado. Bravos me había desgarrado lo último que me quedaba de mi dignidad y lo único que pude hacer era llorar. Si de alguna manera salía de esto, lo iba a seguir hasta matarlo con mis propias manos, lentamente.

Se alejó diciendo, "Métanlos en los camiones."

De un jalón el sargento me levantó y me empujó hasta la parte trasera del camión más cercano. Tiró la solapa de tela hacia atrás y ordenó que me metiera. Me las arreglé para poner el pie en el parachoques y traté de empujarme hacia dentro del vehículo, cuando un fuerte estallido se escuchó en el bosque. Una luz viajó velozmente por encima de los árboles hacia las estrellas, más alto y más alto hasta que explotó en llamas.

"¿Quién lanzó esa llamarada?" exclamó el sargento. "¿Quién fue?"

Otra llamarada se disparó y luego otra. La noche se convirtió en día y antes que alguien pudiera reaccionar, guerrillas de Tucno aparecieron súbitamente como fiesta de guerreros Apaches.

Trazadores ardieron en la noche. Balas levantaban polvo. Una bala golpeó al sargento y lo empujó contra el camión. Otra me dio en mi pierna.

Me lancé hacia el bosque, corriendo pasé la bomba de agua y luego otro camión, orando con esperanzas y dándole gracias a Tucno; cuando estaba casi en el barranco, la tierra explotó en frente de mí, levantándome en el aire y tirándome al suelo.

Cuanto tiempo me quede ahí sin sentido, no lo sé. Estaba vagamente consciente viendo gente correr de un lado al otro y armas vomitando fuego. Mis pantalones estaban humeando. Mi pierna izquierda estaba lastimada al igual que mi espalda, pero lo único que oía era como el ruido penetrante de una sirena atascado en un tono alto.

En ese momento el maldito loro se apareció. "Vámonos, gringo, tienes que moverte."

Gateé, tratando de levantarme del suelo. Un cuerpo estaba ahí tirado, desquebrajado y aplastado. Pedacitos de escombro en llamas caían como gotas de agua. El loro revoloteando alrededor mío, seguía gritando y demandando que me apresurara. Luego se transformó en una mujer. Su boca gesticulaba como si dijera "Vamos, gringo," pero no podía oír ni una palabra.

Alguien más llego corriendo y me levantó, los tres logramos llegar al barranco; un lugar sobrio pero fríamente bendecido. Otros también estaban ahí, se veían como si hubieran sido atacados por perros rabiosos. La mujer tomó una cantimplora y me la puso en mis labios; mientras estaba sentado, me regresó a la memoria el recuerdo de los sonidos de la batalla.

"Gringo," dijo Isabel "¿Está usted bien?"

"Eso creo. ¿Y usted?"

"Fue horrible, pero la libramos."

El Ingeniero, quien había estado siguiendo la batalla desde el margen del terraplén, se acercó y puso una mano sobre mi hombro.

"¿Puede caminar?"

"Eso creo."

"Tucno lo tiene todo bajo control. Salgamos de aquí."

El dolor de mi pierna no podía ser peor si un camión me hubiera pasado por encima. Una porción de mis pantalones se había quemado, pero aun así me las arreglé para cojear. Alrededor solo había árboles y arbustos quemados. El sitio apestaba a petróleo y a muerte. El lugar había quedado con cerdos muertos tirados como leña quemada y me preguntaba si Ojos Tristes también había quedado incinerado.

En el camino nos derrumbamos junto a un pequeño arroyo. Las llamas todavía detonaban por encima de nosotros, dando la ilusión de ser de día. Las caras de mis compañeros terroristas iban de blanco a azul y otra vez a blanco. El agua estaba helada y posiblemente contaminada, pero tenía tanta sed que me la eché sobre mi cabeza y bebí de ella. También remojé mi pierna quemada en el agua y mientras recobrábamos el aliento, los sonidos de la batalla se oían no más que como tiros individuales.

Isabel se sentó. "Escucha, Tucno va a acabar con los heridos."

Los disparos continuaron uno y luego el otro. Vidas terminaban y no había manera de marcar su paso. No había estrellas fugaces, ni saludos, ni lamentos de los asesinos alrededor mío.

El Ingeniero se puso de pie. "Venga. Puede que llamen otro ataque aéreo."

Con dificultad nos incorporamos, siguiendo el sonido del río pudimos llegar hasta el campamento. Nadie se nos enfrentó, nadie notó nuestra llegada. Si hubiéramos sido Sinchis, le hubiéramos disparado al lugar hasta hacerlo pedazos.

La gente gritaba órdenes, corriendo de un lado al otro con linternas. Los vehículos se habían alineado parachoques contra parachoques. Las puertas se abrieron y los motores empezaron a arrancar. Las muchachas que se habían quedado en el campamento estaban metiendo bolsas para dormir, refrigeradores, armamento y otras guarniciones. Los heridos estaban tirados cubiertos con mantas y mientras mirábamos, un hombre trotando llegó con una muchacha en su espalda.

"¿Quién está a cargo?" pregunto el Ingeniero, poniéndose las manos en la boca para que lo escucharan mejor.

Una luz de linterna de atrás se acercó a nosotros y pude reconocer a Fabiola.

"Madre de Dios," exclamó. "Pensamos que estabas muerto." Gritó en busca de un equipo médico. De la oscuridad salieron tres mujeres jóvenes, una de las cuales tenía un parche en su brazo. Pensé que se dirigían hacia mí, pero siguieron de largo para hablar con el Ingeniero como si él fuera la reencarnación del Inca Tupac Amaru.

Cojeé hasta la camioneta y encontré una manta; estaba buscando un sitio donde descansar cuando Fabiola se apareció a mi lado y me tomó del brazo.

"Oh mi pobre gringo," dijo. "Mírate."

Me acobijó con la manta, me quitó el poncho, el suéter y anunció que una bala se había alojado en mis costillas. También había un hoyo que había hecho mella en la parte de abajo de mi pierna, exponiendo el hueso de mi espinilla, además de una quemada alrededor de mi tobillo.

Lo peor era la parte izquierda de mi cara que se sentía como si me hubieran salpicado con agua hirviendo.

Me puso un ungüento en mis heridas. Me vendó y me ayudó a poner mi sudadera. En eso llegó Tucno desbandado con las noticias que habían matado a todos los Sinchis.

"Por lo menos treinta," anunció entre tragos de chicha de maíz. "Destruimos todos sus camiones."

El Ingeniero se sentó en su manto. "¿Qué hay del teniente?"

"¿Qué teniente?"

"El Sinchi que estaba a cargo. Quiero que encuentres su cuerpo, le cortes la cabeza y se la envíes al General Real en una caja. ¿Entiendes?"

"Si, Camarada Ingeniero. Me ocuparé de ello."

La última llamarada chisporroteó y se apagó. Se terminó el tiroteo y la única señal de la batalla fue el resplandor distante de un gran fuego. Tucno dio un silbatazo para reunirlos y estaba ordenando que recogieran y evacuaran cuando Cóndor salió cojeando de la oscuridad.

"No tan rápido," gritó. "Un momento."

Rayos de luz proveniente de linternas lo iluminaron. Su brazo izquierdo estaba vendado. Había sangre en su camisa. Se estaba sosteniendo con una muletilla rudimentaria de madera.

"¿No se les ha ocurrido a ustedes que hay un soplón entre nosotros?" dijo con voz atirantada.

"Los soldados no nos encontraron aquí por accidente."

Las luces se dirigieron en mi dirección.

"No el gringo," refunfuño Cóndor.

Cojeó hasta la parte trasera de la camioneta que estaba cubierta con polvo y amarró su muletilla contra un lado de la camioneta. De repente la puerta de atrás se abrió, saltó un joven fornido arrastrando del interior de la parte de atrás a un prisionero y antes de que viera menearse la manzana de Adán, supe que el traidor era Luis.

Capítulo 49

Insultos, críticas y ataques violentos volaban a su alrededor como balas de una ametralladora. Ana, la niña que había viajado en frente de la camioneta, lo escupió. Cóndor levantó un pequeño objeto negro.

"Miren lo que estaba cargando, un aparato de mensajería electrónica. Los Sinchis se lo dieron en la Casa de Drácula. ¿Verdad, Camarada Luis?"

Luis dejo salir un pequeño chillido y luego se soltó a llorar. "Me torturaron," gritó. "Amenazaron con matar a mis hijos, a mi madre. ¿Qué más podía hacer?"

"Podías haber muerto como un hombre de verdad," dijo Tucno. "Como un camarada leal."

Arrastró a Luis lejos de la camioneta y desenvainó su cuchillo. Luis se arrodilló suplicante. Tucno caminó en círculos a su alrededor como un perro tras una víbora, moviendo su cuchillo de una mano a la otra.

Entonces él me miro. "Hazlo tú, gringo. Él te traicionó a ti también."

Tucno de golpe me dio el cuchillo en la mano. La multitud me rodeaba y me empujaba hacia delante. Inclusive las muchachas me incitaban a que lo matara. "Mátalo," se convirtió en canto, un grito clamando sangre, aplaudiendo rítmicamente con sus manos.

"¡Mátalo!...¡Mátalo!...¡Mátalo!"

Me fijé en los ojos suplicantes de Luis. Los cantos a mi alrededor se hacían más fuertes. Luis merecía morir, pero yo no era su verdugo. No era mi guerra, demonios no.

Dejé caer el cuchillo al suelo.

Ana lo recogió. "Lo haré yo."

Trastabillé para llegar a la camioneta y me desplomé en contra de la llanta y cuando oí las fanfarrias, sabía que ya todo había acabado, el estúpido de Luis había muerto como un traidor. Me dio nauseas pero lo único que salió fue un gran dolor, sentía que me retorcían las tripas y aquí estaba yo, ensartado en esta mafia de jóvenes asesinos.

Fabiola me trajo una taza de té de coca caliente y se sentó junto a mí.

"Tenía usted razón," dijo "Esta vida no es para mí. Me quiero ir. Tal vez ir a Miami."

Se me arrimó como si yo fuera su único amigo. Lágrimas le inundaron sus ojos. Puse mi brazo alrededor de ella y compartimos un momento de intimidad justo ahí en ese horrible campamento, mientras que de un árbol colgaban a Luis por los pies.

Alguien había hecho con garabatos un letrero que decía soplón. Se lo clavaron en el pecho, absurdamente al revés. Luego Tucno dio un silbatazo para reunirse.

Todos se reunieron excepto los heridos, gente como yo. El Ingeniero se puso de pie al frente con su cara iluminada por las luces de las linternas; su voz fuerte cortaba la noche.

"Escuchen compañeros soldados. Quiero que tomen la mano del camarada que está a su lado."

Las manos de Fabiola estaban cerca de las mías, suaves y cálidas. El Ingeniero continúo. "Esta noche destruimos al enemigo. Fue una gran victoria. Habrá otras batallas, otras victorias."

Hizo una pausa para dejar que sus palabras fueran asimiladas. "¿Saben por qué estamos peleando?"

"¡Pachacuti, Pachacuti, Pachacuti!" Todos cantaron a coro.

"Regresen a sus hogares y villas. No digan nada de esta noche. Una lengua suelta puede ser la ruina de sus camaradas." Llamó la atención levantando su mano empuñada como saludo. "A ustedes camaradas, los saludo. Son ustedes mis hermanos y hermanas. La victoria pronto será nuestra. Perú pronto será nuestro. Ahora váyanse, se terminó la reunión."

Se escuchaban pies corriendo apresuradamente por el suelo. Las puertas se cerraban de golpe, los motores revivieron las camionetas y haciendo chillidos girando las llantas se marcharon. Fabiola tomándome del brazo me dijo.

"Vámonos, camarada. Nos vamos a Cuzco."

Ana y el chofer pilotearon al frente. En la parte de atrás venia un hombre que no conocía, junto con una joven que había viajado con nosotros antes. Luego alguien golpeó de un lado.

"Esperen, esperen, llévense a Tika, está en muy malas condiciones."

Recogieron a la niña inconsciente cuyo nombre significaba flor en quechua y la metieron en el asiento de atrás con otros dos pasajeros. Conseguí meterme en medio de la fila y sentarme junto a Fabiola. Todos los vehículos enfrente de nosotros voltearon hacia dirección de la carretera principal, pero nosotros dimos vuelta a la izquierda.

"¿Por qué vamos por este camino?" le preguntó Fabiola al chofer.

"Tucno dice que el gringo es el único que puede identificar al teniente."

"¿Estás hablando en serio? El gringo apenas puede caminar."

"Díselo a Tucno."

En unos minutos estábamos de regreso a la escena de mi pesadilla, respirando los olores de llantas quemadas, Napalm y muerte. Los camiones todavía estaban quemándose, enviando chispas y humos en espiral. El granero estaba en llamas. El chofer hacía maniobras alrededor de los cuerpos sin vida y se detuvo en el lugar de mi falsa ejecución. Respingando del dolor, salí de la camioneta muy lentamente mirando el cielo por si había alguna señal de avión o helicóptero. Estaba avergonzado de mi cobardía y la forma como me había quebrantado.

Tucno y un grupo de unos cinco o seis estaban ya ahí recogiendo armas y volteando los cuerpos hacia arriba para mostrar la cara. Se me acercó abruptamente y de golpe me entregó una linterna.

"Vaya y encuentre al teniente," gritó por encima del ruido de la quemazón del granero.

Fabiola me tomó del brazo y nos tropezábamos alrededor de los escombros viendo las caras de los Sinchis muertos, con los ojos irritados por el resplandor de la quema del granero. Hacia menos de una hora que esta gente habían sido monstruos. Ahora los veía como los adolescentes que eran y siempre serían.

Ahí tirado estaba el sargento, el fotógrafo y tres de los verdugos. Otros estaban tirados en montón en el trayecto, pero ninguna señal del teniente, nada, ni siquiera su altavoz.

Maldición. Bravos era como un vampiro indestructible. Aun metiéndole una estaca en su corazón iba a saltar para atacarte. Volteé al fotógrafo esperando encontrar su cámara, pero no estaba ahí, sin embargo encontré la libreta donde escribió "Dile que se vaya al carajo."

El viejo temor me regresó otra vez. Bravos podría salir de la oscuridad, observándome con los lentes de telescopio de un rifle, esperando que me quedara parado.

Tucno le ordenó a Fabiola tomar fotos y mientras esto pasaba, cojeé hasta un cobertizo pequeño donde me había sentado con Gonzalo, esperando por lo menos encontrar mi bolsa de hombro. Ya no había ni puertas ni persianas. Todo estaba hecho añicos. Luego me encontré a Ojos Tristes colgando de una viga. Algún bastardo enfermo la ahorco y colgó como a Luis.

Ahogué mis lágrimas. Además de Fabiola el pequeño maltes había sido mi único amigo.

Se oyó un silbatazo. "Es hora de irnos," Tucno gritó, "¡A moverse!"

Fabiola me ayudó a regresar a la camioneta y cuando nos alejábamos me solté a llorar. Nuestra pequeña batalla no llegaría a estar en los libros de historia, ni siquiera nombre tenia, pero por todos los que lucharon y murieron ahí bien podría haber sido Gettysburg.

Capítulo 50

Cada hueco hacía mella en mis adentros. Cada vuelta o torsión era como un cuchillo en las costillas. La fiebre me regresó, me sentí dentro y fuera de un sueño muy perturbador. Vi a Gordo en mis sueños y al Teniente Bravos, inclusive al maldito loro vestido en uniforme Sinchi y de repente todo cobro sentido. El loro era el soplón y no Luis, volando sobre nuestras cabezas nos estaba siguiendo. Advirtiendo a cada uno en la camioneta que estaban esperándonos al final del camino para darnos una emboscada; con todo y loro.

"Está alucinando," dijo Fabiola. "Ha perdido mucha sangre."

"Tal vez es la altura," dijo una voz tras de mí. "Los gringos no están acostumbrados a esto."

"¿Cómo está Tika?" preguntó el chofer.

"Ella no va a salir de esta."

"El gringo se ve como que no va a lograrlo tampoco."

"Él va a sobrevivir," dijo Fabiola. "Conozco a este doctor en Cuzco."

Hubo una plática sobre aviones y Napalm nuevamente acerca de los bloques del camino y de estar alertas en caso de ver cualquier luz.

"Loros también," dijo alguien y se soltaron una carcajada.

Una o dos veces nos paramos y apagamos las luces, o tal vez lo soñé. Todo lo que supe es que me dormí otra vez y vi a Marisa en cama con un artista y cuando me desperté, mi cabeza estaba explotando del dolor. Me dolían los oídos y me moría de frío. Fabiola tiró una apestosa manta sobre mí y me dio una hoja de coca para mascar. Al frente Ana le hablaba al chofer.

"¿Qué hay del punto de revisión de Apurímac? Van a registrar la camioneta y encontrarán al gringo."

"Deja de preocuparte. Ya lo tengo todo figurado. Lo descargamos en Saywite."

"¿Qué es eso?"

"Una huaca—uno de esos santuarios con baños y bosquecillos de bambú."

Fabiola se inclinó. "¿Estás loco? El gringo y el Presidente Gonzalo son amigos."

"De todas formas estará muerto cuando lleguemos allá. Si no, lo ayudaremos en el camino."

"¿Imagínate si fueras tú? Le dijo Fabiola. ¿No te gustaría que te ayudáramos?"

"De todos modos casi está muerto. Además no podemos dejárselo a los Sinchis. Él puede identificarnos."

"¿Cómo nos va a identificar? No conoce nuestros nombres verdaderos."

La conversación se acaloró. Ana dijo que debía haber una mejor manera. Fabiola argüía en dejarme en la siguiente villa. La mujer en el asiento de atrás no estaba de acuerdo. Diciendo que podía ser un espía.

"Basta," dijo el chofer, golpeando el tablero con su mano. "No voy a arriesgar mi vida por un gringo moribundo. Es mejor que terminemos con él y nos deshagamos del cuerpo."

Se movió a un lado del camino y se detuvo.

Mis instintos de sobrevivencia me alertaron. Busqué en mi bolsillo mi pistola. No la traía. Todo lo que tenía era la brujita de trapo, la libreta de notas del fotógrafo y el cuchillo de la Armada Suiza. Que irónico que haya sobrevivido a Gordo, al General Real, a una batalla y a un pelotón de fusilamiento, para que acaben conmigo los supuestos "amigos."

"¿Por qué paramos?" preguntó Fabiola.

"Esa luz por allá. ¿La ves? Puede ser un helicóptero Sinchi."

Esperamos. Escuché el sonido del motor. O tal vez era el latido de mi corazón. Luego se fue.

"¿Qué es esa peste?" preguntó el chofer. "¿Alguien pisó caca?"

"Es Tika," se oyó la voz atrás de mí. "Le dieron en el estómago."

"¿Está viva?"

"Escasamente."

Las ventanas estaban parcialmente bajas y continuamos nuestro recorrido. El calentador soplando y el chiflón del aire helado pasaba por las ventanas; Ana y el chofer estaban queriendo tirar mi cuerpo en el camino. ¿Por qué todos no eran como Fabiola—cálidos y considerados—la forma como yo recordaba a los peruanos en mis tiempos con el Cuerpo de Paz? Ahora parecía que cada persona que conocía, o me perseguía o quería que la tierra se abriera para que me tragara.

"El punto de revisión aún me preocupa," dijo Ana. "¿No es ese el lugar que se supone tiene una maldición?"

"No tiene ninguna maldición," dijo Fabiola. "Es un sitio histórico."

"¿De qué?"

"Para el montaje de un libro. *El Puente de San Luis Rey* de Thornton Wilder."

Fabiola estaba explicando la trama como una profesora de escuela. Una suspensión del puente Inca se derrumbó mandando a cinco viajeros a su muerte y todos estaban escuchando, cuando bajo nosotros apareció, chispeando como miles de joyas, las luces de una ciudad.

"Mira," dijo Ana. "Ese debe ser Abancay."

Mi corazón dio un salto. Abancay, ese era el lugar de Plan C de Marisa.

"Necesitamos ponerle gasolina al carro y comer algo," dijo el chofer.

"No son ni las cinco," dijo Ana. "¿Crees que estén abiertos a esta hora?"

"Abiertos o no, debemos detenernos."

Bajamos, torciendo y dando vueltas a través de las nubes, todos con los ojos bien abiertos, rezongando por un cuarto de baño o café. Finalmente entre brincos y saltos por los baches de la ciudad cruzamos un puente largo.

No había signos de vida, ni tampoco automóviles, solo algunas pequeñas luces encendidas pero para mí era Jerusalén, la Meca, mi Salvación. Conforme llegamos a la estación, traté de imitar la respiración de un hombre que estaba en un sueño profundo. El chofer abrió su puerta y volteó a ver a Fabiola.

"¿Cómo está el gringo?"

"Comatoso. Tienes razón. No va a salir de esta."

"¿Y qué tal Tika?"

"Muerta," dijo el muchacho detrás de mí. "Ella no está respirando. Sus ojos están abiertos." Ana se envolvió y se persignó haciendo la señal de la cruz. "No quiero viajar en una camioneta con un cuerpo muerto."

"Ella no va a morder," dijo el chofer. "La tiraremos con el gringo."

"Tika era mi amiga," dijo la mujer de atrás. "Enterrémosla."

"No tenemos una pala."

"¿Y qué hay del río?" podemos tirarla allí.

"Eso es irrespetuoso. Tiremos al gringo en el río, pero no a Tika."

Todos salieron de la camioneta. Alcancé a escuchar a los hombres orinando ruidosamente cerca de la camioneta, haciendo una exhalación de alivio al final y subiéndose el cierre; luego marcharon hacia el edificio y empezaron a tocar la puerta de la estación.

Fabiola se quedó en la camioneta y me sacudió. "¿Marco estás despierto?"

"Estoy despierto."

El chofer le gritó que fuera con ellos, diciendo que les abrirían el lugar.

"Ahí voy," dijo.

Escuché voces y puertas que se cerraban, luego Fabiola me jalaba.

"Están adentro," dijo en una voz frenética. "Vamos, te tienes que ir."

Con dificultad me bajé y me puse de pie. "Sabrán que me ayudaste."

Pensarán que gateaste hasta morir. "Además estarán muy contentos de haberse deshecho de ti."

Ajustó la manta sobre mis hombros y me ayudó a llegar a la esquina del edificio.

"Por ahí," dijo apuntando colina arriba. "Encuentra a un doctor y mantente vivo."

"Tú también mantente viva."

Le apreté la mano y deambulé en la oscuridad, siguiendo una calle empedrada colina arriba tratando de recordar las instrucciones de Marisa. No había alumbrado en las calles, faroles o luces quemándose a través de las ventanas, nada más que estrellas en el cielo y la oscuridad debajo. Cada paso mellaba más mi herida. Mi visión era borrosa y mi fuerza en declive. Cada respiración que daba sentía que el aire frío me quemaba mis pulmones.

"¿Estaba en la calle precisa?"

"¿Realmente estaba en Abancay?"

Marisa me había dicho que siguiera la calle colina arriba, a tres cuadras de la estación. ¿Por qué no pudo ser una cuadra? ¿Por qué tenía que ser colina arriba?

Un perro salió husmeando de la oscuridad, haciendo con los ladridos humo por el frío. Cristo de mi alma, ¿no tenía fin a mi mala suerte? ¿Dónde estaban las guerrillas cuando más los necesitaba? Aquí, estaba el perfecto candidato para un poste de luz. El perro siguió gruñendo y mostrando sus dientes y no se dio por vencido hasta que yo estuve en otra cuadra de la misma calle, fuera de su territorio.

Por fin llegué al final de la tercera cuadra, di vuelta a la izquierda y encontré mi camino hacia una entrada.

¿Podría ser esta; una casa de ladrillo verde con un letrero que leía Cirujano Dental? Era muy oscuro para saber, pero toqué el timbre de todas formas, una y otra vez.

Por favor Dios mío que sea este el lugar.

Una luz se encendió la y la puerta de enfrente se abrió. Una señora de edad asomó su cabeza.

"Váyase de aquí, Indio, o llamaré a la policía."

"Soy Mark," contesté con voz ronca. "Marisa me envió."

Cerró la puerta de sopetón. Se encendieron más luces. A través de las barras contra ladrones vi el movimiento de dos personas. La puerta se abrió otra vez y salió una joven en bata de casa.

"¿Mark, eres tú?"

El idioma era inglés. Con un rechinar muy fuerte, la puerta se abrió La mujer me tomó mi brazo y me miro a la cara. "Oh Dios mío, Oh Dios mío, ¿Que te han hecho?"

Hermosa Sonia, bendita Sonia.

Capítulo 51

Abancay

En mis sueños febriles, reviví todos los horrores—el pelotón de fusilamiento, Luis colgado boca abajo, el perrito de ojos tristes colgado de las vigas, camiones quemados y cuerpos sin vida. Luego me encontraba en el cementerio de Ayacucho suplicándole a Marisa que por favor no me dejara.

"No voy a dejarte," me decía y se subía a la cama junto a mí, toda cálida y amorosa oliendo a Lirio del Perú, lo cual en mi sueño hacia perfecto sentido.

Hablamos, lloramos, Marisa me decía que nuestra separación sería solo temporal y se disculpaba, cuando el maldito loro voló descendiendo de un árbol y se paró sobre una tumba junto a la cama.

"Despiértate, gringo. ¡Es hora de reunirnos!"

Abrí los ojos. En lugar del cuerpo de Marisa, era solo una almohada toda arrugada y sin vida. La luz del sol se filtraba a través de la ventana. Mi mano izquierda estaba atada a un suero. Tenía vendas en el pecho, en la pierna y en la cara.

¿Estaba en un hospital? Todo me dolía. Necesitaba orinar. Levanté la cabeza y miré alrededor cuando de pronto la puerta se abrió y apareció Sonia, ella muy parecida a Marisa con su linda figura en una bata de doctor se sentó junto a mí.

"¿Cómo te sientes?"

"No muy bien," le contesté con una voz muy débil. "¿Es este un hospital?"

211

"No, Mark, esta es mi casa. ¿No recuerdas?" Mostró un pedazo de metal que sacó de una cubeta y lo hizo sonar. "Esto te sacamos. Tuviste suerte de que no atravesó las costillas."

Levanté la cabeza otra vez pensando en decirle que no me sentía con tanta suerte, pero antes que pudiera emitir una palabra me dijo. "Marisa sabe que lograste escapar."

"¿Cómo lo sabe ella?"

"Tendría que vivir en Marte para no enterarse. Salió en la TV y en todos los periódicos."

"¿También salió en la TV que me dejó?"

Me atraganté al decirlo. Dolía solo en pensar en ello. Dios, sí que me dolía.

Sonia empezó a tallarme el cuello de la misma forma que lo hacía cuando estábamos en Lima.

"Oh, pobre Mark, estás tan destrozado como ella. Tenemos que ponerte bien."

"Necesito ir al baño."

Me quitó el suero y me ayudó para sentarme en la cama. No me di cuenta que estaba desnudo.

"¿Dónde está mi ropa?"

"Te refieres a tus harapos sucios, olvídalos. Se fueron en una pila de ropa para quemarse."

"¿Quemaste a mi brujita de trapo?"

"No Mark, tu brujita de trapo está a salvo."

Me mostró una canasta que contenía la libreta del fotógrafo, mi cuchillo de bolsillo, un poco de cambio y la brujita de trapo. Entonces me envolvió en una sábana, me acompañó por el pasillo hasta el baño y me entregó un cepillo de dientes, toallas, jabón y una bata de baño.

"Tómate tu tiempo. Voy a preparar algo de comer. Trata de mantener tus vendajes secos."

No había sangre en mi orina, lo cual era buena señal. Pero las vendas de la cara y el cuerpo hacían parecer que me acababa de escapar de una sala de operaciones después de un terrible accidente.

Me limpié lo mejor que pude y cuando salí todo entumido y cojeando me puse la bata de baño. Casi me tropiezo con Sonia que subía por las escaleras con una charola de comida.

"Por aquí," dijo y me señaló una pequeña sala de estar.

De una ventana salediza se alcanzaba a ver un patio trasero y a la distancia se veían unas montañas. El sofá, los cojines y los cobertizos que lo cubrían exudaban el mismo aroma de perfume de flores que recordaba de su apartamento de Lima. Inclusive tenía TV. También había pinturas de escenas indígenas en las paredes, pero nada parecido a los de Francisco de la Vega.

"¿Es este tu lugar de descanso?" le pregunté. "Tu lugar para relajarte."

Me indicó que me sentara en el sofá y me puso un plato de sopa sobre una mesita de café. "Primero tómate esto," dijo y me dio una pastilla. "Es un antibiótico."

"No me contestaste mi pregunta."

"Si, mi oficina está bajando las escaleras Mark. Soy dentista, vivo sola y trabajo todo el día, cuando termino me subo a asearme y a relajarme."

"¿Quién era la otra mujer que vi anoche?"

"Mi tía Sofía. Me estaba visitando cuando apareciste. Tómate tu pastilla."

Me la tomé con un vaso de jugo de papaya y empecé a tomar mi sopa pero no tenía apetito. Memorias desagradables y un romance mal terminado hace mella en cualquier persona.

"¿Dime qué pasó?" me preguntó Sonia; sentada en una silla de mimbre y tomando una taza de café.

Le dije todo, omitiendo la parte de la falsa ejecución. Me escuchó y me dijo que yo no había hecho nada malo, que sólo era una inocente victima en medio de una guerra sucia.

"Qué lástima que no puedes contar tu historia a los periódicos," dijo. "La versión de ellos es diferente."

Recogió la charola, bajó las escaleras y regresó con un montón de periódicos. El encabezado decía: ROMEO Y EL PRESIDENTE GONZALO EN ESCAPE SANGRIENTO. Abajo había fotos de cuerpos, Luis colgado de un árbol y lo que esperaba no ver ahí—la imagen capturada por el fotógrafo de la armada. Bravos estaba también ahí apuntando nuestras lívidas caras con su Kalashnikov, como si fuera el sheriff que acaba de atrapar a sus bandidos.

La nota del periódico identificaba al Ingeniero como el Presidente Gonzalo el cual yo sabía que no lo era.

El General Real en una nota decía que mi presencia en la escena era prueba suficiente de mi culpabilidad. Lo mismo decía el Inspector Bocanegra. Hasta Holbrook Easton dio su comentario. "Puede usted asegurarse que aquí en la Embajada de los Estados Unidos cooperaremos con las autoridades para traer al Profesor Thorsen a la justicia..."

"Oh, mi Dios," dijo Sonia. "¿No dijiste que estaban viajando en una camioneta marca Ford?"

Me entregó el periódico que estaba leyendo y cuando vi el encabezado—CINCO TERRORISTAS MUERTOS EN EL PUNTO DE REVISION EN APURIMAC—mis heridas empezaron a darme más punzadas. La foto mostraba un Ford blanco balaceado con cinco cuerpos arrimados junto al vehículo. Eran los cuerpos de Ana, el chofer, el hombre y la mujer que se sentaron detrás de mí y Fabiola.

Capítulo 52

Me dio nauseas. ¿Fabiola, muerta? La Fabiola con el cabello crespo y la flor en su cachucha. La misma que se quería escapar de esta locura y mudarse a Miami. Lo que encontraba más extraño era la ubicación del tiroteo—el mismo lugar de la novela de Wilder, *El puente de San Luis Rey*. Podía recordar claramente la discusión de Fabiola en la camioneta de como el puente se vino abajo, dejando cinco viajeros muertos y un monje preguntándose. "¿Por qué esos cinco y no yo?"

Yo ahora me hacía esa misma pregunta. ¿Por qué esos cinco y no yo?

¿Por qué Fabiola y no yo?

Oré por su alma esa noche. Soñé con ella, le decía lo apenado que estaba por haber sido tan difícil con ella. Lloré, algo que raramente hice antes de llegar a Perú. Ahora parecía que las lágrimas las tenía a flor de piel. Un laguito de tristeza esperando hacer burbujas para derramarse.

La fría llovizna de la mañana siguiente no ayudó en nada. Ni el dolor que sentía en la pierna izquierda, ni la agitación de nervios que tenía. Para mí un carro que pasaba lo sentía como un camión lleno de soldados. Cualquier ruido en la distancia se convertía en un avión cargado de Napalm. El timbre de la puerta significaba que Bravos estaba atrás de ella.

Y todavía no sabía nada de los secretos de Marisa, ni la razón porque la que me había dejado. No fue sino hasta el cuarto día, después de calmantes, solfas, remojos en agua y antibióticos, que deje de saltar ante cualquier sonido y revolcarme en mi propia miseria. Sonia salió de compras y regresó con zapatos y ropa que más o menos eran de mi medida. Celebramos mi recuperación con una cena a la luz de las velas. Escuchamos como música de fondo Tango y había flores frescas y una jarra de sangría sobre la mesa. Me había rasurado y estaba vestido con mis nuevos pantalones de mezclilla y un pulóver oscuro. Sonia estaba vestida de negro con aretes y un collar de perlas; a media luz se veía casi igual a Marisa.

"¿Vas a decirme algo de ti?" le pregunté.

"¿Qué quieres saber?"

"Todo."

"Marisa me mataría."

"Marisa no está aquí."

Le bajó el volumen a la música de tango y comenzó a hablar. La mamá de Sonia y la de Marisa eran hermanas y ambas habían llegado a Miami desde Cuba después que Castro tomó posesión de la Isla. El papá de Marisa era un Español y el de Sonia era Peruano.

Ella y Marisa habían vivido en la misma vecindad de Miami, habían asistido a la misma escuela católica y ambas se graduaron de la Universidad de Miami.

"Marisa consiguió una beca para estudiar en Perú," dijo en voz baja "Fue cuando te conoció. Yo no tuve la misma suerte, me envolví con un tipo llamado Duke; cervecero, vulgar y mujeriego. Pero tenía una labia increíble, muy dulce y seductor en el hablar." Se levantó y fue a poner los platos en el lavabo; regresó y se sentó. "Todavía me duele."

"Escucha, está bien si no quieres seguir hablando de eso."

"No, por el contrario, me hace sentir mejor." Vació su copa y se sirvió otro vaso. "La pesca y el futbol, especialmente el equipo de la Universidad de la Florida, los Gators; eran sus pasatiempos favoritos. Eso lo podía tolerar, lo que no soportaba era que fuera mujeriego y persiguiera a cualquier falda que se le atravesara, además de mentirles; les decía que era soltero. Lo encontré una vez en la cama con una muchacha. Fue la gota que derramó el agua. Empaqué mis cosas y me largué."

Tomó otro sorbo de sangría.

"¿Eso es todo?— ¿Ese es el final de la historia?"

"Ojalá fuera solo eso. Me persiguió, me prometió que sería fiel, dijo que no podía vivir sin mí. ¿Y qué hago yo? Regresar con él, mira si seré estúpida. ¿Y qué hace él? Empezó a serme infiel otra vez. Se convirtió en abusivo y borrachón y empezó a golpearme. Así que lo dejé otra vez."

La historia por minuto se ponía cada vez más fea—golpes, amenazas y órdenes de restricción.

"Bueno, ¿Y dónde está él ahora?"

"Dicen que yo lo maté con un escopeta."

Me quite los lentes. "¿Que tú qué?"

"¿De qué otra forma estaría yo aquí en Perú? Las opciones eran de quince a veinte años en una prisión de máxima seguridad. De eso hace ya dos años. Lo más gracioso de todo, es que me fui por violencia doméstica y acabé en el medio de una sangrienta guerra civil. Como verás, tú no eres el único que llegó a Perú y está metido en un callejón sin salida."

Capítulo 53

Durante el día, mientras Sonia y su asistente atendían a los pacientes en la oficina de abajo, yo me dedique a ejercitarme al son de los taladros dentales tratando de ganar fuerza. Leía los periódicos, veía televisión y componía poesía. No solo poesía, sino la historia de lo que había sucedido en verso—llegando a Perú con tantas expectativas, solo para que todo se disolviera en un instante.

Lo curioso es que cuando estaba con Marisa saciado de hacer el amor, no pude componer absolutamente nada. Pero arrojado al peligro, a la adversidad y una mujer como Sonia en la casa, me sentía Darío en Paris, Neruda en la Isla de Capri, Camarada Marco con inspiración.

Algunas mañanas me levantaba repitiéndome a mí mismo que podía salir de este pozo negro que había caído, solo para verificar al leer los periódicos que estaba más hundido que nunca. Mis cuentas bancarias las habían congelado, mis archivos incautados y mis tarjetas de crédito canceladas. El banco quería embargarme mi casa. El FBI estaba involucrado también. Mi mundo se estaba desmoronando y lo único que podía hacer era escribir poesía.

Hasta que una tarde lluviosa, Sonia se sentó en el área de estar y me agitó un periódico en la cara. "Tienes que ver esto," me dijo con gestos y sonrisas.

Tomé el periódico y leí acerca de una conferencia en Lima de la Sociedad de Artistas Radicales. El tema era poesía de izquierda y música de protesta pero se convirtió en una discusión del "Lirio del Perú." Profesores de arte habían criticado cada palabra y verso como si fuera un trabajo perdido de Lord Byron, señalando metáforas y simbolismos que nunca tuve la intención de hacer. La mayoría de los comentarios eran negativos, los que mordían mi alma como si yo fuera un cachorro enamorado; hasta un profesor muy imaginativo parafraseó los versos de Shakespeare como si hubieran sido compuestos por Marisa.

> *Denme a mi gringo y cuando haya el de morir,*
> *Llévenselo y córtenlo en pequeñas estrellas,*
> *Y él iluminará el cielo tanto,*
> *Que todo el mundo se enamorará de la noche.*

Me eche a reír. Sonia también. Deambulando alrededor de la habitación me llegó una idea que estrelló como una avalancha andina. ¿Por qué no enviar mis versos a los periódicos? Hacerles una broma a esos bastardos ¿No fue exactamente lo que hizo Dillinger? ¿Y Bonnie y Clyde? Después de todo yo era Romeo. Hacer una plataforma literaria.

Le comenté a Sonia acerca de mi idea y le pregunté cómo podía enviarlo a Lima sin remitente. "Escríbelo y yo me encargaré de enviarlos."

Me senté y tomé un lápiz para escribir algunas líneas.

> *Dame una columna y escribiré,*
> *Sobre un amor convertido en cenizas, y vivir en fuga*
> *De generales con órdenes de comparecencia,*
> *De agentes PIP armados,*

Sonia se inclinó sobre mis hombros para leer. "No es exactamente Shakespeare."

"¿No te gusta?"

Puso sus brazos en mi cuello y me besó en los labios—suaves, húmedos y cálidos.

"¿Cómo no podía gustarme algo compuesto por Romeo?"

Se sonrió otra vez y salió de la habitación dejándome como un tonto.

Conforme pasaron los días, escribí mi historia a la manera cómo sucedieron las cosas; empezando en Lima y progresando hasta llegar al campamento de la selva, omitiendo los nombres de quienes me ayudaron por supuesto, pero usando los nombres reales de Gordo, Real, Bravos, Bocanegra e inclusive Holbrook Easton. Sonia criticaba cada palabra y verso como si fuera una profesora de arte, inclusive bromeaba acerca de cómo me convertiría en un ser tan famoso, que Perú querría tenerme como tesoro nacional.

Ella también se formó el hábito de salir del baño con solo una toalla envuelta alrededor de su hermoso cuerpo; andando con una camiseta larga, sin sostén o pantalones y untándose una loción aromática en sus piernas y brazos justo exactamente en la habitación donde estaba trabajando, haciéndome difícil el poderme concentrar.

Oh, esas piernas largas y el cabello húmedo, su cara parecida a la de Marisa con sus suaves e invitantes labios.

Una noche, cuando me preparaba para acostarme a dormir y el reloj daba las doce, Sonia entró a mi habitación y otra vez me besó en los labios.

"Dulces sueños," murmuró y otra vez destruyó mi sueño por la noche.

Cualquier otro hombre pudiera haberla seguido hasta su habitación, pero yo estaba todavía envuelto emocionalmente con Marisa y no me sentía capaz de hacer nada, solo fantasear. Sin importar que tal vez Marisa estaba con sus piernas alrededor de su esposo en ese preciso momento. Diciéndole todas las cosas que solía decirme a mí, pidiendo más.

"¡Perra!"

Tenía que sobrepasar la pena. Me dije a mi mismo, tenía que dejar a Marisa atrás, así que a la mañana siguiente, mientras Sonia estaba abajo, me fui a su habitación y miré en el cajón de su mesa de noche.

Ahí estaba—el estimulador rosado.

La imagen de ella con el estimulador retorciéndose de placer me torturó todo el día y todavía estaba en mi mente esa tarde, cuando dejó la puerta abierta mientras se duchaba y luego me invito abajo a la cocina a comer espagueti con albóndigas.

Al principio pensé que iba a ser otra noche como cualquiera—comer, hablar de poesía y discutir nuestros problemas. Pero cuando encendió las velas aromatizadas, cerró las cortinas, abrió una botella de Merlot y puso a Louis Prima, supe que esta vez iba a ser diferente.

"Me encanta Louis Prima," me dijo mojándose los labios como si me invitara a mojar los míos con los de ella. Se sentó frente a la mesa y se puso una albóndiga en la boca como diciendo los carnívoros somos mejores amantes. Luego saboreo la salsa de los dedos chupándolos lentamente.

"Duke no era del todo mal," dijo, mirándome con sus grandes ojos marrones. "Él era uno de esos hombres atrevidos que quería hacerlo en todos lados. En elevadores, estacionamientos y escaleras. Una vez lo hicimos en la cama de su camión recolector."

Tuve una vívida imagen de ella en la cama del camión poniendo las piernas alrededor de Duke.

"He estado sólo con dos hombres desde entonces, pero ambos son unos buenos para nada. Ya ha pasado mucho tiempo. Pensé que podía manejarlo, pero no ha sido fácil. Tal vez si tuviera sesenta y uno u ochenta y uno, pero tengo treinta y un años de edad."

Retiró el plato. "¿Cómo logras controlarte?"

"Tampoco ha sido fácil para mí. Anoche estuve a punto de..."

"¿A punto de que?"

"Entrar a tu habitación."

"¿Por qué no lo hiciste?"

Me encogí de hombros. Ella hizo una exhalación. Y nos quedamos ahí sentados mirándonos a los ojos. Feromonas y dopaminas nos envolvían como estática eléctrica, quebrándose y saltando escuchando la canción "Solo un gigoló." Y luego nos abrazamos. Nuestros labios se encontraron. Nos movimos al sofá, nos acariciamos y nos besamos como los amantes hambrientos que éramos y no fue sino hasta que se quitó su sostén y me empezó a desabrochar el cinturón que el teléfono sonó. Me empujó y de un salto fue a tomar el teléfono.

"Tengo que contestar esa llamada."

Levantó el auricular y saludó; supe por su expresión que no había nadie en la otra línea. "Maldición," murmuró. "Esto sucede todo el tiempo."

"¿Quién crees que era?"

"No sé, pero nadie llama a esta hora, a menos que sean malas noticias."

"Quizá llamen otra vez."

"Tal vez no pueden. Los teléfonos en este país son una mierda. Démosle unos minutos."

El encanto se fue, el momento destruido, se puso el sostén y medio comimos el espagueti, observando solo el teléfono. No sonó, pero el misterio seguía. Finalmente recogimos los platos subimos las escaleras y nos despedimos deseándonos buenas noches.

Sin beso.

Otra vez no pude dormir. Por el sonido de las vueltas en la cama del cuarto contiguo, me di cuenta que ella tampoco podía dormir bien. ¿Será que estaba preocupada por la llamada, o estaba tan frustrada como yo? En todo el mundo parejas hacen el amor sin estar enamoradas y aquí estaba yo, separado de la cama de una mujer hermosa porque estaba enamorada de otra que me había dejado.

¿Sonaba eso estúpido o qué?

Me levanté de la cama, encendí una vela y me dirigí al pasillo, estaba a punto de tocar la puerta cuando se abrió y ahí estaba ella, parada a la luz de las velas vestida solo con pantaletas color lavanda.

"¿Por qué te tardaste tanto?" murmuró.

Capítulo 54

En Camino a Saywite

El siguiente día era Viernes y Sonia estaba en su ropa interior, secándose el pelo con una sonrisa de oreja a oreja, yo estaba sentado junto a la mesa con papel y lápiz, pensando que no me atrevería a poner en verso lo que pasó entre nosotros, mucho menos que ella era un gritona, o que era insaciable y le gustaba hablar sucio, o que las sabanas se habían puesto tan mojadas que tuvimos que cambiarlas, o que no podía aguantarle el trote además de estar exhausto por no haber dormido bien.

Preguntándome cuanto tiempo continuaría; si ella le iba a contar a Marisa o no, o si a Marisa simplemente le valía un bledo. En ese momento sonó el timbre de la puerta.

No una vez, pero tres o cuatro veces, como si Bravos con sus Sinchis estuvieran al acecho en la puerta. Sonia salió volando de su habitación. Los dos nos apresuramos a la ventana. Una vieja estaba parada en la entrada de la puerta, toda arropada por el frío de la mañana, mirando a todos lados como si los vampiros anduvieran sueltos.

"Algo anda mal," dijo Sonia.

Tomó su bata y salió. Yo alcancé a ver desde la ventana y no me gustó nada lo que vi—la mujer gesticulando, Sonia mirando hacia arriba donde yo estaba. Sonia se veía tan atemorizada como el día en la estación del tren. La mujer se alejó apresuradamente y Sonia se metió rápidamente a la casa.

"Tenemos que irnos, toma tus cosas. Te explicaré en el carro."

Hizo una llamada de teléfono, dijo algo sobre el Plan C; escuché por un minuto y luego la oí decir: "Oh Dios mío. Hoy?" Sonia respiró profundamente. "Está bien," y en pocos minutos nos subimos a su maltratado Land Rover de camino este a Cuzco por la vieja carretera Inca.

Sonia iba sentada en el asiento del conductor, con lentes de sol, poncho y una cachucha de pelota, fumando un cigarrillo, mientras yo estaba agachado en la parte de atrás parcialmente cubierto con una manta.

"¿Me vas a decir lo que está pasando?" le pregunté.

"Estoy tratando de concentrarme, mantente agachado y relájate."

¿Relajarme? Como podía relajarme cuando estábamos en el mismo camino donde habían acribillado a balazos el carro donde iba Fabiola. Los soldados aún podían estar ahí esperando. Y seguramente en uno o dos días, nuestras fotos saldrían en los periódicos junto a un Land Rover balaceado de igual manera.

Al fin Sonia se detuvo y me dejó que me escurriera a la parte del frente. Sacó otro cigarrillo.

"Esto es lo que pasó: Cuando tus amigos se pararon a poner gasolina, despertaron a la mitad de la vecindad. Esta vieja bruja que vive cerca de la estación te vió subiendo la calle tambaleándote y lo reportó a los de la PIP. Dijo que eras un hombre alto, probablemente gringo. Ahora están buscando de casa en casa."

Me ofreció un cigarrillo. Lo tomé y lo encendí, pensando que no iba a ser tan dañino a mis pulmones como la bala de uno de los Sinchis.

"¿Quién era esa mujer?" le pregunté.

"Tía Sofía. Mi tia. Ella nos trataba de advertir anoche con las llamadas."

"¿A dónde vamos?"

"Lo sabrás cuando lleguemos."

Salimos nuevamente, subimos cada vez más alto dando vueltas por el sinuoso camino. Pasamos por una manada de llamas arreadas por unos pastores, camiones de carga con llantas tambaleándose y camionetas; mujeres Runa con sombreros de paja, chales y canastas caminando en una sola fila a lo largo del camino.

"¿Qué tal con el punto de revisión en Apurímac?" le pregunté.

"Vamos a girar antes de llegar allá."

"¿Estas enojada?"

"Estoy bien."

Estaba fumando otro cigarrillo, mirándose aún enfurruñada; doblamos a la izquierda de la carretera principal y manejamos hasta el Santuario de Saywite. Este era un sitio arqueológico Inca de esculturas y piedras gravadas, con antiguas terrazas, escalones, baños, canales de agua y fuentes. "Una parada rápida," dijo Sonia y salió del carro corriendo.

El sitio estaba tan abandonado y acabado como todo en Perú, bambú crecido, arbustos de espinas, muchos insectos y reptiles. ¿Estaría el cuerpo de Tika aquí? me pregunté. ¿Qué hubiera sido si Fabiola no me hubiera ayudado? Mi cuerpo estaría también aquí, todo podrido y escondido en uno de esos matorrales de bambú.

Usamos sus baños; Sonia compró algunos dulces de una mujer que los traía en una canasta y se subió al Land Rover. La cara de Sonia todavía se veía como decepcionada, como si esperara algo más de nuestra escena amorosa.

"¿Dónde está la calidez? ¿La sonrisa?" le pregunté.

Me dio una mirada como "Ni preguntes," encendió el motor y ya estábamos de regreso en la carretera siguiendo el paso de un camino Inca muy sinuoso hacia el norte; a los lados descendía un arroyo de color mineral que se extendía de pequeño a grande, muy parecido al arroyo que pasaba por el campamento de entrenamiento.

"Dime de Lannie Torres," gritó más fuerte que el ruido del camino.

"¿Por qué quieres saber de él?"

"Porque puede que vaya a Lima, le puedo pasar un mensaje."

Me imaginé que la llamada de la mañana tenía algo que ver con Lima y le dije todo acerca de Lannie. Me hizo algunas preguntas más y cuando terminamos de hablar de Lannie la temperatura había subido, se me habían destapado los oídos, la flora había cambiado a helechos y se veían plantas de plátano y árboles de hojas anchas aplanadas por enredaderas. El camino se enderezó, tenía menos barrancos. Pronto nos encontrábamos manejando rápidamente en una carretera arbolada, en donde un corredor podría correr sin caer a un abismo.

"Solo unos cuantos kilómetros más," dijo Sonia. "Vas a tener una sorpresa."

"¿Qué sorpresa?"

"No sería sorpresa si te lo dijera."

El camino se hacía más estrecho. Tomamos un camino lateral dando de saltos y con muchas curvas levantando una franja de polvo en el camino, debajo de flores de flamboyán y árboles de Acacia. Entonces la vi, una casa grande de estilo Marroquí y Español, enmarcada por una fila de árboles verdes como queriendo cubrir los secretos de Marisa.

"Dos Pasos," anunció Sonia. "La casa de los ancestros de mi familia. Antes de la reforma agraria era una plantación de azúcar. Ahora sólo es un rancho de ganado de 100 hectáreas. No hay teléfonos pero tenemos un generador para obtener electricidad. Yo soy dueña de un cuarto de esto."

"¿Quién es el dueño del resto?"

"Un tío. Tú lo has conocido."

"No recuerdo haber conocido a ningún tío tuyo."

"Seguro que sí. Lo llaman Apu Cóndor."

Capítulo 55

Dos Pasos

Un par de perros de pastor alemán salieron de la sombra husmeando y enseñando sus dientes. Una sirvienta joven los alejó con un palo, gritándoles en quechua y haciéndolos sentir avergonzados por su comportamiento. Gansos, patos y pollos corrían libremente en el patio. Niños con narices sucias salían de la casa de la servidumbre cantando y agarrándose de las manos. Sonia sacó una bolsa de plástico y empezó a repartir chocolates.

"Me ocupo de sus problemas dentales," me dijo, un poco molesta todavía.

La niña nos indicó que entráramos a la casa a una sala de estar que tenía el olor agradable de un fuego de hoguera. Fui al baño, me eché agua en la cara, me lavé la boca para quitarme el aliento a cigarrillo y cuando me miré al espejo: Dios, me veía horrible—mi cabello alborotado, mi cara con huellas de las heridas de los bombazos, mis pantalones holgados. Con razón Sonia estaba tan fría conmigo.

Cuando salí, me fijé en una pintura muy grande de Francisco de la Vega. El tema de la pintura era un grupo de madres marchando en la Plaza San Martin con la imagen de sus seres queridos ya muertos girando alrededor de las nubes arriba de ellos, iluminando la escena con gran resplandor.

"Es la pintura favorita de Cóndor," dijo Sonia.

"Dime acerca de Cóndor. De pronto, él es el asistente del General

227

Real, luego es un oficial del Palacio, después es un líder insurgente, además, ni se parece a ti o a Marisa."

Se sirvió un vaso de limonada y se sentó en un banquito de piano en frente de un viejo Wurlitzer. "Sucedió hace casi cincuenta años. Los soldados llegaron. Hubo violaciones. Es una vieja historia en este país—una redada, una violación y un niño. Años atrás era una terrible desgracia que en una familia de blancos hubiera un hijo indígena de cara oscura. Aun así lo mandaron a buenas escuelas. Estudió medicina, magia y sanación Andina. Lo quiero mucho, solo que me gustaría que no estuviera envuelto en tanta intriga."

Se levantó. "Vamos, tenemos más que ver."

El resto de la casa era tan imponente como el salón de estar—candelero de cristal, pisos de palo de rosa, vigas de madera expuestas y más pinturas de Francisco de la Vega de las *Niñas de Pachacuti*; todas con pequeños pechos y risas tímidas. El vestíbulo de atrás daba a un paisaje de lo que eran los remanentes de un antiguo camino Inca y más atrás, casi imperceptible por los árboles, estaban los furiosos rápidos de agua blanca.

"¿A dónde lleva ese camino?" pregunté.

"Todos los caminos llegan a Cuzco, pero si sigues el camino al norte, terminarás en la selva. No es un lugar al que te gustaría ir. La servidumbre dice que viejos espíritus malignos residen ahí."

Se escuchó el sonido de un claxon, haciendo que casi se me saliera el corazón. Los perros ladraron y los gansos graznaban.

Sonia me agarró del brazo con una cara de preocupación. "Acerca de anoche," me dijo.

"¿Que hay con eso?"

"Nunca sucedió, solamente fue un sueño placentero. ¿Está bien?"

Cuando salimos a la puerta los perros y gansos se habían calmado. Una camioneta estaba estacionada junto al Land Rover y en la parte de atrás estaba parada una joven en pantalones de mezclilla, un pulóver de rayas tejido a mano y zapatos tenis jalando un equipaje. Se apresuró para abrazar a Sonia.

Casi se me para el corazón. Marisa estaba ahí también, se veía tan consternada al verme como yo lo estaba al verla a ella. ¿Sería este un cruce accidental de destinos?

¿Sería otra dolorosa partida?

Se deslizó suavemente para verme la cara. Las cicatrices aún se estaban sanando. "Oh Mark" dijo. "Mira lo que te han hecho. ¿Estás bien?"

Me falló la voz. Volteé a ver a la niña. No tendría más de diez u once años. Sus ojos eran de color café claro como los míos.

Marisa se mordió el labio inferior como si esto fuera doloroso. "Ella es Cristina," dijo y la jaló hacia ella. "Ella es el negocio inconcluso que te había mencionado pero del que no podía hablar."

Tartamudeé al decirle lo bonita que estaba y como las dos se parecían mucho.

"Siempre pensé que se parecía mucho a ti."

Volteé a ver a Cristina y luego a Sonia para que me dieran una explicación pero todas me evitaron los ojos y parecía como si quisieran estar en otro lugar. La servidumbre que no hablaba inglés recogió sus maletas; Marisa y Sonia los siguieron a la casa y yo me quedé solo, con una hija que no sabía que tenía.

Le sonreí, sin saber que decir o que hacer. "¿Tú sabías algo acerca de esto?"

Sus ojos se llenaron de lágrimas. Abrió su boca como si fuera a contestar algo y luego ella corrió hacia dentro de la casa dejando el ruido de los graznidos de gansos tras de sí.

Capítulo 56

No sé cuánto tiempo me quedé parado tratando de salir del choque. ¿Por qué demonios Marisa no me había mencionado nada? Cóndor fue una sorpresa. Pero esto—era el diez en la escala de Richter. Por Dios, ya era hora de obtener algunas respuestas.

Me apresuré a la casa y encontré a Marisa arriba en una recámara desempacando su maleta debajo de otras de las pinturas de Francisco de la Vega. Sonia y Cristina estaban con ella, pero cuando me vieron se dirigieron a la puerta.

Al salir Sonia, me dio un golpecito en el brazo y me dijo. "Llévatela con calma, no fue su culpa."

Cerré la puerta y exhalé profundamente. Marisa me esquivaba los ojos.

"No puedo hablar de eso ahora."

Hizo a un lado su maleta, se sentó en la cama y se puso a llorar.

Me senté junto a ella. "¿Por qué, Marisa? Solo dímelo."

"Ahora no, por favor, dame más tiempo." Sus sollozos se hacían más altos.

Cuando Marisa se ponía así, era mejor que yo saliera y le gritara a la luna. Así que pateando hice a un lado un zapato y me salí del cuarto. Casi me tropiezo con Cristina que bajaba las escaleras con una bolsa. Por las comisuras de sus labios me di cuenta que tampoco estaba feliz.

"Espera," le dije. "Déjame ayudarte con eso."

"Yo me las puedo arreglar sola," dijo con su vocecita de niñita.

La seguí hasta enfrente de la puerta y las miré subiéndose al

230

Land Rover. Marisa bajó tras de mí rápidamente para despedirlas. Sonia en el asiento del conductor me dijo en voz alta.

"Ni una palabra," dijo pellizcándome la mejilla. Se subió a su camioneta con Cristina, se despidió y se alejó ruidosamente soltando mucha gravilla, dejándome solo con una manada de gansos ruidosos y un montón de preguntas para Marisa.

"¿A dónde van?"

"Al aeropuerto de Cuzco. Van a volar a Lima y luego a Miami."

Se volteó y caminó hacia la casa con lágrimas corriendo por sus mejillas.

Maldición. ¿Qué pasa con las mujeres? ¿Por qué no pueden enfrentar los problemas como los hombres? Denise había sido igual, se metía en su habitación, cerraba la puerta y comenzaba a llorar.

La pierna lastimada me dolía mucho, así que cojeando llegué hasta el cuarto que me habían asignado, ahí estaba el sirviente poniéndome sabanas limpias. La servidumbre también andaba limpiando todos los cuartos de estancia, uno empujando una aspiradora, otro arreglando las flores de un jarrón y otros sacudiendo. Sin tener a donde ir ni con quien hablar, salí por la puerta de atrás e hice amistad con los perros.

Eran machos, ellos entendían.

Seguimos la pista Inca a lo largo del río, pasando debajo de árboles de eucaliptos y flamboyanes dirigiéndonos hacia la selva. En cualquier otro momento hubiera disfrutado la vista de las orquídeas y las bromelias en los árboles y el río que se veía verde esmeralda con la luz del sol, pero lo único que pensaba era en el brusco cambio de eventos. Marisa regresando a mi vida y con una hija, nuestra hija. Mi hija.

Pobrecita, también debió de haber sido muy duro para ella.

Los perros olfateaban alrededor de los arbustos. Los periquitos azules y verdes volaban cantando de árbol en árbol. Los escalones del camino llegaban hasta la parte de arriba de una barranca en el otro lado. En la cima de la barranca se erguían otras ruinas Incas. El techo tenía tiempo de haberse derrumbado pero las pesadas paredes cubiertas con enredaderas y liquen, estaban tan sólidas como en los tiempos en que los Incas habían cortado las piedras y las pusieron juntas como un rompecabezas.

¿Jugaría aquí Cristina? ¿Estaría todavía el sitio embrujado por los viejos dioses?

Como si alguien me estuviera contestando, el viento se hizo más fuerte y empezaron a escucharse truenos, una parvada salió volando de un árbol. Me agaché para entrar por la puerta baja de las ruinas. Los perros me seguían, el aire que soplaba era frío y rancio con un pequeño aroma a menta triturada. En el centro se levantaba una fuente cubierta de hiedra y más allá contra la pared descansaba una cama hecha de tierra y piedra.

Sacudí los escombros y estiré mi pierna como un guerrero Inca lastimado. Hace quinientos años algún pobre pendejo se acostó en este mismo lugar pensando en su novia. Tal vez también le dijeron de golpe y porrazo que tenía una hija, pero ¿se habría ella ido a casarse con otro hombre? ¿Lo habría mantenido a él ignorante de su secreto por diez años?

Estaba ahí tratando de buscar respuestas, cuando otro de esos loros verdes de cabeza encrespada se posó en la pared quebrada, se parecía remarcablemente a uno que había visto en el campamento de entrenamiento. Los truenos volvieron a rezumbar, los perros saltaron y empezaron a ladrar y salieron corriendo. En la entrada apareció Marisa, tenía una piedra en la mano que tiró contra la pared.

"Por los antiguos dioses," dijo. "Por si acaso."

Capítulo 57

Se había cambiado de ropa y tenía pantalones cortos de color caqui y una camiseta blanca. Lucía su cabello estirado hacia atrás en una cola de caballo. Al principio se quedó parada sin decir nada mordiéndose el labio inferior y parecía estar buscando las palabras adecuadas. Luego se secó las lágrimas con su manga y me miró con sus enormes ojos tristes.

"No se suponía que pasara de esta manera."

"Bueno, sucedió, así que es mejor que me lo digas."

"Mira, yo tenía diecinueve años—diecinueve y embarazada, atrapada por mis papas en Miami. Y tú estabas aquí, en la villita Runa. Sin teléfonos, ni correos, ni ninguna forma de ponernos en contacto. No sabía qué hacer. Estaba sola, desesperada."

Le indiqué que se sentara en la cama Inca al lado mío. "¿Qué dijo tu papá?"

"El problema era mi mamá; estaba postulándose para comisionado en la Ciudad de Miami con una hija soltera y embarazada. La competencia estaba cerrada, unos cuantos votos habrían hecho la diferencia. Quería mandarme lejos y dar el niño en adopción. Le dije que de todas formas, tú y yo nos íbamos a casar tan pronto salieras del Cuerpo de Paz. Entonces el papá de Sonia—el cuñado de mi mamá—se le ocurrió una solución. Este lugar. Dos Pasos."

"¿Llegaste aquí?"

"Era la solución perfecta. Podía regresar a Perú, encontrarte y luego casarnos. Pero tú ya te habías ido. La embajada me ayudó a localizarte, pero lo más cercano que obtuvimos fue un tío tuyo en Minnesota. Dijo que estabas en Noruega visitando a unos parientes y que no tenía ni idea como ponerse en contacto contigo. Mi mamá me dijo que probablemente me estabas evitando."

"¿Y tú le creíste?"

"No sabía que creer. Estaba confundida. No fue sino hasta después que supe que fuiste a Miami a buscarme. Y por lo que concierne a mi mamá...bueno ella te dijo que yo estaba en España."

Me levanté y caminé alrededor de las ruinas, manteniendo las enredaderas fuera del camino, dejando que mi mente regresara unos cuantos años atrás. Guerras se habían peleado por pobre comunicación; y por falta de un teléfono yo había perdido diez años con Marisa y nuestra hija.

"¿Por qué no me lo dijiste hace tres años?"

"¿Cómo podría hacerlo, Mark? estaba ya casada y además ¿qué iba a hacer yo si hacías un escándalo de esto? ¿Qué tal si las cosas entre tú y yo no funcionaban? Por eso lo seguía posponiendo y posponiendo."

"¿Y ahora estás mandando a Cristina a Miami?"

"Tenía que hacerlo, los soldados pueden aparecer sin previo aviso, o en su defecto las guerrillas; en ambos casos los dos le hacen cosas terribles a las jovencitas. Es por eso que tenía que dejarte en Ayacucho."

"¿Por qué no me lo explicaste en Ayacucho?"

"Por mi esposo—mi ex esposo—la estaba utilizando de rehén. Él quería que regresara. Dijo que nunca la volvería a ver si me escapaba contigo. Tuve que tomar una elección dolorosa—tú o Cristina. Si te lo hubiera dicho, no sé qué hubieras hecho."

"¿Sabía Sonia de esto?"

"Le hice prometer que no te dijera nada."

"¿Sabía Sonia que podríamos regresar a estar juntos otra vez?"

"¿Cómo iba a saber ella? Yo no sabía. Todo lo que podía pensar era acerca de Cristina."

"Dices que la tenía de rehén. ¿Cómo lograste recuperarla?"

"En una versión corta, él está metido en drogas."

"Tú no..."

"No, pero me gustaría matarlo. El piensa que estoy en Miami."

La tormenta se estaba acercando y las ráfagas del viento soplaban más escombros sobre las ruinas trayendo consigo el olor a humedad y tierra. Le dije otra vez como me había sentido desolado y con gran pena en mi corazón deambulando por Europa, visitando a parientes en Noruega, y como luego entré en escuela graduada. Ella me dijo que sintió el mismo congojo y desazogo hasta que nació Cristina; y que no se casó hasta que se dio por vencida de que no nos íbamos a ver más.

"Fue un error. Gente hace cosas a los diecinueve años que no haría a los treinta."

Lágrimas caían como lluvia, las sospechas se disiparon en la lloviznas y vino a abrazarme.

"Dime que me quieres, Mark, dime que todo está bien."

Nuestros labios se juntaron, nos acariciamos y estábamos quitándonos la ropa cuando mi educación conservadora de Minnesota me recordó que había estado con Sonia hacia algunas horas antes y no me parecia correcto. No ahora. Todavía no. Pero ya estábamos sin ropa, Marisa quería mi amor y yo el de ella; ahí estábamos los dos, con los truenos retumbando alrededor de nosotros, el viento soplando y la lluvia cayendo a los lados.

Capítulo 58

Los truenos disminuyeron y la lluvia amainó, las ranas empezaron a croar; en ese momento nos dimos cuenta que era más fácil quitarse la ropa mojada que volvérsela a poner. El cabello de Marisa estaba alborotado y tenía los ojos rojos de tanto llorar, pero para mí nunca se había visto tan bella como ahora.

"Vamos a regresar antes que manden un grupo a buscarnos," me dijo abotonándose los pantalones cortos.

"Todavía no me has dicho como fue que aparecieron tus cosas en la guarida de Gonzalo."

"Pensé que ya habías hecho tus propias deducciones."

"¿Tu ex?"

"Por supuesto."

"¿Él es un asociado del Camarada Gonzalo?"

"Es más complicado que eso."

"Dime."

"No, hasta que salgamos de este país."

Sabía la explicación—que podíamos ser capturados y llevados a la casa de Drácula y allí ser torturados, descubrirían la existencia de Cristina, averiguarían su paradero y podrían ir tras ella también. Así que no la bombardeé con más preguntas y regresamos caminando en medio de la neblina; nos dimos una ducha en la casa de baño que estaba fuera de la casa principal, nos envolvimos en toallas y nos escurrimos en la casa sin ser vistos.

Marisa me tomó del brazo. "Ven. Tengo algo que mostrarte."

La seguí por el pasillo a la habitación. En la cama estaba mi vieja

236

maleta que había abandonado en Lima y sobre la cama estaba toda mi ropa y zapatos. Recogí mi chaqueta de cuero y respiré su olor.

"¿Por Dios, cómo lograste manejar todo esto?"

"Dios no tuvo nada que ver con esto. Te sorprenderías saber lo que el dinero puede comprar en este país."

Esa tarde el generador se prendió alrededor de las nueve. Para entonces ya habíamos comido y encendido velas, le comenté a Marisa acerca de mis experiencias durante las dos semanas anteriores—todo exceptuando lo que sucedió con Sonia—y ella a su vez se disculpó por enviarme con un grupo de lunáticos, diciendo que ella no tenía ni idea; fue entonces cuando una motocicleta se detuvo frente a la casa. Marisa se precipito hacia la puerta. La seguí y alcancé a ver a un hombre uniformado del Intercambio telefónico de Saywite que le entrego un sobre sellado.

Le dio una propina, y se apresuró a meterse en la casa, leyó el mensaje a media luz y dijo: "Gracias a Dios," y me lo entregó. Era solo una línea de Sonia.

En Lima. Todo bien. C. abordo American en camino a Miami.

La mañana siguiente me levanté de la cama y abrí la puerta de los balcones. El aire fresco y el olor de los dulces plantíos creciendo entraron a la habitación. No había soldados ni el ruido de sirenas, solo el canto de los gallos y la corriente del río. De todas maneras, me supuse que teníamos una semana o a lo máximo dos, antes que el Teniente Bravos se presentara con sus camiones, aviones y un pelotón de Sinchis.

Marisa agitada me preguntó, "¿Por qué te estás levantado tan temprano? No son ni siquiera las siete."

"Estoy listo para ir a explorar, tal vez darme un chapuzón en el río."

"La corriente del río proviene de las montañas, está helada."

"Está bien, olvidémonos el río. Vamos a hablar del escape."

"Después del desayuno. Por ahora estamos a salvo."

"Eso es lo que creíamos en Ayacucho. ¿No deberíamos por lo menos tener un plan?"

"Estoy trabajando en uno con Sonia. Ella regresará mañana."

"¿Pero que si tenemos que salir hoy? ¿Qué pasa si se nos presenta lo inesperado?"

Se levantó de la cama y jaló su bata, pensé que me iba a golpear. En lugar de eso me hizo una indicación de que me acercara al balcón. "¿Ves el camino Inca?" Preguntó señalando hacia abajo del río. "Eses es nuestro Plan C, lo podemos seguir hasta la selva."

"Bien, desayunemos y vayamos a darle una mirada."

"¿Estás loco? Ese lugar es siniestro, lleno de víboras y animales salvajes."

"Prefiero víboras y animales salvajes que al Teniente Bravos."

Capítulo 59

La Selva

Seguimos el mismo camino que habíamos tomado el día anterior, pasando las ruinas Incas que bautizamos con nuestro amor. Los perros iban delante de nosotros. Marisa y yo hacíamos paradas aquí y allá admirando las orquídeas, las brómelas y los arcoíris donde el rio tiraba la niebla sobre las rocas. Pasamos matorrales de eucaliptos y jacarandas azules, me agaché para ver la flor más cerca cuando una avioneta voló sobre nuestras cabezas.

Tomé a Marisa y la jalé debajo de los árboles. El avión continuó volando. El latido de mi corazón regresó a su normalidad y entonces se me ocurrió una idea genial.

"Podíamos rentar un avión que nos volara a Brasil."

"¿De veras? ¿Y cómo vas a explicar tu foto en los boletines de todos los aeropuertos? Veinticinco mil dólares de recompensa. En un abrir y cerrar de ojos nos regresarían a Lima."

"Eso es todo— ¿veinticinco mil dólares? ¿Cuánto piden por ti?"

"La última vez que lo vi eran treinta mil dólares, pero me quieren viva."

Seguimos caminando, atravesamos un campo abierto donde pastaban caballos y ganado; y por fin llegamos a una muralla de piedra. La selva se levantaba como una montaña verde vibrando de vida y ruido. El sendero pavimentado de piedras incas seguía y parecía desaparecerse como una vía de tren entrando en un túnel oscuro. "Hasta aquí está bien," dijo Marisa.

"No, continuemos, no seas una gatita asustada." La jalé hacia una cárcava de madera que definía el perímetro. Las mariposas flotaban a nuestro alrededor como pequeñas burbujas de colores de arcoíris, subiendo y bajando al mismo tiempo.

"Ves," le dije. "Ni víboras ni demonios forestales."

Saltamos un pequeño arroyo y seguimos los irregulares escalones Incas hasta el otro lado, cuando nos encontramos con un lugar que solo a los creadores de la película de Tarzán les hubiera interesado.

Arboles tan extendidos como casas se destacaban como monstruos, todos con troncos anchos y cubiertos de enredaderas, tentáculos y helechos. El agua goteaba como lluvia. La neblina emblanquecía el suelo y las cosas que se movían sobre nuestras cabezas rechinaban y croaban.

"Debemos regresar," dijo Marisa, asiéndose de mi brazo.

"Pero mira a este sendero. Alguien lo ha estado usando."

Seguimos adelante. Con mosquitos y moscas a nuestro alrededor mordiéndonos. Por todas partes se escuchaban toda clase de ruidos extraños y el croar de ranas. No habíamos caminado más de cincuenta pasos cuando llegamos a un nudo de plumas y palos colgados sobre nuestras cabezas por un cordón rojo.

"Es una señal de advertencia," me dijo Marisa, tirándome de mi brazo. "Debemos regresar."

"¿Una señal de que?"

"Mira, lo único que sé es lo que sucedió el año pasado. Unos excursionistas alemanes llegaron aquí. Decían que iban a seguir el tramo hasta el Valle de Vilcabamba. Les advertimos pero…"

"¿Pero qué?"

"Nunca regresaron. Sus familias salieron a buscarlos pero nunca los encontraron."

Regresamos, nuestro progreso era más rápido que antes y cuando estábamos casi en la barranca, algo se estrelló, como si una rama se hubiera caído de un árbol. La selva se puso en silencio como si cada pájaro, rana y chango se hubiera quedado perplejo de lo que había sucedido.

Luego un disparo interrumpió la quietud.

Nos arrojamos a la quebrada deslizándonos entre helechos y la humedad. Marisa estaba toda envuelta tratando de salir gateando hacia el otro lado cuando la agarré del brazo.

"No, arriba es campo abierto. Nos van a ver."

La empujé a un lado hacia la derecha de la quebrada, pisando helechos y palmetas, saltando sobre árboles caídos y chapoteando en el agua, esperando que mi pierna no diera de sí.

"Ahí," dije y le señalé un pedazo de terreno con gigantes filodendrons. Con mi palo de caminar, empecé a hurgar para ver si no había culebras. Nos arrastramos jalando todo el follaje alrededor de nosotros. Marisa se aprisionaba fuertemente contra mí y por un momento me acorde de Fabiola, en el tope de la colina, con los camiones bajando por ella y el olor de perfume y de miedo.

"¿No te lo dije?" me dijo casi en llanto. "¿Por qué tienes que ser tan terco?"

Los grillos, las ranas y criaturas sobre nuestras cabezas empezaron su barullo infernal. Los mosquitos nos encontraban y de repente un hombre apareció en el camino; un Indio de color cobre con un sombrero de paja, rifle de asalto y una banda de municiones. De su cuello le colgaban dientes de mono. Tenía amarrado un machete alrededor de su hombro y entre el follaje pude ver las marcas de tribu en su cara.

"Machiguenga," le susurre a Marisa. "Son amigables."

"No. Él es Unga—un Ungacachano, son malas noticias."

Nos agachamos aún más abajo. El Unga bebió de un arrollo, vio a su alrededor y pareció que había notado las huellas que dejamos en el barranco. Husmeando el aire, se descolgó el rifle de asalto y comenzó a gatear hacia nosotros como un animal tratando de atrapar a su presa.

Marisa hizo un gemido de angustia. Yo saqué mi cuchillo de armada suizo y lo abrí en su navaja más larga...como si pudiera protegernos sobre un rifle de asalto. ¿Por qué diablos no le escuché a Marisa?

Se nos acercó más, viendo dentro de los árboles hacia la izquierda y hacia la derecha. ¿Qué si nos lograba a oler? ¿Qué si abría fuego? Tal vez debería atacarlo con mi cuchillo, o tal vez deberíamos entregarnos.

De algún lado salió un disparo. El Unga se regresó gruñendo algo y siguiendo sus pasos al camino Inca. Me volvió la respiración.

"¿Se fue ya?" me pregunto Marisa en voz baja.

"Todavía no, está fumando un cigarrillo."

Otro Unga se apareció junto a él jalando una mula. Conversaron en su lenguaje Indio. Luego llegaron más mulas y hombres. Pusieron todas las mulas juntas y en línea las cargaron con bultos; los hombres estaban armados con machetes y rifles de ataque. De vez en cuando me llegaba el humo del cigarrillo, keroseno y el punzante olor del sudor de las mulas.

"Son traficantes," siseó Marisa.

"¿Sabías de esto?"

"Lo único que sé, es que si no los molestamos ellos no nos van a molestar."

Mulas y hombres bebían del mismo arroyo. Los hombres se sacudían las moscas y fumaban cigarrillos. Entonces me di cuenta que esta escena me resultaba muy familiar. El General Real me había mostrado en un periódico de Lima un encabezado que leía: TRAFICANTES DE DROGAS ARRESTADOS EN LA SELVA. Y aquí estaban otra vez: otro tren de mulas y otro cargamento de pasta de coca—una escena que ya había visto. Un *deja vu* en la selva.

"Mira," le susurré. "Se están yendo."

Luchando por la subida del barranco—cinco mulas y cinco hombres, las mulas defecando y bufando, los hombres con sus rifles de asalto y machetes, se veían tan feroces y peligrosos como Tucno. Se alejaron y cuando no se oía más ruido levanté mi cabeza y respiré la peste que se alejaba del humo del cigarrillo y estiércol de mula.

"Démosle unos minutos más para estar seguros."

Esperamos, sacudiéndonos los mosquitos y las terribles moscas chupadoras de sangre. Marisa me explicó que algunas veces paraban en la casa y se robaban pollos y gansos, atemorizando a la servidumbre y solo una persona podía controlarlos y ese era Apu Cóndor.

Al fin salimos de nuestra madriguera y nos subimos en el barranco a la luz del sol. Nuestra ropa estaba toda arrugada y sucia; y nuestras caras estaban manchadas de lodo y el cuerpo cubierto con picaduras de insectos y raspaduras, pero el aire nunca lo había sentido tan fresco y frío, las mariposas tan coloridas—oh, bienvenida sea luz del sol.

Marisa aplaudió con sus manos para llamar a los perros. "¡Tupac! ¡Huáscar!"

Hubo un movimiento en la espesura de los árboles cerca de la barda; los perros salieron. Y tras ellos también los Ungas.

Capítulo 60

Nos rodearon en círculo como una jauría de lobos, gritando y dando órdenes en su idioma que no entendía, picándonos y golpeándonos con sus rifles de asalto. Trayendo consigo el olor de cuerpos sin asear. El más alto apenas y alcanzaba mi barbilla, el grupo entero tenía menos dientes que un niño. El líder, un viejo con marcas faciales que se parecían a los bigotes de un gato, comenzó a gritarme en la cara contaminando el aire con su pútrido aliento.

"No entiendo ni una palabra," le dije en español.

"Quechua," me dijo Marisa. "Prueba quechua."

No tuve que hacerlo. Haciendo sus ojos más chicos, me preguntó si comprendía *Runasimi*, que es una palabra que en quechua significa la lengua de la gente.

"*Ari*," le respondí. "Sí."

Les gritó algo a sus compañeros Ungas y después preguntó. "Cómo es que nosotros la gente del bosque se hayan juntado en este lugar con un extranjero blanco? ¿Un wiracocha?"

Les señalé cuesta arriba del río y dije. "*Jatun wasi*," que quería decir la casa grande. "Somos huéspedes. Salimos a dar una caminata, escuchamos un disparo y nos asustamos. Nos escondimos."

Les tradujo a los otros. Se configuraron entre ellos en su lenguaje gutural, señalando, viendo, aleteando los machetes por el aire, bañándose unos a otros con escupitajos. El viejo me volteó a ver. "Dicen que tú eres uno de esos *wiracochas* que ha envenenado los cultivos de coca y destruido nuestra vivienda."

"*Manan*—no. No tenemos nada que ver con esa gente. Estamos

244

solos, solo un hombre y una mujer." Levanté dos dedos enroscados que en quechua es un gesto para amantes. "Somos así."

Otra vez tradujo, pero esto provoco otra furia de gritos. Escupían, agitaban sus machetes unos a otros y a nosotros. El viejo se dirigió a mí. "Mi gente dice que ellos conocen a la familia de la casa y que no los conocen a ustedes. Ellos dicen que conocen al dueño y que ese hombre no es usted. Dicen que usted es un mentiroso y un espía para los *wiracochas*."

Uno de los Ungas miró a los ojos de Marisa y exclamó una palabra que probablemente significaba "azul." Luego hizo un discurso muy largo que fue traducido como, "Conozco a esta mujer, he visto esos ojos. Este hombre no es su hombre. Él fue enviado aquí por los *wiracochas* para destruirnos."

Marisa me hizo a un lado y señalando con un dedo a los Ungas como si fuera una bruja tirándoles una maldición, les dijo: "*Apu Kuntur,*" dijo en una voz que casi parecía susurro. La palabra en si parecía que cargaba magia como si el viento hubiera hablado. Las mariposas salieron volando. Hasta los insectos y las ranas parecían escuchar. Ella lo dijo otra vez, una palabra que en quechua significa cóndor, como en un hombre llamado Apu Cóndor.

"A *Apu Kuntur* no le va agradar esto," hablando alto en quechua, la había escuchado hablar así con los sirvientes. "Si nos lastimas vas a tener que responderle a él."

El viejo miró fijamente. "Donde esta *Apu Kuntur*?"

"En la Ciudad de la Esquina de los Muertos—Ayacucho. A través de mí les envía el siguiente mensaje: 'Que la luz del sol ilumine su camino. Que sus hijos sean prósperos, que los Sinchis— los hombres de botones brillantes—mueran una muerte lenta y dolorosa.'"

Una sonrisa desdentada cruzó por el rostro del anciano. Llamó a las mulas que salieron de los árboles jaladas por un niño, que en lugar de tener dientes alrededor del cuello los tenía en su boca. El anciano abrió la puerta de la muralla de piedra y en ese momento, esa gente del bosque que unos momentos antes estaban a punto de atacarnos a muerte, se retiraron con sus mulas.

Marisa los vio alejarse con fuego en su mirada. "Bastardos. Ahora van a reportar que ellos vieron—un gringo hablando quechua con una mujer de ojos azules. Alguien va a mostrarles la foto del cartel de busca y van a regresar por nuestras cabezas."

"¿A dónde van a reportarlo?"

"A la pista. Es ahí donde está el avión. Ellos llevan su pasta al aeropuerto."

"¿Por qué no me dijiste eso antes?"

"Porque ibas a empezar con tus preguntas, si tenía que ver algo en esto. La respuesta es no. Ni yo ni Sonia."

"¿Pero Cóndor si?"

"Él les cobra una cuota segura por pasaje, es como Sendero luminoso se financia sus operaciones. El General Real hace lo mismo. Por eso él quiere capturar al Presidente Gonzalo—no porque Gonzalo sea un terrorista sino porque él es su competencia."

Lannie me había comentado lo mismo cuando estábamos en Lima, pero en Lima no había ni derramado sangre, ni tampoco había visto muertos, ni se me habían aparecido Ungacachanos con machetes.

"La pista está solo a diez millas de aquí," me dijo Marisa. "Usualmente pasan la noche, cargan sus mulas con keroseno y regresan por este camino. Pueden venir tan temprano como esta noche."

Seguimos el camino Inca hacia la casa, discutiendo nuestras opciones. La casa era muy grande para defenderla, tenía muchas puertas y balcones e inclusive si los mantuviéramos lejos nos podrían quemar.

"¿Y qué tal Cóndor?" le pregunté. "¿Puede él detenerlos?"

"Cóndor no puede detener a nadie. Está en el hospital."

"Estaba bien la última vez que lo vi."

"Recibió una bala en la batalla. Su situación es seria."

Pasamos las ruinas Incas, llegamos a una barranca forestal dando un largo vistazo para asegurarnos que los Ungas no nos estaban esperando con sus machetes y luego con los perros coleteando por detrás nos apresuramos para llegar pronto a la casa.

"Tal vez podemos contactar a Lannie Torres," le dije. "El nos ayudará."

"¿Estás loco? Él es de la DEA. Enviaría helicópteros negros y sus tropas. Destruirían el lugar a balazos y allanarían la selva envenenando sus cosechas."

"¿Por qué te importa? Mira las vidas que están destruyendo."

Se detuvo y me miró. Me vale un comino los Ungas, los granjeros son los únicos que me importan. Ellos están por todo este valle, son familias pequeñas de granjeros. Este es su único sustento de vida. Recogió una piedra y la aventó al río. "¿Sabes cuanta gente murió en los Estados unidos el año pasado por cocaína? Cinco mil. Compáralo con la muerte por cigarrillos—casi medio millón. ¿Por qué no envenenar los cultivos de tabaco en Carolina del Norte?"

"Mira el punto es—Lannie nos puede sacar de este país."

"¿Cómo te sacó ya? No Mark, no confío en nadie de la embajada. Olvídalo."

Seguíamos discutiendo cuando llegamos a la casa y hubiéramos continuado excepto que lo que vimos nos detuvo: en el patio todos los gansos y pollos muertos, viseras, huellas de plumas y sangre. Los buitres ya estaban descendiendo en el lugar posándose sobre los árboles y el techo.

Los sirvientes salieron a vernos, sus caras tenían un rostro de consternación y todos hablaban a la vez. Decían que los Ungas llegaron demandando comida, los sirvientes le dieron las sobras pero querían más. Hicieron una matanza solo para divertirse. Dijo una mujer que fue la que más hablo haciendo gestos de asco y disgusto. Les arrancaron el cuello a los pollos, se bebieron la sangre y se los comieron crudos.

Marisa se volteó hacia mí con sus ojos muy abiertos. "Debemos salir de aquí, ahora."

"¿Y que pasará con los sirvientes?"

"Es a nosotros a los que buscan no a los sirvientes."

"Pero, ¿a dónde podemos ir?"

"Al Santuario de Saywite. Podemos pasar la noche ahí...en la camioneta. Sonia deberá pasar mañana temprano. Podemos darle una señal."

No le dije que probablemente el cuerpo de Tika estaba en Saywite. No me importaba mientras nos pudiéramos esconder ahí. Así que hicimos emparedados y café, tomamos nuestras cosas y salimos a cargar la camioneta. Los buitres estaban ahí también, sobre el vehículo; docenas de ellos revoloteando y peleando por la carroña; y venían más.

Le tomé las llaves a Marisa y le dije que esperara en el pórtico. Me abrí camino entre los buitres y me subí a la camioneta; pero cuando la encendí nada paso, ni siquiera el más leve ruido. Cuando abrí la capota del vehículo vi que cada cable había sido desconectado, las mangueras las habían cortado, los fluidos del radiador estaban goteando y le habían quitado la batería.

Capítulo 61

"**B**astardos," murmuré y cerré la capota del carro. Regresé apresuradamente dando vueltas alrededor de buitres. "Es inútil, ¿Existe otro lugar donde podamos escondernos?"

Paseando por la habitación, Marisa hizo comentarios no muy agradables de los Ungas y espantó algunos buitres que estaban parados en la baranda. "Hay otras ruinas Incas más arriba del camino a unas cinco o seis millas de aquí. Podemos ir, pero te advierto, es un lugar tenebroso. Dicen que espantan."

"O eso o los Ungas, no tenemos otra opción. ¿Tienes algunas armas aquí?"

"Cóndor tiene un arsenal completo."

Le pidió a uno de los hombres sirvientes que trajera el tractor y el remolque; y después se fue adentro con las mujeres. A los minutos regresaron con un rifle de asalto, municiones, una bandolera, chalecos de armas y pistolas. Marisa se había cambiado a vestimenta militar: botas y una pistola amarrada alrededor de su cintura, parecía estar lista para el campamento Pachacuti.

"Hagámoslo," dijo, "¿Has manejado antes un tractor?"

Era un viejo Allis Chalmers con un asiento desgarrado, las defensas dobladas y un mofle roto. Marisa se subió al remolque con nuestro equipaje y armamento. Luego como pioneros huyendo de un levantamiento Indio en un vagón cubierto, nos dirigimos hacia las ruinas siguiendo las huellas de los Ungas y el excremento de las mulas. Acantilados y vegetación densa se elevaban en ambos lados. Los buitres continuaban volando sobre nuestras cabezas como si

249

supieran algo que nosotros desconocíamos. De vez en cuando divisábamos un venado u otro animal que se cruzaba por el camino. Las llantas se tambaleaban y tiraban a la derecha. El sol se estaba ocultando. Las sombras se hacían cada vez más grandes y cuando finalmente llegamos a las ruinas, casi lloramos de alegría.

A cincuenta metros del camino se levantaba un enorme edificio cubierto con helechos y enredaderas. Se notaba que el techo se había destruido hacía mucho tiempo, los mampuestos estaban tirados por todos lados, pero las gruesas paredes de piedra permanecían intactas, perfectas para una defensa.

"¿Dónde están los fantasmas?" le pregunté.

"Es muy temprano. Solo salen por la noche."

Ella me explicó que Pizarro y los conquistadores en camino a Cuzco habían atacado el lugar y sacrificado a hombres, mujeres y niños—y se decía que sus espíritus esperaban el día de Pachacuti. Recogió una piedra y dijo. "Por si acaso," y la tiró contra la pared.

Yo hice lo mismo. Escogimos un lugar que tenía vista del tramo; descargamos nuestro equipo, limpiamos el lugar de telarañas y enredaderas, extendimos nuestras mantas y bolsas de dormir, pusimos nuestras armas cerca para tener acceso rápido a ellas y observamos como la oscuridad de la noche se extendía en el valle.

Las luciérnagas iluminaban el lugar como pequeñas estrellitas. Orión resplandecía con el frio de un azul nítido y el aire se respiraba con olor a un fuego distante. Marisa se acercó a mí y me habló más acerca del valle, de los granjeros y de cómo Cóndor gobernaba ese lugar como Rey Inca. Se expresaba cariñosamente de él. Comentando que había estudiado arte dramático en Lima y siendo actor de teatro y mago, podía hacer que las cosas aparecieran y desaparecieran. "Los Ungas le tienen miedo."

"Si le tienen tanto miedo, ¿por qué matan sus pollos y gansos?"

"Ellos no saben que ese es su lugar. Nadie lo sabe. Creo que la razón por la que están tan violentos es por ti. Los únicos extranjeros que han visto son del tipo de Lannie Torres que llegan a destruir sus operaciones. Así que cuando supieron que te quedabas ahí, ellos—"

Se quedó rígida por un instante y me asió del brazo. "¿Qué fue eso?"

"¿Qué?"

"Atrás, en las ruinas. Algo se está moviendo."

Me apretó más fuerte el brazo. Me asomé entre la oscuridad; escuché los grillos, las ranas y el canto de los pájaros. Algo se movió de algún lado, como el chasquido de una varita y luego todo se aquieto.

"Era solo un animal," le dije.

"Estoy asustada."

"Todo va a estar bien. Es solo—"

Se escuchó un grito, muy fuerte, como si estuvieran asesinando a una mujer. Me colgué mi rifle de asalto y le quité el seguro.

"¿Qué es eso?" susurró Marisa.

"Tal vez un pájaro."

"Los pájaros no suenan así. Tal vez deberíamos disparar."

"¿Y revelar nuestra posición?"

"Lo que sea que es, ya conoce nuestra posición."

Esperamos. Todo a nuestro alrededor, frío, húmedo y con vida, croaba y hucheaba; la neblina nos envolvía. De niño me gustaba leer la serie Pathfinder de James Fenimore Cooper y me sentía como su protagonista; un mosquetero con gorro de piel de mapache protegiendo a mi familia de salvajes, con todo el romance y la gloria. Pero en esto de ahora no había gloria. Alrededor de mi solo estaba la oscuridad y esa clase de miedo que te ponen los pelos de punta.

"Se está moviendo," dijo Marisa. "Viene hacia nosotros."

Era como un gruñido muy profundo como de un animal salvaje.

Otra vez el alarido era más fuerte y se oía cada vez más cerca.

Marisa casi me derriba tratando de subir por la ventana. La seguí con mi rifle de asalto, con el grito todavía en mis oídos. Nos apresuramos al tractor: Marisa se subió al tráiler. Me agaché apuntando con el rifle y con el dedo sujetando el gatillo.

Nadie se apareció ni nada pasó; pero cada escombro tomaba la forma del viejo diablo del bosque listo para atacarnos y hundir sus colmillos en nuestros cuellos.

"Tal vez deberíamos quedarnos aquí," me dijo. "En el remolque."

"Por mi está bien, pero esta frío. Necesitamos nuestras bolsas de dormir y las mantas. Nuestra comida y el café."

"¿Esperas que yo regrese a ese lugar?"

"Uno de nosotros tiene que hacerlo."

Con los primeros rayos de luz, me encontré sentado con mi rifle de asalto, en un apestoso remolque con la manta alrededor de mis hombros, rascándome las picaduras de los insectos, tomando un poco de café del termo y pensando que esta no era una forma de vivir. Marisa se movió y me preguntó que hora era. Miré mi reloj e iba a responderle cuando en la distancia se escuchó el claxon de un carro que acabó con el sigilo de la mañana; luego se escuchó el disparo de un fusil. Marisa dio un salto. "Oh Dios mío, esa puede ser Sonia."

Corrí la poca distancia del tractor al camino. Tan pronto llegué me di cuenta que el destartalado Land Rover de Sonia venía dejando una nube de polvo tras de sí. Patinando con el carro hizo una parada junto a mí y con su cara aterrorizada. "Ungas," me dijo. "Los muy bastardos me dispararon y despedazaron la ventana de atrás."

"¿Estás bien?"

"Eso creo, pero ya vienen hacia acá."

Marisa llegó corriendo hacia nosotros con su rifle de asalto. Sonia me miró. "¿No le dijiste nada, verdad?"

"Claro que no y más te vale que tú no le digas tampoco."

"¿Decirme que?" Marisa preguntó.

"Ungas," dijo señalando el camino. "Ahí vienen."

Los tres entramos en una discusión acalorada de lo que debíamos hacer. No podíamos regresar a la casa porque nos iban acorralar ahí, ni tampoco podíamos cruzarlos manejando porque nos dispararían y ya era demasiado tarde para ocultarnos pues nos habían visto.

Los podíamos oir, estaban hablando y gritando como lo que eran; unos salvajes.

"Tendremos que confrontarlos," dije y empecé a dar órdenes como Tucno.

Capítulo 62

De la neblina emergieron siete mulas y siete hombres, trayendo consigo los olores familiares de cuerpos sin bañar; las mulas y el keroseno. Los buitres circulaban arriba de ellos como una nube negra de perdición. Sonia hizo a un lado el Land Rover y ahora estaba de pie con su rifle de asalto y granadas. Marisa también se veía armada y peligrosa, esperando atrás de un árbol.

Y yo parado junto a un árbol como uno de esos personajes malvados sacado de una película de acción de Schwarzenegger; listo con granadas colgando, Kalashnikovs y bandoleras.

"¡Alto ahí!" Grité en quechua con mi dedo apuntando en el gatillo.

Se detuvieron quedándose al lado de las mulas lejos de nosotros con sus rifles parados en vertical. Estaba todo tan silencioso que yo podía oír el ulular de un búho en la distancia.

Detrás de una mula se asomó una cabeza.

"¿Quién eres?"

"Apu Wiracocha, el hombre que conociste ayer."

"¿Qué quieres?"

"Solo hablar. Bajen sus armas y no se les ocurra ninguna idea. Mis hombres nos están rodeando en ambos lados del camino."

"¿Qué hombres?"

"Los hombres de Sendero Luminoso. Mis hombres. Mis amigos."

Empezaron a hablar entre ellos, probablemente discutiendo.

"Ya basta," les grité. "¿Quien está al mando? Salga de ahí para que hablemos."

El hombre sin dientes que me había confrontado el día anterior salió detrás de su mula, con los dientes de mono colgando de su cuello, un falso bigote de gato y un cigarrillo en la boca.

"Por aquí," le dije "y baje ese maldito machete."

Dejó caer el machete a su lado el cual estaba amarrado por una tira y se me acercó.

De una bofetada le tiré el cigarrillo de la boca. "¿Quién de ustedes víboras de baja vida disparó al carro de Apu Kuntur?" Presionando un dedo en su pecho. "Contésteme viejo. ¿Quién le disparó al carro?"

Se volteó, supuestamente para traducir lo que dije. O tal vez les dijo que dispararan. En cualquiera de los casos nadie contestó ni nadie disparó, así que seguía gritando usando cada grosería que conocía en el lenguaje quechua, enojándome cada vez más hasta que llegué a sentir mi cara roja de rabia.

"Tú y tus hombres mataron los pollos y gansos de la casa grande. Las personas que viven ahí son mis amigos y amigos del Sendero Luminoso. ¿Entiendes lo que te estoy diciendo?"

"Si, wiracocha."

"Es Apu Wiracocha. Ahora vete y diles a tus hombres lo que te dije."

Di un giro y les habló en su idioma.

"Y diles esto: Apu Kuntur envía su palabra a través de esta mujer"—apunté a Sonia—"Que si alguno de ustedes bastardos caras de buitres, vuelven a tocar los pollos o los gansos, o hacerle daño a algunos de mis amigos o a la propiedad; o acarrearle problemas a los sirvientes, él les enviará al viejo diablo del bosque para que los persiga. O tal vez me envíe a mí y entonces les destruiré y haré pedazos sus operaciones en la selva. Mataré a sus perros y a sus mulas. Me llevaré a sus mujeres y también a sus hijos."

Atrás de mi, Marisa me decía, "No te sobrepases, Mark."

Quería sobrepasarme, estaba cansado de que todos me pisotearan; como el General Real, Bravos, Gordo, Tucno y esas criaturitas flacuchentas de la selva que nos habían asustado tanto que no nos dejaron dormir, haciéndonos pasar la noche anterior en esas ruinas tenebrosas.

"¿Que les dijiste acerca de la pista de aterrizaje?" le pregunté.

"No les dije nada acerca de ti, Apu Wiracocha."

"Mientes. Les dijiste todo. Enviaron a un mensajero a decir que venían por nosotros."

Para entonces se notaba como si estuviera a punto de llorar. "Fue su idea," dijo.

"¿Cuánto dinero les ofrecieron?"

"No fue dinero, solo keroseno gratis."

Entonces noté que cada mula estaba cargada con dos tambores. "¿Cuánto keroseno?"

"Keroseno por un año."

"¿Nos quieren vivos o muertos?"

"No dijeron."

"¿Así que venían a matarnos, no es así—por keroseno?"

Se alejó y echó una mirada a sus hombres. Sonia parada detrás del Land Rover, dijo "No lo provoques, Mark, si cree que lo vas a matar, empezará a pelear."

Me volví hacia el viejo. "Hoy no te voy a matar. Pero si otra vez vienes tras de mí—o tras estas mujeres y mis amigos de la casa grande o vuelves a matar los gansos y los pollos; enviaré muerte y destrucción para ti y para tu gente. ¿Entiendes?"

"*Ari*," dijo el viejo, con cara de terror.

"Dilo otra vez. Di sí, Apu Wiracocha, entiendo."

"Si, Apu Wiracocha, yo entiendo."

Solo para mostrarles lo mezquino y canalla que era, saqué una de las granadas de mi bolsillo y se la agité en su cara. "Vete de aquí antes que cambie de opinión y te haga explotar a ti y tus chingadas mulas en pedazos. Nunca más quiero volver a ver tu horrible cara."

El viejo tomó las riendas de su mula, dio un grito de mando a sus hombres y se alejaron empujando las mulas delante de ellos. Estaba tan acelerado al pensar que ellos habían llegado con intenciones de asesinarnos, que de todas formas, le saqué la clavija a la granada y la aventé por los cielos atravesando el camino.

Con gran estruendo hizo explosión, dejando humo, polvo y escombros, enviando a todos los Ungas a correr de pánico. Para ventilar mi ira y solo de puro placer, tiré otra granada y con el rifle disparé unas cuantas veces contra las nubes y los buitres del cielo "¿Te has vuelto loco? ¿Es así como manejas a tus estudiantes de economía?"

"Solo si no están poniendo atención."

Sonia salió trotando hacia el Land Rover, sacó una cámara Polaroid y me tomó una foto. Estaba tan emocionado y alborotado que en esta ocasión yo era el fuerte de la película y no el agredido, que si hubiera habido una copiadora Kinkos cerca, le hubiera hecho muchas impresiones para ponerlos en todos los periódicos de Perú; en las estaciones de televisión e inclusive uno para mi decano en Tampa con la frase de Clint Eastwood diciendo—"Haz mi día."

Capítulo 63

Tomé mis cosas y las puse en el Land Rover. Marisa se sentó al frente con Sonia y yo me quedé atrás. Girando las llantas salimos rápidamente; minutos más tarde el vehículo estaba subiendo y curveando cuesta arriba de la montaña dejando el valle atrás, mis oídos estallando y el soroche apoderándose de mi otra vez, pero en esta ocasión con una nausea y un punzante dolor de cabeza.

Sonia, que estaba acostumbrada a la altura, nos dijo lo asustada que estaba cuando los Ungas le dispararon. Marisa le contó también lo aterrados que nos sentíamos en las ruinas. Sonia le decía que prefería enfrentarse a los Ungas que pasar una noche en las ruinas donde se rumoraba que había espantos. Luego empezaron a especular sobre el grito que escuchamos.

"Un búho gritón." Murmuré desde atrás.

"No era un búho gritón. Era algo más siniestro."

El dolor de cabeza se empeoró cuando doblamos al oeste y llegamos a Saywite. Anteriormente siempre estaba viajando hacia el este, lejos del Teniente Bravos y el General Real; pero ahora, en este desolado lugar a doce mil pies de altura; en el que estaba viendo los mismos pedrejones, las mismas señales de camino, los mismos lemas políticos; me sentí como un personaje de la mitología griega. Aquel que estaba condenado a empujar para siempre una piedra pesada en una colina, para luego verla bajar y tener que hacerlo otra vez.

Estábamos pasando por otra de esas pequeñas aldeas sin nombre hechas de lodo que no habían cambiado desde los tiempos de Pizarro, cuando Sonia me dijo. "Casi me olvido. Los periódicos de

Lima imprimieron tus versos. Traje copias. ¿Quieres leerlos?"

No tenía ganas de leer, ni de hacer nada excepto meterme en la cama. Pero Marisa, quien no parecía estar sufriendo, sacó los periódicos.

"Mira," dijo. "Pusieron tus versos en primera página." Y comenzó a leerlos en voz alta.

Envíenme a sus Sinchis, y sus agentes PIP también.
Pero yo nunca a ella la abandonaré,
Mi Lirio del Perú.

"Que dulce," dijo Sonia. "Yo quisiera que alguien me escribiera poesías así a mí."

Marisa se saltó a la página editorial y seguía leyendo cuando comenzó a caer aguanieve, apedreando el parabrisas y tamboreando el techo del Land Rover. Ella subió la voz para que la pudiéramos oír por encima del ruido.

Cerré mis ojos e intenté escuchar algo; en algún momento entre el ruido de los parabrisas, el motor, la lluvia, la calefacción y el ruido de las llantas, escuche las palabras, "Es toda una canasta de tonterías, envuelto en un listón rojo de todo lo hice por amor."

"Dios mío," dijo Marisa. "Te hicieron una caricatura."

Me lo sostuvo para que lo pudiera ver; entre la bruma de mi miseria me vi en una caricatura con un atuendo voluminoso de la época de Shakespeare—botas de punta, pantalones a rallas y un birrete de plumas, enterrando mi espada en el corazón de Gordo, diciendo, "Julieta, Julieta, que dulce es el olor de la sangre de nuestros enemigos."

"¿Puedes dejar eso ya?" le pedí a Sonia. "Creo que me voy a enfermar."

A tiempo entramos a Abancay, la cual estaba cubierta por una capa de nieve fina, doblamos a la izquierda en la estación en que vi a Fabiola por última vez. Subimos la colina a baja velocidad, siguiendo la misma calle que había sido tan agonizante para mí. En lugar de ir a la casa de Sonia, la pasamos de largo y terminamos en la siguiente cuadra; a la entrada de una casa de dos pisos muy imponente estilo Mediterráneo.

"La casa de un amigo," dijo. "Un medico. Él y su esposa están en los Estados Unidos."

"¿Qué pasó con el registro de las casas?" le pregunté a Sonia.

"Ya terminaron. No encontraron nada."

Sonia abrió la puerta y nos mostró alrededor. En ese momento no podía apreciar los pisos de madera de nuez, ni las elegantes vigas de madera en los techos, ni el centro de entretenimiento. Todo lo que quería era tomar una siesta, ir directo a mi recámara y pude haberlo hecho pero Marisa jaló a Sonia a la cocina y cerró la puerta.

Oh Dios, no. ¿Le iba a preguntar Marisa a Sonia lo que pasó entre nosotros?

Sus voces se elevaban y luego bajaban, algo resonó. Me acerqué para escuchar y lo único que oí fue a Sonia diciendo: "Dile."

¿Decirme que? Salieron, ninguna de las dos se veían muy contentas. Sonia saludó y se fue. Marisa encendió el fuego en la fogata, hirvió té de coca y prendió la televisión, ajustando las antenas manualmente. Una imagen borrosa apareció con la mujer del pelo revuelto reportando las últimas matanzas—un asesinato en Lima, un carro bomba en Callao y una calle con una fila llena de perros ahorcados.

La escena se cortó con el Inspector Bocanegra en el podio sosteniendo un periódico con un encabezado que leía: ROMEO RECLAMA SU INOCENCIA EN VERSO. "Pura ficción," dijo. "Profesor Thorsen es solo otro académico izquierdista que ve romance en la rebelión."

Miramos la televisión hasta que la señal se interfirió y Marisa la apagó . Me sirvió más té y se sentó junto a mí en el sofá.

"Necesitamos hablar."

Capítulo 64

Sabía que nada bueno provenía de esas palabras, me quede atirantado esperando las preguntas sobre Sonia, estaba seguro que ella había confesado. Agitándose, como si supiera que no iba a ser fácil; se levantó y caminó hasta la ventana y cuando regresó se mordió el labio inferior.

"Cuando estábamos en Ayacucho, me dijiste que cierto tipo había sido contratado para matarme."

Respire con mayor tranquilidad. "Su nombre es Tucno."

"Correcto, pero no le pagaron para que me matara sino para que regresara con mi ex."

Metió otra leña al fuego y tomó otro sorbo de café. "Esto es lo que sucedió. Yo manejaba el dinero de mi esposo y lo ponía en cuentas conjuntas en Miami."

"¿Dinero de drogas?"

"Al principio, no. Tenía un negocio muy lucrativo. Completamente legal. Pero hace un par de años las ganancias comenzaron a multiplicarse en grandes cantidades. Es cuando supe que estaba metido en el negocio de los narcos. Y no solo eso, sino que también escatimaba al Sendero Luminoso."

Me senté de repente, hasta se me olvido el dolor de cabeza. "Debes estar bromeando."

"No Mark, no estoy bromeando. Uno no le roba al Sendero Luminoso. ¿Te imaginas lo que le harían? ¿A nosotros? Y tal vez a Cristina. Por eso me tuve que ir."

"¿Por qué no regresas el dinero?"

"No puedo, al menos no por ahora. ¿Te dijo Sonia sus problemas legales en Florida?"

"Si me dijo."

"Te dijo también que compré su fianza. ¿Y qué costó como medio millón? No que me esté quejando, era por una buena causa. Puse el dinero y la convencí que saliera huyendo. De otra forma se estaría pudriendo en la cárcel."

"¿Y se acabó todo el dinero?"

"Hay más, mucho más, pero no lo voy a regresar hasta que salga a salvo de este país; es mi pasaporte de salida. Es otra de las razones por las que no ha enviado a Tucno a matarme."

"¿Dónde está el dinero ahora?"

"En los Estados Unidos, en diferentes cuentas, con diferentes contraseñas. Soy la única que tiene acceso a ellas. También delaté todos sus negocios sucios. Nombres, estados de cuenta, fechas y todas sus actividades ilegales. Todo está sellado en un sobre grueso que se lo di a mi mamá para que me lo guardara. Él lo sabe. Le dije que una copia iría a la embajada de Perú en caso de mi muerte."

Pasaron cuatro o cinco días. Marisa estaba cuidando mis heridas como si fuera una esposa amorosa. Sonia venía por las mañanas con comida, periódicos y una tonelada de memorias que comentar. Algunas veces levantaba la ceja haciendo gestos como diciendo que a ella tampoco se le había olvidado lo que ocurrió. Pero a mí se me saltaba el corazón cada vez que las dos se metían en la cocina para hablar a puerta cerrada.

¿De qué estarían hablando?

También traté de continuar mi historia en verso, pero no tenía caso. Nada de lo que quería escribir salía bien. Ni ritmo, ni lírica, ni pasión, nada excepto prosaico bla, bla . Esto le preocupaba más a Marisa que a mí, y una mañana durante el desayuno lo puso en palabras.

"Tal vez sea porque ya conseguiste la muchacha y ahora somos como una vieja pareja de casados."

"Tal vez sea porque estoy preocupado en como escapar."

"No tuviste ningún problema componiendo para Sonia."

Se marchó a la cocina y regresó con los periódicos. "Finalmente tuve tiempo de leer estos," dijo con un destello de fuego en sus ojos.

"Tú la llamabas la pequeña gitanita. Buen material. Pero luego llego a esto."

Tomó el periódico y comenzó a leer, supe inmediatamente que ya estaba metido en problemas.

Atendía mis heridas cuando estaba lastimado/ y escuchaba mis historias de aflicción.
Me daba de comer cuando estaba hambriento/y llenaba con esperanza mis días de desazón.
Y aún con todo, me hechizó con su belleza/ y como telaraña pegajosa su embrujo me lanzó...

"¿A qué clase de telaraña pegajosa te refieres?" Marisa me preguntó.

"Estaba lastimado, Marisa. Sonia me ayudo. Sacó la cara por mí. Dos veces."

"¿Te acostaste con ella, verdad?"

"Si lo hubiera hecho tampoco tienes porque reclamarme. Tú fuiste la que me dejaste ¿o es que no te acuerdas? Me enviaste con una bola de lunáticos y regresaste con tu esposo."

"No me acosté con él, si es lo que estas implicando."

"¿Cómo podía saber eso? No me llamaste exactamente para dejármelo saber."

Un carro se estacionó frente a la entrada. Marisa se apresuró a la puerta para mirar.

"Es Sonia y ni te imaginas con quien viene."

Capítulo 65

Lannie Torres entró a la casa como si fuera el dueño; con todo y botas, lentes para el sol, chaqueta de cuero, un bolo turquesa y una sonrisa de oreja a oreja tan grande como Texas.

"Que hubo, viejo amigo, mi hermano de sangre. ¿Qué diablos está pasando?"

Me abrazó y me dio una palmada en la espalda, luego le dio un gran beso en las mejillas a Marisa al estilo Latino. "Finalmente nos conocemos," dijo.

Marisa volteó a ver a Sonia como si ella hubiera traído lepra a la casa. Sonia que tenía la cara como si acabara de haber estado en la cama con alguien le indicó a Marisa que fueran a la cocina. Lannie se dejó caer en el sofá.

"¿Por qué diablos no me llamaste cuando estabas en Lima? Te estuve esperando."

"Te llamé tres...cuatro veces. ¿No te dijo Easton?"

"Todo lo que me dijo fue que te echaste a Gordo."

"No me lo eché, solo me defendí. Y luego cuando te llamé, Easton me dijo que dejara de hacerlo."

"Ese desgraciado. Yo tenía un avión esperando. Pudimos haberte sacado y evitar toda esta mierda."

"¿Cómo me encontraste?"

"Fácil. Solo seguí los cuerpos."

"Eso no suena nada gracioso."

"No era mi intención de que fuera."

Le comenté a Lannie mi versión de los hechos, los cuales él ya había escuchado antes por boca de Sonia. Encendió un cigarrillo y empezó a criticar la embajada, diciendo que ellos estaban en convenio con la armada Peruana, que la armada estaba confabulada con los traficantes de drogas y a nadie de la embajada le importaba un bledo siempre y cuando pudieran enviar a Washington una lista de los datos de cuantas hectáreas de cultivos de coca habían sido destruidos, cuantos laboratorios de procesamiento se habían quemado y a cuantos narco-traficantes habían matado.

Después siguió vociferando acerca de las más renombradas universidades, diciendo que el embajador era graduado de Princeton y Easton de Harvard y que a ellos les valía un pepino sus puntos de vista, ya que su título de abogacía era de Nuevo México.

Levanté una mano para callarlo. "¿Podemos hablar de cómo vamos a escapar?"

"¿Para qué diablos crees que vine para acá?" Abrió su portafolio y sacó un mapa. Lo extendió sobre la mesa y trató de alisar las arrugas. "Fíjate, aquí estamos—Abancay; aquí está el Río Antabamba, fuera del pueblo. ¿Ves este tramo en el lado este? Siguiendo la corriente hacia abajo hasta aquí, encontrarás una pequeña pista de aterrizaje. Aquí es donde nos van a recoger."

"¿Quiénes son los que nos van a recoger?"

"Ten por seguro que no son las aerolíneas Británicas. Y ni preguntes cuando. Puede ser mañana o la próxima semana. Yo te llamaré con un código de contraseña. Estuvimos estudiando y revisando los códigos y dijo: Con referencia a nuestro lugar de destino, tampoco lo sé, pero será Barcelona o Paris."

"¿Vamos a volar a Europa?"

"No Mark, es un código. Barcelona es una mierdita de pista de aterrizaje en Brasil. Si llegas ahí, ya se acabaron tus problemas, por lo menos los de Perú. Pero no estés seguro de ello. Probablemente sea Paris."

Sacó otro mapa y lo puso sobre el primero y clavó su dedo en las terminales del tren de Cuzco a Machu-Picchu. "Aquí está—Chaullay. Se parece al viejo oeste."

"¿Vamos a tomar un tren?"

"No Mark, ¿no te acabo de explicar? Hay una pista de aterrizaje fuera de Chaullay." Apagó su cigarrillo y encendió otro. "Un asociado te recogerá—El Gato."

"¿El hombre Gato?"

"Entenderás cuando lo conozcas. Te llevará hasta aquí, al final del camino. Es un viaje a pie por las montañas de dos días ¿Alguna vez te has montado en mula?"

"Debes estar bromeando."

"No, no estoy bromeando, aquí no hay servicio de camiones de lujo. Es un camino muy traicionero, los tramos son muy estrechos. De todas formas hay un piloto gringo, uno de esos tipos misioneros de Pucallpa. Vuela dentro y fuera regularmente. Trae el evangelio y medicina a los nativos. Volará sobre Brasil, pero hay un gancho. Solo viene una vez a la semana. Si lo pierdes tendrás que esperar otra semana. Eso o viajar dentro de la selva para encontrar otra pista de aterrizaje. Pero eso es en el peor de los casos. Yo no te lo aconsejaría."

"¿Por qué?"

Se inclinó para decirme en voz baja. "Ungas, son unos malos bastardos."

Marisa y Sonia llegaron con el café. Marisa estaba todavía con la mirada de preocupación en su cara. Sonia se acomodó junto a Lannie y le puso crema en su café, mirándolo como una adolescente enamorada. Lannie siguió hablando en voz baja acerca de los Ungas.

"Unos meses atrás asesinaron a un misionero, mutilaron su cuerpo y lo enterraron boca abajo. Algunos periodistas fueron a investigar y también los asesinaron. Uno de estos días voy a hacer explotar sus lamentables y horripilantes traseros fuera de la selva."

Marisa lo miró. "¿A quién van a explotar fuera de la selva?"

"Es una forma de hablar, le estaba diciendo a Mark como vamos a sacarlos fuera de aquí, volando." Se volvió a mí. "Cuando el avión aterrice, un hombre va a sacar la cabeza y te va a preguntar a dónde vas. Tu respuesta es Cairo. Si no dices Cairo, te dejará en la pista." Tomó un sorbo de café. "Ah y una cosa más—Los Sinchis puede que estén saliendo del avión. Sólo ignóralos."

"¿Cómo vamos a ignorar a los Sinchis? Nos reconocerán."

"No si todo lo que ven es a un anciano con su hija." Se levantó y se fue al Land Rover. Sonia lo siguió y cuando se fueron, Marisa volvió su ira contra mí.

"Por Dios Santo, él es DEA. ¿Por qué lo metiste en esto?"

"Yo no tuve nada que ver con esto."

"Eso no fue lo que Sonia dijo. Tú le dijiste que él era el único que podía ayudar. Así que fue a buscarlo a Lima. Y ahora está envuelta él. Cóndor va a estar lívido."

Le estaba tratando de explicar cuando regresaron con sus mochilas, una cámara y una bolsa que contenía lo que llamaba Lannie su estuche de disfraces. "Necesitaremos una foto de pasaporte, así que más vale que te pongas el disfraz ahora. No puedes llegar a los Estados Unidos como Marcus Thorsen."

Me pusieron como nombre John Keats; como el poeta. Marisa y Sonia me tiñeron el cabello y cuando terminaron, mi pelo estaba tan blanco como la nieve de afuera. Lannie me puso algodón en las mejillas y goma de mascar para la fotografía. Hasta Marisa se reía. Volvimos a repetir y revisar una y otra vez las instrucciones y los códigos, después Sonia escribió rápidamente un número de teléfono y me lo entregó.

"Cuando estén listos para salir llamen a este número. Tía Sofía los llevará a la pista de aterrizaje."

"¿Por qué no nos llevas tú?"

Se inclinó hacia Lannie. "Porque me voy con él a Lima."

Capítulo 66

El camino de Antabamba

La llamada llegó tres días después de la visita de Lannie, un mensaje en código decía que estuviéramos pendientes. Nos vestimos, tomamos nuestras cosas y esperamos. Caía la oscuridad y todavía no recibíamos ninguna llamada. A las diez nos dirigimos a la cama, pero ninguno de los dos pudimos dormir bien, nos mantuvimos despiertos por tanta cafeína y por la preocupación de adentrarnos a lo desconocido. Yo daba vistazos por la ventana constantemente. No se veían luces por ningún lado, pero la luna llena estaba iluminando el pueblo con su imagen plateada, como una foto en blanco y negro.

Cuando finalmente me dormí, soñé con Ungas, con sus machetes y collares colgando del cuello con cuentas de dientes de mono. Marisa también murmuraba mientras dormía y parecía sostener una conversación con alguien llamado Pancho. A las seis de la mañana, cuando aparecieron los primeros rayos de luz en la recamara me senté y estaba pensando preparar café, cuando sonó el teléfono.

"Oh, lo siento," dijo una voz de mujer. "Debí haber marcado el número equivocado. Estaba llamando siete-uno-ocho...espere, déjeme verificar. Si, siete-uno-ocho. Oh no se preocupe."

Colgó.

"Eso era," me dije. "Siete significa hoy por la mañana. Los últimos dos dígitos son dieciocho, cortados a la mitad nos dan nueve. El avión aterriza a las nueve."

Tomamos apresuradamente un desayuno, llamamos al número

que Sonia nos había dado, nos pusimos nuestras gorras y las chaquetas aislantes. Minutos después llegó la Tía Sonia con su camión recolector.

El viaje fue corto, nos quedamos parados ahí en la nieve, al borde de una pista con nuestras bolsas, temblando de frío, marchando con los pies para mantenerlos calientes, esperando que un avión nos llevara a un lugar más cálido. Un camión de transporte de la armada se acercó y se detuvo— se veía siniestro, con llantas grandotas y la lona cubriéndolo. Marisa se acercó junto a mí. "Relájate," la dije. "Lannie nos dijo que esto pasaría."

"Todavía no confío en Lannie."

Los dos soldados dentro del camión salieron con sus cigarrillos y nos hicieron señas. Mi boca llena de algodones estaba seca. Marisa no se veía muy valiente tampoco.

Señaló hacia los arboles donde se formaban cristales de hielo. "El río esta por allá...a cien metros. Si vienen por nosotros. Este es nuestro Plan C."

"Nos congelaremos hasta morir en ese río."

"¿Tienes un plan mejor?"

Los soldados se subieron al camión. A las ocho cincuenta sentimos una vibración que pasaba de ser gemido a grito. Luego vimos el avión, de dos motores que parecía una reliquia de otra era. Hizo tierra y rebotó en el tramo de aterrizaje, el avión era tan negro como el moretón de mi pierna. *Por favor Dios, que no sea esta una trampa.*

Dio vueltas haciendo mucho ruido y tirando escombros de nieve como la escena de una vieja película de guerra. De una escalera bajaron una docena de Sinchis; con sus birretes rojos y bien uniformados con equipo de batalla. Uno de los oficiales los puso en fila y los hizo marchar hasta el camión que los estaba esperando.

Un hombre bastante musculoso en ropa y botas de combate apareció en la puerta del avión sosteniendo un rifle de ataque.

"¿Su nombre es Keats?"

"Si, señor."

"¿Destino?"

"Cairo."

"¿Está bien que sea Paris?"

"Paris está bien."

Nos indicó que nos subiéramos abordo. Tiró nuestro equipaje adentro del avión y se subió. Un segundo hombre apareció y cerró la puerta con seguro. No había nadie más en la cabina, solo asientos vacios y el olor de cuero y aceite de armas de los Sinchis.

El hombre con un M-16 me entregó un sobre de manila y me indicó que tomara asiento.

"En cualquier lugar que gusten. La cabina no está presurizada. ¿Alcanzan a ver el tubo de oxigeno? Manténganlo debajo de su nariz, sino puede llegar a desmayarse y morir."

"Lo que nos faltaba," dijo Marisa.

Nos amarramos, los motores arrancaron y nos encontramos volando.

Capítulo 67

Chaullay

El avión se meneaba y daba tumbos. Era más frío que el invierno Noruego; ruidoso y violento, pero lo peor eran las ocasionales caídas que me hacían sentir como si el estómago se me subiera al corazón. Afuera de la ventana, extendido en el horizonte se apreciaba la magnificencia del Imperio Inca; montañas con terrazas, acueductos, caminos y ruinas. Marisa estaba apiñada contra mí con su tubo de oxigeno debajo de la nariz, temblaba.

"¿Qué hay en ese sobre?" me gritó.

Lo sacudí un poco y logré abrirlo, sacando un pasaporte. El nombre era John Keats de Silver Spring, Maryland. Había otro sobre que contenía dos mil dólares en billetes de cien. De golpe Marisa me quitó el pasaporte y vio la foto.

"Dios mío, me he estado acostando con Santa Claus."

El clima estaba más cálido. Montañas de granito místico se levantaban de un lado al otro, dejando ver lo verde y lo salvajemente hermoso del paisaje. Hasta donde podían ver mis ojos; la tierra se allanaba, la selva se interrumpía solo por un río en forma de serpentina. Un parche de tierra abierto apareció delante de nosotros. Bajaron el tren de aterrizaje, los cables hicieron ruido y pronto estábamos dando de rebotes en una pista de tierra.

Nuestro anfitrión llegó hasta la puerta de un salto. "Una vez que esta se abra, tienen diez segundos."

Cuando el avión se detuvo la puerta se abrió. Bajaron una

escalera y saltamos a un mundo de un calor sofocante y un abrasivo sol. El avión dio algunas vueltas y despego rápidamente, echándonos una sofocante nube de polvo rojo y dejándonos solos entre árboles, había un buitre que nos observaba desde una rama muerta y una manga de viento colgando inerte de un poste. Marisa se quitó su gorro y la chaqueta. Y preguntó: "¿Dónde está el hombre Gato?"

Los minutos pasaban y nadie venía. Nada excepto la pista y los buitres circulando en la distancia. Me empecé a sentir como el personaje interpretado por Cary Grant en la película Norte por el Noroeste; cuando un Land Rover sucio llegó a toda velocidad por la pista, dejando una cauda de polvo rojo.

El conductor salió y abrió la cajuela. Era un hombre pequeño y flaco de ojos pálidos, barbilla y cola de caballo con tatuajes en sus brazos. "El Gato," dijo él.

La vista de sus dedos huesudos lardos y uñas sucias me hizo que no lo saludara de mano. Metimos nuestras cosas en la cajuela y cuando nos subimos al carro, Marisa exclamó: "¿Dios mío, qué es eso?"

Un gato de la selva, con manchas, dientes y ojos amarillos estaba sentado en el asiento del pasajero gruñéndonos. El hombre Gato lo alcanzó y le acaricio la cabeza.

"Cálmate ahora, dulce."

Nos deslizamos cautelosamente en la parte de atrás. El interior olía a cigarrillos, a calcetines viejos y muy probablemente a orines de gato. El Hombre Gato dio una vuelta en U en la pista y nos llevó por otro camino de tierra. No nos dijo a dónde íbamos ni tampoco le pregunté, no me atreví con semejante jaguar viéndonos desde el asiento delantero.

Al fin entramos a Chaullay y seguimos por las calles de lodo hasta el centro. Tenía el mismo olor ahumado y apariencia escuálida que recordaba de hace cinco años. Los mismos edificios de madera sin pintar. Mulas coleteando y grupos de hombres armados sentados a la sombra.

"¿París?" murmuró Marisa. "¿Dónde está la Torre Eiffel?"

Nos paramos en frente de un hotel que parecía que hubiera sido construido para una película del oeste, con carriles de enganche, un bebedero de agua, columnas delgadas de madera y un par de puertas de vaivén. Una mujer indígena Machiguenga con vestido autóctono y de cabellera larga y oscura se nos quedó mirando. Lo mismo un hombre que llevaba de riendas a una mula cubierta de llagas. El Hombre Gato se bajó, tomó una correa de atrás y se alejó con su gato desapareciendo por el hotel.

"Que hombre tan repugnante," dijo Marisa. "Espero que no vaya con nosotros."

Un niño y una niña llevando a una familia de cerdos ruidosos, corrieron hacia nosotros a pedirnos dinero. Le di unos cuantos centavos y subí la ventana. Pero se quedaron parados ahí con sus narices sucias puestas contra la ventana. Los puercos seguían haciendo ruido y el aire dentro se hizo tan apestoso y asfixiante que tuve que bajar la ventanilla; estaba a punto de darles más dinero para que se fueran cuando Marisa enderezo el asiento.

"¿Es aquella Sonia? ¿Qué está haciendo aquí?"

Estaba parada en las puertas de vaivén, vestida como si acabara de salir de la tienda de Banana Republic. Se veía muy enojada. Los pordioseros se le acercaron. Después Lannie salió por las puertas con sus bolsas igual de enojado que ella, como si acabaran de pelearse.

Bajó sus bolsas y le tomó el brazo a Sonia.

"Déjame en paz," dijo ella y se marchó hacia el Land Rover.

Sonia abrió de golpe la puerta delantera y se sentó donde el gato había estado sentado. Traía puesto ese olor a loción que me era tan familiar. Cerró la puerta con fuerza y nos miró.

"Lannie dice que no puedo ir con ustedes."

"Pero se supone que no debes estar aquí," le dije. "Ninguno de ustedes dos. ¿Qué está pasando?"

"Pregúntale a Lannie. Él es el hombre." Se abanicó la cara. "¿Que es ese olor tan espantoso?"

Lannie abrió la cajuela, metió de volada su equipaje y se subió al asiento del conductor.

Sonia se alejó de él. Yo me senté al frente.

"¿Qué estás haciendo aquí Lannie?"

"Negocios. Necesito entrar en cierto lugar para saber que están cultivando. Sonia quiere ir con nosotros pero no la voy a dejar. Es muy peligroso."

"¿Oíste eso? Sonia exclamó enojada—el hombre manda—todos los latinos son iguales."

"Maldición Sonia, ya he perdido cuatro hombres en esas montañas. Es peligroso."

"Marisa va, ¿Cómo es que no es peligroso para ella?"

"Marisa no tiene otra alternativa. Pero tú vas derecho a la estación del tren."

"¿Quién dice?"

"Digo yo." Encendió un cigarrillo y prendió el carro; nos alejamos tan rápidamente que casi nos llevamos a un anciano arreando a su burro. Sonia decía que no se iba a subir al tren. Lannie dijo que no se podía mezclar con los nativos si Sonia venía. Sonia le preguntaba que como podía mezclarse con los nativos con ese acento tan Mexicano. Y seguían discutiendo, cuando llegamos a la estación del tren.

Lannie salió del carro y se apresuró a sacar sus cosas.

Sonia cerró la puerta con llave. "No me voy a salir."

Le siguieron discusiones infantiles, con el si me bajo no me bajo que hizo llamar la atención de los pordioseros, ancianos que querían ayudar con el equipaje y un grupo de soldados. Marisa se inclinó para tocarle el brazo. "Por favor, Sonia, no hagas una escena."

"Al carajo," dijo Sonia. Se salió del carro, aventó la puerta y se marchó a la plataforma de la estación. Las discusiones continuaron hasta la taquilla pero era evidente que Sonia estaba accediendo. Rompió en llanto y regresó para desearnos un seguro y feliz viaje.

"Los quiero mucho. Asegúrense de llamarme y déjenme saber cuándo lleguen a casa."

Lannie la hizo a un lado. Se besaron. Los soldados aplaudieron. Marisa empezó a secarse las lágrimas. "Que tiernos. ¿No crees que vayan hacer una buena pareja?"

Capítulo 68

Valle de Vilcabamba

El camino hacia las montañas tenía a sus costados el Río Vilcabamba. Estaba lleno de baches y pedrejones, pasamos entre túneles cortados en las rocas, sobre puentes provisionales y debajo de ramas colgaban hiedras y orquídeas. Había chozas solitarias hechas de paja, montadas sobre las colinas y rodeadas de plantaciones de papaya y plátano. Los loros parlanchines volaban sobre el río en parvadas, resaltando sobre el verde y espeso follaje.

"¿Cuál fue el negocio en que perdiste cuatro hombres en estas áreas?" Le pregunté a Lannie.

"Te explico después. Necesito concentrarme en el camino."

Tenía mucha razón. El camino no era más que un tramo empinado en una colina; con vueltas extenuadas y sinuosas y con una niebla que lo hacía aún más peligroso. Comenzaba a hacer más frío. Veíamos pasar por la ventana lugares con nombres Incas como: Cuquipata, Lucma y las ruinas de Victos, algunas de ellas rodeadas por la niebla. Pasamos un punto de revisión; pero éste era una caseta con techos de paja vigilado por gente local, que con un billete de cien dólares que Lannie les dio nos dejaron en paz.

Así continuamos, quejándonos por nuestro trayecto en cuatro ruedas motrices.

Ya estaba oscureciendo y la lluvia azotaba al vehículo por ambos lados cuando llegamos a un grupo de cabañas de techo de paja situadas en el alto del risco. Cada pared y cerca estaban cubiertas con grafiti y lemas políticos como: "Viva Gonzalo," o "Tupac Amaru Vive."

Lannie se detuvo en frente de una cabaña que tenía un letrero colgado de Inca Kola.

"Tienda de provisiones," dijo, "pero podemos convertirlo en una posada. Pasaremos la noche aquí."

Al amanecer, encontramos a Lannie afuera con dos mulas de carga, dos guías como de unos sesenta años, un hombre cargando un machete, varios perros callejeros, una docena de niños pordioseros y un surtido de animales domésticos. Lannie se había quitado sus kakis y ahora estaba vestido en poncho, un sombrero muy estropeado y pantalones descoloridos, luciendo como uno de los guías.

Marisa vio a nuestro lamentable grupo. "¿Por qué no podemos conseguir caballos con sillas de montar?" le pregunto a Lannie.

"Los terrenos son muy traicioneros. Tendremos que caminar." Se empujó el sombrero hacia atrás y refunfuñando dijo. "Es solo un día y medio para llegar a la pista. Si nos apresuramos podemos llegar mañana a medio día."

Hizo un ademán con el brazo y a pesar de la confusión, salimos con los perros ladrando tras nosotros, las mulas haciendo ruido y el lamento lejano de una flauta Runa. Los niños y los perros corrían atrás de nosotros agitando sus manos, mientras uno por uno salíamos de la villa hacia el oeste, dirigiéndonos a las montañas.

Después de una hora de camino los niños y los perros se retiraron; pero nosotros continuamos cuesta arriba, sufriendo y quejándonos de los tramos tan angostos y las laderas de las montañas tan estrechas. Quemados por el sol mirando abajo la jungla y las nubes que la enroscaba.

El mediodía llegó y se fue. Las montañas se elevaban a cada lado; profuso en el norte y cubierto de nieve en el sur. Las horas pasaron. Nos tocaba bajar la colina zigzagueando y algunas veces seguíamos la puesta del sol bajo el cielo occidental a nuestros pies; cuando llegamos a la corriente más furiosa que había visto desde mi aventura con la guerrilla.

Bajaba hacia la izquierda escabrosamente y caía en cascada a unos cien pies o más en las Pampaconas a nuestra derecha, la bruma expulsada formaba un arcoíris y un estrépito tan fuerte que teníamos que gritar para que nos oyéramos.

El puente—si se le pudiera dar ese digno nombre—consistía en tres troncos de eucalipto amarrados y extendidos de un extremo al otro por aproximadamente treinta pies; los espacios entre ellos estaban llenos ramas, rocas y tierra. Las mulas se rehusaban a cruzar pero los guías que lo habían hecho ya muchas veces, las descargaron, les cubrieron sus ojos con mantas y las pasaron una por una.

"Va anochecer pronto," le dije a Lannie. "¿Por qué no encontramos un lugar donde acampar?"

"No hasta destruir este puente."

"¿Por qué?"

"Por precaución, los agentes de la DEA no son muy populares en estos lugares."

"¿Quién sabe que eres de la DEA?"

"El hombre Gato sabe. No quiero que nos esté vigilando."

"¿Qué es lo que no me has dicho, Lannie?"

"Vamos a derrumbar el puente."

Los guías se negaron diciendo que tendrían que reconstruirlo para poder regresar a sus hogares. Pero cuando Lannie sacó un mazo de billetes peruanos, los troncos pronto estaban flotando por las Pampaconas, yéndose con la corriente. Cargamos las mulas otra vez y caminando hacia una subida, llegamos hasta los restos desmoronados de un mirador Inca; una estructura de piedra se alzaba a lo largo de la campiña.

El jefe de guías, un viejo llamado Policarpo, se hizo hacia atrás el sombrero de paja y dijo, "Los Incas lo llamaban *tukuy rikuq,* 'para ver todo,' en español se llama mirador."

"Y por eso vamos a acampar aquí." dijo Lannie.

Los guías de las mulas encendieron el fuego y comenzaron a poner las tiendas de campaña tan tranquilos, como si no hubieran hecho ningún esfuerzo. Marisa y yo fuimos a ver la torre; caminamos desde la base amplia del mirador hasta los escalones angostos que curveaban alrededor del perímetro y a pesar de mis músculos adoloridos, pude subir agarrándome de maleza para sostenerme. Marisa me gritaba que tuviera cuidado. Los guías sacudían la cabeza como si esperaran que eso fuera a derrumbarse en cualquier momento.

En la cima de la torre, con el viento soplando fuertemente en mi cara y haciendo a un lado las enredaderas, encontré una depresión en el terreno lo suficientemente grande como para alojar a cuatro o cinco personas. Ahí logré tener una vista amplia del lugar. Probablemente hace quinientos años atrás, un pobre centinela Inca estaba parado en este mismo lugar, viendo a los españoles acercarse; podía imaginarme el terror que sintió al ver los caballos, los cañones, las banderas ondeando, los perros y hombres con barbas en armaduras.

"¿Viste algo?" me gritó Lannie.

"Solo montañas, selva y río."

Me bajé rápidamente y encontré a Marisa descansando en las raíces de un extenso eucalipto tallándose los pies. Lannie estaba ahí también armando un rifle con telescopio, tan negro y siniestro como un arma en una película futurística.

"M-24 francotirador," dijo. "Con este bebé puedo dispararle a la teta de una bruja a seiscientos metros de distancia."

"Muy bien, Lannie. ¿Qué es lo que está pasando?"

"Escucha, para que sepas, he perdido muy buenos hombres aquí arriba. Quiero saber quién lo hizo."

"¿Y nos estas usando de carnada?"

"Mira, nunca te dije que esto iba a ser fácil." De su bolsillo sacó una batería, unos cables enroscados y un bote verde marcado con señal de flama. "Un cable para delimitar nuestro lugar, lo voy a poner alrededor de nuestro perímetro. El pobre que se pare o tropiece en esta cosa va a iluminarse como el Cuatro de Julio."

Me puso su mano sobre mi hombro. "Entiendo tu preocupación viejo amigo. Tú eres un profesor. Personas como tú razonan con el cerebro. Hombres como yo explotamos cosas."

Capítulo 69

Con el desvanecimiento de la última luz del día, cuando las colinas verdes se mezclaban en el anochecer, nos envolvimos en mantas y atacamos un pote de arroz y frijoles. El Hombre Machete puso más madera en el fuego, creando una lluvia de chispas que se perdían con las estrellas. Policarpo tomó una mandolina de su equipo y empezó a tocar unas notas del "El Cóndor Pasa." Torció la clavija y movió la cabeza para darle el tono correcto, ejecutando un tremolo después de otro y cuando él habló, su voz era tan quebrada y áspera como su cara curtida.

"Es un tono triste."

Marisa jaló su manta y se afianzó de ella apretándosela más. "De todos modos, me gustaría oírla."

"Vas a llorar."

"Ya estoy llorando por las ampollas en mis pies."

El viejo colocó su instrumento tan amorosamente como si estuviera sosteniendo a su nieto. Los dedos de su mano izquierda subían y bajaban las cuerdas como una araña. Los acordes vibraron. La música lloraba como cascada a un paso acelerado y cuando parecía que él debía estar tocando en Carnegie Hall, dejó de tocar, enmudeciendo las cuerdas.

"El Inca Tupac Amaru era un dios para nuestra gente. Por eso es que los españoles le cortaron la cabeza y lo colgaron de un poste, pero su cabeza se convirtió en un cóndor y subió en vuelo al cielo. Y ahora todo lo que tenemos es la canción y la rebelión en contra de la clase que rige el país."

Todos guardaron silencio ya que El Cóndor Pasa era una de las grandes canciones que rompen el corazón.

Yaw kuntur llaqtay urqupi tiyaq...Oh Cóndor majestuoso de los Andes
Maymantam qawamuwachkanki...llévame a mi hogar, a los Andes
Apallaway llaqtanchikman wasinchikman...Quiero vivir en mi tierra amada.

El otro guía, un hombre viejo llamado Saturnino, parado al lado del fuego con una flauta de bambú, empezó a entonar una melodía tan sombría como la muerte. El resplandor del fuego brillaba en sus caras y en las hojas de los eucaliptos. Marisa me tomó la mano. Lannie sentado como si estuviera hipnotizado, al igual que el resto, escuchamos a los dos ancianos tocando la flauta y la mandolina y cantando acerca del cóndor en el cielo.

Nos levantamos con la primera luz del día, quejándonos de nuestras ampollas y de los dolores musculares. El clima era claro, con la promesa de un brillante amanecer. El humo ondulaba de la fogata. Las mulas bufaban y daban de manotazos y el aroma de café impregnaba el aire seco del invierno. Lannie se subió a la torre con su rifle telescópico. Me puse mi poncho, el sombrero y caminé hacia el fuego con Marisa. Estiré los brazos para quitarme lo tieso y lo entumido que estaba.

"¿Encontraste algo?" grité desde abajo a Lannie.

"Está muy oscuro para ver."

Me serví café y le entregué una tasa a Marisa.

"No gracias," y me empujó la tasa.

"¿Qué te pasa? Pensé que te gustaba el café."

"Hoy no. El olor me da ganas de vomitar."

"¡Tenemos compañía!" me gritó Lannie desde la torre. "Empaquen sus cosas."

Marisa corrió hacia la tienda de campaña. Le dije a los guías que se alistaran y nos escurrimos hacia la torre. Lannie daba un vistazo sobre las paredes que lo protegían con el telescopio de su rifle, con el poncho sobre su cabeza y cubriendo su rifle con una manta para que no lo vieran.

"Mantente agachado," casi me ladra "Están aquí—cerca del puente que tiramos. ¿Los ves?"

Me dio sus binoculares. Los levanté a la altura de mis ojos y enfoqué en el espiral de humo de un campamento. Ahí al filo de las sombras y con los primeros rayos de luz, se veían tiendas de campaña, mulas y hombres. La luz de la mañana temprana alumbraba los botones brillantes de sus uniformes—Sinchis.

Bravos.

El pánico se apoyó de mí y por un instante reviví los focos de luces deslumbrantes, los disparos de rifles, sangre, muerte y Bravos; ahí estaba él otra vez—como diciendo vengo a terminar el trabajo.

"Mantén tu vista en la tienda de campaña grande." me dijo Lannie.

Mientras observaba, conté cinco mulas, cinco guías y doce Sinchis, incluyendo Bravos; quien estaba mirando hacia nuestra dirección por unos binoculares.

"¿Nos puede ver?"

"Le da el sol en la cara, pero no hagas movimientos repentinos." Él puso municiones en su M-24. "Ahí," me siseó, "Saliendo de la casa de campana. ¿Lo ves?"

Dirigí mis binoculares a la casa de campaña. De ella salió un hombre llevando de las riendas a un gato de la selva: El Gato.

"Hijo de su madre," Lannie rezongó. "Sospechaba que era él todo este tiempo."

" Por favor no me digas que les vas a disparar."

"¿Qué demonios piensas que debemos hacer? Esos Sinchis son más jóvenes que nosotros. Están en mejor forma física y pueden localizarnos rápidamente. Si atraviesan el arroyo ya nos fregamos."

"Pero solo son cuatro horas para llegar a la pista de aterrizaje."

"Cristo, Mark ¿no entiendes nada? Las posibilidades que el piloto este ahí exactamente a la hora que lleguemos es nula. Posiblemente tengamos que esperar uno o dos días."

"¿Qué hay del puente que destruimos? ¿No es suficiente para detenerlos?"

"A lo máximo los podremos detener dos horas. Después estarán sobre nosotros. No tienes el estómago para esto así que no mires."

Marisa se apareció en la orilla y subió junto a nosotros, su cabello le rosaba la cara con la brisa y su poncho ondeaba al caminar. Lannie se volteó. "¿Qué demonios? ¿Estás tratando que nos disparen?"

Agaché a Marisa y enfoqué mis binoculares en Gato, estaba conversando con Bravos, señalando hacia arriba de la corriente cuando el zumbido de una motosierra llegó a mis oídos.

"Adiós, hijo de puta madre."

El disparo salió como un petardo.

El Hombre Gato levantó sus brazos y cayó de espaldas al suelo.

Bravos salió a cubrirse.

"Mierda," dijo Lannie y le disparó a una mula. Lanzó otro disparo una y otra vez, matando una mula tras de otra, manejando el cerrojo del fusil y murmurando "Bien" cada vez que hacia un disparo.

Cuando acabó con las mulas utilizó otro cargador y le disparó al gato.

El episodio entero probablemente tomó menos de quince segundos. Lannie colgó el rifle en su hombro y dijo: "Salgamos de aquí. Muévanse."

Capítulo 70

Si hubiera tenido tiempo estaría hincado sosteniéndome las vísceras. Pero no había tiempo, tomé mis cosas y salí en furia, las balas disparaban sobre nuestras cabezas, los guías agarrando las riendas de las mulas. El Hombre Machete corriendo delante de nosotros y Lannie gritándonos "¡Vayan, corran, corran!"

Vadeamos un pequeño arroyo y atravesamos un terreno pantanoso, tropezando y diciendo groserías cada vez que nos aventurábamos a campo abierto. Me imaginaba que la parte de atrás de mi cabeza la estaban apuntando con un rifle de mira telescópica. ¿Por cuánto tiempo mantuvimos ese paso? no lo sé, pero al menos llegamos a un recodo junto a un arroyo, donde pudimos descansar y tomar aliento.

Me dirigí a Marisa. "¿Estás bien?"

"No Mark, no estoy bien, aun no comprendo que fue lo que sucedió cuando estábamos allá arriba."

Lannie se sentó junto a nosotros, sosteniendo aún su rifle, respirando fuerte, su poncho estaba cubierto de pedazos de plantas y su cara toda sudorosa. "Mira, Marisa. El Hombre Gato trabajaba para mí. Bien? Estaba en mi nómina, por eso yo espero lealtad. Él ya me ha costado cuatro de mis hombres, si yo no lo hubiera matado, él lo habría hecho con nosotros. Referente a las mulas, les disparé solo para ganar tiempo a los Sinchis."

"¿Y qué me dices del gato?" Marisa preguntó. "¿Era necesario?"

"Si te digo, te enfermas."

"Ya estoy enferma."

"Mira, el hombre Gato tiene una granja de animales en la selva—víboras, gatos, monos. Apestan tan mal que no se puede ni respirar. Hace un par de meses, estuve ahí interrogando a un muchacho que no tenía más de quince años. El acusó al Gato de ser la conexión entre el General Real y los narcos. Me dijo que lo podía probar, pero antes que pudiera terminar su historia, el Gato limpió su pistola y le disparó entre los ojos." Inhalo profundamente. "¿Quieres escuchar lo que hizo con el cuerpo?"

"No quiero escuchar lo que hizo con el cuerpo."

"Está bien, pero digamos que fue por eso que le dispare al gato."

"¿Cómo le vas a explicar esto a la embajada?" le pregunté.

"¿Explicarle qué? Yo no estaba aquí, ni tú tampoco."

"Bravos sabe que tú estabas aquí."

"Bravos es un estafador, un narco, el General Real es su carnicero; si me expone yo lo expondré a él. Además con un poco de suerte lo agarraré antes de que salgamos de la selva. Y por lo que concierne a los otros Sinchis, son solo niños. Conscriptos analfabetos. No saben nada."

Caminamos para arriba y para abajo de la colina pasando por pantanos, rocas parecidas a una escena lunar, parando solo para quitarnos las piedritas de las botas, echarnos agua en la cara y compartir pedazos de queso. A tiempo llegamos a una vertiente escarpada, uno de esos lugares en forma de zigzag con un tramo muy angosto y con escalones Incas.

"Dios mío," dijo Marisa, levantando la mirada hacia arriba. "¿Podemos ir alrededor?"

"No hay otro camino," contestó Policarpo.

El hombre Machete se fue al frente haciendo a un lado los escombros del tramo y con el machete cortaba la vegetación alta y la que colgaba de los árboles para abrirnos el paso. Las mulas nos seguían en una fila. Lannie, Marisa y yo los seguíamos desde atrás sudando y diciendo groserías, tratando de seguirle el paso.

Estábamos casi en la cima cuando lo escuché: un continuo zumbido como el motor de una podadora. Se hizo más fuerte. Lannie subió la mirada.

"¿Qué diablos?"

Un pequeño avión cayó sobre la cresta como si hubiera sido catapultado desde una rampa.

"Detectores," Lannie gritó, "Cúbrete."

Los guías empujaron las mulas contra el frente del acantilado. Marisa se escondió debajo de una pequeña caída de agua, pero se resbaló en el chorro y se lastimó el tobillo; lloraba de dolor. Traté de ayudarla protegiéndola de una piedra que salió volando e intentaba desamarrar su bota cuando el avión haciendo vuelta en U regresó. De un color entre verde y kaki como de camuflaje, pude deducir que tenía que ser militar.

"Hijo de puta," refunfuñó Lannie. "Es uno de los aviones que les dimos."

Volaba directo hacia nosotros, el motor hacía un gran ruido, trayendo a mi mente la pesadilla que viví en la batalla de las montañas. Cuando parecía que se nos iba a estrellar se elevó en la cresta mostrando su barriga y echando una tormenta de polvo.

Lannie tomó su rifle de asalto y una de las mulas y me las entregó.

"¿Sabes cómo usar esta cosa?"

Le quité el seguro y cambié la cámara. "No soy del todo inútil."

"Tal vez solo quiere tomar fotos. No les dispares hasta que yo te diga."

Esperamos y nada sucedió. Pensamos que se había ido e íbamos a continuar nuestro recorrido cuando del cielo reapareció a nuestra izquierda. Una partícula que por segundos se hacía cada vez más grande, acercándose cada vez más y más; yendo por la izquierda y luego por la derecha.

La puerta del pasajero se abrió. Un hombre se asomó con un rifle de ataque.

Abrió fuego, sus balas chocaban contra el camino y el acantilado. Lannie respondió el fuego. Marisa gritaba que me quedara agachado, pero hice lo que quería hacer desde la noche en las montañas: apretar el gatillo. Matar a esos hijos de puta que estaban tratando de matarme. El primer fuego salió amplio, haciendo un arco en el cielo. Lannie era más eficaz. Sus disparos eran rápidos y certeros hacia el avión, donde se caían los pedazos en cada impacto. El hombre de la puerta se subió al avión otra vez y dando un giro se alejó dejando un rastro de humo o aceite, o quizá de ambos. Yo seguí disparando hasta no tener más balas, con la esperanza de verlo consumir en fuego.

Marisa me tomó el brazo. "Le dieron a Venus."

"¿Quién demonios es Venus?"

Señaló a los tres guías. Estaban de rodillas y amontonados alrededor de una mula que estaba tirada cerca de una caída de agua tratando de levantarse envuelta en un charco de sangre. Saturnino le estaba tallando su cabeza hablándole en quechua.

"Oh mi pobre bebé."

Nos miró con lágrimas en sus ojos. "Ella está sufriendo, no la podemos dejar así."

Lannie le tocó el hombro al viejo. "Quítale los bultos."

Me regresé con Marisa, tratando de ayudarla a levantarse, cuando se oyó el disparo. Saturnino dejó salir un grito de dolor. Marisa se soltó a llorar.

"Nada nos sale bien," dijo ella. "Nada. Esos Sinchis probablemente están montados en helicópteros ahora. Llegarán a la pista antes que nosotros."

"No si nos apresuramos."

"Como podemos apresurarnos. Casi no puedo caminar. Creo que me doblé el tobillo."

Le ayudé a ponerse de pie. "Todavía nos queda una mula."

"¿Y nuestro equipo?"

"Al carajo con el equipo. Tomemos lo que podamos y dejemos el resto."

Capítulo 71

Continuamos nuestro camino y llegamos dos o tres horas más tarde a un pequeño pueblito que no contaba con más de treinta o cuarenta chozas de techo de paja y terracería, bajo la sombra de árboles de papaya y mango. Se veían cerdos revolcándose en el lodo, perros corriendo y ladrando en las calles, niños jugando en la aldea desnudos de la cintura para abajo. Desde las puertas de sus chozas sus padres nos observaban. El lugar entero olía a cerdos, humo de madera y comida a la leña.

Lannie le preguntó en voz alta a uno de los hombres parado en su pórtico. "¿Cuál es el camino para la pista aérea?"

El hombre hizo un gesto como si no entendiera español; me imaginaba cómo nos veía—tres hombres sucios con equipo, otro que podía parecer un guía, un alto wiracocha, y una madona de ojos azules encima de una mula.

Me acerqué al hombre y le dije en quechua que éramos exploradores y queríamos saber dónde se encontraba la pista aérea. Me señaló al final de la calle más allá de los cerdos y los perros.

"Por allá, wiracocha. No está lejos."

"¿Están en la villa los hombres de los botones que brillan?"

"No, wiracocha, aquí los soldados no son bienvenidos."

Caminamos hacia el lugar con una emoción acelerada y encontramos la pista aérea al lado opuesto de la villa; solo se podía vislumbrar por la verde pasarela y por el ondear de la manga de viento. Pero el lugar se veía tan abandonado como un campo de futbol americano en medio del verano. Ninguna señal de misioneros o de aviones.

Para entonces la villa entera y sus animales nos observaban, los perros nos llegaban a olfatear y los niños nos señalaban y se reían de nosotros como si fuéramos los payasos del circo. Un sacerdote ya entrado en años se nos acercó abriéndose camino entre la muchedumbre y nos habló en español.

"¿Están buscando a los misioneros?"

"Si, Padre, se supone que nos encontremos aquí hoy."

"No vienen sino hasta pasado mañana."

"Todos nos sentimos decepcionados." Lannie sacó su mapa y lo consultó. Los aldeanos curiosos se nos acercaban cada vez más, el sacerdote tuvo que hacerles señas para que se alejaran. Lannie se volvió hacia el sacerdote y le dijo. "Según este mapa los misioneros tienen una estación permanente en un tramo que esta hacia el oeste. ¿Es esto cierto?"

"Sí, señor, pero para llegar ahí debe pasar por territorio Unga."

Murmure una maldición. Sabía que íbamos a llegar a esto. Lannie y Marisa se veían igualmente perturbados. "Demonios malditos," exclamó Lannie en inglés. "Pienso que solo nos queda una hora antes que los helicópteros se aparezcan. De ninguna manera me quedare esperando en este pueblito de mierda."

"Tiene razón," dijo Marisa. "Es mejor que continuemos nuestro camino."

Yo estaba de acuerdo. Lannie dijo algo acerca de una roca y un lugar duro. Estaba ayudando a Marisa a subirse de nuevo a la mula, cuando los guías empezaron a sacudirse la cabeza y a quejarse.

"No," dijo Policarpo. "Nosotros prometimos llegar hasta aquí y no más lejos."

Lannie alcanzó su billetera, "Que les parece si les doy cien dólares extras a cada uno de ustedes."

"¿De qué nos sirve el dinero si los soldados de los botones brillantes nos matan?"

Hice a un lado a Policarpo, para que los aldeanos no nos pudieran escuchar. "Diles que te forzamos."

"¿Cómo podemos decir que nos forzaste cuando todos en el pueblo son testigos?"

Marisa levantó la voz. "Yo les daré otros doscientos extras a cada uno."

Policarpo consultó en privado con los otros guías y regresó. "Primero deben comprarnos una buena mula. También deben forzarnos a que vayamos con ustedes."

"Por eso no hay problema," dijo Lannie y volvió a hablar con el sacerdote. "¿Dónde podemos conseguir una mula?"

El sacerdote señaló al oeste. "Está a cinco minutos por ese camino."

Policarpo, quien debió haber sido un actor innato, empezó a protestar. Lannie lo punzaba con su rifle de asalto y le decía groserías en español.

Yo lo insultaba en quechua, diciendo que los mataríamos ahí mismo en la aldea. Lannie disparó al aire. Los aldeanos se escabulleron del susto y pronto estábamos en camino con una mula nueva y los guías trescientos dólares más ricos.

Las siguientes horas fueron tan agonizantes como el camino de la mañana; quizás peor, con aguaceros, un bosque siniestro y árboles gigantescos.

Finalmente llegamos a un gran barranco, detrás del cual se extendía un campo de pedrejones y una pequeña colina. "Territorio Unga," Policarpo susurró. "De aquí en adelante deberemos estar tan silenciosos como la misma muerte."

"Quizá deberíamos esperar hasta el anochecer antes de cruzar el campo," dijo Lannie.

"No, wiracocha. Ese campo está cerca de su villa. En la noche es muy peligroso. Tienen guardias vigilando constantemente. Dispararán sin preguntar. Pero una vez que crucemos estaremos a salvo."

Consultó con los otros guías y dijo. "Es mejor que crucemos nosotros primero, somos pobres, no pueden esperar nada de nosotros. Con ustedes es diferente. Ustedes quédense observando. Si no nos detienen, podemos esperarlos al otro lado. Si se retrasan continuaremos hasta Vista Alegre."

Entendimos perfectamente lo que el retraso significaba y no me gustó nada. Ni tampoco a Marisa ni a Lannie, pero la otra opción era regresar y enfrentarnos a los Sinchis. Así que nos quedamos con una mula, dos rifles de asalto y la mochila de Marisa; les entregamos nuestras mochilas y un rifle de largo alcance a los guías y los observamos mientras cruzaban el campo abierto perdiéndose en medio del follaje.

Lannie se levantó y sacudió sus pantalones. "Lo lograron, andemos."

"Espera," dijo Marisa. "Necesitamos un Plan C."

Lannie le dio una palmadita a su rifle de asalto que tenía amarrado a la mula. "Este es mi Plan C."

"Tal vez lo sea, ¿pero qué pasa si nos separamos?" Le tomó el mapa a Lannie y lo abrió. "¿Ves este río? Es el Tunquimayo. Siguiendo su trayectoria al sur llega hasta la torre del Mirador Inca. Es un buen escondite."

"¿Cómo sabes de ese lugar?" le pregunté.

"No preguntes."

La colocamos a ella sobre la mula y cruzamos el campo. Lannie sosteniendo las riendas, pareciéndose cada vez más a uno de los guías con su sombrero de paja, la cara parchada por el sol y el poncho raído.

Después de tres o cuatro minutos zigzagueando por el camino, llegamos a otro barranco. Tuvimos que hacer un gran esfuerzo para llegar al otro lado, pero logramos encontrar un camino lateral que nos llevaba hacia el sur. Estaba marcado por uno de esos fardos colgantes de palos y plumas lo cual me atemorizó un poco y me hizo recordar lo que sucedió en Dos Pasos.

"Su aldea debe estar por ese lado." Marisa habló muy bajo con miedo en su voz.

Continuamos, temiendo aun el respirar. Lannie al frente y yo atrás, el ruido de la silla de la mula sonaba como un pequeño tamborcito. Sobre nuestras cabezas, los monos saltaban de una rama a otra, los loros graznaban y por cada latido del corazón algo crujía bajo la maleza.

Ya casi habíamos llegado al campo, listos para entrar en el bosque cuando se escuchó un horripilante ruido en el aire. Y como si las puertas del infierno se abrieran, aparecieron entre las sombras, los Ungas; con plumaje, caras pintadas, collares de dientes de mono, machetes y rifles de ataque.

El mismo grupo miserable que nos había acosado en Dos Pasos.

Capítulo 72

Territorio Ungacachano

Entregamos nuestras armas y nos quedamos parados indefensos mientras ellos nos rodeaban en círculo como lobos, hablando y aullando, olfateándonos como tratando de decidir sobre cual de nosotros orinar. Por su olor y la manera de caminar era obvio que habían estado tomando algo más potente que jugo de papaya. El viejo con bigotes de gato levantó la mano para detenerlos. Luego fue a olfatear a Lannie, aparentemente lo descartó como guía y volteó su atención hacia mí.

"Tú eres el wiracocha de Dos Pasos. Y ahora estás aquí. ¿Dónde están tus granadas, wiracocha? ¿Dónde están tus hombres? ¿Por qué han venido a la tierra de los hombres del bosque?"

"Mis hombres y mujeres están peleando contra los soldados de botones brillantes en la pequeña aldea," le dije tratando de sonar más seguro de cómo me sentía. "Pronto estarán aquí. Nos enviaron por delante hacia Vista Alegre."

El tradujo mis palabras a los otros. Volvieron otra vez a la misma rutina de gritarse unos a otros, agitando los machetes en el aire y escupiendo en el piso de tierra. El viejo se me enfrentó cara a cara impregnando el aire con su horrible aliento y su fuerte olor a alcohol.

"Mi gente dice que eres un espía de los agentes wiracocha."

"Tu gente está equivocada. Soy el líder de la gente que te permite tener un pasaje seguro a Dos Pasos. Te dejamos pasar sin ningún daño. Esperamos lo mismo de ti."

"Me amenazaste con matarme en Dos Pasos."

"A mí no me parece que te veas muerto."

"¿Cuándo planea atravesar su gente?"

"Tal vez hoy en la noche."

"Entonces tú debes esperarlos aquí. Con nosotros. En nuestra aldea."

"No," dijo Marisa. "Apu Cóndor nos está esperando en Vista Alegre. A él no le va a gustar esto."

"Apu Cóndor es rey de su bosque. Yo soy rey del mío."

Tomó las riendas de la mula donde Marisa estaba sentada y nos llevó hacia un tramo, volteando al sur en una bifurcación que conducía a su aldea.

Lannie se me acercó. "Esto no fue accidental," me dijo. "Estaban esperándonos."

Marisa aún montada en la mula le dio una patada muy aguda. "Cállate Lannie. Se supone que eres un guía. Nuestros guías no hablan inglés."

"Por favor, Marisa. Estos idiotas no conocen la diferencia entre inglés y español."

Vadeamos una lóbrega corriente y salimos a la vista de una miserable aldea de chozas de lodo y de adobe montadas en la cima de un pastizal muy inclinado. Había ganado pastando y unas mulas que nos miraban de reojo. La Cordillera nevada de Vilcabamba servía como marco y el sol ya se había ocultado en el horizonte.

"Observen," dijo el viejo señalando su aldea como si fuera Atenas o Roma. "Les entrego el hogar de la gente del bosque."

"Pedazo de mierda," murmuró Lannie.

Seguimos marchando, siguiendo la ruta de los animales que nos condujo alrededor de tres edificios protegidos: una torre de antena de radio y una pila de tambores de metal.

"Keroseno," Lannie siseo. "Se puede oler desde aquí. Es una planta de procesamiento."

Uno de los Ungas se adelantó rápidamente hacia la villa y comenzó a gritar como un guerrero celebrando una victoria. De las chozas salieron mujeres, niños, ancianos y perros ladrando. Una bandera roja apareció sobre ellos y luego otra. Una mujer pequeña vestida de negro dio un discurso en una voz resonante y aguda, sus palabras hacían eco en el vacío. Ondeaban las banderas. Todos vitoreaban con un rugido continuo y sonoro, como si fueran los Barbaros atacando a los Romanos.

Bailaban alrededor de nosotros—cantaban, reían, nos escupían. Algunos niños nos tiraban estiércol de animales. La vieja que dio el discurso, una bruja fea con uñas sucias y largas y dientes manchados de coca, bailó hacia la mula con un látigo de zarzales y comenzó a pegarle las piernas a Marisa dando alaridos agudos con su horripilante voz.

El viejo se reía. "Ella dice que le va a sacar los ojos y le va a comer el corazón."

Marisa le pateó el pecho a la mujer.

El canto paró. Al igual que el baile y la conversación. Todos se quedaron mirando a Marisa con la boca abierta como preguntándose cómo había osado ser tan valiente.

Marisa se bajó de su mula y se enfrentó a la bruja. "He oído hablar de ti," dijo en un vacilante tono quechua. "Dicen que eres bruja porque ningún hombre se te acerca."

El viejo traducía. Todos aullaban de risa. La mujer se lanzó hacia Marisa otra vez con su látigo de zarzones azotando sus brazos.

Marisa se puso cara a cara con ella. "¿Sabes quién soy yo, vieja bruja? Soy la esposa de Supaypa, el diablo viejo del bosque. Él llega a mí con el viento."

Todo se calmó, inclusive los perros dejaron de ladrar.

"¿Qué le debo decir hoy en la noche cuando venga a mi cama— que tú me atacaste? ¿Atacaste a mis amigos? Hoy en la noche lo enviare a sus chozas. A la tuya. Y a la tuya."

Marisa señalaba con sus dedos. El viejo traducía. Todos se retiraron, los niños se escondieron tras sus madres. Marisa se subió a su mula como una princesa. El viejo tomó las riendas y nos retiró, llevándonos por una calle curveada y lodosa entre andrajosas chozas de lodo. Los aldeanos, ahora más calmados se quedaron atrás.

Lannie me dio un codazo. "Estos cabrones han de ser adoradores de mujeres." Al final de la calle, llegamos a un edificio grande y circular enmarcado por la selva. Uno de los jóvenes salió a la puerta abriéndola con un picaporte. Un olor nauseabundo salió, como si el Hombre Gato estuviera ahí albergando a todos sus animales. El viejo ayudó a bajar a Marisa de la mula y la estaba guiando cuando ella le dijo. "Mi mochila por favor. Démela."

Él se lo dio pero no sin antes quitarle las barras de chocolate y una lata de salchichas.

"Espero que te atragantes con ellas," dijo Marisa.

El se rió como si le hubieran hecho un cumplido. Luego nos siguió hasta la oscuridad. No había ventanas, ni muebles, ni alfombras, solo piso de tierra, una pila de mantas sucias y un olor horrendo. En el centro había un palo que sostenía el techo de paja.

El viejo prendió una linterna y la puso en el piso; salió por la puerta y la cerró tras de sí.

Logré ver por las rendijas que se retiraba con nuestra mula. Cuatro o cinco Ungas estaban a nuestro alrededor con rifles de ataque, se veían imperceptibles por la luz tenue que había. Ahí también se encontraban algunas mujeres, mirando como si esperaran que el edificio ardiera en llamas.

Lannie se me acercó. "Odio tener que mencionar esto viejo amigo; pero según el mapa, esta es la misma villa donde los misionarios y periodistas fueron asesinados."

Capítulo 73

Tomamos la linterna y examinamos la pared circular picando para encontrar lugares huecos, era lodo grueso e impenetrable. Pero sobre ellos había garabatos crudamente escritos con los nombres de prisioneros anteriores. Marisa tomó su libreta de la mochila y empezó a escribir los nombres, siguiendo la pared.

"Para sus familias," dijo. "En caso de que logremos salir."

El frío empezó a calarnos los huesos, nos acurrucamos debajo de nuestras mantas sucias y hablamos como prisioneros condenados a morir. Lannie habló acerca de Sonia y dijo que su mayor arrepentimiento era no haberla conocido mejor. Marisa dijo que deseaba haber tenido hace años el valor de haber dejado a su esposo. Yo mencioné algunas cosas que para mí habían sido importantes en algún tiempo; como el ser decano de mi universidad pero que ahora no significaban nada. Y la clase de plática continuó hasta que hubo un silencio y Marisa se levantó.

"Ya es suficiente de esta conversación tan deprimente. Salgamos de aquí."

Miré por las ranuras, no había luces, ni guardias, ni movimiento alguno, solo las estrellas y el resplandor de las luciérnagas. Pero la noche había cobrado vida con el gorjeo de los grillos, el croar de las ranas y los chirridos de otras cosas raras y algo así como un ronquido.

"¿Puedes creer esta mierda?" dijo Lannie. "Están durmiendo."

Recogimos la linterna y caminamos hacia el palo del centro que se elevaba y desaparecía en la oscuridad por encima de nosotros.

"Ese techo de paja no es nada," dijo "Lo podemos romper y atravesarlo."

"Lo haré yo," le dije.

"No," Lannie me rebatió. "Soy más delgado que tú. Además se cómo deshacerme de los guardias."

Él apago la linterna y comenzó a subir, murmurando y diciendo groserías; Marisa y yo sosteníamos el palo para que no se tambaleara. Estaba muy oscuro para ver, pero sabríamos que había llegado al tope, cuando empezó a caernos paja.

"Nada aquí," el siseo desde lo alto de la oscuridad. "Voy hacia un lado."

Seguimos su progreso lateral por el sonido de las vigas del palo. Me lo imaginaba poniendo una mano sobre la otra, con sus pies colgando.

"En la pared," dijo Lannie.

Caía más paja; logré ver las estrellas y algunas luciérnagas. El hueco se hizo más grande y sopló aire fresco.

"Voy a salir," siseo. "Esperen en la puerta."

En cuanto entró gateando por él, el hueco se oscureció. Se escuchó un golpe cuando cayó afuera en el piso y volvieron a aparecer las estrellas. Nos arrastramos hasta la puerta y esperamos.

Y seguíamos esperando.

"Tal vez lo capturaron," Marisa murmuró.

"No lo creo, hubiéramos escuchado el disturbio. Él está buscando armamentos."

El ruido de un motor llegó a mis oídos. Los perros comenzaron a ladrar. La gente empezó a llamarse unos a otros. Se escuchaban voces en la puerta de enfrente.

"¿Qué fue eso?" Preguntó Marisa.

"Suena como un avión."

El ruido se hizo más fuerte, más pronunciado y entonces reconocí las palas del rotor de un helicóptero.

"Bravos," dije, escuchando el temor en mi voz.

"¿Cómo puede ser Bravos?" Marisa respondió. "Los Ungas y los Sinchis son enemigos."

"Quizá llegaron para disparar y acabar con el lugar."

"A lo mejor sí, pero debes continuar. Súbete por el palo."

"Tu primero."

"No, Mark, casi no puedo caminar. Me duele el tobillo, tal vez está roto."

El helicóptero sobrevolaba encima de nosotros, haciendo temblar el techo de paja e iluminando el cuarto con las luces de aterrizaje. Los perros ladraban. Los hombres gritaban. A través de las ranuras de las puertas, logré ver a los Ungas saliendo de sus chozas, un mar de luces de linternas eléctricas, oscilantes y rifles.

"Espera en la puerta," le dije. "Te sacaré de aquí."

Corrí hacia el palo y empecé a subir, era más difícil de lo que me había imaginado y me tomó más tiempo de lo que yo quería. Minutos preciados. Pero al fin llegué al hueco que Lannie había hecho. "Apúrate," dijo Marisa. "Ya casi están aquí. Los veo."

Me asomé para echar una mirada. Hombres con rifles y chaquetas de combate se agitaban por las calles, linternas iluminadas como los ojos de los animales, las linternas de baterías haciendo arcos mareantes exactamente como la noche espantosa que pasé en la montaña. ¿Pero por qué los Ungas no estaban contraatacando?

"¡Continúa!" gritó Marisa. "Todavía lo puedes lograr. Olvídate de mí."

"No, Marisa, No me voy sin ti."

Salté de regreso al piso de tierra con Marisa aun protestando diciendo que debía de haberme ido. Estaba ahora en la puerta, escuchaba a hombres hablando en quechua.

Marisa se juntó a mí. En un mandato fuerte, jalaron el pórtico y la puerta se abrió. La luz de la linterna iluminó la habitación.

Un hombre usando la ropa de la guerrilla de Sendero Luminoso marchó hacia adentro.

Tucno.

Me pasó dando empujones y tomó a Marisa del brazo. "Don Francisco la está esperando."

"Dile a Don Francisco que prefiero podrirme en el infierno."

"¿Quién es Don Francisco?"

Tucno giró hacia donde yo estaba. "No se meta en esto, gringo."

Un segundo hombre apareció, bien parecido, como de cincuenta años, de constitución delgada, rasgos europeos, cabello estirado hacia atrás con canas en una cola de caballo, mostrando un arete.

Excepto por el cinturón plateado, estaba todo vestido de negro, como si acabara de llegar de una exhibición de arte. Y cuando le habló a Marisa fue en un español castizo muy pronunciado.

"Nos están esperando en Cuzco, dulce. Es hora de irnos."

"Vete tú," dijo Marisa, "Prefiero quedarme con él."

Se volteó y me dio una mirada. "Así que este es Romeo."

Se paró frente a mí, golpeando sus tacones e inclinándose haciendo reverencia como lo hace un torero cuando se presenta en una Corrida de Toros de Madrid. "En caso de que mi encantadora esposa no le haya dicho, soy Francisco de la Vega. Tal vez haya visto mis pinturas en Dos Pasos. Soy el marido de tu putita."

Capítulo 74

Debía haber hecho la conexión tiempo atrás cuando sus pinturas seguían apareciendo. No que hubiera hecho ninguna diferencia. Aún estaría dado a la fuga. De todas formas el camino nos hubiera llevado a la selva. Y todavía sería un prisionero en esta miserable choza de techo de paja en medio de la selva.

Don Francisco se dirigió a Marisa. "Ven, dulce, el helicóptero nos está esperando."

"No me voy a ningún lado a menos que lo dejes libre."

"Te estás escuchando, mujer. ¿Crees tener el poder de hacer negociaciones?"

"Por favor, Pancho. Tú sabes lo que estos salvajes le harán, él no ha hecho nada malo."

"¿Nada malo has dicho? ¿Qué te parece ser el cómplice en el robo de mi dinero? ¿Y estar acostándose con mi mujer?" Le dio una cachetada. "Puta. ¿Dónde está mi dinero?"

Le tomé del brazo y le di vueltas alrededor, le iba a golpear su bonita cara si Tucno no hubiera sacado su cuchillo.

"Retírese, gringo. Esto es entre un hombre y su mujer."

Los argumentos continuaron. Los brazos aletearon, las linternas tiraban grotescas sombras sobre la pared. Otros hombres llegaron al cuarto con sus rifles de asalto—jóvenes que reconocí del campo de entrenamiento. Me miraban a mí y a Marisa como si estuvieran confusos. Don Francisco les ordenó que llevaran a Marisa al helicóptero. Me voltearon a ver como diciendo, "Lo siento," y se llevaron a Marisa del brazo.

Ella puso resistencia. Gritó, dijo groserías, puso todos los esfuerzos pero fueron tan inútiles como mi viaje a Perú y pronto en la noche la estaban arrastrando con los pies por delante.

"Sal de aquí," me gritó en inglés. "Ve al Plan C."

Luego me quedé solo con Tucno.

Agitó su cuchillo y dio un paso hacia mí, sus ojos se encontraron con los míos. Su cara fea se veía inclusive más satánica con la luz de la linterna. Me moví hacia el lado opuesto del palo del centro y tomé una manta del piso. Tucno se pasó el cuchillo de una mano a la otra.

"Vi su historia en los periódicos, gringu. ¿No le advertí que no escribiera acerca de nosotros?"

"Usted no es mi superior, Tucno. No tomo órdenes de usted."

El aparentó que me iba atacar de un lado del palo y luego por el otro. Yo me moví de izquierda a derecha tratando de mantener el palo entre nosotros. No que esto me fuera a salvar. Sus amigos estaban afuera. Aún si yo le quitara el cuchillo y le cortara la garganta sus camaradas acabarían conmigo de todas formas.

Pero no se la iba a hacer fácil. Diablos no.

Le tiré al cuchillo con la manta.

"Eres un cobarde, Tucno, sin tu cuchillo no eres más que una vieja."

Trató de darme una cuchillada en el aire.

"Adelante, Tucno. Deja el cuchillo y pelea como hombre."

De afuera surgió un grito. "¡Tucno tenemos que irnos!"

"¿Qué hay del gringu?"

"Se lo prometimos a los aldeanos. Lo tendrán de desayuno."

Tucno escupió en el piso y se hizo para atrás saliendo por la puerta.

Se cerró tras de él.

Oí la cerradura del picaporte con una barra atorando la puerta.

Ahí me quedé solo en la asquerosa choza, apoyándome en el palo para sostenerme, mi cuerpo temblando, mi respiración agitada, sin poder creer que aún estaba con vida.

Fui a la puerta y miré entre las ranuras. Las luces se alejaban. Los bastardos se iban llevándose a Marisa con ellos. En mi mente torturada, me imaginaba saliendo de la choza, venciendo a un guardia, tomando su rifle y matando a Francisco de la Vega y luego a Tucno.

Si, y por qué no?

En segundos estaba arriba del piso subiendo por las vigas del palo como un mono haciéndome camino por el hueco que Lannie había creado. Solo un minuto antes yo era un hombre muerto; con mi garganta cortada por Tucno, regando sangre por el piso de tierra. Ahora era Batman, Super Man, Agente 007 y el Hombre Araña. Tenía la suficiente adrenalina como para subir una montaña en los Alpes.

Qué demonios, también tenía el poder de dispararle a ese helicóptero.

La puerta se abrió. Una luz me iluminó.

"¿Qué diablos haces allá arriba?"

Lannie parado en la puerta me iluminaba con una linterna luciendo como un comando en misión —rifles colgados sobre sus hombros, pistolas alrededor de la cintura y en su mano un palo largo de bambú.

Se metió dentro de la choza con mucha prisa. "Bájate de ahí y ayúdame a esconder estos cuerpos."

No pregunté ni quería saber, no quería debatir el valor relativo de las vidas humanas. Era en defensa propia. Así que me dejé caer en el piso aterrizando en la manta de Marisa y me apresuré a tomar aire fresco. Dos Ungas muertos estaban tirados cerca de la puerta. Los arrastré hacia el interior y vi a Lannie improvisando una antorcha con la manta y el palo de bambú.

"¿Para qué es eso?"

"Diversión." Roció la manta con aceite de la linterna y la encendió, levantando el palo contra el techo de paja para luego dirigirse hacia la puerta.

"Ven. Salgamos de este infierno."

Tomé un rifle de asalto y la mochila de Marisa y nos escurrimos dentro de la oscuridad cerrando la puerta tras de mí. La villa se veía abandonada, todos se habían ido a ver el helicóptero y la única señal de vida eran un millón de luciérnagas que se mezclaban con las estrellas.

"Por aquí," dijo Lannie. "Detrás de las chozas."

Cruzamos y recruzamos arroyos angostos; las ranas croaban, los insectos chasparreaban y lo único que sabía era que podíamos estar en el hogar de caimanes, serpientes venenosas y criaturas del lago negro. En ese momento solo me importaba salir de esa horrible choza y encontrar a Marisa.

Finalmente, salimos de la selva, llegamos a un pastizal abierto y en medio de un mar de luces y linternas oscilantes; estaba parado un helicóptero.

"Posiblemente están llenando un cargamento de pasta," dijo Lannie. "Puede ser eso o keroseno."

Nos arrastramos faldeando una línea de árboles hacia la fábrica de pasta. Lannie volteaba hacia atrás para ver si la choza se estaba quemando y yo mirando el helicóptero abajo preguntándome si Marisa estaba dentro.

Una mula bufó. Nos metimos en la maleza y esperamos, sin saber que iba a pasar.

La luna salía detrás de una nube iluminando un corral que albergaba a sus animales. No había guardias que pudiera ver.

"Consigamos nuestra mula," le susurré a Lannie.

"Olvídate de la mula. Nos va a retrasar."

Abrimos la reja de todas formas e hicimos que se fueran, la lógica era que los Ungas no tendrían tiempo de perseguirnos por estar recuperando a sus mulas. Unos pasos más y pude oler el keroseno. Después la vi—la fábrica de pasta. Una linterna quemada en la choza y un radio de batería sintonizando Radio Andino en Cuzco, una voz diciendo algo acerca del Festival de Inti Raymi que se iba a presentar en dos días.

"Esto está muy, pero muy bien," dijo Lannie. "Vamos a quemarla."

"¿Estás loco? Hay guardias."

"Entonces tendremos que matarlos, ¿no es así?"

Capítulo 75

La Fábrica de Pasta

Había tres edificios abiertos al aire libre, cada uno protegido de roedores e insectos con una malla de alambre de un cable de dimensión pesada. Nos arrastramos hacia la más cercana. No había guardias ni trabajadores, sólo una pila de huesos de pollo sobre la mesa, un par de hamacas colgadas de una pared a la otra, carteles con mujeres desnudas de revistas pornográficas y música andina en la radio.

"No hay guardias," dijo Lannie. "Esta gente es realmente estúpida." Regresó a la puerta y echó una mirada. "Míralos. Corriendo alrededor del helicóptero como niños en un parque de recreo. Vamos a voltear los tambores de keroseno para que corra."

Le quitamos la tapa a algunos tambores y empezamos a rodarlos por el piso enfrente de los edificios empujándolos hacia adentro, esparciendo el líquido y haciendo apestar el lugar. Encontré un contenedor de cinco galones y empecé a esparcir el keroseno como un loco pirómano, mojando mesas, herramientas, maquinaria y provisiones. En el lugar donde estaba la radio, mojé el transmisor, algunas baterías de repuesto, el generador y todo a su alrededor; estaba a punto de hacer lo mismo con un archivo de metal cuando Lannie me detuvo.

"Detente, deja ver que hay adentro."

"Está con candado."

"¿Y qué? ¿Es que ustedes profesores no saben nada?"

Envolvió una manta alrededor de su pistola y de un solo tiro abrió el candado. No hizo más ruido que cuando cae un libro en el piso. Tanto así, que el sonido del disparo fue más leve que el abrir y cerrar de las gavetas de metal.

"Santo Dios," dijo. "¿Podrías mirar esto?"

Sostenía un paquete de billetes de cien dólares, bien amarados con ligas de plástico. "¿Puedes creer esta mierda? Debe haber como dos o tres millones de dólares."

"Quemémoslo."

"Diablos, no. Vacía el paquete y dámelo a mí."

Vacié en el piso el contenido de la mochila de Marisa y aún con la poca luz, reconocí su suéter de alpaca, sus pantaletas negras con bordes de encaje, su estuche de maquillaje con su pequeña botella del perfume Lirio de Perú. Ver el contenido intensificó mi dolor.

"Sal y ponte a vigilar," me dijo Lannie.

Me apresuré con mi rifle de asalto, contento de salir del olor a keroseno. Un mula nos pasó muy cerca y a no más de doscientas metros de distancia, el helicóptero estaba parado a campo abierto con los rotores girando y la gente y las luces moviéndose a su alrededor. ¿Estaría llorando Marisa adentro del helicóptero pensando que estaba muerto?

"Marisa," susurré en la noche. "Estoy aquí, escapé, te amo."

Lo dije una y otra vez en silencio justo ahí en el borde de la selva con una mula mirándome de reojo, el olor de keroseno en mis narices y derramando mi alma en esa indefinible e indescriptible corriente que pasaba entre nosotros, tratando de absorber la energía que me rodeaba.

¿Me puedes oír Marisa?

El viento fue mi respuesta, además del bufido de la mula; la cadencia de la charla de los Ungas y una canción sentimental procedente del Radio Andino en vivo desde Cuzco.

Munankichu willanayta...Quieres que te diga,
Maymantachus kanichayta?...¿De dónde soy?
Haqay urqu qhepanmanta...Vengo de atrás de la colina;
Clavelinas chawpinmanta...Entre los claveles,
Azucenas chawpinmanta...Entre los lirios...

Lirios, como Lirio del Perú.

El helicóptero se elevó haciendo un despliegue de luces y ruido. Hice una pequeña oración para Marisa y me volteé justo a tiempo de ver a Lannie corriendo fuera del edificio con la mochila de Marisa.

"Mira," dijo, señalando hacia las flamas que se elevaban por encima de la villa.

El panorama de la choza quemándose me emocionó. Qué alegría, Que dulce venganza.

Los Ungas también lo vieron. Unos a otros se gritaban y empezaron todos a correr precipitadamente hacia la villa como búfalos en estampida con sus linternas balanceándose y los perros ladrando.

Cuando la última luz de linterna se perdió de vista, Lannie regresó adentro de la fábrica de pasta; cogió una toalla entre las cosas de Marisa, la empapó en keroseno y la prendió con su encendedor.

En el resplandor su cara se veía fantasmal mostrando locura en sus negros ojos mexicanos.

"¿Cuál es el punto de vivir si uno no puede divertirse?"

Tiró la encendida toalla hacia una pila de cajas de cartón, las llamas se extendieron por el piso crujiendo y humeando las paredes. Hicimos lo mismo con el siguiente edificio y el siguiente.

Luego corrimos tramo abajo, al son de la explosión de los tambores de keroseno. Lannie se reía como un loco. "Dos millones de dólares, Mark. Ahora sé cómo se sintió D.W.Cooper cuando saltó del avión."

Capítulo 76

Vista Alegre

El graznido de un pájaro me despertó a la mañana siguiente. Di una vuelta y me encontré entre unas ruinas contemplando una aldea pequeña y escuálida que posiblemente era Vista Alegre. Mis ropas estaban húmedas por los arroyos que atravesamos. Mis manos todavía olían a keroseno y todo el cuerpo me picaba por las mordidas de los insectos. Pero lo peor era el vacío que sentía y el sentimiento de fracaso como si alguien me hubiera arrancado el corazón.

Lannie salió entre los arbustos subiéndose el cierre del pantalón. "¿Qué diablos te pasa?"

"¿Qué diablos crees?"

Caminó hacia mí y me puso la mano sobre mi hombro. "Ella va a regresar, te lo prometo. Seguramente se escapará y llegará a los Estados Unidos antes que tú."

Levantó su rifle y apuntó hacia la aldea. "¿Ves aquél edificio con el granero? Es un lugar donde podemos pasar la noche, tienen agua. Ahí nos asearemos y tomaremos un desayuno. Los guías posiblemente deben estar ahí también."

Escondimos la mochila con el dinero y bajamos la colina como un par de abandonados, observando a nuestro alrededor por si acaso veíamos Ungas. Lannie trataba de darme consuelo.

Llegó un perro a olfatearnos. Los gallos con sus regulares cantos matutinos, los niños riendo y los radios a todo volumen. El olor del café y el tocino me recordó que no habíamos comido una comida

305

completa en días. Lannie me puso una mano sobre mi hombro. "Vamos a indagar que hay por ahí." Señalando un bosquecillo de árboles. "Espérame allá con los rifles de asalto."

"¿Y qué si los Ungas se aparecen?"

"Por Dios, Mark, dispárales a los cabrones."

Se puso el sombrero y continuó su camino, pasando alrededor de un vagón que estaba cargado de melones, con ese andrajoso poncho se veía como una persona del lugar. Se volteó y me saludo, dejándome solo con mis memorias, una pistola y dos rifles cargados.

Los buitres volaban sobre nuestras cabezas. Un viejo salió, se montó al vagón y se alejó. Escuché música y voces; el chirrido de los insectos y el canto de los pájaros. Luego salió Policarpo tambaleándose por la parte de atrás, bajaba rumbo a los establos cargando el rifle de tiro de Lannie y mi vieja mochila.

Antes de que pudiera digerir el significado de lo que estaba viendo, Lannie salió con su mochila vieja comiéndose un plátano. "Encontré a nuestros guías." Me dijo y me regaló un plátano. "Los encontré a los tres metidos en el mismo cuarto con mujeres locales, todos desnudos y con botellas de ron regadas por el piso."

"Policarpo está por allá," le dije. "Está preparando la mula."

"Si, pero míralo. Pobre miserable casi no se puede ni parar y esa no es la peor parte." Me volvió a poner la mano sobre mi hombro como para darme valor. "Dicen que la aldea está rodeada de Sinchis, al igual que el tramo para llegar al sitio donde están los misioneros. Tendremos que buscar otro escondite por un día o dos."

"¿Pero dónde?"

"Las ruinas, Policarpo va a jalar nuestro equipo. Nos enviará comida."

No sabía si maldecir o llorar. Sinchis al frente y Ungas por atrás, otra noche en las ruinas llenas de espantos, sin Marisa y teniendo un fuerte dolor de cabeza por falta de cafeína.

"¿Qué tal el plan C de Marisa? La torre del mirador. Podemos ir ahí."

"El Plan C de Marisa es un recorrido de dos días en la dirección equivocada."

Policarpo se nos acercó tambaleándose y tropezando; olía peor que su mula y por su huraña expresión, me di cuenta que hubiera deseado que yo nunca hubiera llegado a su vida.

"Por ahí," dijo gruñendo. Y nos hizo subir por el mismo camino que acabábamos de bajar. Siguiendo las pendientes laterales ahora cubiertas con flores silvestres de colores rosa y blanco bajo el sol de la mañana. Cuando llegamos a las ruinas, empujó su sombrero hacia atrás y se secó la cara. "Dicen que las ruinas están embrujadas por los viejos dioses. Envían lluvia, truenos y relámpagos. Es peligroso."

El estruendo de un relámpago sacudió el piso. "Vio," dijo.

Bajé mi mochila de la mula y tiré una piedra contra la pared, como si eso nos fuera a proteger de los truenos; y empecé a arreglar el lugar para nuestro albergue, cuando una mujer joven llegó caminado por el sendero y se dirigió a Policarpo.

"Bueno, mira quien está aquí," dijo Lannie. "Esa es la mujer de Policarpo."

No tenía mal aspecto, sus suaves rasgos eran característicos de la mayoría de las mujeres Machiguenga—pómulos altos, ojos negros y cabellera de color negro azabache. Pero su falda era muy corta, el maquillaje muy pesado y el olor de su perfume era tan fuerte como para alejar a los mosquitos.

Policarpo dijo que nos acercáramos. "Ella trajo comida." Y los dos extendieron un mantel donde pusieron huevos con jamón, yuca y papa hervida, una barra de pan y un termo con café.

Él y la muchacha se retiraron mientras comíamos, conversaban en tono bajo en su lengua nativa y cuando terminamos, Policarpo tomó las riendas de su mula y nos dijo que nos esperaba en la posada.

"No tienen que preocuparse," me dijo en quechua. "La muchacha les traerá comida e información." Y como era su costumbre, empujo el sombrero hacia atrás y emprendió la retirada. "Que los espíritus los mantengan a salvo de los botones brillantes."

Le pagué a la muchacha por la comida y le di una generosa propina. Luego la observé alejándose con Policarpo y su mula, bajando por el camino. Tan pronto como los perdimos de vista, Lannie recuperó la mochila de Marisa.

"Deberíamos enterrar este dinero." Me tiro un pequeño paquete de billetes de cien dólares. "Diez mil dólares. Quédatelos. Yo tomaré otro paquete. Puede que lo necesitemos para los gastos del viaje."

"¿Cuánto dinero hay en esa mochila?"

"Más de dos millones. Con esta clase de dinero puedes contratar al chingado Allen Dershowitz."

La mayor parte del tiempo estuvo lloviendo por lo que nos vimos forzados a cubrirnos en un pequeño cobertizo debajo de un toldo encerado. Un helicóptero sobrevoló dos veces. Lannie dijo que no le gustaba la idea de poner nuestra confianza en manos de tres guías borrachos y una muchacha Machiguenga que hacia su modus vivendi acostándose con los huéspedes. A mí tampoco me gustaba esa idea y cuando estábamos debatiendo que acción tomar; la muchacha apareció de repente en el camino.

"¡Wiracocha! ¡Wiracocha!"

Tomamos nuestras armas y corrimos para encontrarnos con ella.

"Los botones brillantes," dijo en quechua con una voz frenética. Traía su cabello y ropa toda empapada. "Llegaron a la posada...se llevaron a Policarpo."

Ella hizo un gesto con su mano indicando que había tomado mucho. "Él está mucho con los espíritus líquidos."

Cuando le traduje a Lannie, volteó sus ojos y se golpeó la frente.

"Ese viejo estúpido. Lo van hacer hablar rápidamente."

Le agradecí a la muchacha y le di cien dólares del dinero de la droga lo cual probablemente era más de lo que hacía en un mes. Entonces con relámpagos tronando alrededor de nosotros, lloviendo a cantaros, tomamos nuestras cosas y nos sumergimos dentro de la selva.

Capítulo 77

La Selva Tropical.

Al amanecer; empapados y miserables, estábamos nuevamente de camino, tratando de no ser vistos, en medio de la lluvia nos encaminamos cuesta arriba cuando escuchamos el helicóptero.

Nos escondimos en un arbusto. El helicóptero se acercaba como una sombra amenazante de ruido y metal, casi imperceptible por el follaje. Su ruido hizo temblar el bosque, le siguió un viento turbulento. Luego se desapareció. Parecía que se había mezclado con la selva.

"El cabrón de Policarpo," murmuró Lannie.

Nos sacudimos y con nuestras mochilas íbamos a seguir nuestro rumbo cuando Policarpo y su mula llegaron al mismo tramo mirando furtivamente hacia atrás como si hubiera visto al viejo diablo del bosque.

"¡Los botones brillantes!" gritó. "Tienen a Saturnino y al Hombre Machete."

Pasó muy deprisa delante de nosotros, golpeando a la mula con su sombrero y diciendo maldiciones en su lengua nativa indígena.

"Espera," grité y corrí para alcanzarlo. "La muchacha nos dijo que también te habían atrapado."

"Me escapé. Corrí. Ahora estoy aquí."

Pusimos nuestras mochilas sobre la mula y continuamos, pero no habíamos llegado muy lejos cuando el helicóptero nos cruzó otra vez, haciendo temblar los árboles y esparciendo agua de las hojas.

Desapareció por un momento, pero de repente se encontraba otra vez con nosotros, esta vez disparando.

La corteza de los árboles se partía, el follaje y los escombros nos rodeaban, las balas volaban por doquier en el camino. De mi escondite logré ver el casco del francotirador. Lannie le disparó con su rifle de largo alcance, y estaba maniobrando para dispararle, cuando desapareció.

Lannie tropezó, su sombrero de paja voló; su pelo y barba estaban cubiertos de polvo y escombros. "¿Cómo demonios saben dónde disparar? No hay posibilidad de que nos puedan ver."

Me acordé del aparato localizador de Luis. ¿Quizá le hayan puesto uno a Policarpo? Pero no había tiempo para preguntarle ni registrarlo. No había tiempo para nada, excepto correr; tropezamos con riachuelos, barrancos, maldiciendo lo inclinado de la subida hasta que nos encontramos a lo largo del río que Marisa nos había sugerido que siguiéramos como Plan C. Ahí entre pedrejones tomamos un descanso y un poco de aliento. Compartíamos un queso cuando los disparos volvieron a barrer con nosotros.

Sobrevoló el río, se sostuvo en el aire por un momento y regresó otra vez hacia donde nos encontrábamos.

Lannie estaba maniobrando con la manija de su rifle. Las balas revoloteaban otra vez pegando en las ramas de los árboles, rebotando en los pedrejones y zumbando a nuestro lado.

Le dispararon a la mula y cayó.

Policarpo recogió su mandolina y se fue.

Lannie y yo retiramos nuestras mochilas de la mula y lo seguimos zigzagueando de árbol en árbol, entre barrancos y matorrales, orando y maldiciendo al mismo tiempo.

Los disparos cesaron. El helicóptero se esfumó, al menos por el momento pensé; dejándonos con un silencio bendito. Cuando la última hoja cayó y los ruidos comunes de la selva regresaron, mi corazón también regresó casi a la normalidad. Me esforcé de salir de la barranca, observando a mi alrededor.

"Lannie, ¿dónde estás?"

Siguiendo mis pasos, regresé hacia el río. Seguramente estaban bien. Lannie era como una roca sólida, confiable, siempre ahí.

"Contéstame, Lannie. ¿Me puedes oír?"

"Por aquí."

Estaba recargado contra un árbol, su pierna cubierta de sangre, tratando de cortar los pantalones con su cuchillo. Le dio un tirón e hizo un gesto de dolor. Su cara estaba pálida.

"Estoy mal," alcanzó a decir.

Tomé el cuchillo y le desgarré su ropa, pero cuando vi la sangre y un hueso salido, quería llorar. Traté de parar la sangre lo mejor que pude, saqué una jeringa de su estuche de primeros auxilios y le puse una inyección de morfina.

"Estarás bien," le dije, sabiendo muy bien que no iba a ser así.

La morfina tomó efecto. El habló, pero su voz era apenas un susurro. "Óyeme, viejo amigo, tienes que hacerme un favor. Llámate a Easton y cuéntale lo que pasó. Dile lo del Hombre Gato."

"Díselo tú, Lannie. Yo te voy a sacar de aquí."

"No, Marcus, por favor. Yo me quedare aquí. Este es mi final."

"¿Dónde está Policarpo?"

"En mitad de camino a su casa. Se fue por allá."

"Podemos rendirnos. Ellos te cuidaran."

"¿Que joder, estás escuchando lo que dices? Nos matarán a los dos."

Respiró varias veces profundamente. "Quiero que me disculpes con Sonia. Dile que siento que lo nuestro no haya funcionado."

Para entonces yo estaba llorando. Le di agua. Metió su mano en la camisa y sacó su billetera. "Mira dentro. Hay unas tarjetas de presentación laminadas con el nombre de Marcie. ¿Lo ves? Hay unos números en la parte de atrás, un código de mi cuenta en Bahamas. Mucho dinero. Quiero que lo tomes. Ayer no fue la primera vez que me saqué la lotería."

"¿Y tu familia? ¿Tu ex-esposa?"

"No tengo familia. Mi ex-mujer se fué con un vaquero de Texas."

Le puse mi mano en su brazo y le dije: "Escucha, Lannie, yo—"

Jaló su rifle y me toco la nariz con la punta. "No te me hagas el cobarde ahora, Profesor. Sal de aquí. No hay nada más que puedas hacer."

Tenía razón, por supuesto. Ya se escuchaban los Sinchis llamándose unos a los otros y cortando la maleza con sus machetes. Pero cuando me levanté y lo vi indefenso, acostado en un charco de su propia sangre, me sentí como un padre abandonando a su hijo.

"Una cosa más, viejo amigo."

"¿Qué, Lannie?"

"Te quiero, mi hermano. Ahora vete, sal de aquí y vive una vida feliz y larga."

Me alejé con sus mapas, pistolas, binoculares, billetera y un encendedor, secándome las lágrimas y cortando por un arroyo estrecho cuando escuché el ruido de un solo disparo tras de mí. El bosque se enmudeció. Hasta los monos cesaron de charlar.

Y yo, me quedé solo.

Capítulo 78

El camino hecho por el pasaje de los animales seguía por el costado del río. Seguí la ruta por arriba de la corriente, entrando y saliendo por barrancos, atravesando arroyos, tambaleándome, corriendo, mirando hacia atrás por temor de que me estuvieran siguiendo y con lágrimas en los ojos por mi intensa pérdida. Me debí haber quedado con Lannie, debí haber muerto con él. Era un completo fracaso. Todos mis nobles esfuerzos habían llegado a este profundo dolor. Hasta los pájaros parecían mofarse de mí.

"Lannie, Lannie," cantaban. "Eres un fracasado, fracasado."

La cabeza me latía. Sentía que los pulmones me iban a explotar. De mi mochila tomé un paquete de hoja de té de coca, la embutí en la botella de agua y continué mi camino. En la ruta había bifurcaciones y no sabía cuál tomar. El mapa de Lannie no me daba ninguna orientación tampoco. Tomé un descanso y pensé que los Sinchis tras de mí eran más jóvenes, sus cuerpos estaban mejor adaptados a esta clase de ambiente que el mío, así que era tiempo de aligerar mi carga.

Tiré mi rifle de asalto en los arbustos, me quité todo excepto mis necesidades básicas y estaba re-arreglando mi mochila cuando me di cuenta del loro.

Otra vez el mismo maldito loro que había visto en el campamento de la guerrilla; todo verde y rojo y mirándome desde la rama de un árbol, tan inofensivo como una mascota. ¿Cómo podía ser esto? El campamento estaba a millas de distancia.

"Gringo," empezó a hablar y revoloteaba al tramo de la derecha.

"Gringo," le respondí y lo seguí y en algún lugar de mi mente donde la realidad se mezclaba con locura, se me ocurrió que éste no era un loro común y corriente. Era un espía enviado por los Sinchis y le estaba comunicando un mensaje al Teniente Bravos en este preciso momento.

El parlanchín lo está siguiendo teniente. Ya lo tenemos.

Continué mi viaje.

En la alta tarde, con la selva al frente como un mundo sin fin, las nubes llenas y negras anunciando una tormenta y con el loro revoloteando tras de mí, llegué a un magnífico cañón donde el río sobre un risco se convertía en catarata y desaparecía como una espiral de bruma. Alrededor de mi todo era verde, profuso y goteaba agua. Los cantos de los pájaros y los monos se mantenían en conmoción, perdido entre cientos de sombras de flores, enredaderas y árboles cubiertos de musgo.

¿Podría ser este el lugar de escondite que Marisa señaló como último recurso? ¿Plan C?

¿Pero dónde estaba el mirador? Solo veía el bosque, la neblina y el maldito loro.

Me senté en un árbol caído y estaba consultando mi mapa cuando una anciana apareció en el camino.

Me levanté de un salto. ¿Sería ella real? ¿O sería otra creación del mundo del loro?

Se acercó; era una mujer de mucha edad, muy arrugada, vestida con un gabán largo sin forma que la distinguía como Machiguenga. Un amuleto de huesos se columpiaba en su cuello. Su cabellera era larga y sus labios se movían como si estuviera cantando.

"Hola," le dije en quechua.

Siguió de largo con sus labios aun moviéndose.

¿Estaría ciega? La seguí por un camino alejándome del cañón, deseando que me llevara a su aldea. Machiguengas son amistosos. Ellos podían ayudarme.

Dio una vuelta a una curvatura, esperé un momento y luego le seguí su paso.

Pero ya se había ido. Tan escondida como los monos y el canto de los pájaros. Seguí mi jornada, forzando mis ojos pues cada momento oscurecía más; buscando una aldea que tal vez ni existía, seguido por un loro que a lo mejor era un espía Sinchi. ¿Por qué los Machiguengas no construyen sus aldeas a campo abierto? ¿Por qué prefieren la oscuridad de la selva?

¿Pero por qué no le disparé al maldito loro chismoso?

El viento se aceleró, enviando escombros al piso. Gotas de lluvia penetraban sobre el pabellón y luego caían como chapoteos de agua tibia. La luz de un relámpago iluminó el cielo, un árbol cayó de repente y con él, enredaderas que parecían látigos, quebrando sus ramas y haciendo temblar el piso a la caída.

Me refugié en un barranco, pero se empezó a inundar y me encontré sosteniéndome de raíces y enredaderas. Que irónico sería que después de haber pasado por todos los peligros que experimenté y las balas que evadí, muriera ahogado en un estúpido riachuelo.

La lluvia cesó tan súbitamente como llegó; se escuchaba el croar de las ranas, el trinar de los pájaros, de los grillos y los más horribles chillidos. Lo que quedaba de luz se volvió oscuridad. No la oscuridad de lugares civilizados, pero la oscuridad de las plagas de Egipto, más negras que la obsidiana, más negras que el mal humor que traía.

A tientas busqué mi linterna y la prendí, pero no funcionó.

La agité, le grité, la golpeé contra mis botas y finalmente conseguí una lucecita naranja que difícilmente iluminaba mi mano. "Velas," dijo una voz en mi cabeza. O tal vez fue el loro. Regresé a mi mochila y encontré un par de velas, las atoré en la tierra y para mi sorpresa las pude prender con el encendedor de Lannie.

Con esta poca luz pude colgar mi hamaca entre dos árboles.

¿Podría hacer una fogata? Me pregunté a mis adentros. No, puede que atrajera criaturas de las que me habían advertido—las que comen hombres, pecareis, caimanes, báquira, cocodrilos. Serpientes tan grandes que se pueden tragar una vaca.

Algo se movió.

Tomé la pistola de Lannie y miré entre las sombras. Una figura blanca emergió contrastando con la oscuridad del lugar y tomó aspecto humano. Ahora parecía estar flotando haciéndose cada vez más y más definida.

Ajusté mi dedo en el gatillo.

La anciana que había visto antes apareció a la luz. Estaba empapada, su pelo enmarañado. Era pequeña, arrugada y frágil y su vestido arrastraba por el piso de tierra. Me habló en quechua. "Dicen que cuando un extraño se acuesta por la noche, escucha las pisadas de demonios y brujas."

"¿*Pin kanki*?" le pregunté. "¿Quién eres tú?"

"Soy el viento, wiracocha. Soy el bosque, soy la lluvia."

"¿Tienes un nombre, mujer del viento y la lluvia?"

"Me llaman Sachamama—Madre de la tierra, del bosque."

"¿Dónde está tu aldea, Sachamama?"

"El bosque es mi aldea, mi villa, wiracocha. Los árboles y la tierra son mi hogar."

Se me acercó. "Perdiste hoy a tu amigo."

"¿Cómo lo sabes?"

"El viento me lo dijo. ¿Es que no lo oyes cuando habla?"

Me hice para atrás. Obviamente esta era una mujer trastornada, se arrastró hacia mí y me tocó la frente con su huesuda mano. Cerró sus ojos y empezó a murmurar con una voz áspera, llenando mis fosas nasales con un olor repulsivo.

"No necesita impacientarse por ojos azules, porque puedo verla."

"¿Dónde está ella?"

"En el otro lado de la montaña, más allá de los árboles en el viento."

Un relámpago estremeció el suelo añadiendo más estatura a sus palabras. Una ráfaga revolvió más aire mojado, bañándonos con su humedad. Ella habló otra vez.

"Usted tiene un visitante, wiracocha, atrás de usted."

Di vuelta a mi alrededor pero solo vi una oscuridad absoluta.

"Es tu amigo, el muerto. ¿No le ves su cara, su ropa cubierta de sangre?"

Se me puso la carne de gallina. Quería salir corriendo de ese lugar embrujado tan rápido como mis piernas pudieran aguantarme. "No tengas miedo, wiracocha, él te va a cuidar."

"¿Quién eres tu mujer? ¿Cómo es que escuchas y ves estas cosas?"

"Ohhh, wiracocha, ¿No puedes ver que soy parte del mundo del espíritu?"

Se volteó y se unió con la noche, me dejó temblando en mis ropas mojadas preguntándome si realmente la había visto o era el té de coca que me estaba afectando el cerebro.

Me unté repelente de insectos, apagué las velas y me arrastré hasta la hamaca con mi Glock, envolviéndome con el toldo de lona.

Y justo cuando me estaba quedando dormido, el estruendo de un trueno me despertó. Lanzas de luz de sol se veían sobre el pabellón apelmazándose con la bruma. Los pájaros y monos estaban en lo suyo otra vez y había una neblina baja que parecía colgar sobre el piso de tierra, tan deprimente como mi estado de ánimo.

"Buenos días, gringo."

Salté de sorpresa y miré hacia la cara empapada de lluvia del Teniente Bravos.

Capítulo 79

Se veía tan miserable como yo me sentía, se notaba que no había dormido en días. Los dos Sinchis que venían con él no podían ser más que adolescentes, pero tenían rifles de ataque y una mirada de determinación. Bravos me quitó la pistola y los binoculares. Antes de que le pudiera preguntar cómo me encontró, metió su mano en uno de los compartimientos de mi mochila y sacó un dispositivo de rastreo del tamaño de un dólar de plata.

"El Hombre Gato lo puso ahí. Qué pena que lo hayas matado."

"Yo no le disparé."

"Tu amigo lo hizo. Es la misma cosa."

Sacó el contenido de mi mochila y lo tiró en el piso.

"¿Dónde está el dinero?"

"¿Qué dinero?"

Me pegó por la espalda tan fuerte que me caí en contra de la hamaca.

"Dime donde lo escondiste, gringo."

Pensé que me iba a registrar, sacar mi billetera y pasaporte y los veinte mil dólares robados que metí en las bolsas de mis pantalones cargo. También golpearme hasta hacerme confesar la verdad y pudo haberlo hecho, excepto por el zumbido de la radio de uno de los Sinchis.

"Helicóptero," dijo el joven y le entregó un micrófono a Bravos.

"¿Dónde estás tú?" dijo Bravos hablando a ladridos. "Cambio."

El radio crepitaba. De él salió una voz baja. "En las cataratas, yo creo. Cambio."

318

"Qué quieres decir...tú crees? ¿Cómo es que no sabes? Cambio."

"Negativo, Teniente. No puede verse nada con estas nubes, estamos ciegos. Cambio."

"Puedes ver al Sargento Rojas y sus hombres en las cataratas? Cambio."

"Negativo, Teniente. Y no los consigo por el radio tampoco. Cambio."

"Que joder," dijo Bravos. "Regresemos a la base. Probemos otra vez a las diez horas. En las cataratas. ¿Copia?"

"Copio, Teniente, regresando a la base. Trataremos otra vez a las diez horas."

Bravos entregó el micrófono, su cara tenía un retrato de disgusto. El otro joven Sinchi le preguntó. "¿Qué piensa usted que les sucedió, Teniente?"

"¿Qué demonios voy a saber yo? Tal vez la radio está mal. Esta mierda rusa vale madre. Vamos a las cataratas." Miró su reloj y me empujó hacia el sendero, pero no habíamos caminado ni unos cuantos pasos cuando se escuchó una risa como de un loco en una película de horror bajando por el barranco.

Los Sinchis movieron sus rifles en dirección del sonido. "¿Qué fue eso, Teniente?"

"Monos aullando. Están en toda la selva, ahora vámonos, muévanse."

Una roca salió de la neblina y casi le pega a Bravos.

Los tres Sinchis se tiraron al suelo. Bravos listo para disparar, tenía ambas manos en la pistola moviéndola de un lado a otro. La cara se le había puesto blanca.

"¿Quién eres?" gritó entre la niebla.

Más rocas cayeron alrededor de nosotros seguidos por más risas.

Bravos lanzó un disparo a la selva. Los Sinchis hicieron lo mismo, disparándole a los árboles, arbustos, añadiendo humo a la neblina, apestando el lugar con olores agrios.

Cuando los disparos cesaron, solo quedaba el goteo de la humedad.

"Movámonos," dijo Bravos.

Impuso un paso rápido, empujándome hacia adelante con su pistola, observando entre los árboles y haciendo paradas solo para escuchar, insultando a los hombres de la radio por ser tan lentos.

El Sinchi de atrás nos seguía tan de cerca que se tropezaba con el teniente.

"Maldición, soldado. Probablemente solo es una fiesta de caza de los Machiguengas."

"Pero ¿No usan ellos dardos envenenados?"

"Los dardos no se comparan con tu rifle de asalto."

Hubo un movimiento a nuestra derecha, algo se estrelló entre la selva. ¡Ungas!, pensé, venían a vengarse de mí por robarme su dinero y quemarles la propiedad.

De la neblina salió volando un coco y cuando llegamos al barranco que también tenía un arroyo cruzándole, estaba listo como los Sinchis para saltar y empezar a nadar.

Bravos formó como una hilera de tren, cada uno sosteniendo el cinturón del de adelante sumergiéndonos hasta el pecho. El hombre que sostenía el radio sobre su cabeza, a duras penas podía seguir nuestro paso.

La corriente era rápida y lóbrega, el agua estaba fría, con hojas y escombros flotando; finalmente llegamos al otro lado y pudimos salir agarrándonos de las raíces de los árboles.

El hombre de la radio arrastrándose por el terraplén, echó una mirada y nos hizo señas de que podíamos seguir.

Luchamos por subir, todos mojados y enlodados. Quejándonos y diciendo groserías. Continuamos el trayecto hacia el otro lado, quizá unas treinta metros hasta que llegamos a una bifurcación.

"Mierda," dijo Bravos. "Nunca llegaremos a tiempo a Cuzco."

"¿Que hay en Cuzco?" le pregunté.

"Tu puta, gringo." Me hizo a un lado y habló al hombre de la radio. "¿Está funcionando la radio?"

"Eso creo."

"Consígueme al Sargento Rojas."

El hombre de la radio sacudió su mochila y se puso en cuclillas con el teléfono al oído.

"Sinchi dos, este es Sinchi uno. ¿Puedes oírme? Cambio."

De la radio se escuchó el sonido como de agua corriendo que se interrumpió y luego hubo una estática. Pero no había respuesta, ni de Sargento Rojas tampoco. Bravos maldijo otra vez. El hombre de la radio seguía intentando. El otro joven Sinchi con ojos tan grandes como platos, dijo, "¿Qué pudo haberles pasado, Teniente?"

"El Hombre Diablo," le respondí.

Bravos se dio vuelta. "Cállese, gringo."

"Lo vi anoche, corriendo alrededor en sus cuatro patas, aullando."

"Le dije que se callara."

"Escuchen," dijo el Sinchi con la radio. "Algo viene en camino."

Los tres salieron a buscar un escondite dejándome solo en la bifurcación. Me quedé observando la neblina, esforzando mis ojos para poder ver. La voz de una mujer llegó a mis oídos—la voz de la anciana.

El sonido se hizo más cercano. Se materializó de la neblina como un fantasma blanco, el pelo lo tenía aplastado al cráneo, su cara llena de lodo y murmurando para sí misma en su lengua nativa.

"Es solo una vieja señora," le dije a Bravos.

La mujer paso frente a mí, dejando trazas de su mal olor y dirigiéndose al barranco.

Los Sinchis salieron de su escondrijo. "¿Vio eso, Teniente? Ella estaba flotando."

"No, idiotas, su vestido largo cubre el movimiento de sus piernas."

La mujer se detuvo y se volteó. A duras penas la podía ver con lo brumoso de la humedad, pero cuando habló la neblina amplificó su voz. "Dicen que cuando un viajero se acuesta por la noche, escucha los sonidos de brujas y demonios."

Bravos se enardeció. "¿De qué habla usted, vieja?"

Puso su mano en el oído. "Escuchen, ¿no pueden oírlo?"

"¿Oír qué?"

"El Hombre Diablo. Él está aquí esperando. ¿No oyen su risa?"

Nos dio la espalda y siguió el tramo hacia el barranco. Bravos agarró por el brazo al Sinchi más joven. "Ve y tráemela. Tal vez ella vio a Rojas."

"Pero, Teniente, yo..."

"Le di una orden, Flores, vaya."

Corrió tras de ella llamándola en quechua con una palabra que significa señora.

"Mamay, Mamay."

Su cabeza se hundió debajo del tope de un barranco. Su llamado a la señora se perdió con la jungla. Bravos ahuecó una mano sobre la boca.

"Apúrate, Flores. ¿La ves?"

No hubo respuesta.

Bravos caminó hacia el barranco con su pistola, tratando de ver en la neblina la cual se hacía más espesa en algunos lados y se disipaba en otros.

"Flores, ¿dónde estás? Contéstame."

Los monos y los truenos contestaron por él. Pero Flores, no.

Bravos hizo otro disparo en el aire. Los pájaros salieron volando protestando con su chirrido.

Otra ducha de rocas cayó alrededor de nosotros. El hombre de la radio salió corriendo de pánico. Y yo lo seguí, Bravos corría tras de mi pisándome los talones.

Capítulo 80

Cruzamos arroyos, tropezamos con arbustos, tambaleando, luchando con gran esfuerzo, mirando sobre nuestros hombros y con las ramas de los arboles dándonos en la cara.

"Casi llegamos," dijo Bravos. "Puedo escuchar las cataratas."

Las supuestas cataratas, no eran más que otro arroyo iracundo corriendo a través de un barranco; otro sitio donde la niebla se esconde y donde solo a las serpientes les gusta vivir.

El hombre de la radio se apresuró y empezó a arrastrarse hacia el lado más lejano del terraplén. Bravos me empujó hacia el agua, sosteniendo la pistola a mis espaldas. Pero cuando llegamos al otro lado, solo había niebla y el ruido de la selva.

El hombre de la radio había desaparecido.

"Que joder," dijo Bravos, dando un martillazo al gatillo de su pistola.

"Luna, ¿dónde estás? Contéstame."

Caían más rocas a nuestro alrededor.

Bravos, luciendo como un hombre salvaje, me pinchaba hacia arriba del terraplén. En la cima, nos acostamos boca abajo y observamos entre la neblina. Nada excepto ramas colgando, enredaderas, helechos y hojas grandes—y el maldito loro volando de rama en rama.

"Gringo," me llamaba, y voló adelante.

Bravos me empujó, agarrándose por atrás de mi cinturón y utilizándome como escudo protector. A tiempo llegamos al mismo árbol caído que recordaba del día anterior. Desde lo lejos se oía el rumear de las cataratas. "Gracias a Dios," dijo Bravos. "Ya casi llegamos."

Logré dar la vuelta alrededor del árbol, agachándome lo más bajo que pude para esquivar las enredaderas y el resto del follaje.

Y luego me detuve en frío.

Ahí estaban—un grupo de seis soldados Sinchis muertos colgados boca abajo de un árbol como los perros de Sendero Luminoso; las moscas alrededor de ellos, con las gargantas cortadas y la sangre escurriendo todavía. "Dios mío no," Bravos gimió. "No el Sargento Rojas."

Cambió de mano su pistola para persignarse haciendo la señal de la cruz.

Y fue ahí donde lo empujé.

Cayó, su pistola rodó por las rocas. Le di un rodillazo en el estómago y le puse mis manos alrededor del cuello. El pateó, luchó, su cara se puso azul, sus ojos saltaron y justo cuando parecía el momento final de su vida, lo deje ir.

No lo podía hacer, no estaba en mí. No era un asesino.

"¿Qué te pasa?" escuché una voz familiar tras de mí. "¿No vas acabar con él?"

Me volteé y me quedé viendo la horrible cara de Tucno; con su banda en la cabeza, ropa sucia y pelo revuelto, rifle de asalto y cuchillo. Se acercó y me ofreció su cuchillo.

"Tenga, gringu, use este."

Se apartó y de atrás salieron un grupo de Machiguengas parcialmente desnudos con plumas. Con ellos estaban algunos regulares del Sendero Luminoso en su ropaje sucio, mojados y todavía goteando agua.

Tucno, quien no podía verse más siniestro, aunque estuviera cargando el trinche del diablo, le dio una patada salvaje a Bravos. Bravos gimió del dolor, rodó y trato de arrastrase a un grupo de palmetas, pero Tucno lo arrastró y lo puso en pie.

"Venga, Teniente, vamos a enviarle su cabeza al General Real."

Empujó a Bravos hacia la catarata y meneó su rifle de asalto hacia mí.

"De hecho, creo que enviaremos dos cabezas al General Real."

El hombre tras de mi me hizo salir de la línea de fuego.

Tucno me dio un pinchazo con la punta de su rifle de asalto. "¿Qué hizo con el dinero?"

"¿Qué dinero?"

"No se haga el tonto conmigo. Vimos el incendio y el daño que causó."

El Ingeniero que había estado rezagado, salió de la selva. El mismo Ingeniero que podía pasar por el Presidente Gonzalo. Tras de él venía la niña que provocó la ira de Tucno cuando encendió su cigarrillo en las montañas y algunos de mis viejos camaradas del Grupo Rojo.

Se juntaron a mi alrededor y me dieron una palmada en la espalda; algunos me abrazaron y otros me estrecharon la mano como si fuera yo una celebridad. Y justo cuando pensé que ya había visto lo que tenía que ver y oído lo que tenía que oír, salió una mujer que pensé que nunca más volvería a ver.

Fabiola se había levantado de la tumba.

Capítulo 81

Me abrazo diciendo, "Mírate, gringo. Mira ese pelo blanco y esos moretones y rasguños. ¿Qué te han hecho?"

Me le quedé mirando su cara quemada por el sol y sus ojos negros Andinos, fijándome en su pelo crespo, el hibisco rojo en su gorra y su sonrisa tan amplia como la selva misma. Cuando quise preguntarle como sobrevivió, el Ingeniero hizo sonar el silbato.

"Todos a las cataratas. Tenemos solo una hora."

"¿Una hora para qué?" preguntó Fabiola.

"Un helicóptero Sinchi. Vamos a realizar una emboscada."

Se puso junto a mí y comenzamos la marcha. Ella charlaba sin parar y para cuando llegamos a la catarata, ya me había enterado que las guerrillas tenían un campamento de entrenamiento muy cerca de ahí, que los soldados de Bravos habían caído por medio de los dardos venenosos y que gracias a que estaba en el baño, Fabiola había logrado escapar la muerte durante el ataque de los Sinchis en Apurímac.

"Ahí me encontraba," dijo Fabiola, "tratando de peinarme mi cabello enmarañado, cuando se escuchó un alboroto. Me salí por una ventana de atrás y me escondí en el bosque."

"Pero vi tu foto en los periódicos. Te identificaban como uno de los muertos."

"¿Te parece que estoy muerta? La foto que viste fue de Tika. Para entonces ya estaba muerta."

La abracé otra vez. Me dijo que alguien debía de decirle a Marisa que aún estaba con vida. Bajó más la voz. "La vi hace un par de días."

"¿Dónde?"

"Aquí, el helicóptero de ellos aterrizó en este mismo lugar. Ella nos dijo a todos los que podíamos escuchar que tú posiblemente vendrías y que más nos valía que te cuidáramos. Incluso se lo dijo a esa vieja bruja."

Le seguí la mirada y vi a la anciana. Estaba sentada sobre unos pedregones, seguía balbuceando y con la mirada perdida en la nada. Conforme nos acercamos se levantó y me agarró la manga. "Dicen que cuando un extranjero se acuesta a dormir en la noche, escucha los sonidos de demonios y brujas."

Fabiola me retiró de la vieja. "Ella no sabe lo que dice. Los Machiguengas dicen que ha estado deambulando en el bosque por años. Ella cree que es un espíritu."

"¿Es de ella el loro?"

"¿Qué loro?"

Miré alrededor pero el loro ya se había ido.

Estaba buscando el estúpido loro cuando el Ingeniero empezó a formar sus tropas.

"Aterrizará aquí, en este espacio llano. Aquellos de ustedes con uniformes Sinchis van a saludar. El resto se esconderá entre los arbustos."

Hicieron un ejercicio de entrenamiento—una, dos y tres veces— gritando y diciendo groserías, soplando el silbato; el entrenamiento no paró hasta que llegó otro grupo de Machiguengas saliendo de la selva con dos prisioneros. Luna y Flores.

Se les veía en sus ojos que estaban borrachos. Se tambaleaban al caminar. Todos los rodearon. El Ingeniero consultó su reloj. "Háganlo rápido."

Volteé a ver a Fabiola para que me explicara.

"Los van a matar," me dijo.

"Solo son unos niños. ¿Por qué matarlos?"

"Si nosotros no los matamos, ellos nos mataran. Así es la vida."

Me acerqué al Ingeniero. "¿Puedo hablarles un minuto?"

"Ya los interrogamos."

"¿Les preguntaron sobre sus planes en Cuzco?"

"Son soldados comunes y corrientes. ¿Qué pueden saber ellos?"

"Mira, dame un minuto, por favor."

Sin esperar respuesta, me encaminé hacia el hombre de la radio. "Escucha, hijo, tu teniente va a lastimar a una mujer inocente mañana. Posiblemente tú la puedas ayudar. Cuando te encuentres con tu creador y le digas que pudiste haberla ayudado pero no lo hiciste, ¿cómo te verás ante él?"

"Vete al carajo, gringo."

Le dispararon y tiraron su cuerpo en la bruma de la catarata. Hicieron lo mismo con el otro joven Sinchi. Le seguía el turno a Bravos.

"Espera," me dijo. "Necesito confesarme. ¿Oirás mi confesión?"

"No soy sacerdote, Teniente."

"No importa. Sé que puedo confiar en usted. Sé que es un hombre bueno."

El Ingeniero hizo un gesto de aprobación. Bravos se arrodillo frente a mí.

"Bendíceme Padre, porque he pecado."

Con los Machiguengas viéndome de un lado, el Ingeniero y Tucno dándome miradas despreciables y el ruido de las cataratas en mis oídos, me confesó que había desobedecido a sus padres, que había seducido a una jovencita llamada Viole y cuando quedó embarazada, él se enlistó en la armada. El continuó diciendo que había hecho cosas terribles, como asesinar a personas inocentes y había permitido que sus hombres violaran y saquearan. Terminó diciendo que recogía dinero de los narcotraficantes para entregárselo al General Real. Por último, me dio el nombre de su sacerdote en Cuzco y me pidió que le notificara de su muerte.

Para entonces el sol salía sobre una nube y el Ingeniero estaba perdiendo la paciencia.

"Se le acabó el tiempo, Teniente."

"Un segundo más. Ya casi termino." Esperó que el Ingeniero se alejara y me volteó a ver. "El General Real conoce a su mujer, es...la esposa del artista. La va arrestar mañana—en Inti Raymi, el Festival del Sol. Pero eso no es todo." Bajo más su voz. "También va a detonar bombas y explosivos. Matará a muchas personas inocentes."

"¿Por qué? ¿Cuál es su propósito?"

"Lo ha hecho antes. Para echarle la culpa a los terroristas. No puedo irme con mi creador teniendo este cargo de conciencia."

"Es suficiente," gritó el Ingeniero. "Continuemos con esto."

Bravos me tomó del brazo. "¿Usted cree en el cielo?"

"Sí, Teniente."

"Quiero volar al cielo con los cóndores."

Antes que pudiera preguntarle lo que significaba lo que me decía, se levantó, se dirigió al filo del cañón y se arrojó al abismo. Me apresuré a verlo y lo último que vi del Teniente Bravos fue sus brazos extendidos como saltando con un paracaídas—un cóndor—lanzándose entre la niebla.

Capítulo 82

¿Bravos volando como los cóndores? ¿El hombre que se había convertido en mi pesadilla y ahora ya no estaba entre nosotros? Trataba de asimilar el significado de todo esto con Fabiola a mi lado preguntándome lo que había pasado. Cuando se apareció el Ingeniero y Tucno, demandando saber por qué lo dejé ir a sabiendas que ellos querían su cabeza de trofeo.

"¿Qué diablos te dijo que era tan importante?" el ingeniero me gritaba por encima del rugido de la catarata.

Me hizo a un lado lejos de la catarata para que pudiéramos hablar sin gritar. Le dije de los planes del general de interrumpir el festival de Cuzco. Me dijo que eso le valía un comino, y en un instante todos los presentes nos rodearon para oír la conversación. Hasta los Machiguengas con sus plumas y cabellos largos, prestaban atención.

"Dice que los va a culpar a ustedes," le dije "Que ustedes pusieron las bombas."

"¿Y qué?" dijo el Ingeniero. "Siempre nos están echando la culpa."

"También van arrestar al artista, Don Francisco."

"Nadie es indispensable en esta vida," Tucno gruño. "Especialmente usted."

Tucno sacó su cuchillo probándole el filo; volviéndose al Ingeniero, le dijo: "Este gringo no ha traído más que problemas. Yo diría que también lo tiráramos en la bruma."

"¿Estás loco?" dijo Fabiola. "El Presidente Gonzalo te cortaría la cabeza."

El Ingeniero los alejó como si tuvieran una pequeña corte de

Leones en medio de la selva. Sus voces subían y bajaban—Fabiola estaba argumentando a mi favor, mientras Tucno me veía como si me quisiera cortar la garganta. No sabía si estaba yendo a mi favor o no, se veían agitando los brazos y discutiendo en tono agresivo cuando se escuchó un grito.

"¡Helicóptero! ¡Viene en camino!"

Un estruendoso pisoteo rompió la pequeña deliberación, los rebeldes corrían de un lado a otro. Los que tenían uniformes de Sinchis se dirigían hacia la orilla del precipicio. Otros corrían hacia los arbustos. Fabiola me llevó jalado hacia los árboles, pero Tucno ahora con birrete rojo y camiseta Sinchi me detuvo.

"No, gringu. Tú eres el prisionero. Eso es lo que ellos esperan ver."

Me empujó hacia las cataratas con la punta de su rifle de asalto. El Ingeniero iba corriendo por delante y por detrás, dando órdenes ladrando como el general que era.

"Esos de los arbustos manténganse fuera de vista. Si veo que alguien se asoma, le disparo yo mismo. Mantengan sus ojos en mí. No abran fuego hasta que les dé la orden. ¿Está claro?"

"Si, Camarada Ingeniero."

El helicóptero apareció debajo de nosotros elevándose del cañón y siguiendo el curso del río; su distintivo ruido era ahora audible por encima del rugir de las cataratas. Se acercaba cada vez más hacia la pared del cañón. Y luego por un momento lo perdimos de vista.

Un hombre de la guerrilla con camiseta Sinchi se acercó a la orilla. "Aquí viene otra vez. Alístense."

Tucno me dio de empujones hasta un lugar despejado cerca de la orilla del abismo. Siete u ocho de los Sinchis en uniforme—supuestamente Sargento Rojas y sus hombres—estaban parados tras de mí con sus rifles de asalto.

El ruido se hizo más fuerte: La voz de Fabiola cortaba el sonido.

"Tenga cuidado, gringo. Tírese al piso cuando empiece la balacera."

Seguro—asumiendo que Tucno no me diera primero un balazo por la espalda. Busqué un escondite, un lugar donde cubrirme, cualquier lugar que pudiera protegerme, pero lo único que vi fue unas flores a punto de abrirse, tierra plana entre el cañón y la selva y Tucno con su rifle de asalto.

El helicóptero se elevó sobre el despeñadero y volaba como monstruo prehistórico, su motor gritaba, esparciendo su líquido húmedo. Haciendo volar por el aire los pétalos de las flores.

Oh, Dios mío, como yo odiaba esa cosa infernal. Era más fuerte que los hombres de adentro, mayor que los ribetes, que el plástico y que el metal; era una entidad diabólica que no merecía vivir. Se elevaba cada vez más alto, girando por un camino y luego por el otro. Por mi posición frente a Tucno, podía ver claramente a un hombre de casco con su rifle en la puerta de enfrente, columpiando su arma de un lado al otro, mirando sobre nosotros. Probablemente el mismo francotirador que mató a Lannie. Maldito bastardo.

Tras el parabrisas estaba un piloto con gafas protectoras y junto a él otro hombre inspeccionando el área con sus binoculares. ¿Qué pasaría si llegaran a sospechar?

¿Qué si el francotirador abría fuego?

¿Qué si Tucno me dispara por la espalda?

El helicóptero descendió más abajo y con el viento me tiró el sombrero. El rebelde que pretendía ser Bravos sostenía su birrete con una mano y con la otra le indicaba al piloto que se dirigiera a un área más llana.

El francotirador venia caminando dándonos la cara hasta que se detuvo sobre las flores. El motor disminuía su marcha hasta que el ruido se hizo más tolerable.

"¡Ahora!" gritó el Ingeniero.

Busqué el piso. Una tormenta de balas volaba sobre mí. Las rastreadoras chocaban contra el helicóptero, haciendo huecos, rebotando, tirando chispas y pedazos de desechos. El parabrisas se hizo pedazos y la cola se desplomó. Con todo en su contra, el piloto saco su nave del suelo.

Solo por un momento.

Hizo una inclinación y empezó a dar vueltas en un espiral loco, chocándose contra el borde del peñasco y girando como un trompo chillador.

Una porción de la hélice se desprendió y me pasó volando por la cabeza. Después una pieza entera de metal y sus hombres fueron a dar al fondo del peñasco, perdiéndose en la bruma y dejando atrás la celebración de una mafia de terroristas, el olor de aceite quemado, humo de armamento y de metal chamuscado.

Capítulo 83

Las aclamaciones, la excitación y el darse palmadas en la espalda continúo por mucho tiempo. El Ingeniero hizo otro discurso de la victoria obtenida, diciendo que estaba orgulloso de cada uno de ellos y les recordaba que todavía había muchos obstáculos por vencer. Los Machiguengas se despidieron y se desaparecieron en la selva. Entonces las guerrillas tomaron su equipo, formaron filas y marchando se alejaron.

Fabiola llegó a despedirse de mí, pero el Ingeniero le hizo un ademán que se alejara y que siguiera su camino. Luego él me señaló con su dedo muy enojado. "Considérese un hombre con suerte, gringo. Tucno quería su cabeza; la hubiera obtenido si no fuera porque usted tiene amigos en lugares altos. Quiero que olvide lo que vio aquí. ¿Comprende?"

"Si, Camarada Ingeniero."

"Y una cosa más. Vamos rumbo allá hacia el sur; pero usted va a ir por acá, hacia el norte." Señalando debajo de un tramo que ya había caminado. "Ahora váyase, no quiero ver su cara de gringo otra vez en mi vida."

"¿Por lo menos puedo contar con un arma?"

"Lo siento, ningún arma. Tal vez los Machiguengas lo ayuden."

Se volteó y se alejó marchando con el último de su fila; dejándome en un camino solitario; sin armas, sin comida ni abastecimiento. Me dejé caer en los pedrejones donde la anciana se había sentado y miré hasta que el último de ellos desapareciera en el horizonte.

¿Y ahora qué? Seguirlos sería un suicidio. Lo mismo sería si regresaba. Maldiciones. Debía haber algo que pudiera hacer para ayudar a Marisa.

Me levanté y me sacudí. De ninguna manera iba a regresar por el mismo camino que vine. Tal vez pudiera encontrar el camino Inca y seguirlo a Cuzco. ¿Por qué no? Seguí la misma dirección de los rebeldes y me encontré a Fabiola caminando por el camino de regreso.

"Vine a despedirme," me dijo con tristeza.

"Te vas a meter en problemas."

"Ya estoy en problemas. Me llaman amante de gringos y no de muy buena manera." Me encaminó hacia unos campos de pedrejones que estaban rodeados por un matorral. Miró alrededor como si los árboles tuvieran oídos y bajó la voz. "Yo sé cómo puedes llegar a Cuzco, es un gran riesgo, pero..."

"¿Pero qué, Fabiola?"

"Tenemos un helicóptero. Va a volar a Cuzco. Hoy en la noche."

Levantó una mano. "No preguntes, solo escucha. Es grande, es uno de esos de manufactura Rusa—con tres filas de asientos. Hay espacio en la parte de atrás de la fila. Te puedes esconder."

Me dio los detalles. Hicimos nuestros planes, luego salió y se desapareció en la cuesta. Un minuto después, reapareció y me hizo señas que la siguiera. Marchaba a la siguiente curva indicando que continuara y así siguió hasta que el trayecto nos llevó al Mirador Inca.

"Hasta aquí puedo llegar," dijo. "El helicóptero está por ese camino."

Abrió su mochila y me dio un plátano, una barra de jabón, un pedazo de queso y una jarrita de líquido que la llamaba la poción del diablo. "Necesitas un baño, pero ten mucho cuidado. Puede haber guardias."

"¿Por qué haces esto, Fabiola?"

"¿Conoces al esposo de Marisa?"

"Si lo he conocido."

"¿Has visto sus pinturas, la serie llamada las Muchachas de Pachacuti?"

"¿No me digas que fuiste una de ellas?"

"Yo soy muy vieja. Pero tengo una hija—Celeste, ella tiene catorce, casi quince años."

Mostraba odio en su rostro. "Si hubiera sido solo la pintura, estaría bien, pero él es un pervertido, un pedófilo. Fui directo a Marisa. Ella..."

"¿Ella qué?"

"Me ayudó. Me llevó hasta el lugar donde la tenía. Se le enfrentó con una pistola. Lo hubiera matado si no me hubiera interpuesto yo."

"¿Está bien Celeste?"

"Ahora sí. Marisa me ayudo a recuperarla, algo que es muy preciado para mí. Me gustaría hacer lo mismo por ella." Una vez más me besó y se despidió de mí despareciéndose en la selva.

Capítulo 84

Lo pude oler antes de verlo, un montículo de redes de camuflaje en un pequeño claro cerca del borde del canon, descansando como un gigantesco mosquito con peste a gasolina y líquidos de lubricación. No había guardias que pudiera ver. Ni cables de seguridad.

Pero, ¿Y que si alguien estuviera durmiendo o leyendo un libro adentro? Me acerqué arrastrándome como si fuera una serpiente enroscada tratado de meterme debajo de la red.

Las marcas lo identificaban como un helicóptero de Petroperú, lo cual no era. Con razón podían sobrevolar el país sin ser descubiertos ni ser derribados. Petroperú, era un Corporación Petrolera Peruana, propiedad del gobierno. Era tan grande y abotagada, que posiblemente los burócratas que lo manejaban no tenían ni la menor idea que los rebeldes habían utilizado su buen nombre.

Los pájaros aleteaban por encima de la red. Los monos gritaban, pero adentro no se percibía ningún movimiento. Ni tampoco se asomaban caras por las ventanas. Tal vez no tenían ningún guardia. ¿Por qué debería de hacerlo?

Solo un lunático como yo en ese momento, se atrevería hacer lo que tenía en mente.

La puerta estaba sin candado, la abrí con soltura y me encaramé dejando escapar un fuerte ruido. Adentro estaba oscuro y había un olor a aceite metálico como si fuera un taller de reparaciones de automóviles. Un manual de operaciones bien usado estaba puesto en el asiento del piloto. Al igual que una linterna. La encendí y miré alrededor todos los asientos de piel desgarrados, cables y tubos descolgados sobre mi cabeza, viejos periódicos y basura. ¿Es que nunca limpiaban esa pieza de basura Rusa? No me podía imaginar a Marisa sentada aquí, no la mujer que se rodeaba de flores y cosas de olor dulce.

Pateé una botella de Inca Kola fuera del camino, me dirigí hacia atrás a echar un vistazo a los asientos traseros. Si, exactamente lo que había dicho Fabiola—una cavidad amplia llena de cajas, mantas, cojines y basura, con espacio suficiente para un pequeño caballo. Moví las cosas a mi alrededor; me hice una cama y me metí en ella.

Perfecto. Mejor que en primera clase. Ahora lo único que necesitaba era un arma.

Busqué en las bolsas y cajas, no había armamento. Miré debajo de los asientos. Nada. Luego de un lado del pozo de transmisión escarbé un hoyo y encontré una pistola de bengala con cartuchos más grandes que las de escopetas. Bueno con esto me tendría que conformar.

El viaje a Cuzco estaba a horas de distancia, así que me senté en uno de los asientos, levanté un periódico que alguien había dejado y me encontré con otro artículo acerca de mi—un concurso patrocinado por la editorial como los mejores versos Shakesperianos que resumían mis circunstancias.

El verso ganador. Soneto 116 venía de un estudiante de San Marcos.

El amor no se altera ni en breves horas, ni en semanas.
Pero se lleva a cabo hasta el borde de la fatalidad...

Exactamente. ¿Por qué otro motivo estuviera yo en un helicóptero Ruso?

Voces y risas venían de afuera. ¿Por qué vendrían tan pronto?

Me regresé a la parte de atrás haciendo maromas para meterme en mi agujero. De regreso al borde de la fatalidad.

La puerta se abrió. Subió una mujer y luego un hombre. Hablaban en quechua y por su conversación, supe que eran parte del equipo de tierra. ¿Pero qué si eran los que venían a hacer la limpieza? ¿Qué si notaban que hacía falta una pistola de bengala?

¿O la linterna?

Tenían una radio de la que se escuchaba los sonidos familiares de la Radio Andino de Cuzco. Abrían y cerraban cosas golpeando y agitando el metal. Se movilizaron hacia atrás.

Se sentaron en los asientos a unas cuantas pulgadas de distancia de mí. Besándose y acariciándose.

"¿Nunca te cansas, verdad?"

"No, florecita. Tú eres la luz de mi vida. Me vuelves loco."

Dios nos guarde, no aquí, por favor. Váyanse a otro lado.

El asiento se meneó. El helicóptero rechinó, la música tocó y la cara de la pareja cuyos gestos solo podía imaginar, empezaron a emitir ruidos e intercambiar palabras que solamente estaban destinados para ellos.

"Ahí," decía ella. "Hazlo de esta manera. Oh sí, oh sí, Oh Dios, sí."

En quechua.

Continuó y continuó—sin final, hasta que pude llegar a percibir el olor del acto de amor. Pude ver el tope de la cabeza de la mujer en los entreabiertos del asiento y el bulto de la cabeza. Arriba y abajo, atrás y adelante, tan cerca de mí que podía jalarle el cabello.

"Oh sí...sí..."

La tembladera se detuvo.

"¿Por qué siempre eres tan rápido?" se quejó la mujer.

"Está bien. Yo sé cómo complacerte. Solo dame un minuto."

Un minuto pasó y luego otros quince minutos más hasta que la tembladera empezó nuevamente. Quería gritar, salir de mi escondite y darles tremendo susto.

¿Por qué me pasan estas cosas a mí?

"Oh sí, mi amor. Sí, sí, sí."

Una vez más, el meneo se detuvo. A pesar de las señales de no fumar encendieron un cigarrillo, llenando la cabina de olor a cigarrillo. "¿Me amas?" la mujer ronroneó.

"¿Qué crees?"

"Dilo, quiero oír que tú me lo digas."

"Te quiero, bollito. Te adoro. Te idolatro."

Quería vomitar.

"Que pena con el gringo," dijo el hombre. "Creo que era una buena persona."

"Que van a hacer con el gringo?"

"¿No escuchaste? Tucno envió un escuadrón en su búsqueda. Nunca saldrá con vida."

Finalmente, se fueron. Salí de mi escondite otra vez, me bañe en un pequeño arroyo, esperé hasta que oscureciera, y me escondí otra vez en mi guarida. Los pasajeros y tripulantes llegaron como a las nueve bajo una gran lluvia, mientras yo estaba en mi escondite con mi estómago gruñendo de hambre, soñando con una hamburguesa y papas fritas.

Había risas, una fuerte burla y de repente se escuchó una grosería; como si alguien se hubiera tropezado en la oscuridad.

Era Tucno.

El hijo de perra. Tal vez esta era mi oportunidad de estrangularlo en la oscuridad.

Los pasajeros se encaramaron en los asientos de atrás golpeando mi hombro. Las bolsas caían encima de mí. A través de una ranura pude ver el destello de una luz roja encendida.

El motor empezó a encenderse, chisporroteó un par de veces y cobró vida. Los rotores giraron moviéndonos de un lado al otro. El movimiento se intensificó cuando el piloto calentó el motor. La embarcación vibraba y se meneaba. El ruido crecía en intensidad lastimándome los oídos.

Y entonces nos levantamos y emprendimos vuelo.

Capítulo 85

Cuzco

El helicóptero se tambaleó, se movió, nos tiraba de un lado al otro. Seguramente me descubrirían. Posiblemente habría una confrontación que nos mataría a todos. A pesar del ruido, la tembladera, la oscuridad y el frío, me decía a mí mismo, pudiera estar volando en un avión comercial. ¡Qué diablos! Pude haber salido de mi escondite en el asiento trasero cantando *Dios Bendiga a América*.

O pudiera hacer pedazos la cabeza de Tucno.

Estaba oscuro y había mucho ruido.

Se acercaba la media noche cuando finalmente aterrizamos. Para entonces estaba tan entumecido, con frío y con un terrible dolor de cabeza por la falta de oxígeno, que lo único que quería era dormir.

Las luces de la cabina se encendieron. El motor cambió de rechinido a un sonido más silencioso.

Los pasajeros desembarcaron. Las puertas se cerraron, y se escuchó el sonido de un vehículo que se alejaba.

Con dificultad salí de mi guarida, me apresuré a la salida y salté a la oscuridad de la noche estrellada. El aire era tan frío que calaba los huesos. ¿Pero por qué estaba tan oscuro? Cuzco era una ciudad grande. Debería haber más iluminación.

Me cubrí con la manta y palpando mi camino como si estuviera ciego, me dirigí hacia un lugar donde había carros circulando, maldiciendo la ropa que traía puesta que todavía estaba húmeda y apestosa.

Perros ladraban, una mujer reía y como si hubiera tropezado con uno de esos cables militares, se encendió una luz en arco hacia los cielos, haciendo un despliegue de brillantes colores.

Me aplasté contra el asfalto; estaba seguro de que me habían descubierto.

Más luces destellaron haciendo la noche en día, seguido por estallidos y retumbos. Todo a mi alrededor eran edificios, aviones y automóviles. No me había tropezado con un cable, como pensé. Era media noche en Cuzco y los descendientes del guerrero del Sol Inca estaban celebrando la llegada del día más corto del año.

Yo me reboté y caminé hacia la calle principal y paré un taxi.

El taxista me dijo que no había luz en la ciudad. "Perú" balbuceó.

El tráfico estaba pesado, las calles estaban llenas con Jaraneros vestidos en prendas nativas muy coloridas. El taxista me dijo que iba a ser muy difícil encontrar un hotel vacante, así que me dejó cerca de la famosa plaza Inca de los lamentos, donde El Inca Tupac Amaru había sido atrapado y descuartizado por los españoles.

El olor de la comida de los alrededores y humo de eucalipto me intensificó el apetito.

Abrí camino entre la multitud y me encontré frente a la Iglesia de Santo Domingo; una estructura colonial que había sido construida sobre las ruinas de Coricancha, el centro religioso de los Incas llamado el Templo del Sol. De adentro salían voces de mujeres en coro.

"Bendita seas tú entre todas las mujeres y bendito sea el fruto de tu vientre..."

Qué lástima que no era católico y que estaba tan desesperado por llegar a una cabina de teléfono; de otra forma, me hubiera metido en la Iglesia, hecho una oración por Marisa y encendido unas cuantas velas por los muertos.

Por las calles había una procesión de Runas con velas encendidas: hombres en sus ponchos rojos y cachuchas tejidas, mujeres con faldas de vuelo amplias y circulares con sus sombreros en forma de hongo, marchando al son de los tambores. Me puse atrás de ellos, los seguí alrededor de una cuadra y al fin me quedé parado frente a los elegantes arcos del Hotel Cuzco, donde en el pasado Marisa y yo nos hospedamos cuando trabajaba con el Cuerpo de Paz.

El lobby estaba cálido y muy limpio; encendido por lámparas y velas que dejaban un olor muy placentero. Sin guerrillas, ni Sinchis, ni loros, ni monos gritando; solo el conserje iluminado atrás del mostrador por una pequeña lámpara; que me veía como si fuera algún místico sacado de Katmandú.

"¿Señor?"

Me quité mi sombrero todo ajado. "Necesito una habitación."

"Lo siento, señor. Es el festival. Tal vez mañana por la noche."

Saqué un billete de cien dólares. "Es para usted si puede conseguirme un cuarto."

Miró a su alrededor, tomo el dinero y pretendió ver si encontraba una habitación disponible. "Todo lo que tenemos es una suite de lujo en el quinto piso. Tendrá que pagar por adelantado."

"¿Tiene teléfono?"

"Todas las habitaciones tienen teléfonos, pero no funcionan cuando hay un apagón en la ciudad."

"¿Qué me dice del agua? Necesito limpiarme y atender estas mordeduras de insectos."

"Tampoco hay agua. Las bombas necesitan electricidad, pero mantenemos un contenedor lleno en los baños en caso de emergencias. Puedo conseguirle un contenedor extra si lo necesita."

Le mostré mi pasaporte falso y firmé bajo el nombre de John Keats. Le di otros cien dólares por el cuarto y seguí a un joven llamado Néstor al segundo piso. El encendió las lámparas y velas que iluminaban la habitación con esa clase de lujo que no había visto por semanas.

"¿Tiene lavandería el hotel?" le pregunté.

"Mañana."

"Mañana es muy tarde. Necesito ropa limpia a primeras horas de la mañana." Le entregué otro billete de cien dólares en su cara. "Es para usted si logra conseguírmelo esta noche."

Capítulo 86

Hotel Cuzco

Las campanas de la Iglesia me despertaron al amanecer, seguido por gritos agudos y el golpe de los tambores. Me salí de la amplia y lujosa cama y me asomé a la ventana. Legiones de Runas descalzos tomaban vida, saludando los primeros rayos del sol con gritos y danzas.

Levanté el teléfono, conseguí la operadora y en unos momentos estaba en comunicación con la mamá de Marisa en Miami.

"¿Dónde estás?" me preguntó con voz frenética. "¿Dónde está Marisa?"

Le dije lo que sucedió y le pregunté si sabía algo de Marisa. Ella no había escuchado nada de ella, así que le prometí encontrarla y llevarla a casa; le pedí que llamara a Sonia y le dijera que se comunicara conmigo al hotel.

"Pero no de su casa. Dígale que use un teléfono público."

Me lo prometió. Colgó y me metí al baño; tomé una ducha caliente sintiéndome en la gloria. También me rasuré la barba de cuatro días, me cepillé los dientes y usé el hilo dental—gracias a las facilidades que proveía el hotel—estaba curándome las cortaduras y los golpes, cuando Néstor llegó con el desayuno y la lavandería lista; mi ropa olía a flores.

Le entregué el dinero que le había prometido y lo llevé a la ventana para mostrarle los ponchos de color rojo brillante y los gorros tejidos de los Runas.

343

"¿Puedes conseguirme un atuendo como esos?"

"No hay problema, caballero. Lo tenemos abajo en una tienda para turistas."

"También un suéter. Extra grande. Gafas para el sol y una libreta grande y un marcador."

Le entregué doscientos dólares y le dije que se quedara con el cambio.

Sonia llamó mientras saboreaba mi desayuno. Este era el momento que más temía. Retiré mi plato y le conté lo de Lannie.

Lloró. Yo lloré. Le prometí darle más detalles después y entonces le dije lo que le pasó a Marisa, añadiendo que el general conocía su identidad.

"Tengo que encontrarla Sonia. Ella está en grave peligro. ¿Tienes alguna idea donde pueda estar?"

"Todo lo que se, es lo que me dijo hace una semana o algo así; que su esposo quería que estuviera a su lado en la ceremonia de hoy. Lo van a condecorar como honorario Inca por su apoyo a la causa."

"¿Dónde y cuándo?"

"A mediodía, en el Fuerte Sacsahuaman."

Le pedí que si podía venir al hotel. Ella dijo que si, le dije que le dejaría un paquete en una caja de seguridad y que podía encontrar la llave encima del marco de la puerta del baño—en caso de que yo no regresara. "Dile al conserje que eres mi esposa. Yo les diré que te estoy esperando."

Mi siguiente llamada fue a Holbrook Easton en la Embajada de Estados Unidos en Lima. Con su voz refinada, me bombardeó con preguntas, pero lo corté y le dije lo que pasó con Lannie. También le hablé del Hombre Gato, de los Ungas y de lo que habíamos aprendido acerca de los narco-traficantes. Además del complot que estaba tramando el General Real para romper las festividades con una bomba.

"Le va a echar la culpa a los terroristas."

"Esa es una acusación muy seria, Profesor. ¿Cuál es su fuente?"

"No importa. Llame al Inspector Bocanegra. Llame a la policía de Cuzco. Llame a Radio Andino."

"Veré lo que puedo hacer, pero escuche. Hay un helicóptero Sinchi perdido en el área donde usted se encuentra—también un escuadrón de Sinchis perdidos. ¿Sabe usted algo acerca de eso?"

Le colgué, llamé al sacerdote de Bravos y cuando terminamos la conversación, las campanas de la gran catedral me dijeron que ya eran las diez.

Maldición, ¿dónde estaba Néstor? Si no llegaba en diez minutos, tendría que caminar hacia el fuerte vestido como gringo. Dejé sobre la cama lo que me quedaba del resto de mis posesiones—mi cuchillo de Armada Suizo, billetera y binoculares; veinte mil dólares que robamos de los Ungas, mi pasaporte, mi pistola de bengala y la brujita de trapo de Marisa.

La billetera de Lannie fue directamente a la caja de seguridad para Sonia. Así como la mayor parte de los veinte mil dólares. La brujita de trapo venía conmigo.

Lo curioso es que se parecía a la vieja bruja de la selva.

Al fin Néstor entró a la habitación con un bulto. Le agradecí y comencé a vestirme como un Runa—con gorro tejido de lana con cubre orejas, un poncho de un rojo brillante que me llegaba a las rodillas, gafas oscuras para esconder mis ojos claros. ¿A quién le iba a importar que no estaba usando los pantalones a la altura de las rodillas y las sandalias, o que era ocho pulgadas más alto que la estatura común de los Runas?

Probablemente la población entera de Cuzco estaría borracha.

Arranqué una hoja de la libreta y escribí la palabra, NORMAN.

Me colgué los binoculares de Lannie en el cuello y metí mi brujita de trapo en el bolsillo.

Luego abrí el arma de fuego, le deslicé la concha y la puse lista para detonarse.

Era hora de encontrar a Marisa.

Capítulo 87

Fuerte Sacsahuaman

El taxi dio vueltas alrededor haciendo una vuelta ilegal en U y comenzó a subir la inclinada calle llamada Saphi Plateros. Normalmente nos hubiera tomado diez minutos llegar a Sacsahuaman, pero las calles estaban congestionadas de peatones así que íbamos muy lento; parando aquí, esperando que pasara una procesión ruidosa por un lado o tomando calles adyacentes para ser parados por la policía y hacernos retornar a la calle principal.

La multitud se expandió, el tráfico se hizo más pesado y antes que nos pudiéramos percatar, estábamos en un embotellamiento masivo, con los cláxones sonando, conductores enojados y policías tratando de mantener el orden. Un borracho rodó sobre el capó del vehículo y se asomó por el parabrisas. Niños vestidos de diablillos golpeaban las ventanas y meneaban sus sonajas. De pronto escuché mi nombre en la radio del auto.

"Esto nos acaba de llegar: Profesor Marcus Thorsen, el hombre que hemos conocido como Romeo el Poeta, está haciendo serias acusaciones acerca del General Clemente Real..."

Le pagué al taxista, salí del vehículo y seguí a la multitud, pasando por lugares bajos para ocultar mi estatura. El camino era aún más empinado. Mis pulmones me dolían por el aire tan ligero. Aquí y allá, me agachaba detrás de obstáculos evitando a los policías; estaba sudando a pesar de la temperatura tan agradable.

Pero al fin lo alcancé, una monstruosidad de pedrejones y triples paredes que se extendía a lo largo; la escena del derrocamiento final de los Incas ahora estaba envuelto en una atmósfera de carnaval, ruido y color. Los espectadores con vestidos autóctonos enfilaban las paredes con las piernas colgando. Otros estaban sentados en los riscos o se mezclaban en el campo del desfile. Venían levantando nubes de polvo; las mujeres cargaban a sus infantes en sus chales, viejos en muletas, niños con adornos coloridos de demonios y diablos. Todos vestidos de criaturas horripilantes con cuernos y sonajas.

Logré abrirme camino entre mesas donde mujeres Runas estaban vendiendo conejillos de india rostizados, me subí al tope de la pared más alta y pude inspeccionar el paso del desfile con mis binoculares, enfocándome en el área donde estaban sentados los dignatarios. Ahí se veian, generales en uniforme, jueces con sus capas negras, políticos, alcaldes, clérigos, diplomáticos y otros oficiales vestidos de civiles.

Marisa no estaba ahí. Ni tampoco su esposo.

Los guerreros Incas estaban realizando su danza ritual, una oleada de uniformes brillantes, adornados con escudos, plumaje, jabalinas y otras armas de mano. Mujeres danzantes le siguieron— jóvenes bonitas y muy coloridas. Luego les tocó el turno a los danzantes vestidos de diablillos, seguidos por flautistas y vocalistas cantando una melodía sobre la guerra Inca.

Beberemos chicha de tu cráneo/haremos de tus dientes un collar,
De tu piel haremos un tambor/ y luego danzaremos hasta el amanecer.

Golpeaban conchas de caracol, tocaban el tambor y de las grandes paredes salieron un grupo de muchachas danzando y tirando flores de sus canastos. Detrás de ellas surgió un grupo de doce guerreros Incas sosteniendo una litera cubierta. En ella sentado estaba el gran Sapa Inca, el señor de los nevados Picos Andinos.

Le seguía el sumo sacerdote del Sol en su capa dorada y luego los generales del Imperio: princesas y príncipes, miembros de la corte y las mujeres escogidas; finalmente estaban los soldados con jabalinas, escudos, plumaje y palos de guerra.

El Inca se bajó de su litera y ascendió al mismo trono que había sido tallado para el real Sapa Inca cientos de años atrás. Todos se pusieron de pie. Aclamaciones y aplausos se oían por dondequiera. Él se volteó hacia la sección de dignitarios y asintió.

Fue en ese momento cuando vi a Don Francisco de la Vega, invitado honorable, con Marisa a su lado; ella estaba con una túnica blanca muy fina con bordados morados y colgando de su cuello, el dorado medallón del sol.

Se estaba mordiendo el labio inferior.

Corre, quería gritarle, *sal de ahí.* Pero ella no hubiera podido salir, aunque me hubiera oído. No con Tucno sentado tras de ella, todo vestido de chaqueta y corbata.

Algo era cierto, Tucno estaba en todas partes. Bajando por la pared era difícil y tambalee un poco, pero nadie lo notó y a nadie le importó. Era solo otro Runa. Pasé entre medio de una pared y por fin estaba separado de Marisa por cordones de soga, tropas militares y a una distancia de como media cancha de futbol americano.

Le hice señas con la mano. Me quité la cachucha, le grité. Sostuve el letrero que escribí con la palabra NORMAN.

Ella no se percató. Nadie se dio cuenta, ¿cómo podían darse cuenta entre todo ese bullicio y esa conmoción?

¿Y ahora qué hacer? Pensé en esa indescriptible corriente que pasaba entre nosotros. ¿Funcionaría aquí? Cerré mis ojos y saqué toda la voluntad de mi ser.

Mírame, Marisa. Estoy aquí, enfrente de ti.

Traté una y otra vez, apasionada y desesperadamente, pausando para observar su reacción a través de los binoculares. Solo los tambores y la música contestaron, pero no Marisa.

Tal vez si le envío un poema. No de los poemas de Neruda, pero uno de los poemas de Mark—"El Lirio del Perú."

Me concentré otra vez, cerrando mis ojos.

El ruido del festival se desvaneció. Escuché los cantos de los pájaros y el lamento de las flautas. Olí su perfume. Escuché mi propia voz recitando las palabras que ella amaba escuchar.

Y fue entonces, que, de algún lugar dentro de mi alma, al borde de la desesperación, sentí su presencia.

Levanté los binoculares otra vez. Ella tenía los binoculares en sus ojos, recorriendo las paredes con su mirada.

Sostuve el letrero de NORMAN ondeándolo. Ella se enfocó en mí. Su expresión cambió de resignación a exaltación.

Le mandé un beso e hice un gesto hacia la pared de su derecha. Se encogió como si no entendiera. Le escribí en la parte de atrás con mi lápiz engrasado—CORRE.

Ella asintió y se puso de pie. Tucno la sentó con la mano.

Los tambores empezaron a sonar y rugían las conchas de los caracoles.

Cuando en ese instante, se escuchó la explosión de la primera bomba en el lado izquierdo.

El fuego de un arma hizo erupción tras de mí.

"¡Corre!" le grite a Marisa. "¡Por aquí!"

Casi todos en la sección de dignatarios estaban de pie mirando alrededor, algunos apresurándose a salir. Corrí con furia hacia ellos moviendo mis brazos.

"¡Aléjate! ¡Dispérsate!"

Marisa corrió, tropezándose con las sillas y empujando la gente lenta del camino.

Su esposo corría tras de ella, maldiciendo y gritando.

Tucno, como el fiel perro faldero que era, la perseguía desde atrás.

La tomó por el cuello y estaban forcejeando cuando la siguiente bomba explotó.

En la sección de dignatarios.

Un hongo de fuego y humo se levantó hacia el cielo, chupando el aire de mis pulmones, levantándome de los pies y tirándome hacia el suelo. Chispas de fuego, ropa y otros escombros pasaban resonando sobre mi cabeza. Las sillas caían a mi alrededor, así como otras cosas tan horribles como para no mencionarlas.

Capítulo 88

Luché por pararme de pie, sacudiendo el polvo de mis ojos. Una nube de humo sofocante cubría el área. Las cenizas caían como gotas de agua. Tambaleándome traté de llegar hacia el lugar donde la había visto por última vez.

"¿Marisa, donde estás? Contéstame."

Estaba boca abajo debajo de Tucno, tratando de quitarse el cuerpo que tenía encima. Tucno estaba muerto, la parte de atrás de su cabeza aplastada, su ropa humeaba. Don Francisco también estaba tirado muy cerca.

"Marisa," lloré. "Soy yo, Mark."

Abrió sus ojos y me apretó la mano. "¿Eres tú, Mark?"

Me emocioné. "Vas a estar bien. Voy a sacarte de aquí."

Su mano se puso flácida. Le rogué que aguantara, pero no hubo respuesta, ni movimiento alguno. Le quité a Tucno de encima. Si, ella estaba respirando. No había quemadas severas o huesos rotos que pudiera encontrar, solo el pelo alborotado, la ropa desgarrada y un corte por debajo de la sien izquierda.

El cuerpo de Tucno la había salvado. Pero aún no estaba a salvo. El General Real sabía quién era. No podía llegar al hospital como la Señora de la Vega, por supuesto que no.

Su bolso estaba agarrado a su hombro con su identificación adentro. Se lo quité y lo metí debajo del cuerpo de una mujer muerta que estaba a unos cuantos pies de distancia. Nadie se dio cuenta. Había mucho ruido y pánico. Hice lo mismo con el medallón del sol. Luego encontré un poncho tirado cerca de nosotros y estaba tratando de ponérselo sobre su cabeza cuando ella intentó sentarse.

"No," le dije. "Solo descansa."

Se echó hacia atrás y alcanzó mi mano.

Le limpié el hollín de su cara. "Escucha corazón, cuando llegue la ambulancia quiero que les digas que tu nombre es Lori Easton. Esposa de Holbrook Easton. ¿Me comprendes?"

"Lori Easton," balbuceo. "¿Qué pasó con Tucno?"

"El ya no va a molestarte nunca más, ni tampoco tu ex."

"¿Me voy a morir?"

"No corazón. Vas a estar bien."

Le hice repetir el nombre de Lori Easton otra vez y le decía lo mucho que la quería, cuando una mujer en bata medica se acercó haciendo señas a los camilleros. Alguien me dio un gafete para que escribiera su identificación y me pidieron que escribiera su nombre. Escribí Lori Easton y el número de teléfono de Holbrook Easton.

La subieron a la ambulancia junto con otra media docena de heridos ensangrentados. Un médico le amarró su identificación en la muñeca. Traté de subirme al lado de ella.

"No," me dijo el médico. "No hay espacio."

"Pero soy su esposo."

"Puede visitarla en el hospital. No sabemos cuál es todavía."

Cerrándose la puerta, la ambulancia se alejó. Encendieron las sirenas dejándome solo con lágrimas en los ojos. *Por favor querido Dios, permite que se ponga bien.*

Llegaron más ambulancias al campo. Un helicóptero de noticias sobrevolaba la fortaleza. Miré otra vez a Tucno y al esposo de Marisa para asegurarme que estaban muertos; estaba pensando en bajar a Cuzco cuando el sistema de altavoz cobró vida. Se escuchó la rasposa voz del General Real.

"Atención, Atención, tenemos la situación bajo control. Permanezcan en calma."

Ahí parado el muy bastardo; su pelo y uniforme cubiertos de polvo ladrando órdenes a cinco o seis Sinchis, enviándolos de izquierda a derecha, tratando de ordenar el caos que él mismo había creado.

Ascendió al trono como si fuera un poderoso Inca. Una pequeña armada de reporteros con cámaras y micrófonos lo seguían, todos ellos preguntándole qué sabía de los que habían perpetuado este acto.

"Los terroristas," vociferó. "Ellos hicieron esto. Pero serán traídos a la justicia."

Entre el ruido y el caos que ocasionó era casi imposible oír, pero eso al general no le importó. Las cámaras empezaron a rolar. Su cara estaría en las noticias—y en la primera página de cada periódico de Perú. EL GENERAL REAL ARRIESGA SU VIDA EN SACSAHUAMAN.

¡Cómo no, el muy bandido iba a arriesgar su vida! Y perderla también si tengo la oportunidad.

Me abalancé hacia el trono y me quité mi cachuchera Inca.

"Tú," dijo y trató de alcanzar la pistola de su funda. Me tiré contra él con una furia que nos llevó a los dos al otro lado.

La pistola salió volando. Periodistas y reporteros saltaron aparte.

Miró de izquierda a derecha para ver si los Sinchis estaban por ahí; había pánico en su mirada.

Pero no había Sinchis a la vista, solo el cuerpo de la prensa y ellos tampoco simpatizaban con el hijo de perra. Seguro no iban a intervenir. Sabían cuando una buena historia se les estaba presentando.

Di otro paso hacia adelante pensando que iba a dar una pelea frente a las cámaras. O señalarme con el dedo y empezar hacer acusaciones. En lugar de eso, se volteó y salió corriendo.

Capítulo 89

A 3415 metros, el fuerte Sacsahuaman no era precisamente el lugar más indicado para un gringo como yo ir de corridas y definitivamente no era el lugar para correr detrás de un nativo peruano. La sangre de los Andes corría por las venas del General Real. Su cuerpo estaba adaptado al aire liviano de estos lugares. El mío no estaba preparado para ello.

Pero de todos modos lo seguí, la rabia y el odio que sentía me impulsaba a hacerlo. Seguramente si no lo detenía, se saldría con la suya y continuaría con las atrocidades que hasta ahora había hecho y lograría encontrar a Marisa en el hospital; los dos terminaríamos en la casa de Drácula y a él, probablemente lo elevarían a la categoría de héroe nacional.

Real faldeó una loma rocosa conocida como el Rodadero—un tobogán para niños hecho de roca—cruzó la carretera de encima, tomando un sendero empinado hacia arriba. Lo seguí. Pero a 3536 metros cerca de un sitio de una trituradora de cal moderna, no pude correr más y me reduje a caminar.

Sentía que mis pulmones se estaban quemando. Mi pierna lastimada me dolía mucho. La verdad, es que todo el cuerpo me dolía y tan solo había corrido unas cien metros a lo más. Me sentía un fracasado. Era hora de continuar con el Plan B. ¿O era el Plan C?

Tendría que llegar al hospital, encontrar a Marisa y esconderla nuevamente.

Pero, la elevación también le estaba afectando al general. El hijo de perra estaba parado frente a mí, no más de cincuenta o sesenta metros de distancia, doblado tomando un poco de aliento cerca de un añejo baño Inca, con sus manos en las rodillas e inhalando aire. Lo más probable es que mientras yo escalaba montañas él se había tirado al libertinaje. O quizá antes de la ceremonia se había tomado unos cuantos tragos y había pasado la noche con algunas putillas.

Continué empujándome hacia arriba, cada paso era cada vez más alto y más empinado.

A 3720 metros, aproximadamente un kilómetro al norte de Sacsahuaman, el general volteó y miró hacia atrás. Para entonces yo me encontraba cerca de él. Lo bueno del camino en este momento, era que desde donde yo estaba el trayecto que seguía era de bajada, hacia el valle del rio Saphi; donde una cinta de río cortaba el bosque lleno de árboles de eucalipto.

Hice una pequeña oración por Marisa y continué mi camino. Con un poco de suerte agarraría al general antes que llegáramos al Chacán, una gran barrera natural a ambos lados del Río Tica Tica. Luego le golpearía la cara como a un pulpo estrangulándolo con mis propias manos.

Veinte pasos más y cada vez estaba más cerca de él. Ahora ya podía oír sus gruñidos y el ruido de sus pies.

Quince pasos.

Diez.

Cuando llegó al puente, se paró y dio un giro a su alrededor. Tenía en la mano una pistola, una de esas de calibre pequeño, de las que un jugador de cartas puede esconder en su manga.

Vi un resplandor, sentí el golpe del impacto y mi lado derecho se quedó entumido; me estrellé contra el general, aplastándolo como un saco de papas y los dos caímos al suelo.

Traté de levantarme, pero la fuerza en mis piernas y brazos se habían ido. A tientas busqué dentro de mi poncho la pistola de bengala, hasta que finalmente sentí un mango familiar. Pero no lo pude sacar de mi cinturón, mi dedo pulgar estaba demasiado resbaloso, ensangrentado y muy entumecido. Intenté con la mano izquierda y tampoco eso funcionó.

El general se logró incorporar y se paró delante de mí jadeando.

Deliberadamente me dio una tremenda patada en un costado. "¿Valió la pena, gringo? Pudo haberse ido...regresado a su mundo académico. Pero no, no era suficiente. Usted mató a mi teniente...el Hombre Gato, y a Gordo...a todos mis hombres buenos y de confianza."

Me volvió a patear. "Ahora, véase...su mejor amigo muerto. Su putita muerta. Y usted a punto de unirse a ellos."

Sacó su cartucho usado y buscó otro en su bolsillo.

Me empujé hacia atrás hacia un camino de gravilla, me fui yendo hacia atrás y más atrás hasta que mi cabeza y hombros descansaron contra lo que quedaba de un acueducto Inca. De ahí escuché un sonido de burbujas, como si el acueducto todavía llevara agua a Cuzco, pero cuando escuché un silbido, el borboteo y vi la sangre en mi mano, me di cuenta que las burbujas salían de mi pecho.

Una confusa bruma roja se asentó sobre mí. Las palabras del general se mezclaron con el sonido del helicóptero. Él dijo algo acerca de la detonación de una bomba y de la operación de drogas que el controlaba; estaba seguro que él admitió que el propósito principal de detener al Presidente Gonzalo era para eliminar la competencia.

La bruma se hizo más densa. El ruido que pensé era del helicóptero resonaba solo en mi cabeza.

Pensé que es así es como uno siente la muerte. Cerré mis ojos y me dejé ir en un sueño profundo. Sin miedo, sin remordimientos, en completa paz. Ni siquiera vi la película de mi vida delante de mí.

Fue entonces cuando apareció el loro. Hizo un graznido un par de veces y corrió a lo largo de la barandilla del puente y de repente se convirtió en Lannie Torres.

Se arrodilló junto a mí. "¿Qué demonios pasa contigo, Mark?"

Me golpeó la cabeza. "No te hagas el marica ahora. Tú puedes."

Atrás de él estaba una asamblea de muertos—Luis, Gordo, Tucno, Don Francisco, el Hombre Gato, Bravos, el fotógrafo de los Sinchis, el perrito de ojos tristes; hasta esas malditas mulas se acercaron como para darme la bienvenida al mundo de los muertos.

"Sigue adelante," dijo Lannie. "Todavía no es tu hora. Saca la pistola de bengala."

Lo intenté otra vez buscando debajo del poncho y con dificultades traté de zafarlo hasta que finalmente se soltó.

"Aprieta el gancho," dijo Lannie. "Usa ambas manos, Tú puedes hacerlo."

El general no se había percatado de mis esfuerzos, o si lo hizo debió haber pensado que estaba sosteniendo mi herida con las manos. Se llevó su tiempo recargando su pistolita para tenerla lista al disparar.

Todavía jadeando se me acercó; sus botas rechinaban sobre la gravilla suelta.

Ahora se encontrada parado sobre mí.

Hizo hacia atrás el gatillo y levantó la pistola apuntándome la cabeza.

"¿Qué diablos?" Lannie me gritó al oído. "¿Vas a dejar que te dispare?"

Hice a un lado el poncho y jalé el gatillo.

El impacto hizo que el general se elevara y volara fuera del puente.

Me di cuenta que la gente y los animales del puente se dispersaron llevándose consigo al general y de repente todo cobraba sentido. Venían por el general y no por mí.

Lannie me dio una palmeada en el hombro. "Buen trabajo viejo amigo." Y luego como la cabeza del Inca Tupac Amaru perdiéndose en la bruma emprendió su vuelo convirtiéndose en un cóndor.

Capítulo 90

Hospital Memorial de Cuzco

La llamaban enfermera Zara, y tenía una voz de ángel. Como sabía su nombre, no lo sé, pero la reconocí en el instante que me desperté, la encontré corriendo una regla a lo largo de la parte inferior de mis pies. Traté de sentarme, pero el dolor que tenía era muy intenso. Traté de hablar y preguntarle sobre Marisa, pero tenía tubos por todas partes y las palabras no me salían, tuve que recostarme en la almohada otra vez.

"Todo está bien," me dijo con su voz angelical. "Solo quédese tranquilo."

Me dijo que me encontraba en el Hospital Memorial de Cuzco y que había estado ahí por dos días. "¿Sabe cómo se llama?"

Lo sabía, pero no iba a decírselo; no hasta que supiera que tanto sabía ella.

"No tiene caso mantenerlo en secreto," me dijo. "Sabemos quién es usted."

Se dirigió a la puerta y llamó a alguien que se encontraba en el pasillo. Su llamado trajo a un hombre de cabello oscuro y estatura pequeña en una bata blanca. Se inclinó con su estetoscopio e hizo lo que los doctores normalmente hacen, me dijo que la bala había tocado una costilla y colapsado un pulmón y se había alojado en el tejido muscular cerca de mi espina. "Con terapia se recuperará completamente."

¿Recuperación completa? ¿De qué estaba hablando? Mis

357

expectativas de vida no eran mejores que las de un perro rabioso. Estaba sorprendido que no me hubieran dado ya una inyección letal.

"No se le ocurra tener ideas de escaparse," dijo. "Afuera hay agentes de PIP haciendo guardia."

Tan pronto él se fue, la enfermera Zara jaló una silla y por primera vez noté sus ojos negros, almendrados y lo joven y bonita que era. Me entregó mi brujita de trapo.

"Tenga, me imagino que posiblemente le gustaría recuperarla. Los agentes se quedaron con todo lo demás."

Casi me atraganto al ver mi amiguita. Zara me miró como si ella también estuviera a punto de llorar. "Usted ha estado preguntado por Marisa," lo dijo en una voz muy suave. "Lamento decirle que ella no logró sobrevivir."

Mi estómago se hizo nudo. Ella estaba equivocada. Marisa estaba viva la última vez que la vi. Pero no iba a mencionar el nombre de Lori Easton. Hasta donde yo sabía, La enfermera Zara bien podía ser un agente de la PIP.

"¿Cómo lo sabe?" le pregunté.

"Salió en los periódicos. Fue una gran sorpresa escuchar que estaba casada con el famoso artista."

"¿Dónde encontraron su cuerpo?"

"No lo sé, tal vez le pueda conseguir un periódico."

Apenas la enfermera salió del cuarto, entró el Inspector Bocanegra con su puro y con Chino a su lado. "Usted es un gran hijo de puta con suerte," dijo. "Si no fuera por su pasaporte falso, estaría ya en una prisión bajo estricta vigilancia. En vez de eso, está aquí en el hospital en un cuarto de dignatario."

Se quitó su chaqueta como si fuera un huésped y jaló una silla. Chino me zamarreó el brazo tan fuerte que desgarró la herida. "¿Le duele?" me preguntó en su español cantadito.

Subieron mi cama, poniendo más estrés en la herida. Bocanegra me gritó todos los cargos contra mí, contándolo con sus dedos—la muerte de un detective de la PIP, el homicidio del Teniente Bravos y el escuadrón entero de los Sinchis, la destrucción de un helicóptero de la armada y la muerte de todo su equipo y por último el asesinato de un general de la armada.

Tomó una bocanada y la sopló en mi cara. "Lo que le estoy

diciendo, gringo, es que va a tener cadena perpetua en Lurigancho—asumiendo que alguien no le corte la garganta primero."

Se inclinó aún más. "Pero no se preocupe. El presidente no le importa usted. La persona que quiere es al Presidente Gonzalo. Si nos ayuda a encontrarlo posiblemente se reduzca su sentencia a diez años."

Me miraba con insistencia esperando una respuesta cuando Zara la enfermera regresó empujando un carrito. "¿Que está sucediendo aquí? Este es un cuarto de no fumar."

Bocanegra se irguió y se puso su chaqueta. En la puerta dijo. "Regresaré."

Zara les tiro la puerta cuando salieron.

"Bastardos. Deberían darte una medalla por matar a ese general." Cambió las vendas que ahora estaban sangrando, me sirvió una sopa de verduras y me puso una inyección para mitigar el dolor.

De la parte de abajo del carrito sacó un periódico.

Lea rápido. Tiene más o menos diez minutos antes que las drogas hagan efecto.

La fotografía de Marisa me saltó, así como la de su famoso esposo. El encabezado shakesperiano: HASTA LA MUERTE POR UN GRANUJA BRIBON.

Encontraron ambos cuerpos en el fuerte, lado a lado. Mi cambio había funcionado. ¿Pero qué habría pasado con Marisa cuando la puse en la ambulancia bajo el nombre de Lori Easton?

Abrí las siguientes paginas rápidamente; fotos de esa carnicería humana, las mías persiguiendo al general y los disparos en el puente junto con un encabezado que leía: SE LE NIEGA FUNERAL MILITAR AL GENERAL REAL.

Al final lo encontré, enterrado en una última página bajo la larga lista de heridos y muertos.

La señora Lori Easton, esposa de un oficial de la Embajada de Estados Unidos en Lima, expiro.

Capítulo 91

Holbrook Easton llegó a la mañana siguiente, mientras estaba ahogándome en mi propia miseria. Supe que era él cuando escuché su refinada voz hablando en el pasillo con el guardia. Aunque nunca lo había visto, tenía su imagen mental como un hombre alto, distinguido, vestido en traje de tres piezas, con cabello canoso y un portafolio. Resultó que era todo eso y más.

También tenía la tez más oscura que había visto en mi vida. Me dio la mano y me dijo como lamentaba haber sabido lo de Marisa y lo apenado que estaba por los problemas que estaba atravesando en este momento además de mi propia congoja, pero que había serias consecuencias que tenían que resolverse antes de que la situación se empeorara.

"¿Cómo podrían empeorarse las cosas, más de las que ya estaban?" le pregunté.

"Hay un rumor que pusieron un contrato por su cabeza."

Me encogí de hombros. Continuó. "Se ha hecho enemigo de casi todos los grupos de poder en este país—PIP, Sendero Luminoso, la armada, los escuadrones de la derecha, hasta los mismos Ungas. Nos hubiera gustado que lo cambiaran a uno de nuestros lugares de alta seguridad hasta que inicie el juicio, pero no están cooperando con nosotros. Han puesto solo un guardia, el cual es un agente de la PIP."

Sacó una grabadora de su portafolio y lo puso en la mesita de noche. "Debes darnos una declaración tuya mientras todavía estés con nosotros."

"¿Le importaría si grabamos nuestra conversación?"

"¿Encontraste el cuerpo de Lannie?"

"Ni una huella. Me dijeron que buscaron el área entera."

Pasó un largo silencio. Me imaginé que los animales y los pájaros habían movido el cuerpo de Lannie antes que su sangre se enfriara. Easton elevó lentamente mi cama y alcanzó el interruptor de la grabadora.

"Espera," le dije. "Dime, ¿qué le paso a Lori Easton?"

"¿Quién es Lori Easton?"

"Los periódicos dicen que era su esposa."

"El nombre de mi esposa es Trish. No conozco a nadie con el nombre de Lori."

"¿Cómo es que no sabe? A ella la identificaron como esposa de un oficial de la Embajada de Estado Unidos en Lima. Su apellido era Easton. Su apellido es Easton. Seguramente le habrán contactado."

Tragó saliva y miro hacia otro lado, evitando mis ojos.

"Voy averiguar un poco más sobre eso. Ahora necesitamos una declaración." Prendió la grabadora, me identifiqué diciendo el lugar y la fecha; di mi nombre completo y fecha de nacimiento.

"¿No debería necesitar el apoyo de un abogado?"

"Yo soy su abogado, Profesor. Cualquier cosa que diga será entre usted y yo."

Contesté todas sus preguntas acerca de Gordo, de la pequeña batalla sin nombre en las montañas, el hombre Gato, los disparos del francotirador ocurridos en la villa de los Ungas, de cómo habíamos sido atacados por el helicóptero y como fui capturado por el Teniente Bravos. Pero me negué a decirle donde me habían escondido y quien me había ayudado excepto por Lannie. De ninguna manera iba a implicar a Sonia, Fabiola o a Cóndor. Tampoco le mencioné acerca del Ingeniero.

"Déjeme ver si entendí bien," dijo Easton. "Usted fue capturado por los Sinchis. Escucho como discutían el complot que tramaba el General Real. Quería salvar a Marisa, así que se escapó arrojándose por un río desbordado durante una tormenta. ¿Cómo consiguió regresar a Cuzco?"

"Agarré un tren."

Viró sus ojos y paró la grabadora. "Había solo una manera de regresar a Cuzco, Profesor, y eso era con la ayuda de los insurgentes. ¿Por qué los está protegiendo?"

Para entonces mi cabeza me golpeaba del dolor, mis heridas me dolían, mi corazón sangraba. Easton respiró profundamente. "Mire, Profesor, o coopera y me dice la verdad, o pase el resto de su vida en Lurigancho."

Hizo una pausa, como si dejara que las palabras cayeran por su propio peso, luego levantó un dedo. "Pero hay otra alternativa."

"¿Que alternativa?"

"He estado en contacto por decirlo así con los poderes de este país, incluyendo al Comisionado Amado y la oficina del presidente. Por lo que a ellos les concierne, usted es un mero saquito de papas. El hombre que persiguen es al Presidente Gonzalo. La oferta es esta: Ayúdelos a capturarlo y lo dejarán libre."

Me hundí en mi almohada. "Bocanegra dijo que me darían diez años."

"Bocanegra no toma esa decisión, además él está furioso porque no pudo capturarlo a usted él mismo."

"De todas maneras, no es un tema discutible. No tengo la menor idea del escondite del Presidente Gonzalo."

"Pero seguramente escuchaste algo. ¿Una ciudad, una colonia?"

"No me tenían confianza."

Easton suspiró, se puso de pie y comenzó a tomar sus cosas. "Desearía que hubiera más opciones, pero esa es la única que tenemos." Me dio las gracias y salió por la puerta.

Capítulo 92

Mi estado de ánimo estaba ennegrecido. Me hundí en esos mórbidos estados que los suicidas tienen antes de tirarse de un puente. La luz del día se convirtió en oscuridad. Me puse débil. Zara trató de levantarme el ánimo diciéndome que la Comisión Amado estaba investigando al General Real, que el número de muertos hubiera sido más alto si no hubiese sido por mi advertencia y que la gente decía que yo no era un terrorista, solo un profesor enamorado y además se rumoraba que se iba a realizar una película de Mark y Marisa.

"Va a ser una película triste," le dije. "Los amantes del cine quieren un final feliz."

"No es cierto. Muchas de las películas y libros tienen finales trágicos." Empezó a darme una lista—Madame Bovary, Historia de un Amor, Romeo y Julieta. Adiós a las Armas. "Además, hasta donde usted sabe, Marisa puede no estar muerta. ¿Había pensado en eso?"

"¿De qué estás hablando?"

"Usted sabe cómo es este país. Gente que muere pero que realmente no está muerta—personas en deuda o con problemas de la ley o simplemente tratando de salir de un mal matrimonio. La semana pasada leí acerca de un hombre, que supuestamente estaba muerto, ¿pues qué cree? su esposa lo encontró saliendo con una adolescente. Ahora si ya está muerto."

Ella seguía hablando animadamente de las muertes falsas, cuando escuché voces fuera de la habitación; alguien estaba hablando con el guardia. Una voz familiar. ¿Sonia? ¿Podría ser ella?

Me senté; si, era ella, la podía ver desde mi ángulo vestida como un doctor. Nos encontramos las miradas, me hizo un gesto como diciéndome que todo estaba bien y se alejó, dejando el ruido de sus pisadas en el pasillo.

"¿Conoce a esa doctora?" Me preguntó Zara.

"Nunca la había visto antes. Debe ser nueva."

Salió y regresó en un minuto con un sobre en la mano.

"Para usted," dijo estaba en mi buzón. "Tal vez es de la nueva doctora."

Mi corazón empezó a latir más rápido. Arranqué el sobre y vi tres palabras:

Chaupi tuta hamusac. Vendré a media noche.

¿Qué diablos era eso? Sonia no podría haber escrito esto en quechua. Además la caligrafía era descuidada, cruda y de un filo muy duro; como si fuera una amenaza.

"Debemos alertar al guardia," dijo Zara.

"No, esperemos a ver."

El resto del día pasó como en cámara lenta. La nota colgaba sobre mí como los perros del Sendero Luminoso. La luz del día se convirtió en oscuridad. La Luz de la luna se filtraba por las persianas de las ventanas.

Zara, quien no estaba de turno esa noche, se presentó de todas formas a las once y de su bolsillo me sacó un cuchillo de carnicero y un bote de gas lacrimógeno.

"¿Estás loca? Te vas a meter en problemas."

"Está bien. Jorge está de guardia. ¿No has visto la forma como me mira?"

Se sentó y esperó con cuchillo y gas lacrimógeno a la mano. Al dar las doce de la noche, mientras las campanas de la iglesia repicaban por todo Cuzco, se escuchó un sonido de llantas rodando por el pasillo, como un vagón trayendo a la Siniestra Segadora.

Zara abrió sus ojos en expectativas. Yo me quede tieso ¿Quién podría ser? Ungas que venían por mí. O los asesinos de extrema derecha. Zara apagó la luz y se asomó a ver.

"Es una camilla extensible, murmuró. Un enfermero empujando a un viejo."

El hombre tosió; era una desagradable tos seca.

"Lo conozco," Zara siseó. "Él viene del área de los maricones. Él tiene esa enfermedad"

La camilla se detuvo.

"¿Que quiere?" Le preguntó el guardia.

"Él quiere visitar al gringo."

"Olvídese. Nadie entra aquí sin autorización. Ahora váyase, largo de aquí."

El hombre de la camilla habló, su voz era tan baja que era casi un susurro:

"Dígale esto al gringo. Excepto por el poder, todo es una ilusión."

¿Cóndor? ¿Era él? Lo dijo una segunda y una tercera vez, cada vez más alto, sus palabras reverberaban en todo el cuarto. "EXCEPTO POR EL PODER, TODO ES UNA ILUSION."

El enfermero se lo llevó. Zara me miró. "¿Qué significa eso?"

Sabía exactamente lo que significaba: *Marisa estaba viva.*

Mientras dormía, su imagen vino a mí, se metió en la cama. Sentí su corazón latir, su calidez, su aliento contra mi cuello, inclusive podía oler su perfume. "¿Cómo pudiste hacerlo?" Le pregunté.

"Es un hospital. Los hospitales tienen cadáveres."

Me desperté. ¿Sería todo eso posible? ¿Habría logrado poner un cadáver en el cuarto del hospital? En su cama, posiblemente con la ayuda de Cóndor—o ¿de Sonia quizá?

Ya eran casi las nueve cuando Zara me despertó de otro de mis sueños.

"Adivine que," me dijo. "Le traen flores y tarjetas deseándole recuperación junto con el desayuno." Entró un carrito de comida. Y luego otro donde habían flores y tarjetas. Deseos de bienestar de Sonia y Fabiola y de mi bella hija Cristina, de todos mis colegas de la universidad, Sur de la Florida, además de mi ex-esposa Denise y propuestas de matrimonio de mujeres que en mi vida había visto.

Zara leía cada tarjeta en voz alta y sostenía la correspondencia: flores—rosas, pompones, margaritas y lirios peruanos.

¿Lirios? Tomé la tarjeta y respiré el aroma de los lirios. Mi corazón latió rápidamente.

La abrí rápidamente y di un vistazo a las palabras que contenía:

Vente conmigo y se mi amor/ y se padre de nuestros hijos también.
Te traeré flores azules/ a la vez que lirios del Perú.

No estaba firmada; no necesitaba estarlo. "¿Está llorando?" dijo Zara.

Ya no podía esconder mi secreto. Tenía que confiar en alguien. "¿Alguna vez has querido salir de aquí e ir a los Estados Unidos?" le pregunté a Zara. "¿Tal vez Miami?"

"¿Me está ofreciendo casarse conmigo?"

Le indiqué que se sentara. Era hora de hacer una propuesta. Utilizar los veinte mil dólares que Sonia tenía a su disposición. Mantuve mi voz baja.

"¿Suponga que yo le ofrezco cinco mil dólares ahora y quince mil cuando llegue a Miami? ¿Suponga que yo le dé entrada a una universidad, o un trabajo en un hospital y le encuentro un lugar donde vivir?"

Su cara se iluminó. "¿Qué es lo que quiere que haga?"

Capítulo 93

El Gran Escape

Nos llevó dos días afinar los detalles. Durante este tiempo también escribí versos de mis aventuras en la selva e hice que Zara los enviara a los periódicos. Pero aún me sentía inquieto.

¿Qué pasaría si Bocanegra me transfiriera a Lima antes que yo pudiera llevar el plan a cabo?

Todos mis otros planes habían terminado en fracaso. ¿Por qué tendría que ser este diferente?

En el tercer anochecer cuando ya estaba todo listo, me acosté en la cama esperando la media noche; aspirando el desagradable olor del tinte negro que ahora cubría mi pelo. Zara era cinco mil dólares más rica, gracias a Sonia. Ahora yo estaba en mejores condiciones físicas gracias al ejercicio y la comida del hospital. También estaba vestido con bata y atuendos de doctor; estetoscopio alrededor de mi cuello, un sostenedor de papeles en la mano y mi brujita en el bolsillo.

Precisamente a media noche Zara le puso una jeringa al guardia de la PIP.

"¿Qué diablos fue eso?" dijo el guardia y se desplomo en su silla.

Zara se asomó al cuarto. "Espera a que escuches el elevador."

Me levanté de la cama y la volví a tender, abultándola para que se viera como si mi cuerpo estuviera en ella. El guardia estaba sentado detrás de su escritorio con sus lentes de sol, respirando y profundamente dormido por la droga inducida, con los pies puestos encima del escritorio y el periódico abierto en su regazo. Pobre imbécil, va a recibir tremendos insultos de Bocanegra.

Estaba todo silencioso, se podía escuchar hasta el ruidito de las luces fosforescentes.

El elevador se detuvo. Con soltura me dirigí al pasillo, en el camino le di al guardia una palmadita en la cabeza y cojeando llegué al elevador donde Zara me estaba esperando.

Ella presiono el botón. La puerta cerró lentamente, bajando a la velocidad de una tortuga.

Qué tal si alguien más subiera?

¿Qué tal si Zara era parte de la Agencia PIP, los Ungas, o Sendero Luminoso? Si le pusiéramos un rifle de asalto y la vistiera de camuflaje y birrete se vería exactamente como una de las muchachas Pachacuti que se encuentran en las montañas.

El elevador se detuvo en el último piso de abajo. La puerta se abrió y ahí estaba parada Sonia con un atuendo de doctor, con sus ojos muy abiertos fumando un cigarrillo y mirándome como si deseara estar en otro lugar menos en este. Tenía una cámara de video colgada en el cuello.

"Los planes han cambiado," dijo. "No hay tiempo para explicaciones. Solo haz lo que te digamos."

Zara abrió la puerta de salida y se perdió en la oscuridad en el aire frío de la noche. Sonia me señaló un carro viejo estacionado cerca de ahí, iluminado pobremente por las luces de la calle.

Un hombre se paró junto al carro—un hombre con un rifle de ataque. Caminó hacia nosotros.

Era Jorge, uno de los guardias de la PIP.

"Que no te entre el pánico," dijo Sonia. "Él es parte del plan."

Jorge tomó una posición con su rifle de asalto junto a mí. Sonia ajustó su cámara y otra vez señaló el carro. "Camina como si estuvieras buscando un carro que robar. ¿Comprendes? Abre la puerta y mira hacia atrás para que yo pueda hacerte una buena toma con la cámara. Trata de verte atemorizado."

¿Atemorizado? ¿Cómo no verme atemorizado?

Cojeando crucé el lote viendo de un lado al otro como el fugitivo que era tratando de controlar el impulso de salir corriendo.

Atrás de mí, Jorge hizo un cambio de cámara en su rifle.

El carro que Sonia me había señalado, estaba todo destartalado, viejo y probablemente robado; olía mucho a gasolina, como si Jorge deliberadamente lo hubiera rociado. Un hombre sentado en el asiento del conductor se desplomó sobre el volante. No se movía. Abrí la puerta, medio esperando que el carro fuera a explotar.

Mierda. El hombre sentado ahí estaba muerto, pero aún con poca luz pude reconocerlo.

Apu Cóndor.

De algún lado se escuchó el ruido de un carro. Y ahí estaba, un Mercedes negro viniendo hacia mí—la clase de carros utilizados por la PIP.

Pasó a mi lado y haciendo un rechinido se detuvo, aproximadamente a cincuenta pies de distancia.

La puerta de atrás se abrió de golpe y salió la enfermera Zara.

"Por aquí, gringo. Apresúrese. ¡Corra!"

Atrás de mi, Jorge estaba gritando como un loco. "¡Deténgase, gringo! ¡Deténgase o disparo!"

Corrí. Jorge abrió fuego. Estúpidamente me tiré al suelo pensando que me estaba disparando a mí, pero cuando miré hacia atrás, lo que estaba haciendo era disparándole al carro que contenía el cuerpo sin vida de Cóndor.

El vidrio se hizo trizas, las llantas explotaron y todo voló en mil pedazos. El lugar entero ardió en una llamarada, iluminando el estacionamiento, la parte de atrás del hospital y los árboles a lo largo del Río Saphi.

Zara de un salto me ayudó a meterme al Mercedes. Estaba riéndose.

"¿Por qué te tiraste en el asfalto? Pudiste haberte herido."

"Me tropecé."

Sonia se metió junto a mí en el asiento de atrás. "Qué manera de hacerlo. A Cóndor le hubiera encantado."

Las puertas se cerraron. Había risas y continuamos nuestro trayecto perdiéndonos en la noche, con las llantas rechinando y Zara haciendo tremenda bulla como si hubiéramos hecho el robo del siglo. Ese no era el escape que había tenido planeado, pero se hizo aún más confuso cuando nos paramos en un semáforo y vi al conductor.

Holbrook Easton.

Y junto a él en el asiento del pasajero, estaba Fabiola.

"¿Podría alguien hacerme el favor de decirme exactamente lo que está pasando?"

Easton se reía. "Me parece, Profesor Thorsen, que usted acaba de morir justo ahí, quemado y achicharrado entre las llamas. Hasta Sonia lo tiene filmado en película. ¡Qué gran historia para los periódicos!"

Capítulo 94

Lima

No hasta llegar al aeropuerto y subirnos a un Lear Jet fue que noté a Fabiola; siempre había vestido de uniforme con botas y birrete y ahora lucía una chaqueta oscura, falda y tacones altos como toda una mujer profesional de negocios. Sin el rifle de asalto.

"No me preguntes," me dijo y subió a bordo del Lear.

No lo hice. Ya le había preguntado acerca de Marisa tres o cuatro veces sin obtener ninguna respuesta.

Aterrizamos en Lima al amanecer. Un Cadillac de la embajada nos llevó a través de la neblina costera hacia un complejo que asumí era un lugar seguro. Un guardia armado abrió las puertas. "Es mejor que se asee," me dijo Easton. "Tiene una reunión muy importante."

No intenté pedir detalles, así que lo seguí a una habitación y por tercera vez encontré mi portafolio y la ropa que había dejado en Lima bien lavada y planchada. Los zapatos bien lustrados y mi ropa interior doblada. Casi lloro al ver mi chaqueta de cuero.

Levanté mi chaqueta y aspiré su rica piel y por un momento mentalmente me transporté al cuarto de mi hotel, el primer día que llegué a Lima; preguntándome que ropa me iba a poner para ver a Marisa. Escogí la chaqueta de piel y como en ese entonces, la extendí, busqué el pullover que le hiciera juego y me fui a dar una ducha.

Una hora o quizá un poco más tarde, con mi ropa más holgada por la pérdida de peso, nos subimos otra vez al Cadillac; Holbrook

Easton iba al volante, Zara la enfermera al frente, Sonia atrás conmigo pareciéndose más a Marisa en un vestido negro, tacones, collar y aretes de perlas y gafas oscuras a pesar de la neblina.

"¿Qué pasó con Fabiola?" pregunté.

"¿Quién es Fabiola?" me respondió Easton.

El Cadillac salió de la calle principal y manejamos hacia el mismo lugar donde me había escondido con Sonia hace unas siete semanas atrás—Chateau Beige, con sus árboles de buganvilia, guardias armados y el apartamento que contenía las pinturas de Francisco de la Vega, "Las Muchachas de Pachacuti."

¿Sabría él de antemano sobre este lugar, inclusive cuando estaba resguardado aquí con Sonia?

El guardia nos saludó como si fuéramos residentes. Zara saltó y corrió hacia el interior. Sonia se inclinó y me dio un beso en la mejilla.

"Espera aquí. Ya regreso."

Easton volteó hacia atrás de su asiento. "Solo para que lo sepas, todo este tiempo estábamos planeando sacarte. Tu plan encajó perfectamente con el nuestro. Pero realmente fue el plan de Cóndor."

"¿Cóndor estaba trabajando con usted?"

"Cóndor trabajaba sólo para Cóndor. ¿Se acuerda lo que él decía acerca de las ilusiones?"

Caí de nuevo en mi asiento, tratando de hacerle sentido a lo que me decía. Pero estaba tan cansado y confundido, que no me percaté de Sonia hasta que ella abrió la puerta y se sentó junto a mí.

Excepto que no era Sonia.

"Observe, dijo Easton, le presento a Lori Easton."

Marisa. Mi Marisa con su cabello largo oscuro y sus ojos de un azul intenso resplandeciente.

Sentí que el mundo se paró por un instante y vagamente consciente me di cuenta que estábamos otra vez en camino, pasando por el Gran Hotel Bolívar, exactamente donde había esperado a Marisa el primer día que llegué, paseando alrededor de la Plaza San Martin con todos sus manifestantes y bajando el Jirón de la Unión, pasando por las tiendas que anunciaban oro Inca. Los guardias del palacio presidencial nos saludaron desde dentro de las rejas como si nos estuvieran esperando y terminamos en el mismo lugar donde Lannie y yo nos habíamos estacionado una vez.

"Espere aquí," Easton le dijo a Marisa. "Esto no deberá tomar mucho tiempo."

Easton me sostuvo la puerta y me salí del carro exactamente en el mismo lote del estacionamiento donde los morteros habían caído y un carro había sido aplastado por un tanque. Me imaginé oír la voz de Lannie.

"*Apúrate, viejo amigo. Por aquí.*"

Se me llenaron los ojos de lágrimas otra vez. Maldición, como lo extrañaba.

Una puerta lateral del palacio se abrió. Ahí, parados como columnas de hierro se encontraba el Inspector Bocanegra fumando un puro y a su lado el Comisionado Amado.

Holbrook Easton tomó un sobre delgado de su bolsillo y me lo entregó.

"Toma. Tan pronto como estemos adentro, dales el sobre."

"¿Qué es esto?"

"Una dirección. Un regalo de bodas de Cóndor para ti y Marisa."

La transacción tomó menos de un minuto. Los papeles se firmaron por todas las partes involucradas en triplicado. Ni una palabra se habló, ni nos estrechamos las manos.

De regreso al estacionamiento, antes de que llegáramos al Cadillac, Easton me dijo. "Hay un detalle más que no le he mencionado."

"¿Qué detalle?"

"Marcus Thorsen está permanentemente muerto. Lo mismo Marisa. No había otro remedio."

Abrí la puerta y me metí en el carro junto a Marisa.

Ella era la mujer muerta más bella que jamás había visto.

Epilogo

El video que Sonia hizo de mi "muerte" salió en las noticias vespertinas y en una edición extra en los periódicos de todo Perú. Los encabezados leían: "ROMEO Y JULIETA REUNIDOS EN LA MUERTE."

La enfermera Zara tomó un vuelo temprano a Miami. Jamás volví a saber de ella.

Mis aventuras fueron el objeto de muchos programas de entrevistas, seminarios de la universidad e interminables debates. Parecía que cada uno que me había conocido incluyendo taxistas, empleados de hotel, soldados, prisioneros, aun Policarpo; quien, por supuesto sacó su propia versión de los hechos a su manera, conocían la historia.

El Inspector Bocanegra aseguraba que jamás estuve fuera de su vista y que hice exactamente lo que se me había pedido hacer—llevarlo al escondite del Presidente Gonzalo.

La embajada celebró una ceremonia en memoria de Lannie Torres.

Mis colegas de la Universidad del Sur de la Florida también me hicieron un servicio memorial.

El Presidente Gonzalo fue capturado un lúgubre sábado por la mañana por unos agentes contra-terroristas disfrazados de vendedores de helados, de amantes en carros estacionados y de barrenderos. Lo encontraron en casa de su amante, una bailarina de ballet, en una tranquila colonia residencial de Lima. Nadie murió en la redada.

Al día siguiente, el embajador de los Estados Unidos en Perú dejo el país. La embajada aseguraba que su salida en ese mismo momento era simplemente una coincidencia. Los críticos obviamente no creyeron eso.

La Comisión Amado concluyó que el General Real había estado involucrado en el tráfico de drogas. El mismo reporte ratificaba que, aunque yo actué irracionalmente, mi relación con los terroristas era puramente circunstancial, motivado por una ilícita relación amorosa. Terminaron el reporte con un verso de Hamlet que resumía en pocas palabras mis aventuras:

Cuando la tristeza llega, no viene con un solo espía;
Si no que llega por batallones.

Holbrook Easton fue reasignado a Nicaragua, otro punto peligroso, y se involucró en otro lio creado por una joven arqueóloga norteamericana. Pero no sin antes ayudarme a crear una nueva identidad. También me ayudó a liquidar todos mis bienes y transferirlos a una nueva cuenta.

No que nos hubiéramos empobrecido. Teníamos las pinturas de Francisco de La Vega que Marisa había embarcado a Miami, el dinero sucio de la cuenta de su difunto esposo y el dinero que ella y Sonia habían heredado de Cóndor; independientemente de la cuenta secreta de Lannie.

Un grupo que se nombraba a sí mismo la Prensa Subterránea de Lima, publicó mi poesía y cartas de amor en un librito llamado—*El Lirio del Perú*. Todo estaba ahí, todo desde lo erótico y romántico hasta lo más ridículo y sentimental. Los versos que había escrito en un inglés tan rígido, con la traducción en español cobraron vida y energía; en rimas que fluían y con ese sutil simbolismo que siempre había evadido. Se convirtió en el libro más vendido en Perú.

La única queja fue de una madre que dijo que su hija había quedado embarazada después de haber leído el libro.

Al fin me había convertido en un poeta reconocido.

Pero un poeta que ahora pertenecía a la asociación de los poetas muertos.

Veintidós años han pasado desde esa horrible experiencia, y no pasa un solo día sin que yo no deje de pensar acerca de esos hombres buenos y de los malos también, que todavía estarían con vida si yo hubiera decidido quedarme en casa. Llámelo sentimiento de culpabilidad del sobreviviente, o simplemente locura; aún me siento perseguido por ello.

Marisa se rehúsa a colgar cualquiera de las pinturas de Francisco de la Vega en nuestra casa. Recientemente donamos una de sus Muchachas de Pachacuti a un museo. La tenían valuada en más de ochocientos mil dólares. La próxima vez las vendemos.

Sonia regresó a los Estados Unidos con un pasaporte falso y un nuevo nombre; se casó con un dentista.

Cristina se casó con un músico de rock y hace algunos meses dio a luz a nuestro primer nieto.

El hijo que concebimos en Perú está ahora estudiando su maestría. Decidimos llamarlo Lannie.

Fabiola es una maestra de escuela en la Florida. Terminó sus memorias, pero no las ha publicado por miedo a una represalia. Posiblemente lo publique como ficción; quizá en diez o veinte años lo podamos ver anunciado en las librerías.

Con respecto al dinero que tomamos de los Ungas, creo que todavía sigue enterrado bajo las ruinas Incas debajo de la treceava piedra, en un sendero hacia el río. A cien años de ahora, quizá algún arqueólogo excavando se pregunte cómo llegó eso ahí, o tal vez no.

Tengo sueños recurrentes en donde Lannie sobrevive, es rescatado y curado por los Machiguengas. No creo estar fuera de la realidad, yo también sobreviví la muerte. Lo mismo sucedió con Fabiola y Marisa. Tal vez regresó por el dinero y ahora este viviendo a todo lujo en Brasil. Quizá en algún momento suene el teléfono mientras Marisa y yo estamos en la piscina tomando pisco sour y sea él con su acento texano-mexicano diciendo:

"Oye, ¿Qué diablos está pasando, viejo amigo?"

Realidad Versus Ficción

Las circunstancias en que se encontraba Perú descritas en el libro Lirio del Perú son auténticas. La historia es ficción, fue inspirada por un boletín subterráneo que afirmó que el Presidente Gonzalo fue traicionado por un profesor gringo con vínculos con el Sendero Luminoso "por virtud de una relación amorosa ilícita con una mujer del movimiento."

La Casa de Drácula y el basurero llamado El Infiernillo han sido documentados por numerosas fuentes independientes, incluyendo "America's Watch" y "Amnesty International." Lo mismo los asesinatos, los perros ahorcados, las desapariciones, ejecuciones sumarias, arrestos ilegales, raptos, violaciones, asesinatos, batallas y bombardeos.

La prisión de San Juan de Lurigancho existe tal y como se describe. Fue ahí donde hice mi investigación para este libro y donde conocí a los prisioneros en que se basaron los personajes de Tucno y Luis.

Apu Cóndor era el *nom de guerre* de un miembro del Sendero Luminoso que entrevisté en un café de Lima. De él fue que escuché por primera vez la frase: "Excepto por el poder, todo es una ilusión."

La Comisión Amado fue inspirada por una comisión Inter-Americana de Derechos Humanos.

Un gran número de europeos y americanos fueron arrojados al conflicto. Algunos se metieron con los insurgentes. Algunos los mataron y otros eran inocentes. El caso más intrigante es el de una joven escritora de Nueva York llamada Lori Berenson. Ella fue arrestada en un autobús de Lima; fue juzgada por un tribunal militar de jueces encapuchados—y aunque ella declaraba ser inocente, fue condenada a diecinueve años en una prisión Peruana por "alta traición y crímenes contra el estado."

La Señorita Berenson fue puesta en libertad en el 2014.

Los Ungas no existen, aunque esta clase de nativos y sus villas si existen.

Los Machiguengas viven pacíficamente en la selva oriental del Perú.

El Festival de Inti Raymi no fue interrumpido por una explosión de bomba; aunque si, una bomba destruyó varios carros de un tren que iba de Cuzco a Machu Picchu en ese tiempo y desgraciadamente muchos turistas murieron.

El ataque por morteros al palacio presidencial si ocurrió más o menos como se describió.

El grupo de Sendero Luminoso y su organización hermana, El Movimiento Revolucionario Tupac Amaru, aún sigue operando, pero con mucha menos capacidad.

Abimael Guzmán. Alias Presidente Gonzalo, fue de hecho un profesor de filosofía en la Universidad de Ayacucho. Actualmente sirve una sentencia de cadena perpetua en una prisión de alta seguridad en una base naval en Callao, cerca de Lima.

El Presidente Fujimori fue despojado de su puesto por ser "moralmente inepto para gobernar" en Noviembre del año 2000. Lo culparon por su papel en numerosas ejecuciones, torturas, arrestos ilegales y en 1991 por la masacre de muchos civiles. Subsecuentemente voló a Japón, su país de nacimiento, pero fue arrestado en Chile y luego extraditado a Perú.

Fue juzgado, condenado y sentenciado a veinticinco años en una prisión.

La paz ha regresado a Perú. Ahora mantiene el color y la belleza que siempre lo ha distinguido.

Reconocimientos

EL **LIRIO DEL PERÚ** no hubiera sido posible sin el apoyo, estímulo y ojo crítico de muchos amigos, asociados universitarios, personal de la embajada de Estados Unidos en Perú, agentes de la DEA y de la Tesorería, amigos escritores, miembros de familia, retornados voluntarios del Cuerpo de Paz, antiguos alumnos e inclusive algunos insurgentes y prisioneros. La mayoría de mis conexiones en Perú han preferido mantenerse anónimas. Cualquier otra omisión es resultado del olvido de mi mente, pero no de mi corazón.

En el estado de Luisiana, estoy muy agradecido de Lucinda Sibille, quien estuvo presente en el momento de la creación del manuscrito. Mi agradecimiento también va para John y Patsy Fontenot, Gary y Leslie Kinsland, Nancy Rumore, Karen Burlet, Talis Byers, Doug Womack, Lisa Shirley, Bea Angelle y Dr. Richard Saloom. A mis buenos amigos del Writers Guild of Acadiana—Ro Foley, Jessy Ferguson, Christine Word, y Barbara Veillon.

Tengo deuda de agradecimiento también con Dr. Michael Maher, Jefe de Comunicaciones de la Universidad de Luisiana en Lafayette, quien leyó y editó el preliminar atento de esta obra y me enseñó sobre escritura creativa y a Cynthia Thomas por los recortes de periódicos y sugerencias.

A mis amigos pertenecientes al Cuerpo de Paz, grupo Chile IV, quienes escucharon y leyeron mis capítulos o compartieron sus pensamientos conmigo: George Pope, Bill Callahan, Mary Ellen Wynhausen, Karen Mitchell y Myrna Gary.

Gracias también a Marian Haley Beil y John Coyne de Peace Corps Worldwide y Peace Corps Writers, y gracias a Viole Guzman Barrón de Miraflores, Perú, y Mayte Careaga de Saint-Martin.

En Florida, estoy muy agradecido con el grupo de escritores de la Biblioteca de Tarpon Springs —Bob Dockery, Georgia Post, Mary Dresser, Rebecca Roberts, Claudia Sodaro, Sonia Linke, Stephanie Geddes. Lloyd Wilson, Margaret Saxon, Abe Spevak, Denis Gaston, Jerry Grant, Susan Ingold, Mickey Davis, Barbara Harrington, Carol Gilardi, Gwen Hamlin, Sarah Pletts, John DiSanza, Meg Skinitis, Brian Roth, Heather McCauley, Jerome Kynion, Louis Collins, Joseph Mendonca, Dexter Jerome y Lourdes Brindis.

Lo mismo para mi grupo de escritores especializados en ficción de Tarpon Springs. Gracias, Gino Bardi, Dianna Thiel, Mark Turley, Laura Kennedy Bell, Liz Drayer, Den Dye, Lee Blimes, Sali Dalton, Jean Gogolin, Roger Hoffine, Beth Hovine, Rich Ippolito, Dorte Zuckerman, Donna Lengel, Shannon O'Leary-Beck, Eleni Papanou, y Tommy Dominos.

La directora de la biblioteca de Tarpon Springs, Cari Rupkalvis, quien merece mucho crédito por respaldarnos por muchos años.

También a mis amigos conectados con Saint Petersburg College: Barbara Glowaski, Susan y Terry Parcheta y Dr. Vilma y Joe Zalupski.

Un especial agradecimiento a Pamela López quien uso un galón de tinta roja en las páginas editando errores y a Elizabeth Indianos, una artista extraordinaria, quien realizó la creación artística de la portada.

Un especial agradecimiento a Nat Mara de Rijeka Croatia, por el excelente formato del manuscrito, a Pamela López, quien uso un galón de tinta roja en editando errores, y a Elizabeth Indianos, una artista extraordinaria, quien realizó la creación artística de la portada.

Dr. David Edmonds se crió en Mississippi y Luisiana y es un ex-Marine de las fuerzas armadas de los Estados Unidos, voluntario del Cuerpo de Paz, Profesor Fulbright de Economía y decano universitario. Ha pasado un tiempo considerable en Latinoamérica tanto como oficial de gobierno, como erudito. Él y su esposa viven actualmente en Florida.

Maria Nieves Edmonds nació en Puerto Rico. Estudio en la Universidad de Puerto Rico y obtuvo la maestría en Florida State University. Fue rectora asociada de St. Petersburg College en Tarpon Springs, Florida, y actualmente es la directora del Consejo de Liderazgo Hispano del Condado de Pinellas. Ella es muy conocida por sus trabajos comunitarios y su pasión por ayudar a la juventud Hispana a superarse por medio de la educación. Vive en la Florida con su esposo.

OTROS LIBROS ESCRITOS POR DAVID C. EDMONDS

Yankee Autumn in Acadiana
The Vigilante Committees of the Attakapas
The Guns of Port Hudson: the River Campaign
The Guns of Port Hudson: The Investment, Siege and Reduction
The Conduct of Federal Troops in Louisiana

PARA SER PUBLICADOS EN 2016
The Girl in the Glyphs, con Maria Nieves Edmonds

¿Consideraría usted posible que una mujer poderosa y con gran sabiduría hubiera visitado las Américas en la antigüedad con una lista de mandamientos para los nativos? Jennifer McMullen-Cruz, una especialista en escritura antigua del Instituto Smithsonian, cree en esto, y está determinada en probarlo. La respuesta está en una cueva localizada en una isla despoblada en el Lago de Nicaragua. Si logra encontrar la cueva, obtendrá un renombre dentro de la arqueología. Pero primero tiene que lidiar con un marido infiel, un romance con un hombre de la Embajada Americana, una pareja de

Indios quienes pueden o no ser fantasmas, y una horrible pandilla de saqueadores de tumbas, los cuales están también en busca de la cueva, pero no por la escritura antigua, sino por los millones en oro dejado por piratas. Ya han asesinado a uno de los asociados de Jennifer—y ahora están a su asecho.